Mit heiler Haut

Céline Minard

MIT HELLER HAUT

Roman

Aus dem Französischen
von Nathalie Mälzer

Matthes & Seitz Berlin

Unablässig rollte der Planwagen voran. Hinten lag die Großmutter und schrie mit aller Kraft gegen die Erde und die Stöße an, gegen die Luft in ihren Lungen.

Wenn sie nicht im Tiefschlaf lag, fühllos für die Welt, taub, blind und endlich stumm, dann schrie sie ihre Wut in den Stofftunnel, den sie schon zu Beginn der Reise, als sie sich hineingesetzt, ihren »ersten Sarg« genannt hatte.

Seit Wochen ernährte sie sich nur noch von einer Art Weizenbrei. Einem Brei, der immer heller und dünner wurde, den sie aus ihren persönlichen Vorräten machte. Aus dem einzigen Sack, den sie sich vorbehielt und eifersüchtig hütete, indem sie den Kopf darauf bettete wie auf ein Kissen. Obwohl ihr Weizen schnell verdorben war, hatte sie alle andere Nahrung verweigert, abgesehen von kleinen Fischen, die das Mädchen fing, wenn der Weg einen Fluss entlangführte. Schimmel hatte sie nie davon abgehalten zu essen. Ihre Mutter, nach der sie in ihrem Greisinnenwahn nun lauthals rief, ihre Mutter, eine gute Pflanzenkennerin, hatte empfohlen, zu bestimmten Jahreszeiten davon zu essen. Den Schimmel vom Roggen oder vom Weizen. Im Frühsommer, im Spätherbst. Dieses Wissen, das sie bröckchenweise weitergab, vermengte sich mit den Erinnerungen an ihr Dorf, das sie vor über sieben Jahrzehnten verlassen, bevor sie sich, erst sitzend, dann liegend mit dem Planwagen ins letzte Exil begeben hatte.

Wenn der Weg ihm Gelegenheit bot, setzte sich das Mädchen zu ihr in den Wagen und betrachtete die Landschaft. Den Rücken gegen die bewegliche Plane gelehnt und die Hand auf den Füßen der in die Decke gewickelten Alten hörte sie zu, wie die Frau ihre seit fünfzig Jahren tote Mutter in dieser Sprache, die sie nur allmählich verstand, anschrie, um die Erlaubnis anschrie, endlich das Reich zu betreten.

Schon seit Wochen, seitdem der Planwagen in die Ebenen vorgedrungen war, mussten die beiden Söhne und der Enkel das abwechselnde Schweigen und Zetern der Greisin erdulden. Brad, der Ältere, ertrug es mit Langmut, wie ein feindseliges Element oder ein Geheimnis der Natur. Nicht weniger gelassen nahm er die Hagelstürme und kurzen Gewitter hin, von denen sie gelegentlich gestriegelt wurden. So wie er die Lektionen und deftigen Abreibungen über sich hatte ergehen lassen, die sie ihm früher verpasste. So wie er ihren Händen sein täglich Brot entwendet hatte, bis er in der Lage gewesen war, es selbst zu ernten, zu backen oder zu verdienen. Sein Sohn, Josh, versuchte jedes Mal, wenn das Geschrei wieder anfing, zu Fuß oder zu Pferd einen großen Vorsprung zu gewinnen, was Brad nicht weiter wunderte. Es wäre ihm nicht im Leben eingefallen, darüber zu urteilen. Genau wie er nicht darüber urteilte, dass das Mädchen, das sie viele Meilen von ihrem Ziel und ihrem Ausgangspunkt entfernt am Fuße einer großen Kiefer kauernd vorgefunden hatten, sich so leicht an ihr Leben anpassen konnte.

Die Dinge, Leute und Ereignisse kamen, wie er selbst zur Welt gekommen war, und er musste sie hinnehmen.

Vor sechs Monaten, kurz bevor sie in die Ebenen vorgedrungen waren, hatte die Kleine, an ihren Baum gelehnt, reglos beobachtet, wie sie sich näherten. Sie aß etwas, das sie eilig hinunterschluckte, bevor sie in Reichweite kamen. Sie hatte die Ochsen und die drei Männer angesehen: Jeffrey, den anderen

Sohn der alten Frau, der auf dem Sitz hockte, Josh, der sein Pferd an den Zügeln hielt, und Brad, das Schlusslicht, der sich mit seinem Hut die Fliegen aus dem Gesicht wedelte. Als sie gerade an dem Mädchen vorbeifahren und es zurücklassen wollten, ohne ihm mehr als einen wachsamen Blick zu schenken, heulte im Planwagen plötzlich die Großmutter los wie ein Kojote. Die Kleine hatte ein wenig geblinzelt, sich aber nicht gerührt. Die anderen waren erschauert, als wäre ein kalter Luftzug über sie hinweggeweht. Und das Kojotengeheul, das am Fuße der Kiefer begonnen hatte, hatte sich an diesem Tag den ganzen Weg über fortgesetzt.

Josh hatte das Weite gesucht. Jeffrey hatte sich Wachskugeln in die Ohren gestopft, die er in seinem Hutband aufbewahrte. Brad hatte sich mit Geduld gewappnet. Das Mädchen hatte gewartet, bis sich der Gesang über eine beträchtliche Distanz ausgerollt hatte. Dann war es aufgestanden und hatte beschlossen, der Klangspur zu folgen, die von der verzerrten und ihr doch irgendwie vertrauten Stimme gezogen wurde.

In der Abenddämmerung hatte es sich dem Lager mit Holz unterm Arm und einem toten Kaninchen genähert. Josh, der durch die Prärie getrabt war und nun zurückkehrte, hätte sie beinahe umgeritten. Die Nacht hatte sich gesenkt; als sie das Pferd hörte, blieb ihr gerade noch Zeit, sich hinter ihr Reisigbündel zu ducken – er hatte sie nicht gesehen.

Die Großmutter brüllte noch immer, sie hatte an dem Abend gebrüllt, bis das Gesicht des Mädchens in der Öffnung des Planwagens erschien. Erst da hatte sie den Mund geschlossen und die Hand nach den schwarzen Haaren des Kindes ausgestreckt. Sie hatte es mit ihren brüchigen Fingern berührt, ihr die Zunge herausgestreckt und war dann schlagartig eingeschlafen.

Brad fragte sich nicht, woher das Mädchen kam. Seine Vergangenheit war eingeschrieben in die Form seiner Augen, in die Größe der Schwielen an seinen Füßen und in die hastigen Bewegungen, mit denen es die Beute häutete. Seine Vergangenheit begleitete es und erlaubte ihm, in einer Wüste mit verdorrtem Gras den Überresten eines Gesangs zu folgen. Vielleicht erlaubte sie ihm auch, die Kojoten zu besänftigen. Wenn es regnete, ließ er es unter dem Planwagen schlafen.

Es trug eine Tunika aus Stoff, die ihm bis zu den Knien reichte. Die Tunika war ebenso abgewetzt wie Joshs Hosen, der so selten wie möglich vom Pferd stieg. Auf Höhe der Taille steckte, von einem geflochtenen Gürtel ohne Schnalle gehalten, ein Messer. Das Mädchen aß wenig und schnell, es pflückte allerlei kleine Früchte, die es sich meist fürs Abendessen aufhob. Josh weigerte sich beharrlich, davon zu probieren. Er hatte gesehen, wie rasch Brad eingeschlafen war, nachdem er eine der schwarzroten Beeren gekostet hatte, die so herb war, dass ihm der Speichel floss. Zwar schrie die Großmutter weniger, wenn sie ein paar davon geschluckt hatte, doch wurde sie nicht geheilt – wer wird schon vom Altwerden geheilt? Er blieb misstrauisch. Seitdem sich das Mädchen hinter sein Reisigbündel geduckt hatte, in dieser Prärie, wo selbst der kleinste Kuhhaufen so deutlich zu sehen war wie ein Zinken im Gesicht, war Josh auf der Hut und stets darauf bedacht herauszufinden, wo es sich gerade aufhielt, wenn er zum Lager zurückkehrte. Näherte er sich dem Planwagen, ohne es erspäht zu haben, wechselte er vom Trab in den Schritt.

Stieß er zu den anderen, nachdem er sein Pferd gehobbelt hatte, und dann das Mädchen am Feuer sitzen sah, spuckte er und blickte ihm auf die Stirn oder auf die Hände, aber nie in die Augen. So ging das jeden Abend, bis das Mädchen ihn einmal so perfekt nachahmte, dass Jeffrey in schallendes Gelächter ausbrach.

Vermutlich hätte es Schläge gehagelt, wenn Brad Josh nicht angefahren hätte, er solle sich setzen und essen. Was er auch tat. Dreißig Meilen flussaufwärts hatte er eine Furt entdeckt, die der Planwagen überqueren konnte. Seit drei Tagen hatte er sie gesucht und das Flussbett mit eigenen Füßen erkundet, um sein Pferd nicht in Gefahr zu bringen. Tags zuvor war er plötzlich in ein Wasserloch in der Mitte des Flusses gesunken und verdankte sein Überleben bloß dem Ast einer Gelbkiefer, der zwischen zwei Felsen klemmte. Dabei hatte er einen Stiefel verloren. Doch statt halb gestiefelt zurückzukehren, schleuderte er den anderen ans gegenüberliegende Ufer. Der Fluss war zwar breit, aber der Stiefel war sicher auf der anderen Seite gelandet. Außerdem hatte er eine Staubwolke gesehen, die sich von Ost nach West auf eben jene bewaldeten Berge zubewegte, auf die auch sie zusteuerten. Ungefähr drei Tage Fußmarsch entfernt befand sich offenbar eine kleine Herde, ein Treck oder eine Gruppe Menschen, die recht zügig vorankam. Er ließ sich Zeit, bis er das erzählte. Er goss sich Kaffee ein und wich Jeffreys Blick aus. Er wusste, dass sein Onkel sein halbes Hemd hergegeben hätte, um endlich mit jemandem ein Glas zu trinken oder die andere Hälfte beim Kartenspiel zu verlieren. Normalerweise hätte er ihn davon unterrichtet, aber dieser Volltrottel hatte sich gerade über ihn lustig gemacht, davon abgesehen konnte er an der Farbe des aufgewirbelten Staubs nicht erkennen, um was für eine Gruppe es sich handelte. An ihrer letzten Station hatten die Kerle von ein paar beeindruckenden Vorfällen und finsteren Gesellen berichtet, von denen keiner unbewaffnet war. Josh war nicht darauf erpicht, irgendwelche Bekanntschaften zu machen. Insgeheim dachte er, dass es sogar besser sei, Leute zu meiden, bis man die Stadt erreichte. Sofern das möglich war.

Jeffrey bot ihm eine Kelle Eintopf an, die Josh jedoch ablehnte. Er goss sie in den Topf zurück, legte die Kelle auf die Steine und spuckte zwischen seine Füße auf den Boden.

»In deinem Alter hätte ich nie eine Kelle Eintopf zurückgewiesen.«

»In meinem Alter hast du noch Hühner gefickt.«

Jeffrey lächelte. Er stand langsam auf und räkelte sich, die Fäuste im Rücken. Dann ging er auf den Planwagen zu und sprang mit einem Satz hinein, dass die Pfosten wackelten. Sie hörten ihn in den Kisten wühlen und dabei etwas grummeln. Als er wieder hervorkam, baumelte ein Schatten an seiner rechten Hand. Er warf Josh das Ding zu, das vor seinen Füßen landete. Es waren fast neue Bergstiefel, die sich sein Onkel für die Abende mit den großen Trinkgelagen aufgehoben hatte.

»Damit wirst du vielleicht meinem Beispiel folgen, wenn wir die Stadt erreichen.«

Josh war rot geworden und hatte sie mit einem leise ins Feuer gemurmelten Danke entgegengenommen. Der Verband um seine Füße nutzte ihm nicht viel, seit er keine Stiefel mehr hatte. Die Steigbügel hatten sich tief in seine Haut geschnitten, sodass er sie hatte hochziehen und die Fersen in die Flanken der Pferde pressen müssen. Heute Abend fühlten sich seine Oberschenkel an wie Baumstämme.

Brad bedeckte den Kochtopf und erhob sich, als Joshs Pferd plötzlich zu wiehern begann. Das Tier war für gewöhnlich sehr ruhig, daher waren sie sofort in Alarmbereitschaft. Unter den Rädern des Planwagens neigte das Mädchen den Kopf zur Seite, um zu horchen. Das Pferd schnaubte und schüttelte die Mähne. Es herrschte tiefe Stille, in der sie das Rascheln genau hören konnten. Darauf folgte ein hastiges Getrappel, der dumpfe Atem einer Flucht durchs Gras, woraufhin das Mädchen auf die Fährte eines gehetzten Tieres deutete, das von der Prärie verschluckt wurde.

Brad fiel die Kelle aus der Hand. Sein Bruder löste die linke Hand vom Kolben seiner Waffe und ließ sie neben sich sinken. Josh atmete auf. Dann erhob er sich, schlüpfte in seine neuen Bergstiefel und sah nach dem Pferd. Er tätschelte es am Hals, zwischen den Nüstern und gab ihm eine der wilden Möhren, die er in der Tasche hatte. Trotzdem zuckten die Ohren des Pferdes noch lange hin und her.

In derselben Nacht, nur etwas später, hatte das Mädchen ein Unheil abgewendet, unter großem Risiko, das es ohne Zögern auf sich genommen hatte. Josh, der Zeuge dieser Tat geworden war, hatte daraufhin nie wieder ins Feuer gespuckt, wenn er abends ins Lager zurückkehrte. Von da an rief er es bei seinem Namen: Xiao Niù.

Im Unterholz stand die Luft und hallte wider vom Galopp der Pferde, die die Männer durch die Kiefern mit ihren scharfkantigen Stämmen trieben. Das Getrappel glich dem satten, leichten und seidigen Klang einer Trommel, während die Männer lautlos über den Boden hinwegrannten. Kaum hatten sie den Wald verlassen, dehnte sich das Hämmern der Hufe über die ganze Ebene aus, setzte sich fort in die Prärie und schwoll weiter an. Sie brachten die Kiesel ins Rollen, als sie den Fluss durchquerten, die Tiere sprangen bebend durchs Wasser, das aus seinem Bett aufspritzte. Sie erklommen den Hang, ohne langsamer zu werden, ihre Lungen pfiffen wie Lokomotiven, ihre Hufe knallten gegen die Steine, dass die Funkengarben nur so sprühten. Sie überwanden den Kamm und stürzten wie im Flug hinab ins Tal zwischen den aufwirbelnden Erdklumpen. Allmählich nahm das Geräusch ab und verebbte schließlich, zu Zebulons großer Erleichterung, der gerade unter einem Salbeibusch schlief. Er wäre nur äußerst ungern entdeckt oder noch länger gestört worden. Friedlich schlummerte er vor sich hin, überzeugt, das Schläfchen verdient zu haben. Seitdem er vor zwei Wochen auf Sues Rat den Saloon von Owensboro überstürzt verlassen, zwei Pferde den Aasgeiern überlassen und sich dazu durchgerungen hatte, nur noch nachts, im Schutz der Dunkelheit, weiterzugehen, hielt er es für sein gutes Recht, sich hin und wieder ein erquickliches

Mittagsschläfchen zu gönnen, und zwar wo und wann er wollte – schließlich war das hier ein freies Land.

Zebulon hatte eine ziemlich konkrete Vorstellung von der Freiheit. Die beiden Taschen, die er mit sich schleppte, hätten dies jedem beweisen können. Sie waren schwer.

Nachdem die lärmende Herde vorbeigezogen war, hob er den Kopf von seinen Lederbeuteln, setzte sich auf und schob den Hut in den Nacken. Während er sich umblickte, rieb er sich die Wangen und gähnte. Er hatte Durst, er hatte Hunger, wie immer, seit er unterwegs war. Doch allein der Gedanke, irgendeinem Wild zu folgen und es zu erlegen, ermüdete ihn. Er brauchte ein Bad, etwas zu trinken und ein echtes Bett mit Laken, Decken, Kopfkissen, vor allem aber eine richtige Mahlzeit. Am besten von einer Frau zubereitet – auch wenn er einen Kerl aus den Tafelbergen, einen Ute-Indianer, kannte, der zwar spindeldürr war, aber wie kein zweiter Pozole zubereiten konnte. Einfach unvergleichlich. Schwerfällig stand er auf, klopfte sich den Staub von der Kleidung, griff nach den Taschen und warf sie über die linke Schulter. Im Laufe der vergangenen Wochen hatte er ihr Gewicht nach und nach perfekt austariert und sie in eine vergleichsweise bequeme Position gebracht, um sie über weite Strecken auf dem Rücken tragen zu können. Außerdem konnte er so jederzeit nach seinem Peacemaker greifen, den er über der rechten Hüfte trug: den Hahn auf die einzige leere Kammer abgesenkt und den Kolben auf halber Höhe zwischen Ellbogen und Handgelenk.

Langsam stieg er zum Fluss hinab, um zu trinken, bevor er den gegenüberliegenden Hang erklimmen und den Reitern folgen würde. Da er zu Fuß unterwegs war, würde er sicher den gebotenen Abstand zu ihnen wahren.

Über-die-Ebene-fließendes-Wasser hatte keine Eltern, sie waren verbrannt.

Über-die-Ebene-fließendes-Wasser hatte keinen Wigwam, er war zerrissen.

Keine Vorräte, sie waren dahin.

Keine Tränen, sie waren versiegt.

Über-die-Ebene-fließendes-Wasser sah niemanden mehr, weder Weiße noch Lenape, Kickapoos, Hirsche oder Wölfe. Sie folgte ihrem Weg durchs hohe dichte Gras. Er war unauflösbar verwoben mit den Hängen, dem Wind, den Geistern, Bränden und Begegnungen, die sie machte, und denen, die sie mied. So abenteuerlich sein Verlauf sein mochte, war er doch in nichts dem Zufall überlassen.

Sieben Monde, bevor sie den Gesang der Kojotenmutter gehört hatte, war sie auf die Spur eines verletzten Mannes gestoßen. Sie hatte ihm täglich aufgelauert und war ihm gefolgt, bis sie sich ein Bild von seiner Schwächung gemacht und ihn eingeholt hatte.

In ein eigenhändig gegrabenes Staubloch gekauert, hatte der fiebernde Mann beobachtet, wie sie sich ihm näherte. Die ganze Zeit über hatte er mit den Fingern in der Erde gescharrt und in einem fort geredet, unentwegt denselben Satz wiederholt, der schließlich angefangen hatte, über seinem Hut zu kreisen, und nachdem der Hut heruntergefallen war, über seinem

Kopf zu kreisen wie ein Fliegenschwarm. Ständig hatte er ihn wiederholt, bis seine aufgesprungenen Lippen ihn nicht mehr hatten aussprechen können, bis seiner Kehle nur noch ein heiseres Krächzen entstiegen war. Da sie das Geräusch sehr gut kannte, ging sie auf ihn zu. Während sie sich näherte, berührte ihre Hand das Messer. Sie lag nur leicht auf dem Knauf, aber ihr ganzes Wesen war angespannt, horchte auf den leisesten Atemzug. Obwohl er weit weg war, spürte er ihre Konzentration. Sie war wie ein Lichthof, eine warme Kugel, die entschlossen auf ihn zukam, jedoch ohne Hast. Er fühlte den Augenblick, als die Kugel ihn in sich aufnahm, als Über-die-Ebene-fließendes-Wasser sich über seine staubige Stirn beugte, er hielt ihn in seinem Geist fest wie ein Wunder, wie die Erfüllung seines Lebens. Sie spuckte ihm ins Gesicht und hielt die Messerklinge an seine Gurgel. Ihre Handbewegung war so behänd gewesen, dass er seinen Tod kristallklar vor sich sah. Seine Lippen verzogen sich zu einem glücklichen Lächeln. Blitzschnell schnitt sie die Knöpfe seines Hemds und seine Hosenträger durch, bevor sie sich wieder in die Gräser schlug.

Dann hatte sie die Knöpfe wie eine Kriegstrophäe an ihr langes Lederkleid genäht und jeden mit einer Feder vom Eichelhäher geschmückt.

In der Dämmerung hatte sie nachgesehen, ob der Mann noch lebte. Er lebte. Sie hatte seinen Hut aufgehoben und war erneut in der Prärie verschwunden. Nachts war sie ein zweites Mal gekommen und hatte den Hut mitgebracht, der übervoll mit Wasser war. Der Mann war wieder zu Bewusstsein gekommen. Er hatte wie ein Tier getrunken und die Flüssigkeit vorsichtig zwischen seinen schmerzenden Lippen eingesogen. Er hatte den Mond gepriesen, der auf dem Grund seines Hutes schwamm. Er hatte die Erde gepriesen. Und er hätte wohl auch die Indianerin gepriesen, wenn sie sich nicht schon wieder fortgestohlen hätte.

In den Tagen nach seiner Beraubung beschloss Gifford, das ihm in Form eines Liters Wasser in einem schmutzigen Hut wieder geschenkte Leben anzunehmen. Die Botin zu ehren und zu fürchten, ihrer Lehre zu folgen, seine eigene Geschichte zu vergessen und endlich in die Welt zurückzukehren, neu zu beginnen.

Als Erstes ließ er seine Oberbekleidung zurück, da ihr ohnehin die Knöpfe fehlten, und fand sich in Hemd und langen Unterhosen in der Ebene wieder.

Dann begann er zu frieren. Um etwas dagegen zu tun, sammelte er Holz, schichtete es auf und zündete es an. Das Streichholz hatte er aus einer Schachtel gezogen, die er für Notfälle in seinen alten Taschen aufbewahrte. Als das Feuer kräftig loderte, legte er Hose, Hosenträger und Hemd aus seinem früheren Leben hinein und sah zu, wie sie brannten. Das Wollhemd widerstand dem Feuer am längsten. Mehrmals musste er Holz nachlegen, erst wegen des Hemds, dann wegen der Dämmerung. Schließlich setzte er sich vor die Flammen und streckte die Hände nach der Wärme aus, voll Glück über die Elemente, dass es sie gab, dass sie da waren, hier und jetzt mit ihm.

Er wartete auf die Indianerin.

Er betrachtete seinen Hut, um wie am Tag seiner Wiedergeburt darin den Mond zu erspähen. Die Gedanken waberten wie Nebelschwaden durch seinen Geist. Doch sie kam nicht. Schließlich schlief er ein, mit angezogenen Beinen um einen warmen Stein gekauert, den er aus dem Feuer geholt hatte, den Rücken zur Nacht. Vier Tage wartete er, ohne etwas anderes zu tun, als Holz zu sammeln und das Feuer zu schüren – wie auf einem Opferaltar. Hunger verspürte er schon lange nicht mehr. Wenn er barfuß durch die Prärie lief, hatte er das paradoxe Gefühl, fest verwurzelt zu sein und gleichzeitig über einem Algenmeer zu schweben, das von der Strömung mal in die eine, mal in die andere Richtung getrieben wurde. Durch das Fasten fühlten sich seine Beine an wie lose mit dem Rumpf verbundene Rohrstöcke. Lang und spröde, mit verkehrt angeordneten Kniegelenken, wie bei den Stelzvögeln: Sie gehorchten ihm nicht mehr. Hin und wieder schlüpfte er für kurze Zeit aus seinem Körper.

Am fünften Tag sah er die Indianerin durch die Flammen. Sie kam auf das Feuer zu. In den Händen hielt sie drei große weiße Eier mit schwarzen Punkten. Sie setzte sich neben ihn, legte die Eier ab und pflückte zu ihrer Linken einen langen hohlen Halm, den sie zerschnitt. Dann blies sie durch den Halm, um zu prüfen, ob er Luft durchließ, hob ein Ei vom Boden auf, klopfte zweimal auf die Schale, um ein Loch hineinzubohren, und steckte den Halm hinein, mit dem sie das Ei verrührte, bevor sie es dem zusammengekauerten Mann reichte, der sie nicht aus den Augen ließ. Es kostete Gifford viel Kraft, die Finger auszustrecken und das Ei entgegenzunehmen. Als er es endlich in den Händen hielt, erschien es ihm als etwas Vollkommenes und zugleich höchst Zerbrechliches, was es tatsächlich auch war. Über-die-Ebene-fließendes-Wasser tippte auf den vorragenden Halm und auf Giffords Lippen. Die Geste verblüffte ihn. Dann nahm sie das zweite Ei, bohrte ebenfalls ein Loch mit dem anderen Halmende, hob es an den Mund und schlürfte es in drei Zügen leer. Während Gifford, noch immer reglos vor dem Feuer ausgestreckt, den Halm betrachtete, als steckte er in nichts Geringerem als dem Sonnenball, nahm Über-die-Ebene-fließendes-Wasser das dritte Ei, stand auf und verschwand durch die Flammen wieder dorthin, von wo sie gekommen war.

Dieses Mal brauchte er nicht auf sie zu warten. Sie kehrte bei Tagesanbruch zurück und weckte ihn, indem sie ihn mit Steinchen bewarf. Er hatte das Bewusstsein verloren, nachdem er das Eigelb in kleinen Schlucken getrunken hatte. Vor Verzückung, pflegte er hinzuzufügen, wenn er an diese Stelle seiner Erzählung gelangte. Vor Verzückung und Bewunderung für dieses so schlichte Ding, das hinter seiner dünnen Kalkwand in halbflüssiger Form alle Lebensprinzipien vereinte – bis auf eines: Wärme. Was das anging, hatte Gifford in seiner Reserveschachtel achtzehn Streichhölzer gezählt, dies dürfte für sein Ausschlüpfen genügen. Die Indianerin brachte ihm noch ein Ei. Als müsste er alles erst Schritt für Schritt wieder erlernen.

Sie führte ihn durch die Prärie, indem sie Linien ins Gras zeichnete. Anfangs lief sie zwei oder drei Mal hin und her bis zu dem Punkt, an den sie ihn haben wollte. Die Spur war genauso gut sichtbar wie ein Strich auf einer weißen Seite. Sie führte ohne Unterbrechung schnurgeradeaus von der Feuerstelle oder dem Platz, an dem er sich hingelegt hatte, zu einem drei Meilen entfernten Wasserloch, das man mit bloßem Auge nicht erspäht hätte, zu einem unerklärlichen runden Platz, der deutlich sichtbar war wie eine Waldlichtung, zu einem Grabhügel mit winzigen Süßgräsern, die nur an dieser Stelle zu wachsen schienen. Sie führte ihn zu einem Bau, der sich als Eichhörnchenkobel entpuppte. Das Tier war noch darin. Als Gifford sich auf den Boden legte, um einen Blick hineinzuwerfen, sprang das Eichhörnchen mit einem Satz heraus und fauchte empört und mit aufgestelltem, gebauschtem Schwanz wie eine wütende Katze. Gifford hätte fast einen Herzinfarkt erlitten. Er war aufgesprungen und hatte sich auf den Rücken gerollt, wobei ihm das Herz kräftig gegen die Rippen pochte. Das Eichhörnchen hatte erst aufgehört, ihn zu bedrohen, als er sich, von einem irren, unkontrollierbaren Lachen geschüttelt, aufsetzte.

Sie führte ihn zu einer kleinen Senke, die ihn an jene erinnerte, die er für sich hatte graben wollen. Die von ihr gezeichneten Wege waren mit der Zeit immer schlechter lesbar geworden. Sie ging sie nur noch einmal ab und hinterließ bloß wenige Hinweise an trockeneren oder steinigen Stellen. Zuweilen verlor sich die Spur über mehrere Dutzend Meter. Gifford hatte gelernt, sich in konzentrischen Kreisen um den letzten sichtbaren Punkt zu bewegen, bis er wieder Fühlung aufgenommen hatte. Er war überzeugt, dass ihr Weg unverwechselbar war. Sobald er ihn wiedergefunden hatte, waren beide miteinander verbunden wie durch elektrischen Strom. Er konnte ihn in den Muskeln, unter der Haut spüren.

Sie führte ihn zu einem Nest, das drei der Eier enthielt, die sie ihm gebracht hatte. Er duckte sich in die Gräser, um sich zusammengekauert vor dem Wind zu schützen, reglos wie ein Schilfrohr. Er wollte seine Zukunft sehen und er sah sie. Sie war ein schöner Vogel mit langen goldenen Federn. Später sollte er Hunderte Zeichnungen von ihm anfertigen.

Sie führte ihn zu einer Falle, die eine Schlinge versteckte. Er schloss daraus, dass sie mit Franzosen oder Irokesen Handel trieb. Ein großer Hase war darin gefangen. Er lebte noch und reagierte derart panisch auf sein Näherkommen, dass er ihm nicht einmal den Gnadenstoß zu geben brauchte. Gifford schnitt die Schlinge durch und hob das Tier auf. Er hielt es an den Ohren, weit weg vom Körper, und trug es zu einem Platz, den er für die Nacht auserkoren hatte. Er machte Feuer und betrachtete die Flammen, während das tote Tier in seinem Fell erkaltete. Nur wenige hundert Meter entfernt hörte er das Heulen eines Kojoten, der offenbar die Schnauze gen Westen richtete. Das Leben erschien ihm wieder unsagbar traurig. Er ließ den Hasen liegen und aß an diesem Abend nicht. Erst spät schlief er ein, in einer sternlosen Nacht. Als er wach wurde, regnete es, der Tag brach gerade an. Die Indianerin saß neben ihm und blickte ihn unverwandt an. Sie packte den Hasen, hob ihn an die Nase, warf ihn zu Boden und spie auf den Körper. Dann zückte sie ihr Messer, schnitt dem Tier den Kopf ab, hielt ihn an den Ohren fest und schleuderte ihn Gifford ins Gesicht. Der schnaubte angewidert bei der kalten Berührung der durchgeschnittenen Arterien, fing aber reflexartig den Kopf mit den Händen auf. Dann befühlte er ihn, wie er zuvor das Ei befühlt hatte. Ein Beutel voller Leben, einfach, komplex und in vorbildlicher Weise zweckmäßig. Er wusste, was zu tun war: Er schabte den Kopf aus, steckte einen kleinen Zweig in die beiden geöffneten Höhlen, legte die Lippen an eines der Löcher, und während er mit dem Stöckchen im anderen Loch rührte, sog er genüsslich die Substanzen ein, die er sich auf diese Weise einverleibte.

Als er fertig war, sah ihm Über-die-Ebene-fließendes-Wasser gerade in die Augen. Sie hob den Hasen auf und zog ihm ganz langsam das Fell ab, damit er sah und begriff, wie man es anstellen musste. Als der Körper des Tiers mit allen Muskeln ausgeweidet dalag, Lungen, Herz und Leber am Brustkorb befestigt, reichte sie ihm das Fell, das an vier Stellen eingeschnitten war und machte sich mit dem Fleisch davon.

Am späteren Nachmittag nahm er deutlich den Geruch von Eintopf wahr, konnte aber nicht sagen, von woher er kam. Sie hatte keine Spur hinterlassen, der Wind drehte sich ständig. Und wie er in der Prärie so ganz allein dastand, überkam ihn trotz der Magenkrämpfe ein wildes Gelächter.

Elie Coulter ging nicht gern zu Fuß. Diese Art Fortbewegung war seines Erachtens nur attraktiv, wenn sie von Frauen auf den Brettern einer Bühne oder beim Einkaufen unter den Arkaden einer Stadt praktiziert wurde. Andere Reisen hatten für Damen im Cabriolet, für Männer zu Pferd und für den Rest der Menschheit auf dem Rücken eines Maulesels stattzufinden. Dass die Nimiipuus in der Lage waren, an einem Tag über achtzig Meilen zurückzulegen, war für ihn ein unwiderlegbarer Beweis für ihre fehlende Zivilisiertheit. Im Übrigen so ziemlich der einzige, da alle anderen Argumente – etwa die ihnen mangelnde Seele, die einfache Lebensweise, die mittelmäßigen Kochkünste und die schlechten sexuellen Gewohnheiten – seines Erachtens ausgemachter Blödsinn waren. Er war sich selbst nicht ganz sicher, ob in seinem Körper eine Seele hauste, außerdem hatte er nie besser geschlafen als im tiefsten Winter in einem gut geschlossenen Wigwam mit einer Shoshone-Frau unter einer Otternfelldecke, die glatter und weicher war als die herrlichste Chinaseide, während die Hafergrütze, mit der sich die meisten Weißen begnügten, ihn regelrecht anwiderte. Als er im Schatten eines entfernten Wäldchens ein Pferd erblickte, zögerte er keinen Augenblick, er war weder Frau noch Mexikaner. Und wie der Vaquero zu sagen pflegte, der ihn vor einigen Jahren bis zu Bevs Ranch in Chilshom begleitet hatte: Wenn du nicht imstande bist, skrupellos ein Pferd zu stehlen, dann ist etwas mit deiner Erziehung im Argen.

Er ging auf das Pferd zu, sah sich dabei um, dann stellte er die Steigbügel ein, überprüfte den Bauchgurt, machte das Zaumzeug los, legte dem Pferd die Zügel um den Hals und schwang sich in den Sattel. Schnalzend vollführte er eine Kehrtwende und beruhigte das Tier, das ihn nicht kannte, mit leisen Worten. Er erzählte ihm von seiner Sicht der Dinge, von seiner Vorstellung von den Beziehungen zwischen seiner Spezies und der der Pferde, die, innerhalb vernünftiger Grenzen, einen gewissen Respekt gegenüber der Freiheit des anderen verlangte. Als er der Meinung war, dass der Lärm eines Galopps auf diese Entfernung für ihn keine schädlichen Folgen mehr hätte, drückte er beide Fersen heftig in die Flanken des Pferds, sodass es einen Sprung machte und einen beinahe bellenden Laut von sich gab, von dem es selbst überrascht war, bevor es wie ein geölter Blitz losrannte, als ritte ihn der Teufel in Person.

Der Mann, dem Elie gerade sein Pferd gestohlen hatte, ging auch nicht gern zu Fuß. Als er den seltsamen Schrei hörte, auf den das Geräusch eines wilden Galopps folgte, stellte er sich hinter einem Felsen auf und legte eine Patrone in die Kammer seines Karabiners. Wenn er Glück hatte und der Dieb in Richtung Stadt ritt, würde er weiter unten in Reichweite seines Gewehrs vorbeijagen. Es war nicht leicht, aber machbar. Bird Boisverd legte den Lauf auf den Vorsprung des Basaltfelsens und horchte. Das Geräusch kam näher. Am Rand seines Gesichtsfelds sah er, wie sein Pferd mit einer Geschwindigkeit, die er nie hätte aus ihm herausholen können, die Landschaft zerteilte – auf seinem Rücken der Schweinekerl, der es antrieb. Er atmete tief durch, nahm ihn ins Visier und folgte seiner Bewegung. Doch als er den Schuss abfeuern wollte, hob der Reiter den Kopf in seine Richtung, als hätte er seine Anwesenheit gespürt, ließ sich in derselben Sekunde hinter die Flanke des Pferdes fallen und ritt, die Beine um den Sattel geklammert, im selben Tempo, das Pferd antreibend, dem Schützen vor der Nase weg. Dieses Kunststück zeugte von einer solchen Kungelei mit dem Schicksal, dass Bird Boisverd nicht übel Lust gehabt hätte, sein Pferd abzuknallen. Drei Sekunden später saß der Dieb wieder im Sattel, und die Gelegenheit verlor sich in der Landschaft.

Er konnte es nicht fassen. Über neunhundert Meilen hatte er zurückgelegt, mit nur ein, zwei unbedeutenden Zwischenfällen in einem Saloon und ein paar spannungsgeladenen Geschäften mit einer isolierten Gruppe Migranten, das heißt, er war schlau genug gewesen, seine Bahn zu ziehen und dabei die meisten natürlichen und menschlichen Fallen zu meiden – und nun das. Mitten in diesem wüstengleichen Gebirge, obwohl seit Tagen keine Spur von einer Menschenseele zu sehen gewesen war, weder nah noch fern, und nun das: ein derart unbekümmerter Pferdedieb, das war mehr als Pech. Hätte er sich versehentlich in den Fuß geschossen, er hätte es leichter weggesteckt.

Elie hingegen fühlte sich wie neugeboren. In den Pistolenhalftern seines unvorhergesehenen Partners – was ist schon ein Räuber ohne Beraubten – hatte er eine Tasche gefunden, die rund war wie eine kleine Melone und prall gefüllt mit einem geruchlosen feinen Pulver, das einen unvergleichlichen Glanz besaß. Ganz zu schweigen von der Decke, den getrockneten Bohnen, den Blechtöpfen, dem Päckchen Kaffee und der Flasche Schnaps, die die Ausrüstung auf angenehmste Art und Weise vervollständigten. Ein hervorragendes Geschäft. Auch wenn nichts über ein Pferd geht, wenn man zu Fuß unterwegs ist – er hätte wirklich leicht auf die Geldbörse und den ganzen Rest verzichten können, wenn man ihn vor die Wahl gestellt hätte –, so gehörte Elie nicht zu denen, die

die Annehmlichkeiten des Lebens verachten. Die Aussicht darauf, sich ein Chili einzuverleiben und von dem Alkohol zu probieren, den sein neuer Freund geschmuggelt hatte, erfüllte ihn mit großer Vorfreude. Aber zuallererst musste er zwischen sich und dem anderen eine Entfernung legen, die die größte Vorsicht gebot. Besser noch: die doppelte. Er folgte dem Weg auf achtzig Meilen. An einem Abzweig nach Osten verließ er den Weg und ritt im rechten Winkel zu ihm weitere zehn Meilen. Er trieb sein Pferd nicht mehr an, denn nun war das Gelände voller Löcher. Präriehunde. Er hielt die Richtung, aber verringerte den Druck und verließ sich auf den Selbsterhaltungstrieb des Tieres, das darauf achten würde, sich kein Bein zu brechen.

Als sie auf ein Wildwasser stießen, das sanft die fernen Hänge hinabfloss, zog Elie am Zaumzeug und streckte die Beine in den Steigbügeln durch. Das Pferd nutzte die Gelegenheit zu äppeln. Der Mann lächelte und erhob sich aus dem Sattel, um ihm den Druck auf die Flanken zu nehmen. Dann beschloss er, sich auf einer kleinen runden Grasfläche neben dem Ufer niederzulassen. Als das Pferd fertig war, stieg er ab, legte ihm die Zügel über den Hals und führte es zu einem kleinen Baum, der genau deshalb dort zu stehen schien. Saftiges Gras wuchs rings umher. Elie band das Pferd so fest, dass es nach Herzenslust grasen konnte. Aber doch in vernünftigem Maße. Er nahm ihm den Sattel und den Krempel seines Partners ab und legte alles zwanzig Fuß entfernt von dem Tier hin, das er nachts atmen hören wollte. Er brauchte nicht lange, um ein paar Steine und Holz zu sammeln, sie im Kreis anzuordnen und ein Feuer zu entzünden. Auch nicht viel länger, um sich den Essnapf zu schnappen und den Speck anzubraten, bevor er die Bohnen dazugab, Wasser hinzufügte und das Ganze abdeckte. Nachdem er sich vergewissert hatte, dass sein Eintopf nur simmern würde ohne anzubrennen, stand er auf und rupfte ein paar Handvoll Gras aus, das er zu einem großen Klumpen formte. Damit striegelte er sorgfältig und ausgiebig den ganzen Körper des Pferdes. Das Geräusch des Wildwassers verhinderte, dass er mit einem Ohr auf seinen Eintopf achten konnte, aber der Geruch in der Luft gab ihm hinlänglich Auskunft über die noch nötige Garzeit. Er war fast fertig, als er das Grasbüschel wegwarf und sich vom Pferd entfernte, um sich Hände und Gesicht zu waschen. Während er sich übers Wasser beugte, wehte eine so deutliche Geruchsschwade von seiner Mahlzeit zu ihm herüber, dass er den Eindruck hatte, direkt über dem Kochtopf zu stehen. Blinzelnd wandte er sich um, mit triefenden Händen und feuchten Haaren. Nichts hatte sich gerührt. Er beendete seine Toilette und lächelte bei dem Gedanken, endlich wieder etwas Stärkeres als geschmolzenen Schnee, der zwischen Kieseln gelegen hatte, zu trinken. Als er kehrtmachte, versperrte ihm das Pferd die Sicht auf sein Lager. Es spielte keine Rolle, er hatte das Bild davon im Kopf, er hätte mit geschlossenen Augen darauf zugehen können. Er wollte das Pferd im Vorbeigehen tätscheln, doch das Tier entzog sich. Und bei diesem kleinen Seitschritt, der sicherlich eine Art Missbilligung zum Ausdruck brachte, glaubte Elie die Gestalt eines Mannes zu erkennen, der ihm gegenüber vor dem Feuer saß. Der schwarze Umriss hob sich von dem schwarzen Hintergrund des Hanges deutlich ab, er war reglos, bis auf die Bewegung eines kurzes Stabs, die mit dem linken Teil des menschlichen Schattens, vielleicht dem Ellbogen, ausgeführt zu werden schien. Er brauchte keine zwei weiteren Schritte, um zu begreifen, dass der Kerl im Begriff war, sein Chili aufzuessen, dass er ein Weißer war, weil er einen Hut trug, und dass er die Mahlzeit auf die eine oder andere Weise wieder aus ihm herausholen würde. Leise rannte er auf den Mann zu, der ihn nicht bemerkt zu haben schien, doch dann sah er neben dem Feuer, als er gerade angreifen wollte, einen Pistolenlauf aufblitzen, dessen schwarzer Schlund auf seinen Bauch gerichtet war. Der Mann hielt seine Waffe ganz lässig auf ihn gerichtet, wie ein Potential, das im Falle seiner Umsetzung zu einem unabwendbaren Ergebnis führen würde. Elie hielt ohne Zögern inne, richtete sich auf und musterte den Unbekannten, der keinen Augenblick aufgehört hatte, mit der linken Hand den Löffel an den Mund zu heben. Schamlos kratzte der Metalllöffel über den Boden des Topfes. Er spürte, wie die Wut in ihm aufstieg, und zwang sich tief durchzuatmen. Der Mann verschlang den letzten Happen, legte den Löffel in den Teller zurück und warf das Ganze hinter sich. Dann sagte er, dass es wohl an der Zeit wäre, sich einen hinter die Binde zu kippen. Und zwar am liebsten in Gesellschaft, wenn keiner etwas dagegen hatte. Elie, dessen leerer Bauch noch immer vom schwarzen Auge des Colts seines Gegenübers beobachtet wurde, fiel kein Einwand ein. Er ging auf seine Sachen zu und sah in Gedanken das Gewehr mit dem abgesägten Lauf in einem seiner Halfter liegen, mit hervorlugendem Kolben, aber unsichtbar von dort, wo der Mann saß. Er stellte sich vor, wie er die Flasche mit einer Hand würde herausholen, mit der anderen die Waffe zücken, sie über die Hüfte schwingen und in derselben Bewegung würde zielen müssen, wobei es nicht infrage kam, sein Ziel zu verfehlen, denn er würde nur einen Schuss haben – da rief ihm der Mann zu, er solle sich keinen Kopf machen, das Gewehr sei bereits nicht mehr geladen.

Zu seiner großen Überraschung stellte Elie fest, dass diese Nachricht auf seine Lungen befreiend wirkte.

Das Atmen fiel ihr immer schwerer. Die holprige Piste warf sie auf ihrer Strohmatratze hin und her, und jeder Buckel entriss ihr einen Atemzug, den mühevoll wieder einzusaugen sie Minuten kostete. In diesem Stadium wusste Brad nicht mehr, ob sie darum kämpfte, weiterzuleben oder hinüberzugehen. Manchmal hatte er den Eindruck, das Leben klammerte sich verzweifelt an ihre Brust und weigerte sich hartnäckig, die Belagerung aufzugeben. Er betete zu dem kosmischen Gott, zu den Gräsern, an denen sie vorbeikamen, zu den Wäldern und Tümpeln, ihre Seele aufzunehmen, in Frieden, ohne sie dafür zahlen zu lassen. Aber jeder Tag erneuerte die Tortur der Stöße und jede Nacht die der Visionen und Albträume. Er ermunterte das Mädchen, ihr Kräutertee einzuflößen, aber sie lehnte häufig ab. Er wusste, dass sie ihre Gründe hatte. Josh kam nur noch für die Mahlzeiten zum abendlichen Lager und verschlang sie hastig, bevor er wieder in die Dunkelheit verschwand. Auf der Spur von einem Wild, einer Person, Wasser, Gras, Holz, von allem, was ihm gerade einfiel. Doch in Wirklichkeit hielt sich Josh einfach in einer Entfernung auf, die es ihm erlaubte, sie im Auge zu behalten, ohne sie zu hören. Wenn die Anfälle lauter wurden und durch seinen Stillepuffer drangen, weinte er auf seinem Sattel. Wie ein Kind, wie ein Enkel, der die letzte Frau leiden hörte, die ihn hatte zur Welt kommen sehen und die ihn liebte. In diesen Augenblicken kam es vor, dass er mit staubgeröteten Augen auf die Kolonne zugaloppierte und in den Planwagen sprang, um ihr die Hände zu halten. Ihre vogelgleichen Hände. Und ihr die Stirn zu streicheln. Das war alles, was er tun konnte. Und er verspürte Scham. Scham, wie einer, der unfähig war, einem anderen etwas Gutes zu tun. Er verfluchte sich, bis Xiao Niù ihm sagte, dass Ohnmacht die Voraussetzung aller Medizin sei. Sie machte ihn auch darauf aufmerksam, dass er der einzige war, der den Augen dieser Frau noch ein Lächeln entlocken konnte, seit Langem hatte sie die letzten Stadien der Erschöpfung durchschritten.

Von diesen Momenten abgesehen dachte Josh nur an eines. Vorwärtskommen. Das Ziel ihrer Reise hatten sie Monate früher festgelegt, er hätte es als Zeitverschwendung empfunden, auch nur daran zu denken. Nun, da sie an diesem Punkt der Reise angelangt waren – und der Zustand der Großmutter bestärkte ihn darin –, nun ging es nur noch darum, vorwärtszukommen.

Für Brad hingegen, der das Reisen nicht mochte, ging es einzig darum, ans Ziel zu gelangen. Im Gegensatz zu seinem Sohn nahm er das endlose Zugehen auf einen Horizont, der beständig fortrückte, mit der Geduld eines Farmers hin. Mit einer Hartnäckigkeit, die man für Hitzköpfigkeit halten konnte – aber in seinem tiefsten Innern verabscheute er dieses Weiterziehen, das er als das Gegenteil vom Sich-Niederlassen und als Preis für jenes gute Stück Erde betrachtete, das sie der Welt schließlich entreißen würden. Und sei es an ihrem entlegensten Winkel.

Die langen Stunden, die Jeffrey im Planwagen zubrachte, die Ohren sorgfältig mit Wachskugeln versiegelt, vertrieb er sich, indem er sich die Stadt und die Prärie vorstellte, von denen sein Bruder träumte, jenes Stück Land, das sie irgendwann erreichen mussten und das ihr Königreich sein würde.

Er, der während der ersten zwanzig Jahre seines Lebens die torfige Erde bewirtschaftet hatte, die schwarze Erde der vom Wind geharkten Hochebenen, sah vor sich ein weites hügeliges Land, das licht bewaldet war, auf dem sich eine schöne Weide fände und genügend gutes Holz zum Bauen und Heizen. Wenn es dort Schiefer fürs Dach gab, einen breiten Bach zum Angeln, gutes Klima für Rosen und Clematis, und wenn das alles etwa vierzig Meilen von einer friedlichen Stadt entfernt lag, die über zwei oder drei Saloons verfügte, dann würde er sich als den glücklichsten aller Menschen betrachten. Und natürlich versäumte er es an diesem Punkt seiner Zwiegespräche nie, sich daran zu gemahnen, dass das Gesetz der Träume ein ganz besonderes war und dass Träume in der wirklichen Welt nie ganz in Erfüllung gingen, der eine oder andere Teil seines Gedankenkonstrukts würde in einen Abgrund stürzen, noch bevor sie das erste Stück jenes Landes erblickten, auf dem sie am Ende bleiben würden. Woraufhin er stets hinzufügte, dass man genau aus diesem Grund die besten, größten und schönsten Dinge erfinden musste. Weil der Traum auf diese Weise, selbst wenn sich nur ein kleiner Teil realisieren würde, noch immer gehaltvoll genug wäre, um sie glücklich zu machen.

An diesen morgendlichen Gedanken war er angelangt, als er am Rand seines Blickfelds eine ungewöhnliche Bewegung ausmachte. Seit Langem hatte er sich an die verschiedenen Flugweisen der Vögel, die ihnen begegneten, gewöhnt, ebenso an das Verhalten des Hoch- und Niederwilds. Zu diesem Zeitpunkt der Reise hätte er allein an der Bewegung der Blätter oder der Gräser sagen können, welches Tier gerade vorbeigekommen war und sie belauerte. Aber dieses Schwingen der Zweige in dem niedrigen Bewuchs entlang des Wegs, fast drei Meilen weiter vorn, passte irgendwie auf nichts. Er nahm die Wachskugeln aus den Ohren und steckte sie zurück in sein

Hutband. Es gelang seiner Mutter ohnehin nicht mehr, so lange zu brüllen, wie sie es einige Wochen über getan hatte. Besser einen Anfall zu ertragen, zumal er kurz sein würde, als in einer unerwarteten Situation eines seiner Sinne beraubt zu sein. Er befreite seinen breiten Ledergürtel von den Schößen seiner Jacke und nahm die Zügel der Rinder in die Hand. Brad warf ihm einen fragenden Blick zu und er wies mit dem Kinn auf die Stelle, an der er die verdächtige Bewegung bemerkt hatte. Brad kroch in den Wagen, um das Gewehr zu holen. Als sie sich den krummen Sträuchern näherten, die eine Art undurchdringliches, mehrere Fuß breites Dickicht bildeten, gähnte das Mädchen, das hinten geschlafen hatte, und räkelte sich, bevor es über die Bank hinwegstieg und sich neben Jeffrey setzte. Der rückte ein wenig zur Seite, um ihr Platz zu machen. Sogleich schnüffelte sie in der Luft, und als sie ungefähr in der Mitte des Dickichts angelangt waren, rief sie warnend *Dakota,* woraufhin ein heller Umriss sich plötzlich vor ihnen zeigte und sich mühelos auf das vordere Rind schwang, ohne dass Jeffrey, der von dem anmutigen Vorgang völlig gebannt war, auch nur daran gedacht hätte, seine Waffe zu zücken. Als seine Hand danach griff, hinderte ihn das Mädchen daran und deutete auf den Indianer, der rücklings auf dem Rind saß und sie lachend beobachtete. Seine Wangen waren rot bemalt, in seinem Haarknoten steckte ein weißer Knochen, und mehrere breite Kupferreifen dienten ihm als Brustharnisch. Ein lederner Lendenschurz und Mokassins rundeten das Bild ab. Er war jung und lachte von einem Ohr zum anderen, wobei er mit dem Finger auf Jeffrey zeigte. Brad, der das Schlusslicht bildete, sah, wie der Indianer am anderen Ende des Planwagens auf dem Rückgrat des Tieres hockte. Über den Kopf seines Bruders und des Mädchens hinweg beobachtete er, wie jener sich hinkniete, sich erhob und schließlich über die Rinder hinwegschritt wie auf einem Teppich. Er traute seinen Augen nicht. Xiao Niù wandte den Kopf nach ihm um und bedeutete, nichts zu unternehmen. Er ließ die Waffe sinken, hielt den Lauf aber fest umklammert. Ein weiterer Indianer erschien auf der Kruppe des Rindes, vor dem Jeffrey galoppierte, dann tauchte noch ein dritter aus dem Gebüsch auf, gleich hinter Brad, der sich zwang, nicht herumzufahren und das Feuer zu eröffnen. Auf diese Weise legten sie die vierzig Fuß durch verbliebene Vegetation zurück wie von eisigem Wasser umgeben, unfähig zu reagieren. Als die Büsche den Blick auf die Prärie freigaben, sahen sie, wie der Weg kurz anstieg, bevor er in ein kleines Tal hinabführte und Jeffrey eine Vorahnung hatte, was sie erwartete. Sobald sie aus der Deckung waren, wurden die Rufe der sie begleitenden Indianer lauter, bald waren es zehn, zwanzig um sie herum, die meisten Kinder. Noch bevor sie an die höchste Stelle des Weges gelangten, wurden sie von einem Rudel gelber Hunde umringt. Sie sahen Rauch und wussten, dass sie in ein Dorf kamen, das gewiss noch am selben Tag errichtet worden war. Sonst hätte Josh, der noch am Morgen in die Nähe geritten war, sie gewarnt. Ihre Eskorte zwang sie, ins Tal hinunterzufahren, und führte sie mit lautem Geheul über den ganzen Platz. Sie mussten mehrere Runden um die Zelte drehen. Alle jungen Männer schienen auf den Schultern der Rinder laufen und mit einer Pirouette auf- oder absteigen zu wollen. Wegen der bellenden Hunde, der applaudierenden Kinder, der herbeieilenden Frauen glaubten die Brüdern, Teil einer Zirkusparade zu sein, ohne zu wissen, wer Schausteller war und wer Publikum. Sie fuhren gerade ihre dritte Runde um ein zerlumptes und mit alten Mustern bedecktes Zelt, als die Großmutter, die seit Beginn der wilden Jagd vor Schmerz wimmerte, plötzlich genügend Kraft gesammelt hatte, um durch die Plane hindurch einen ihrer mächtigen Kojotenrufe auszustoßen. Selbst die Luft gerann. Die Rinder hielten abrupt inne, und alles, was um sie herum sprang, kreiste, lachte und wirbelte, erstarrte zu Stein. Es folgte eine Minute bleierner Stille, in der das Kojotengeheul noch viermal erklang. Dann hörten Brad und Jeffrey, wie ihre Mutter versuchte, wieder Atem zu schöpfen. Das Mädchen sprang nach hinten und half ihr von dem Getreidesack auf, der ihr als Kopfkissen diente. Gemurmel war zu hören. Ein Gemurmel, das sich in Raunen verwandelte, als aus dem alten Zelt allmählich ein Stock aus Eichenholz hervorlugte, der von Abnutzung glatt und glänzend war. Und das Raunen verstummte, als nach dem Stock der alte Mann zum Vorschein kam, der dort lebte. Er brauchte lange, um tief gebeugt einen Fuß aus dem Zelt zu setzen, sich nach draußen zu begeben und sich in langsamem Gang auf den Weg zum hinteren Teil des Planwagens zu machen. Dort angelangt, streckte er eine Hand aus. Xiao Niù hatte die Großmutter hingesetzt und ihr die weißen Haare gekämmt. Der alte Mann beugte sich vor die Öffnung und blinzelte. Mit seiner Stockspitze berührte er den rechten Fuß der alten Frau, die ihm einen zornigen Blick zuwarf. Er sprach ein paar Worte, auf die sie nichts erwiderte, und machte dann, ebenso langsam, wie er gekommen war, wieder kehrt. Bevor er sich erneut bückte, um ins Zelt zu gehen, das ihm von unsichtbarer Hand aufgehalten wurde, wandte er sich um, streckte die Arme gen Himmel und grüßte feierlich die vier Himmelsrichtungen. Dann wandte er sich an die Versammlung, mit leiser Stimme, die jeder hören konnte. Seine Worte spulten erst langsam ab, nahmen dann Fahrt auf und hielten das Tempo, bis ihr Fluss wieder ruhiger wurde und nach drei lang gedehnten Taktschlägen versiegte. Die letzten Worte, die er sprach, zeigten unmittelbare Wirkung. Als er wieder ins Zeltinnere trat, stießen zwei erwachsene Männer mehrere Befehle aus und die Frauen liefen los. Jeffrey und Brad blieb keine Zeit, sich Fragen zu stellen. Drei junge Krieger kamen mit Stangen und einem Strohbett zurück, auf denen gewebte Decken, ein Wolfs- und ein Bisonfell lagen. Zwei von ihnen stiegen gemeinsam in den Wagen zur Großmutter, und als hätte sie ihr Kommen seit einer Ewigkeit erwartet, umklammerte sie, kaum dass sie sich über sie gebeugt hatten, ihrer beider Nacken. Einen Arm legten sie ihr um die Schultern, den anderen schoben sie unter ihren Hintern und hoben sie dann aus dem Planwagen, um sie auf das Wolfsfell zu betten. Die Frauen bedeckten sie mit den gewebten Decken und dem Bisonfell, jede Geste von einem monotonen Singsang begleitet, der beruhigend wirkte wie ein Kinderreim. Die Großmutter weinte, lächelte. Lächelte. Als sie auf dem Stroh lag, trug man sie zu dem eilends geschaffenen Platz in der Mitte des Dorfes. Man setzte sie am Rand eines Kreises ab, der verschiedenen Zwecken diente. Dort, wo noch bis eben nichts gewesen war, lagen nun Stäbe über Kreuz. Ringsherum wurden Steine für eine Feuerstelle gelegt. Während die Frauen des Dorfes das Holz festzurrten und die Stricke verknoteten, brachte eine Horde Kinder auf ausgestreckten Armen eine Plane. Sie wurde auseinandergefaltet und nach allen Regeln der Kunst ausgebreitet. Eine knappe halbe Stunde später stand ein großer Wigwam in der Mitte des Dorfes. Nachdem die Frauen ihn bestückt und verschlossen hatten, kam ein maskierter Mann auf den Platz und ging mit einem federgeschmückten Stab mehrere Male auf und ab und gab dabei einen kehligen Gesang von sich. Nachdem er dies seiner Ansicht nach ausreichend lange getan hatte, betrat er den Wigwam und entzündete das erste Feuer. Der Geruch des Rauchs, der aus der Öffnung aufstieg, war scharf wie ein Gewissensbiss und süß wie Honig. Rückwärts kam der Mann wieder aus dem Zelt heraus, umhüllt vom Dampf, und schloss, noch immer mit kehligem Gesang, die Öffnung dreimal hinter sich, bevor er sie zum Schluss offen ließ und sich mit kleinen Rückwärtsschritten verzog. Da hoben die drei Träger das

Bettlager an und brachten es in das Zelt. Die Großmutter hatte kurz die Sonne erblickt. Während der ganzen Zeremonie waren ihre Söhne und das Mädchen nicht von ihrer Seite gewichen und wie sie ganz arglos geblieben. Als sie aber mit den Trägern in das Zelt gebracht und ihnen der Zutritt verweigert wurde, bekamen sie es Angst. Doch der Schamane lullte sie sogleich mit unentwirrbaren Worten und Gerüchen ein. Er wies auf einen Platz rechts neben der Öffnung und hieß sie dort Platz nehmen. Man brachte ihnen Schalen und Decken. Als die Träger wieder herauskamen, wurden sie von drei Frauen desselben Alters ersetzt. Die beiden Brüder und das Mädchen wickelten sich in ihre Decken und setzten sich vor die leeren Schalen. Dann begann das Warten.

Über-die-Ebene-fließendes-Wasser hatte kein Volk, sie hatte mehrere.

Ihr Wissen war gefragt und wurde von allen empfohlen, die die Hohlknochen eines Adlers, magische Federn oder Medizin in Lederbeuteln bei sich trugen. Als Frau ohne Volk war sie so gefürchtet wie begehrt. Seit dem gewaltsamen Tod ihrer Angehörigen hatte sich ihre Macht verzehnfacht. Sie konnte weiter blicken, den Körper besser heilen und ihn an drei Punkten töten. Es gab mehrere Versionen von der Geschichte der Zerstörung ihres Dorfes und den gut versteckten Flüchtlingen. In einigen davon spielte sie selbst eine nicht unwesentliche Rolle. Feuer, Wasser, Pulver und Donner waren an der völligen Auslöschung ihres Clans beteiligt gewesen. Und nun hieß es, dass sie selbst diese Elemente wie keine andere beherrsche. Tatsächlich konnte sie sehr genau zielen, ohne Zögern schießen und allerlei Waffen mit beachtlicher Geschwindigkeit laden, sogar über die Mündung vom Lauf.

Gifford hatte sie an einem Jagdtag in der Dämmerung gesehen. Sie hatte einen Elk geschossen, dem sie stundenlang gefolgt waren, der aber jedes Mal entwischte, wenn sie schon glaubten, ihn auf einer Lichtung oder an einem Hang gesichtet zu haben. Als er in einem dünn bewachsenen Hain Unterschlupf gefunden hatte und, nachdem die Jäger an ihm vorbeigezogen waren, umkehren wollte, machte er den Fehler, zwei

Sekunden die Spitze seines Geweihs zu zeigen. Diese zwei Sekunden kosteten ihn das Leben. Die Kugel traf ihn zwischen den Schulterblättern und bahnte sich den Weg durch die Wirbelsäule bis ins Herz. Er sank auf die Knie und ließ den Hals hängen, als wolle er sich verbeugen. Noch bevor sein Bauch den Boden berührte, war er tot. Und bevor er starb, hatte sie die Waffe erneut geladen – für den Rotluchs, der ihnen folgte und den sie zu Beginn der Pirsch bemerkt hatte. Als er näher kam, um das Blut aufzulecken, das weiter unten ein Bächlein bildete, feuerte sie einen Schuss ab, der ihm den Schädel zerbersten ließ. Später sah Gifford, dass ihr das Fell des Luchses, das weich und fließend war wie Wasser, in einem ihrer vielen Unterschlupfe als Bettlager diente.

Ebenso wie sie kein Volk hatte, hatte Über-die-Ebene-fließendes-Wasser auch kein Haus, sondern mehrere. Keine Schlupflöcher, sondern Verstecke. Keines davon war von Menschenhand errichtet worden, abgesehen von einer Art Hütte, die sie sich in einer unterirdischen Mine eingerichtet hatte; der ehemalige Besitzer hatte einen Ofen hineingestellt und einen Abzug für den Rauch in den Fels geschlagen. Weiterhin fand man darin Stützbalken und eine Art Brettertür, die den Eingang vollständig verschloss und den Raum verdunkelte. Außer diesem Verschlag, in den sie sich nur in der größten Winterkälte und dann auch nur für kurze Zeit zurückzog, sowie aus anderen Gründen, die Gifford nie begriff oder vorhersehen konnte, war offentsichlich keine ihrer Wohnstätten für Menschen geschaffen. Eine Schwitzhütte war die einzige Konstruktion, die sie bereitwillig aufstellte, wobei sie diese gleich nach Benutzung als letzten Teil des Reinigungsrituals wieder abbaute.

Sie heilte Brandwunden durch Handauflegen. Mit ihrem Gesang besänftigte sie erregte Gemüter, betrunkene Männer und Frauen mit obsessivem Kinderwunsch. Sie senkte das

Fieber und führte Wiederbelebungsversuche manchmal mit Ohrfeigen und Prügel durch.

Gifford hatte gesehen, wie sie einen Vogel, den sie zuvor mit einem Stein getroffen hatte, wieder zum Leben erweckte. Von ihren magischen Kräften waren besonders ihre Visionen gefragt. Sie gab über das Blut Auskunft. Entsprechend wurde sie bei Clankriegen und Fragen zur Abstammung befragt. Für diese Arbeiten verlangte sie Räucherfleisch oder Pemmican. Man rief sie nicht, sie kam. Und jedes Dorf, das sie den Kreis seiner Tipis betreten sah, wusste, dass ihm eine besondere, aber gefährliche Ehre zuteil wurde.

Gifford war ihr mehrfach zu diesen Zeremonien gefolgt und hatte aus sicherer Entfernung allem beigewohnt, was sich außerhalb der Zelte abgespielt hatte. Die Indianer wussten, dass ein weißer Mann sich an die Fersen der mächtigen Frau ohne Volk geheftet hatte. Für einige war Gifford ein Sioux, den sie mit einen Fluch belegt hatte, nachdem sie von ihm beleidigt worden war. Sie hatte ihm die Wahl gelassen zwischen der Gestalt eines Schweins und der eines weißen Mannes, und der Sioux hatte seine Wahl getroffen. Einige sagten, er hätte besser das Schwein wählen sollen. Wie dem auch sei, seitdem setzte er alles daran, ihr überallhin zu folgen, in der Hoffnung, dass sie es am Ende leid wäre und ihm schließlich seine ursprüngliche Gestalt zurückgäbe. Nur aus dem Grund, und weil er Halbindianer war, duldete man ihn am Rand des Dorfes, aber um nichts auf der Welt hätte man ihn den heiligen Kreis betreten lassen. Schließlich verkörperte er vor allem einen mächtigen bösen Zauber, und diese Art von Kontakt galt es zu meiden.

Dank seiner besonderen Aura hatte Gifford geheime Tänze und Riten gesehen, die kein Weißer je zu Gesicht bekam. Er hatte Märchen gehört, deren Handlung er dank der Gestik der Erzähler hatte halbwegs folgen können. Über-die-Ebene-fließendes-Wasser hatte die Geschichten, die er sich zusammengereimt hatte, anschließend entkräftet oder bestätigt, und ohne dass sie ihm selbst je eine erzählt hatte, verfügte er bald über ein recht breites Repertoire von Was-man-sich-am-Feuer-erzählt. Sie war unermüdlich. Sieben Monde lang war er in ihrem Schlepptau die Ebene auf und ab gelaufen und hatte sechs oder sieben Stämme besucht, die miteinander eine nur ungenaue Gestik und ein paar Wörter einer Sprache teilten, die allen gleichermaßen fremd war. Zuletzt war sie bei den Absarokees gewesen. Sie war in Mokassins aus weißem Leder geschlüpft und hatte mit fest verschlossenem Mund im Dorf getanzt, bis eine Frau einen Kupferkessel aus einem Zelt geworfen und dabei schrille, unmenschliche Schreie ausgestoßen hatte. Daraufhin waren Männer erschienen und zu dieser Frau ins Zelt geschlüpft, dann hatte Gifford nichts mehr gehört. Über-die-Ebene-fließendes-Wasser hatte die Schuhe ausgezogen. Sie war einen Hügel hinaufgestiegen, hatte sich, den Blick auf den Horizont gerichtet, hingekauert und, reglos auf ihren Anteil wartend, versucht, wieder zu Kräften zu kommen. Überall, wo sie getanzt hatte, war wie nach einem Brand eine schwarze Spur auf der Erde zurückgeblieben. Sie hatte eine Decke und einen Kohleeimer voll Maiskörner bekommen. Obwohl es nicht anstrengend aussah, war sie nach dem Tanz immer tagelang geschwächt. Über-die-Ebene-fließendes-Wasser lächelte wenig, danach hatte sie noch seltener gelächelt. Und eines Morgens hatte sie lange die Ohren gespitzt, den Kopf gen Norden gewendet und den kleinen Lederbeutel berührt, den sie am Herzen trug. Noch am selben Vormittag war sie aufgebrochen. Gifford, der wusste, dass sie versuchte, alles ins Lot zu bringen, ahnte, dass sie zu den Dakotas, den traditionellen Feinden der Absarokees aufbrach. Er hatte sich nicht geirrt. Nach vier Tagesmärschen, in denen sie sich nur von Wasser und verdorrten kleinen Früchten ernährt hatten, die er in einer Umhängetasche trug, kamen sie zum Lagerplatz des alten Grollendes-Gewitter. Als sie den Rauch der Feuerstätten sahen, blieb sie stehen. Und statt das Dorf zu betreten, richtete sie sich in einer kleinen Senke nahe dem Bach ein, der das Tal durchquerte. Sie sammelte große Steine. Gifford entzündete ein Feuer, das durfte er, während sie aus einer Ledertasche eine Holzkelle holte, die Tasche dann vollständig leerte und mit Wasser füllte. Während die Steine heiß wurden, vollzog sie die Rituale. Dann spuckte sie auf den dicksten Stein und als die Spucke anfing, Blasen zu werfen, brachte sie den Stein in die Hütte. Sie kam noch einmal wegen des Eimers und einmal wegen der Holzkelle heraus, und dann zog sie hinter sich die lederne Plane vor, die die Hütte fast hermetisch abdichtete. Gifford hörte, wie das Wasser auf den Steinen zischte, und sah, wie die Hütte sich durch den Dampf leicht blähte. Er entfernte sich.

Als sie aus der mit Hitze gefüllten Tasche wieder herauskam, nachdem sie in ihr geschlafen und geträumt hatte, war ihr nackter Körper schweißüberströmt und von ihrem Willen gereinigt. Sie wusch sich in dem kalten Bach. Dann ließ sie sich vom Wind trocknen. Als sie sich wieder anzog, achtete sie beim Anlegen ihres Schmucks darauf, dass er gut zur Geltung kam. Dann ging sie ins Dorf, gerade auf das Zelt von Grollendes-Gewitter zu, und betrat es mit einem Gruß.

Nachdem sie eine Pfeife geraucht hatten, sagte sie zu dem Greis, sein Bruder kehre heim, um zu sterben, und brauche Hilfe. Der Greis erwiderte, sein Bruder sei ein mächtiger Krieger, er habe noch an diesem Morgen seinen Totengesang gesungen. Und er erwarte ihn. Zwei weiße Männer, die vor dem Totenzelt saßen, erhoben sich bei ihrer Ankunft. Ein Mädchen, das, in eine Decke gewickelt, neben ihnen hockte, blickte ihr in die Augen. Der Schamane des Dorfes sprach einige Worte und der Eingang wurde geöffnet. Über-die-Ebene-fließendes-

Wasser beugte sich vor und betrat das Zelt, das mit schwarzen Motiven von der letzten Reise verziert war. Von den drei Frauen, die am Bett der Großmutter saßen, ging eine hinaus. Über-die-Ebene-fließendes-Wasser sog die Luft und das Räucherwerk ein, das man entzündet hatte, sie nickte und näherte sich dem Lager, auf dem der mächtige Krieger lag, und sah ihm ins Gesicht. Die glatten weißen Haare, die hohen Wangenknochen, die kräftige Adlernase, die wässrigen Augen. Und die Großmutter erwiderte ihren Blick, wie der Bruder von Grollendes-Gewitter es getan hätte.

Über-die-Ebene-fließendes-Wasser bat die anderen Frauen, das Zelt zu verlassen, und begleitete ihr Gehen mit fortwährendem Gemurmel. Dann trat sie noch näher und fuhr mit den Händen über den liegenden Körper, von den Füßen bis zum Schädel. Langsam. Ohne ihn zu berühren, ohne einen Laut von sich zu geben. Indem sie in dem Gewebe die letzten Energien suchte, indem sie diese wie Bäche zu dem breiten Fluss zusammenführte, der vom Herzen aufstieg. Als sie am Solarplexus angelangt war, spürte sie die Kraft des Kopfes und der Kehle zu ihren Händen zurückfließen. Sie formte eine Kugel, die beide Quellen vereinte. Und als sie gleichförmig und flüssig in ihren Händen lag, ließ sie sie in den Hals aufsteigen und mit dem Atem entweichen. Da gab der Körper unter ihren Händen, die Großmutter, Bruder von Grollendes-Gewitter, dem Universum den Geist zurück.

Sie sang, um ihm den Weg zum Himmel zu weisen. Verbrannte Kräuter. Sang erneut. Und als er dem Rauch folgend aufgestiegen war, spürte sie durch die Zeltplane hindurch die Traurigkeit und die Ruhe der beiden weißen Männer, die sie bis zur Schwelle der Grabkammer begleitet hatten. Sie spürte weiter entfernt den klaffenden Schmerz von jemandem, der nicht hatte näher kommen können. Sie spürte die Zufriedenheit von Grollendes-Gewitter. Und auf einen Schlag spürte sie nichts mehr.

Gifford sah, wie die Dakota-Krieger das Zelt betraten, in dem Über-die-Ebene-fließendes-Wasser zugange war. Sie kamen mit einer Bahre heraus, auf der ein Leichnam lag. Eine animalische Angst schoss ihm durch die Eingeweide. Sie beruhigte sich allmählich, als er Über-die-Ebene-fließendes-Wasser aus dem Zelt heraustreten und davor innehalten sah, bevor sie sich erhob und sich neben eine zusammengekauerte Gestalt setzte, die ihr ihre Decke reichte und sie darin einhüllte. Die Krieger gingen auf eine Felsfläche zu, auf dem sich ein Totenlager befand. Ein altersloser Greis, der sich auf einen Stock stützte, folgte ihnen, hinter ihm zwei weiße Männer und schließlich eine ganze Prozession, das ganze Dorf. Der Leichnam wurde auf eine hölzerne Konstruktion gelegt, Gegenstände zu beiden Seiten gestellt und an die Pfosten gehängt, sowie Leder- und Stoffstreifen daran geknotet. Schreie ertönten, so spitz wie die des Falken. Dann fuhr der Greis abrupt herum und alle verschwanden, bis auf die beiden Weißen, die mit gesenktem Kopf und Hut in der Hand noch eine Weile stehen blieben. Aber auch diese gingen fort, so dass der Ort nur noch leer und trostlos war. In dem Moment hörte Gifford einen schmerzerfüllten, herzzerreißenden Schluchzer, so nah, als wäre er der eigenen Brust entwichen. Er war ergriffen. Die Welle rollte weiter. Er horchte auf das Echo, dann begann er, den Hügel hinabzusteigen und sich auf die Suche nach der Frau ohne Volk zu machen, die nicht mehr im Dorf war und die er nicht hatte aufbrechen sehen.

Der Himmel über seinem Kopf wurde immer schwerer. Das Grau der Wolken kippte ins Schwarze, und die Luft lastete auf seinem Herzen. Er spürte die Hitze von der Erde aufsteigen, und alle Tiere, denen er begegnete, waren aggressiv. Die Fliegen und Bremsen fielen unablässig über ihn her. Pausenlos attackierten sie sein verschwitztes Gesicht und seine Hände. Er hatte es aufgegeben, mit dem Hut zu wedeln, um sie zu verjagen. An dem Punkt, an dem er angelangt war, bloß mit seiner Kleidung und dem Gewehr, das ihm dazu dienen würde, dem verfluchten Gör, das der Kugel nicht würdig war, den Schädel einzuschlagen, wenn er es fände, an dem Punkt, an dem er angelangt war, hoffte er nur noch eines: dass das Gewitter endlich ausbrach und so heftig wäre wie seine Wut!

Bird Boisverd lief schon tagelang zu Fuß, und jeder einzelne Schritt entfachte aufs Neue seine Rachegelüste. Er war hungrig, weil er es für besser hielt, in feindlichem Gebiet Munition zu sparen. Und weil er fürchtete, mit noch leereren Händen auf seinen Feind zu treffen, als dieser sie ihm gelassen hatte. Er hatte geschworen, sich diesen Hurensohn vorzuknöpfen und ihm zu zeigen, dass es nichts bringt, Bird Boisverd zu bestehlen, man fände ihn am Ende immer reicher vor als man ihn verlassen hatte. Das wollte er aller Welt zeigen, vor allem denen, die sich erdreistet hatten, ihm Knüppel zwischen die Beine zu werfen, und dieser verfluchte Dieb, dem er nichts getan hatte, war bloß der Letzte auf einer langen Liste. Wie Richmond, der ihn im hohen Norden um seine Felle und seine Fallen erleichtert hatte, würde auch der seine Lektion lernen. Und wenn er sich als zu dickköpfig erwiese, würde er sie ihm eintrichtern, mit Fausthieben und Fußtritten, sobald er am Boden läge. Sein ehemaliger Partner war danach immerhin ein wenig geschwächt gewesen. Die Leute wissen einfach nicht, bis wohin sie gehen können. Bird hatte ihm die besten Trappergründe anstandslos überlassen, und als es ans Aufteilen ging, hatte sich der andere die schönsten Felle unter den Nagel gerissen, unter dem Vorwand, er könne besser verhandeln und der Gewinn würde gerecht aufgeteilt. Er hatte seine Tischmanieren ertragen, die darin bestanden, sich ohne Rücksicht auf andere zu bedienen, so viel wie möglich zu trinken und immer den Kaffee alle zu machen. Er hatte seine Fürze in der engen Hütte, die sie teilten, und, noch schlimmer, die Gespräche ausgehalten. In der Vorstellung, dass der Winter irgendwann einmal enden müsse und im Frühling, nach dem Verkauf, jeder sein Bündel nähme und seines Weges ginge, jeder woandershin, hatte Bird all das auf sich genommen und sich dabei immer wieder gesagt, dass Richmond ein alter Trapper war, der die feinsten Kniffe seines Berufs kannte, er also keinen besseren Partner finden konnte, das von ihm gegerbte Leder, bei dem er sich die Hände ruinierte, weich und schön war und sie einen guten Preis damit erzielen würden. Tagsüber war seine Arbeit, dem alten bärtigen Stinktier durch den bis zur Taille reichenden Schnee zu folgen, um die Fallen einzusammeln. Nachts bei klirrender Kälte Häute zu schaben, Schneeschuhe auszubessern und Mahlzeiten zuzubereiten. Als die Schneeschmelze eingesetzt hatte, war Bird doppelt eifrig geworden. Er wollte so schnell wie möglich fertigwerden. Der Markt war für die Jahreszeit ziemlich früh angesetzt worden, das war ihm nur recht. Richmond machte keinen Finger mehr krumm. Eines Abends kündigte Bird seinem Partner an, dass der Schlitten bestückt, die Kufen eingefettet, die Bremsen überprüft waren und dass sich in den vier Taschen auf dem Tisch ihr ganzes Marschgepäck, ihre Reiseverpflegung und noch mehr befand. Richmond hatte daraufhin wiederholt, dass es zu früh sei für den Aufbruch, dass die Schmelze die Wasser anschwellen lasse und die Flüsse noch einen Monat lang unüberwindbar seien. Woraufhin er etwas in seinen Bart gemurmelt hatte und schlafen gegangen war und der Raum bald von seinem Schnarchen erfüllt war. Mitten in der Nacht hatte er Bird geweckt, um ihm zu sagen, er müsse pinkeln. Bird hatte ihm geantwortet, er könne ebenso gut scheißen gehen. Und sich zur Holzwand umgedreht und weitergeschlafen. In der Morgendämmerung war der Tisch leergeräumt und der Schlitten weg. Richmond hatte ihm nicht einmal eine Speckschwarte dagelassen.

In den zehn Tagen, die er gebraucht hatte, um zum Treffpunkt zu gelangen, hatte Bird sich dazu durchgerungen, Biber zu essen, bis es ihm durch die Nase hochkam. Als er anlangte, waren nur noch Spuren vom Markt zu sehen. Zerbrochene Flaschen, verbranntes Holz, Löcher mit zweifelhaftem Inhalt. Nahrungsreste, auf die er sich stürzte. Unter einem halb vermoderten Brett fand er ein Messer ohne Griff und schwor sich, dass dieser Fund der Beginn seines Rachefeldzugs sei. So war es. Er reparierte es mit Buchsbaumholz, das er mit einem Feuerstein bearbeitete, seine Spitze schliff und stundenlang polierte, als wollte er sie mit magischen Kräften versehen. Nachdem er zufrieden war, schärfte er die Klinge so lange, bis sie ein Haar in der Luft spalten konnte. Und als er endlich den gewünschten Schliff erreicht hatte, verließ er den Ort, reicher als bei seiner Ankunft. Wie geplant.

Er hatte ihn wiedergefunden, seinen flüchtigen Partner, wiedergefunden und war dann auf eine Art und Weise mit ihm umgesprungen, dass der andere sich nicht mehr daran erinnern konnte. Nicht einmal mehr einen Löffel Graupen an die Lippen führen konnte. Woraufhin Bird den Hohen Norden verlassen musste, da es schwierig geworden war, am allgemeinen Gesetz vorbei Selbstjustiz auszuüben. Dieses Mal musste er diskreter sein, wenn er mit seinem letzten Dieb ein Hühnchen rupfen wollte. Er hatte genug davon, immer weiterzuziehen. Vor allem zu Fuß durch eine Ödnis mit Quecken, die ihm, wie damals der Schnee, bis zur Taille reichten, unter einem Himmel, der von Minute zu Minute schwerer wurde und schon im nächsten Augenblick herabstürzen mochte. Eine heftige Brise fuhr durch die Gräser. Strudel und Wellen bildeten sich wie auf einem aufgewühlten Meer.

Die Windrichtung wechselte ständig. Bird suchte gar nicht erst nach einem Unterschlupf, den es eh nicht gab. Die Ebene hatte sich in eine einzige Masse von unfassbarer Größe verwandelt. Für einen kurzen Augenblick war ihm, als wäre er über Bord gegangen und strampelte nun in dunkelgrünem Wasser, aus dem es kein Entrinnen mehr gab. Er begann, sich zu entkleiden. Nachdem er das Hemd ausgezogen und zusammengelegt hatte, hörte er genau vor der tiefgrauen Wolkenfront, die so schnell auf ihn zukam wie ein galoppierendes Pferd, den dumpf-heiseren Laut des Donners, dessen Grollen sich in ein plötzliches Krachen entlud. Flugs wickelte er seine Waffe ein und legte auch die Unterwäsche ab. Die Dunkelheit brach mitten am Nachmittag herein. Die Fliegen und Bremsen waren verschwunden. Es herrschte eine bleierne Stille, die das Gefühl der Schwere und Beklemmung noch verstärkte. Der erste Blitz, der durch den Raum zuckte, enthüllte ihm eine Gruppe Reiter im rasenden Galopp. Sie jagten vor dem Sturm her, als wollten sie ihn locken, und kamen direkt auf ihn zu. Da bemerkte Bird, dass das gedämpfte Donnergrollen von ihnen herrührte. Er sah sie immer deutlicher, je näher sie kamen und der Wind ihr Gejage herübertrug. Der zweite Blitz zeigte ihm die zum Himmel gereckten und mit einem Skalp geschmückten Lanzen, mit denen die Reiter fuchtelten. Dann folgten die Blitze in so rascher Folge, als sei das Tageslicht zurückgekehrt, und er sah Federn, nackte, bemalte Körper, einen weißen Mann, geöffnete Münder, und bald hörte er Kriegsgeschrei, bevor es überhaupt ausgestoßen wurde, wie Gewittergrollen, bevor es ausbrach. Nackt stand Bird in der wogenden Prärie, die ihm bis zur Brust reichte, und beobachtete eine Horde Wilder, die ihn zertrampeln würde, ohne es zu merken. Der Anblick dieses Gewirrs von Körpern und Federn, das zwischen der sich verflüssigenden Erde und dem von schwarzen Walzen erfüllten Himmel gefangen war, war derart unglaublich, dass Bird entschied, es für eine Vision zu halten. Inmitten der tosenden Wellen legte er sich schützend über seine Kleidung, und im selben Augenblick peitschte ihm der Regen über den Rücken, während die Indianer von allen Seiten über ihn hinwegritten, mit einem Lärm, der den Boden zum Beben brachte. Dieser Krieg entbrannte etwa zehn Minuten lang und endete ebenso abrupt, wie er begonnen hatte. Bird hatte genug Zeit, an sein Ende und an das der Welt zu glauben. Er hatte genug Zeit, die Welt und sich zu bedauern und sein Gewehr wie einen Freund an sich zu drücken. Unter dem Hagelregen spürte er seinen Rücken nicht mehr und sah sich schon mit einem Fuß im Grab. Er brauchte viele Minuten, um seinen Atem nach und nach wieder unter Kontrolle zu bekommen. Allmählich spürte er, wie das Blut wieder durch seine Glieder floss und seine Haut überall dort zu stechen begann, wo sie getroffen und abgekühlt worden war. Er hatte den Eindruck, sein ganzer Körper würde klamm, und zitterte wie ein Pferd. Als er endlich begriff, dass nur das Gewitter und nichts anderes über ihn hinweggerast war, sprang er auf die Füße und rubbelte sich mit dem Hemd trocken. Er zog sich wieder an und blickte sich unablässig hüpfend und mit den Armen kreisend in der kräftig geschrubbten Prärie um. Dann hielt er inne. Blut floss wieder durch seine Adern. Und seine Kleidung war wunderbar trocken.

Bis dahin hatte der Kerl gar nicht so übel reagiert, aber sobald es ums Pferd ging, würde er ganz andere Saiten aufziehen. Der Bursche war kein Fußgängertyp. Auch wenn er einen Großteil des Schnapses ausgetrunken hatte, schienen seine Reflexe nicht sehr viel langsamer geworden zu sein, mochte er auch alle typischen Anzeichen eines Rauschs zeigen. Er war beim Trinken redselig geworden. Er hatte ihm erzählt, dass er von den Ausläufern der Black Hills kam, wo er achtzehn Monate lang in einem gefrorenen Wildwasserfluss nach Gold gesucht hatte. Dass er zur Stadt wollte, um seinen Gewinn ein wenig zu genießen, bevor er in seine Heimat Tennessee zu seinen Eltern zurückkehren und ihnen zeigen würde, was er alles erreicht hatte. Dass er Elie Coulter hieß. Sich ein Lächeln verkneifend hatte Zebulon seinem Bericht mit halb geschlossenen Augen gelauscht und gefolgert, dass der Typ imstande war, für ein Pferd Vater und Mutter zu verkaufen. Was ihn sympathisch machte. Er selbst hatte so wenig wie möglich gesagt. Und weil er ihn sympathisch fand, machte er ihm einen Vorschlag, der beiden vorteilhaft erschien. Statt eines Kräftemessens, hatte Zeb sich überlegt, konnten sie um das Pferd würfeln. Er wäre doch viel spannender, den Abend auf diese Weise zu verbringen, anstatt den anderen nach ein paar Schlägen mit dem Gewehrkolben an einen Baum zu fesseln, damit er stillhielt. Elie hatte sofort zugestimmt. Also machten sie sich, nachdem sie das Feuer wieder entfacht hatten, an die Arbeit, mit Zebulons Würfeln auf einer Decke, die sie zwischen sich ausgebreitet hatten. Elie verwettete mit großem Ernst Stück für Stück sein Pferd gegen den mutmaßlichen Inhalt von Zebs Taschen, von dem er sich kein Bild machen konnte, weil Zeb sich beharrlich weigerte, auch nur das kleinste bisschen hervorzuziehen. Was den Wert ihres Inhalts anging, blieb Elie nichts anderes übrig, als Zebs Worten Glauben zu schenken. Schon einmal hatte er alles bis auf den linken hinteren Hufen verloren, dank dessen er das Pferd wiedergewonnen hatte. Anstatt sich jedoch damit zu begnügen, wollte er sein Glück herausfordern und obendrein die Taschen, auf denen Zeb saß, als Prämie mitnehmen, wenigstens eine. Zebulon ahnte, dass die Neugierde den Ausschlag gegeben hatte, und wieder war Elie ihm sympathisch erschienen. Und auch ein wenig dumm. Die nächste Runde hatte begonnen, und Elie hatte Stück für Stück sein ganzes Pferd verloren, mit ihm die Kandare, den Sattel, die Eisenpfannen und den prall gefüllten Geldbeutel. Als er so mittellos war wie ein Einsiedler, brach die Morgendämmerung an, und er fand sie plötzlich kühl. Er zog die Decke über die Schultern, mit einer etwas eckigen Bewegung, die Zebulon daran erinnerte, dass der Kerl sympathisch war und ihn bei der erstbesten Gelegenheit ebenso skrupellos abknallen würde wie er, wenn es nötig sein würde, ihm eine Kugel in den Kopf zu jagen. Schließlich herrschte hier kein Recht und Gesetz. Genau deshalb war er ja hier. Mit einem Ruck stand er auf, ließ absichtlich seinen Colt am Gürtel aufblitzen und erklärte, dass es nun an der Zeit für ihn sei, seinen Gewinn an sich zu nehmen. Das angebundene Pferd schien ihm mit einem Schnauben zu antworten. Sicher hatte es den Höllenritt des Vortages noch in schlechter Erinnerung, denn es ließ ohne Murren seinen neuen Besitzer näherkommen, der ihm Sattel und Zaumzeug anlegte und es dabei vermied, den Blickkontakt zu seinem nächtlichen Partner zu verlieren.

Zeb stieg auf den Rücken des Pferdes und lächelte zufrieden. Er nahm die Zügel in die linke Hand, legte die rechte auf die Hüfte und ließ sein Reittier vor Elie kehrtmachen, der ihn nicht aus den Augen ließ. Er lupfte zum Abschied den Hut und machte sich auf und davon. Am Fuße des ringsum abgefressenen Busches ließ er einen vor Kälte erstarrten Mann zurück, dem beim Gehen schon wieder warm werden würde.

Als Zeb sicher war, dass Elie ihn nicht mehr sehen konnte, wechselte er in leichten Trab und lenkte das Pferd nach Norden. Über mehrere Meilen folgte er einem leicht abschüssigen Gelände, das ihn zu einem Bach führte. Dort ließ er das Pferd so lange wie möglich im Flussbett gehen. Als sie an den Fuß eines schwer zu überwindenden Hanges kamen, verließ er den Bach wieder und beschrieb einen weiten Halbkreis, bevor er ans Wasser zurückkehrte, dessen Strömung deutlich zugenommen hatte. Dasselbe tat Zeb am anderen Ufer, wobei er den Halbkreis weiter ausdehnte und schließlich wieder an den Strom zurückkehrte, um seine Spuren zu verwischen. Gegen Mittag ließ er das Pferd ruhen und legte ihm in der Nähe eines Wasserlochs, das so groß war wie ein Zuber, die Laufleine an. Ein kleiner Wasserfall stürzte in das Becken. Zeb zog die Stiefel aus, krempelte die Ärmel hoch und stieg vorsichtig hinein. Er stellte sich in die Mitte und begann, vornübergebeugt und die Arme bis zu den Ellbogen im Wasser, den felsigen Boden und die Spalten abzutasten. Nach nur zwei Minuten scheuchte er eine dicke Bachforelle mit schwarz-goldenen Punkten auf, die wie ein Schmuckstück glitzerte. Er ließ sie durch ihr Revier schwimmen und verharrte reglos, ohne sie zu drängen, die Hände am Boden mit nach oben gekehrten Handflächen. Sie kehrte früher als gedacht, von Neugierde getrieben, vorsichtig in die Mitte zurück. Mit kleinen Flossenstößen kam sie näher, wobei ihr winziger Mund am Wasser nippte, bis sie sich genau über Zebulons offenen Händen befand. Ganz langsam führte er sie nach oben, berührte den glatten, bebenden Bauch der Forelle und warf sie, noch bevor sie reagieren konnte, mit einem jäh hochgeschleuderten Schwall Wasser, vor dem das Pferd zurückwich, ans Ufer. Schnurstracks sprang er hinterher und erschlug sie mit einem Stein. Dann kehrte er zu seinem Reittier zurück und sprach ihm besänftigend zu, bevor er ein langes spitzes Messer aus seinem rechten Stiefel zog. Damit schnitt er den Fisch von den Kiemen bis zum Darmausgang auf, nahm ihn aus, wusch ihn, suchte sich einen Stein, nahm Platz und löste die Filets heraus, die er eines nach dem anderen eilig hinunterschlang.

Daraufhin legte er zufrieden die Kleider ab und setzte sich ins Becken, den Kopf unterm herabstürzenden Wasser. Er ließ es ausgiebig auf die Schultern und Halsmuskeln prasseln. Die Müdigkeit der Nacht wurde von der Kälte fortgespült. Als er ans Ufer zurückkehrte, um in seine Kleider zu schlüpfen, fühlte er sich wie ein junger Mann zu Beginn des Erwachsenenlebens. Was nicht wirklich den Tatsachen entsprach. Er schwang sich wieder in den Sattel und trieb sein Pferd zu einem kräftigen Galopp entlang des Wassers an. Er wollte dem Lauf des Baches folgen, bis er auf einen Fluss stieße, diesen entlangreiten und, sobald er die Berge erblicken könnte, nach Westen biegen, wo er von einer neuen Ansiedlung wusste. In den Vorposten und von einzelnen Boten hatte er von ihr gehört, und zwar oft genug, als dass es sich nur um ein Gerücht handeln konnte, und selten genug, um anzunehmen, dass dort alles erst im Werden war. Genau das, was er brauchte.

Der Bach führte über eine weite offene Ebene, die scheinbar flach war wie ein Billardtisch, aber mit den üblichen Tücken der Prärie gespickt war. Sein Pferd schien sie genauestens zu kennen und wusste sie klug zu umgehen. Zebulon konnte es kaum noch abwarten, das Pferd bei der Jagd auszuprobieren oder bei einer Auseinandersetzung, wie sie in diesem Gebiet häufig vorkamen. Sein Colt war genauso austariert wie seine Taschen vor dem Sattel. Schon lange hatte er keinen Gebrauch mehr von ihm gemacht. Das Gelände stieg an und war mit einer immer höheren Vegetation bewachsen. Hier und da ragten die ersten Felsen hervor und nahmen allmählich immer mehr Raum ein. Das Tal verengte sich, und so ritt er durch bewaldete Hügel. Nach einem Anstieg von etwa hundert Metern, den das Pferd mühelos bezwang, stießen sie auf eine weite Hochebene, durch die sich der von Zebulon gesuchte Bach wand. Er sprudelte den Hang hinunter und hüpfte freudig murmelnd über die Kiesel. Zeb hätte es ihm gern gleichgetan, wenn er nicht die Spuren eines Vorfalls entdeckt hätte, bei dem es heftig zugegangen sein musste. Im Kreis angeordnete Steine wiesen darauf hin, dass hier überhastet Zelte abgebrochen worden waren. Trägerstangen waren am Boden verstreut, Felle zurückgelassen worden, Teller waren umgekippt. An mehreren Stellen war Feuer ausgebrochen, breite schwarze Spuren zogen sich von den Zelten aus in verworrenen Pfaden durch das Dorf. Sattelmatten, Decken, Federn hingen an fast zusammenbrechenden Gestängen. Dunkle modrige Pfützen waren hier und da rot gefärbt. Und um das Dorf herum war das Getrappel durchgegangener Pferde zu hören.

Zeb sog die Luft ein und spitzte die Ohren. Sein Reittier blieb nicht ruhig auf dem Hang stehen, er musste es mehrmals wenden lassen. Nachdem er sich vergewissert hatte, dass der Ort menschenleer war, ließ er das Pferd laufen und sie ritten hinab. Das Gemurmel des Bachs klang für ihn weniger lebhaft als zuvor. Sie durchquerten die Überreste des Dorfes im Schritt. Aufmerksam für das, was der Ort ausstrahlte, und für die Spuren, die der Kampf hinterlassen hatte. Hinter ihnen fiel eine schwere Stange zu Boden. Mit dem Colt in der Hand fuhr Zeb auf seinem Sattel herum. Er konnte nichts erkennen, wartete aber lange, bevor er die Waffe wieder ins Halfter zurücksteckte. Die Spuren der Pferde verliefen bachabwärts und überquerten ihn offenbar unterhalb des Dorfes, um nach Osten abzubiegen. Die Spuren der Menschen, die die Flucht ergriffen hatten, führten hingegen kreuz und quer über das Gelände und waren schwieriger zu lesen, aber sie waren wohl bachaufwärts gelaufen und hatten sich in die Hügel verkrochen, die Zebulon eben durchquert hatte. Er wunderte sich, dass er nichts bemerkt hatte. Er nahm an, dass die Flüchtigen zu wenige oder zu geschwächt waren, um anderes zu tun, als ihre Verletzten in den Wäldern zu versorgen. Es gab keine Leichen, aber Schleifspuren von Körpern, die man zu einem Karren gezogen haben musste. Die doppelte Rille am Boden war deutlich zu erkennen. Er musste schwer beladen gewesen sein. Zebulon verließ das Dorf. Er beschloss, eine Weile der Herde entlang des Flusses zu folgen und dann, wie geplant, nach Westen zu reiten. Als er der Spur folgte, sah er, dass sie von etwa vierzig unbeschlagenen, reiterlosen Pferden und zwanzig Kriegern stammte. Unter den zahlreichen Abdrücken fesselte eine seine Aufmerksamkeit. Es waren die eines beschlagenen Pferdes, das schwerer war als die anderen und gewiss einen höheren Widerrist hatte. Der Abdruck seiner Hufe war breit und klar umrissen, sein leichter Galopp war regelmäßig, Zeb fand ihn elegant, ja eleganter als den der kleinen indianischen Pferde, die einem morgendlichen Regenschauer gleichen. Er ritt flussabwärts, ohne die Spur aus den Augen zu verlieren. Dann wurde er stutzig. Als er die Stelle erreichte, an der die Spur, wie einer plötzlichen Eingebung folgend, in einem Fünfundvierzig-Grad-Winkel nach Osten abbog, sah er sofort, dass die breiten Hufe nicht den Weg der Herde eingeschlagen hatten, sondern weiter geradeaus galoppiert waren, ohne Richtung und Geschwindigkeit zu ändern. Er dachte an den Kerl, dem er das Pferd beim Spiel abgeluchst hatte, er dachte an die Forelle, die er zu Mittag gegessen hatte, aber da war nichts zu machen, seine Neugierde war geweckt. Er setzte seinen Ritt entlang des Ufers fort, wie der andere es getan hatte. Nach einer weiteren Wegstunde sah er, dass das Pferd allmählich langsamer geworden und in einen regelmäßigen Passgang gewechselt war. Noch etwas weiter war es stehengeblieben. Es hatte gegrast, getrunken. Es hatte sich ausgeruht. Zebulon sah nirgends den Abdruck eines menschlichen Fußes. Der Reiter war nicht vom Pferd gestiegen. Oder es gab keinen Reiter. Dennoch hätte Zeb schwören können, dass es beritten oder aber mit beachtlicher Kriegsbeute beladen war. Seine Neugier wurde stärker. Zeb beschloss, eine Pause einzulegen. Er stieg ab, trank und aß ein wenig von dem getrockneten Fleisch, das er beim Würfeln gewonnen hatte, wusste aber, dass er den Moment nur hinauszögerte. Erholt schwang er sich wieder in den Sattel und ritt noch gut dreißig Meilen weiter. Berge erhoben sich in der Ferne. Die Spur führte weiter am Ufer entlang, er folgte ihr. Sie zog sich noch lange so hin, und Zebulon spürte, dass sein eigenes Pferd auf diesem Gelände, mochte es auch leicht sein, ermüdete. Er selbst zeigte ersten Anzeichen von Schläfrigkeit. Die Berge mit ihren glutumrandeten Gipfeln und ihrer dunklen Masse, die sich deutlich von der Abenddämmerung abzeichnete, waren inzwischen gut sichtbar. Da bog die Spur plötzlich nach Westen ab.

Zeb zog an den Zügeln und folgte ihr. Keine dreihundert Meter weiter sah er auch schon das Tier an einem kleinen Waldsaum. Ein schöner Rotfuchs, erschöpft und reiterlos. Zebulon näherte sich ihm behutsam und sprach dabei zu beiden Pferden gleichzeitig. Sein eigenes ließ er ganz nah an das andere herangehen, bis er es berühren konnte, und beugte sich vor, um das Zaumzeug zu fassen. In diesem Augenblick sah er hinter dem leicht scheuenden Tier den Körper eines Mannes am Boden. Jung, weiß, hager, doch durchaus wirklich. Zeb lächelte: Das Pferd war also tatsächlich geritten worden. Er führte die Tiere in den Schutz des kleinen Waldes und kehrte zu dem Mann zurück. Dem steckte ein Pfeil im linken Oberarm und er hielt etwas Schwarzes, Blutiges in der Hand. Zeb beugte sich über ihn, um seinen Puls am Hals zu fühlen. Er lebte, seine Faust umklammerte den Skalp eines Indianers.

Zebulon kehrte zu den Reittieren zurück, nahm seine Wasserflasche und riss fünf Zentimeter breite Streifen aus seiner Wolldecke. Dann zog er dem Kerl den Pfeil aus dem Arm, goss etwas Schnaps über die Wunde, verband sie, während der Körper des jungen Mannes sich wand und er wieder zu sich kam. Als er trinken konnte, gab er ihm zu trinken. Als er sprechen konnte, befragte er ihn. Und er erfuhr, dass der Mann, nachdem er aus der Ferne die indianische Bestattung seiner Ahnin, einer großen Anführerin, beobachtet hatte, an dem Überfall auf ein Pawnee-Dorf zu ihren Ehren teilgenommen hatte. Zebulon fragte nicht weiter, sondern gab ihm zu essen. Als er sah, wie er über seiner Schale einschlief, gab er ihm den Plaid seines Würfelpartners. Er schürte das Feuer. Sattelte die Pferde ab und legte sich unter seine geschrumpfte Decke. Ohne die Stiefel, die er zum Aufwärmen neben die Flammen gestellt hatte, aber nicht ohne seine Waffe.

Grollendes-Gewitter war ein altes Stinktier, aber er feierte gern.

Er irrte sich nie, wenn es um Menschen oder Pferde ging, und besaß ein profundes Wissen darüber, was sich in jeder Situation schickt. Ein beachtlicher Tod, der eine beachtliche Tat forderte, also hatte er bei der Rückkehr von der Bahre beschlossen, die Pawnees anzugreifen, auf deren umfangreiche Herde er es seit Langem abgesehen hatte.

Als Diejenigen-die-den-Krieger-zurückgebracht-hatten wurden Brad und Jeffrey zu den Vorbereitungen des Angriffs eingeladen, die die ganze Nacht dauerten. Um eine Feuersglut herum, deren Säule bis zu dem großen Zelt reichte, zeigten bemalte, frisierte, bewaffnete, brüllende Krieger ihre Fähigkeiten im Angreifen und glichen dabei entfesselten Dämonen. Sie sprangen, rannten, tanzten und reckten dabei ihre Waffen in die Luft und ihr Kriegsgeschrei ertönte bis zu den Sternen. Sie kreisten die Schultern, damit sich der lange, bis zum Boden reichende Federschmuck bewegte. Sie rissen ihre furchterregend verdrehten Augen weit auf und stiegen immer wieder über das lodernde Feuer, das sie, je weiter die Nacht voranschritt, mit neuer Glut zu erfüllen schien.

Die beiden bleichen Männer wahrten Abstand, ließen sich aber keine Sekunde des Schauspiels entgehen. Man hatte ihnen vor dem Zelt eine Schale Fleisch mit Soße gereicht. Es war warm und köstlich gewesen. Das Mädchen war nicht bei ihnen, weder der eine noch der andere wusste, wohin es verschwunden war. Wie Josh, den sie seit dem Morgengrauen nicht mehr gesehen hatten. Seit einer Ewigkeit. Aber die Vorbereitungen für den Angriff waren so außergewöhnlich, dass sie ihre ganze Aufmerksamkeit fesselten. Die Tänze zu Ehren der Toten und die Vorbereitung auf die Taten, die sie ehren würden, waren kraftvoll und gewalttätig, von einer wilden, Respekt einflößenden Ernsthaftigkeit. Sie erinnerten Brad an Stiche, auf denen Kaffernriten abgebildet waren, bei denen sich vor Leben sprühende, prunkvoll gekleidete Männer schüttelten wie kleine Schellen.

Der alte Häuptling, der mit großer Mühe zu Fuß zur Begräbnisfeier zurückgekehrt war, wirkte verklärt. Er tanzte auf der Stelle, mit kleinen vibrierenden Schritten, die Regenfall glichen, eine Hommage, ein beharrliches Hämmern, wie das der Zeit. Immer wieder warf er den Kopf in den Nacken und stieß aus voller Kehle einen entsetzlichen Schrei aus.

Bei Tagesanbruch stieg der weißhaarige Mann auf ein Pferd und reckte seine mit Trophäen geschmückte Lanze in die Höhe, jagte in Windeseile durch das Dorf und die Prärie, gefolgt von seinen tapferen Leuten, und ohne Umwege auf seine Feinde zu, als Anführer eines Gewitters, das er herbeigerufen hatte.

Brad und Jeffrey sahen sie lospreschen, die Erde zerstampfen und blitzartig verschwinden. Xiao Niù, die oberhalb des Dorfes und Tals auf einem Hügel hockte, sah, wie der Sturm über den Himmel und die Truppe über das von ihrem Atem niedergedrückte Gras hinwegfegte. Sie sah auch einen einsamen Reiter in rasender Geschwindigkeit vom Hügel der Toten losstürzen und sich der Gruppe mit einem Geheul anschließen, das lauter war als das grollende Gewitter, heulend, den Arm gen Himmel gereckt, in der Hand ein Gewehr, das schwarz war wie das Unglück. Sie erkannte Josh an seiner Art im Sattel zu sitzen.

Und so, wie sie einige Monate eine unmittelbar drohende Gefahr von dem Treck ferngehalten hatte, bewahrte sie ihn nun vor dem klaren Blick des Schicksals, indem sie brennendes Kraut in seine Richtung warf und den elektrisch geladenen Lüften einen Wunsch mitgab.

Sie folgte ihm noch lange mit dem Blick, dann ritt sie den Hügel hinab, querte den Bach und galoppierte durch die Prärie direkt auf die Berge zu.

Alle fünf Sekunden sprangen die Türen des Saloons im Rhythmus der Schüsse auf. Holzsplitter flogen auf die Straße. Einige Schützen zielten so, dass die Kugeln gegen die Wand prallten und dann voller Wucht in die Bar zurücksausten.

War die Trommel leer, wurde sie wieder geladen.

Sally hatte eine Stiefelette auf das Flechtwerk des Hockers gestellt, die andere berührte den Boden nur mit der Spitze. In der Hand hielt sie eine schmale gerade Pfeife, die sie mit kleinen Zügen paffte, während sie zusah, wie die Männer sich amüsierten.

Die standen am Tresen Schlange und warteten, bis sie an der Reihe waren, ihren Posten einzunehmen, sechs Schuss auf die Saloontür zu feuern und sich wieder hinten anzustellen. Die vor ihnen aufgereihten Gläser wurden bei jeder Salve aufgefüllt. Sally hatte als Regel verkündet, dass jeder Spieler ausscheiden müsse, der auch nur einen Schuss neben die Tür setzte. Acht waren schon ausgeschieden, tranken weiter und kommentierten lebhaft das Finale. Die vier, die noch im Rennen waren, hatten an diesem Punkt des Wettkampfs erhebliche Probleme, ihre Pistolen nach dem Angriff wieder zu laden. Die leeren Kammern waren winzig, man musste schon genau zielen und ein Auge zukneifen, um die Kugeln überhaupt hineinzubugsieren. Die Spieler durften sich am Tresen festhalten, aber nur mit einer Hand, und wer nicht mehr alleine stehen konnte, musste aufgeben. So lauteten die Regeln und Sally war eine ebenso strenge wie unumstrittene Schiedsrichterin.

Ein kleiner Blondschopf mit spärlichem Bart bemühte sich, seine Waffe aus dem Gürtel zu ziehen. Er stützte sich auf sie wie auf eine Krücke, während seine linke Hand die Kupferstange am Tresen umklammerte, was jedoch nicht ausreichte, um ihn im Lot zu halten. Er schwankte, als wäre er sich auf hoher See, und die lauten Anfeuerungen seiner Konkurrenten rollten wie weitere Wellenberge auf ihn zu. Als es ihm endlich gelang, seine Waffe zu zücken, suchte ihr Lauf dreimal den ganzen Saal ab, sodass Sally sich einen Moment lang ernsthaft um den Spiegel und die Flaschen hinterm Tresen sorgte, doch in dem kurzen Augenblick, da die Waffe zum Halten kam, bevor sie in einer zufälligen Bewegung zurück in den Halfter schlingerte, durchsiebte sie in kurzen Salven die beiden Saloontüren mit sechs streng symmetrisch gesetzten Schüssen. Dieses Bravourstück löste eine Flut von Pfiffen und Jubelrufen aus, die den Spieler mitriss, bevor er auf allen vieren wieder ans Ende der Schlange krabbelte.

Der Nächste war vor lauter Behaarung ganz schwarz und trug ein Lächeln zur Schau, das einem Gottbesessenen auf dem Weg zur Erlösung würdig war. Er musste viele Jahre gedient haben, denn in dem Augenblick, da er zur Tat schreiten wollte, nahm er eine stramme Haltung ein und zog die Waffe wie eine Maschine, deren Gelenke ein wenig eingerostet sind. Nachdem er die Tür ins Visier genommen hatte, feuerte er sechs Schuss nacheinander ab, dicht gebündelt, jedoch einen Meter überm Ziel. Dann schlug er der Länge nach zu Boden. Dieses Meisterstück zog ebenfalls gellende Pfiffe und Gejohle nach sich. Zwei Männer schleiften den Körper über den Holzboden bis zum Verlierertisch, an dem man ihn seinem Schnarchen überließ.

Der folgende Teilnehmer glich einer Trapperhütte, war

hoch und breit wie ein Grizzly. Als Erstes schlug er mit der flachen Hand auf den hölzernen Tresen, um ein weiteres Glas zu bekommen. Der Barmann beriet sich aus dem Augenwinkel mit Sally. Sie gab die Erlaubnis. Das Glas wurde serviert. Der Grizzly ergriff es und leerte es in einem Zug. Die Hälfte versickerte im Bart. Dann knallte der Spieler das Glas wieder hin, griff nach seiner Waffe und feuerte die sechs Kugeln ab, wobei er jeden Schuss einzeln berechnete. Er setzte vier links und zwei rechts, über die gesamte Fläche der Tür verteilt. Dennoch schallten auch ihm Pfiffe und Beifall entgegen. Der letzte Spieler trat vor, er verfolgte die Bewegung der beiden Türflügel, hielt sich an der Bar fest, warf einen Blick in den Saal, drehte den Kopf zurück und griff nach der Waffe, alles zugleich, dann feuerte er die sechs Schuss ab, jedoch ohne die Waffe zu ziehen. Auf seiner Lederhose verlief eine Brandspur, die bis zu den Sporen hinabreichte. Lautes Gegröle erfüllte den Saal, und man brachte dem Mann schonend bei, dass er aus dem Spiel war und den Platz räumen musste.

Blieben im Rennen der Bär und das Milchgesicht, das sich auf den Holzboden vor dem Tresen übergeben hatte. Bei jedem Schritt, den er auf gut Glück setzte und der ihn dem Schießposten näherbrachte, rutschte er aus. Schließlich richtete er sich auf und griff nach allem, wovon er sich Halt versprach. Er umklammerte mit beiden Händen den Spucknapf und schaffte es schließlich, sich so schlagartig zu erholen, dass ihm allein diese Leistung tosenden Jubel eintrug. Als er sich endlich aufgerappelt hatte und mit dem ganzen Gewicht gegen die Bar lehnte, riss er sich noch einmal zusammen, atmete tief durch, und während er sich wie ein Pfahl auf die entgegengesetzte Seite fallen ließ, zückte er seine Waffe und feuerte eine Salve von sechs Schuss in die linke Tür, die prompt ein gutes Viertel ihrer Oberfläche einbüßte. Dann schlug er der Länge nach hin. Als er wieder zu sich kam und ans Ende der

Schlange kroch, war der Saal mit ohrenbetäubendem Gebrüll und wirbelnden Hüten gefüllt. Begeistert schossen die Männer in die Luft. Der Grizzly trat einen Schritt vor. Er leerte sein Glas und ließ sich diesmal nicht wieder einschenken. Breitbeinig stellte er sich hin und zog blitzartig seine Waffe, als drohte sie gleich auseinanderzufallen. Er richtete sie zur Decke und ließ den Lauf langsam wieder sinken, bevor er die erste Kugel in die Mitte der rechten Tür setzte. Der Rückstoß hatte die Pistole angehoben. Er ließ sie wieder sinken, als über der Tür, genau in der Mitte, ein schwarzer Hut auftauchte und darunter ein Mann, der auf die selbstverständlichste Weise der Welt eintrat, während sich hinter ihm die beiden Türen schlossen, die er in just dem Moment aufgestoßen hatte, als der Schuss fiel, seinen Hut durchbohrte und seinen Kopf um zwanzig Zentimeter verfehlte. Verdattert verfolgten die Zuschauer, wie der Neuankömmling sich umwandte, seine Kopfbedeckung aufhob und seinen Weg, vorbei an Lachen von Erbrochenem, zur Bar fortsetzte, an der er sich aufstützte und einen Whiskey bestellte. Einen doppelten.

Als der Grizzly in dem schlagartig verstummten Saal Zebulons Stimme hörte, wusste er, dass er das Spiel verloren hatte. Mit der Pistole in der Hand schleppte er seinen riesigen Körper langsam zu dem Eindringling hinüber, in der Absicht, Zeb den Kolben über den Schädel zu ziehen. Der reagierte erst im letzten Moment, indem er die linke Schulter wegzog: Der Schlag traf ins Leere. Zebulon setzte dem Taumeln seines Gegners noch eins drauf, indem er ihn auf Höhe des Schienbeins kurz stoppte, worauf der Bär polternd zu Boden ging. Mit vor Überraschung geweiteten Augen zwischen den Bartstoppeln. Mittlerweile war das Milchgesicht am Ende der Bahn angelangt und bemühte sich, wieder in die Senkrechte zu finden. Erneut feuerte der Saal ihn an. Sooft er hinfiel und seine Hände den Boden berührten, richtete ihn ein Beifallssturm wieder auf. Schließlich stand er auf seinen zwei Beinen vor den beiden Flügeltüren, wie ein Seiltänzer, der die Luft anhält. Und indem er alle für den Schuss notwendigen Bewegungen mit höchster Konzentration ausführte, gelang es ihm, seine Waffe auf die erforderliche Höhe zu heben und wie bei den vorangegangenen Malen seine sechs Kugeln in einem einzigen Atemzug abzufeuern. Sie durchlöcherten die Tür vollkommen parallel zu den Angeln des linken Flügels. Da sprangen alle Anwesenden wie ein Mann auf und stürzten auf ihn zu, um ihn aufzufangen, denn er kippte bereits nach hinten. Ihm blieb keine Zeit, den Boden zu berühren, denn unzählige Hände hatten ihn hochgehoben und durch die Luft gewirbelt, wieder aufgefangen und mit lauten Hurrarufen wieder Richtung Decke geworfen. Er lag auf einem Meer geöffneter Hände und durchquerte auf diese Weise den Saal bis zu einer Treppe, an der zwei kräftige Mädels mit tiefem Ausschnitt standen und ihn unter ihre Fittiche nahmen, ins obere Stockwerk schleiften und sich mit ihm in ein Zimmer zurückzogen, dessen Tür sich gleich hinter ihnen schloss.

Zeb bezweifelte, dass das Milchgesicht sein Glück wirklich auskosten würde, begnügte sich jedoch mit dem Gedanken und wandte sich freundlich an Sally.

»Madam«, sagte er und lupfte dabei leicht den Hut, »ich habe draußen einen Verletzen, der ein Bett braucht.«

»Schönschön«, erwiderte sie, hob das Kinn und nahm die Pfeife aus dem Mund, »aber diese Einrichtung ist kein Krankenhaus.«

»Das ist mir klar.«

»Und auch kein Hotel. Hier beträgt die Belegungszeit eines Zimmers etwa zehn Minuten.«

»Verstehe, und wo wohnen all diese quicklebendigen Herrschaften?«, fragte er und wies auf die Kunden.

Sally lachte leise und nahm einen Zug, bevor sie Zebulon

den Zeltplatz zeigte, an dem Nils Antulle jedem, der fünfzig Cents hinlegen und auf einem einfachen Lager im Geschnarche und Gefurze der anderen schlafen konnte, eine Übernachtungsmöglichkeit anbot. Zeb bedankte sich und erklärte, das sei ausgezeichnet. Das erste Glas für Neuankömmlinge ging aufs Haus, als Willkommenstrunk. Diesmal war Zebulon angenehm überrascht. Er bestellte noch eins und, nachdem er es ausgetrunken hatte, eine Flasche zum Mitnehmen. Dann zahlte er, lupfte den Hut und ging hinaus zu Josh, der auf der Straße auf ihn wartete.

Der saß zusammengesackt in seinem Sattel und hatte größte Mühe, sich zu halten. Obwohl sein Reittier, das seine Erschöpfung spürte, in einen regelmäßigen Schritt verfallen war, der es ihm erlaubt hatte, unterwegs zu schlafen, war Josh nach dem viertägigen Ritt am Ende seiner Kräfte. Die Wunde hatte stark geblutet, eine dickliche weiße Flüssigkeit sickerte heraus, die nicht versiegte. Zebulon sah, dass er Fieber hatte. Er nahm die Zügel beider Pferde in die Hand und führte sie zu Nils Antulles Zelten am Ende der Siedlung. Durch eine etwa sechshundert Meter lange Straße, die rechts und links von Zelten und mehr oder weniger stabilen Bretterbuden gesäumt war. Eine einzige Hütte hatte ein Obergeschoss, und das war der Saloon, den er eben verlassen hatte. Der verfügte außerdem über einen Balkon und einen frischen Anstrich. Alle anderen waren aus unbehandelten Rundhölzern errichtet, schmucklos und ohne erkennbaren Plan. Die flüchtig aufgebauten Zelte bestanden teilweise nur aus einem Hauptbalken, der von zwei Mal zwei in die Erde gerammten, gekreuzten Pflöcken gehalten wurde und mit einer Lederplane überzogen war. Verglichen damit boten die Zelte der Indianer vollendeten Luxus und Komfort. Zeb zählte fünf Buden, in denen Whiskey, das Glas für zwanzig Cents, verkauft wurde. Auf einem Tresen, das heißt auf drei umgedrehten und übereinander gestapelten Kisten, die als Bar dienten. Man trank im Stehen auf der Straße und musste achtgeben, wohin man den Fuß setzte. Zeb erblickte eine etwas stabilere, mit einem Vordach versehene Bretterbude, um die sich alle Fliegen der Umgebung versammelt hatten und umherbrummten: Das war die Fleischerei. Ein Schild wies darauf hin, dass man auch Irish Stew als Tagesgericht dort essen konnte. Beim Gedanken daran floss Zebulon das Wasser im Mund zusammen, doch der Geruch, der ihm entgegenschlug, drehte ihm den Magen um.

Er sah einen Mann mit nacktem Oberkörper, der damit beschäftigt war, vor einem großen Zelt voller Gerätschaften aus Blech einen Bretterweg zu legen. Etwas weiter hinten gab es einen Waffenverkäufer. Die Gewehre standen nebeneinander aufgereiht auf einem Ständer, der schon bessere Tage gesehen hatte. Die Handfeuerwaffen lagen auf einer Art abgeschrägtem Pult und waren am Abzug mit einem Nagel befestigt. Eine mit geteertem Segeltuch ausgeschlagene Metallkassette mit schwerem Vorhängeschloss enthielt Munition, das stand zumindest darauf, ebenso wie die verfügbaren Kaliber. Über der Tür hing ein Schild: »Verkauf von Waffen«. Zebulon sah noch eine oder zwei Buden, in denen mit irgendetwas gehandelt wurde, doch konnte er auf den ersten Blick nicht erkennen, womit, und dann kam nichts mehr. Sie waren bei Nils Antulle angelangt, der Übernachtungen und das Hüten von Tieren anbot, wie auf dem Schild über dem Eingang zu dem Feld stand, das bis vor Kurzem noch ein Stück Prärie gewesen war. Es war angeordnet wie ein römisches Militärlager. Drei Mal drei identische Zelte, Gangreihen in regelmäßigen Abständen und am First des zentralen Zelts ein im Wind flatterndes Stück Stoff. Diese Aufteilung verblüffte Zebulon. Die Planen waren zwar nicht neu, aber regelmäßig ausgebessert worden, wenn es notwendig geworden war. Im Moment standen sie leer und strahlten eine Ruhe und Disziplin aus, von der er nicht sagen konnte, ob sie ihm behagte oder zutiefst missfiel.

Er ging zwischen den Reihen voran und führte die Pferde an den Zügeln hinter sich bis zu dem Zelt mit der Fahne, das er für das des Vermieters und Viehhirten hielt. So war es auch, nur dass der Eigentümer gerade unterwegs war, daher händigten ihm die beiden Töchter Ilse und Cristophia die Holzschildchen aus, auf denen in Schwarz die Nummern des Zelts und der beiden Betten gemalt waren, für die er im Voraus zahlen musste. Sie wiesen ihn darauf hin, dass sich hinter dem Zeltplatz eine Koppel für die Pferde befand, da diese nicht vor den Zelten geduldet wurden; Wasser konnte man aus dem Bach holen, und unter den Betten stand für jeden ein emaillierter Blechtopf.

»Wie aufmerksam«, bemerkte Zebulon.

»Nach der Benutzung obliegt es Ihnen, den Topf zu entleeren. Oder Sie zahlen zehn Cents für die Dienstleistung«, fügte Cristophia hinzu.

Woraufhin Josh vom Pferd fiel.

Die beiden Frauen erhoben sich mit einem leichten Seufzer, um aus dem hinteren Teil des Zelts eine Trage mit einem gewachsten Laken zu holen. Bevor Zebulon auch nur einen Handschlag tun konnte, teilten sie ihm schon den Preis für den Transport mit, betteten Josh auf die Bahre und brachten ihn zu der Nummer auf dem Schildchen, das sie ihm wie einem Toten auf die Brust gelegt hatten. Zeb folgte ihnen mechanisch, bis ihm einfiel, dass er noch die Pferde zur Koppel bringen musste.

Bei seiner Rückkehr lag Josh auf einem fast fleckenlosen Feldbett, bis zum Kinn in eine Decke aus guter Wolle gehüllt. Er war bleich und unruhig. Cristophia erklärte Zebulon, dass es in der Hauptstraße einen Barbier gebe, der sich mit Wunden auskenne, ansonsten könne er noch den Teufel versuchen mit den Kräutern einer kanadischen Mestizin, die an den Markttagen in die Stadt kam. Zeb bedankte sich und zahlte den Zuschlag. Dabei schoss ihm die Frage durch den Kopf, warum er sich eigentlich um diesen Verletzten im Fieberwahn kümmerte, während er nicht einmal den kleinen Finger gerührt hätte, um den halben Alten Kontinent zu retten. Aber da er nun schon dabei war, brach er auf und machte sich auf die Suche nach dem Barbier.

Nachdem Elie sturzbetrunken herumgeflucht, gemeckert und auf den Boden gespuckt hatte, fügte er sich in sein Schicksal, das letztlich nur gerecht war, schließlich hatte er den einzigen Grundsatz vergessen, der auf dieser Welt Bestand hatte und den er in den berüchtigsten Kaschemmen gelernt hatte: Man darf beim Spiel alles verlieren bis auf sein Pferd. Denn man braucht ein Reittier, schon um den Saloon in der bei diesem Stand des Spiels gebotenen Geschwindigkeit verlassen zu können.

Als er begriffen hatte, dass er sein Pferd in den Bergen zurücklassen musste, wenn er seine Haut retten und sich aus Quibbles Fängen befreien wollte, hätte er sich unbedingt an diesen obersten Grundsatz erinnern müssen, als er mit diesem wortkargen Kerl am Feuer gesessen hatte, der auf seinen Taschen hockte und den er im Verdacht hatte, einen irgendwie besonderen Trick beim Würfeln oder irgendwie besondere Würfel zu haben, da mochte er sich nicht festlegen. Den er jedenfalls im Verdacht hatte, und zwar ganz gewaltig. Nun stand er wieder am Anfang, oder beinahe. Der einzige Unterschied jedenfalls bestand darin, dass er noch weiter vom Versteck entfernt war als in dem erfreulichen Moment, als er auf das ganz allein in einem unauffälligen Waldstück angebundene Pferd gestoßen war. Sicher, er war ein gutes Stück vorangekommen, seitdem er sich mitten in der Nacht aus der

Höhle davongestohlen und wie eine dieser verfluchten Klapperschlangen herausgekrochen war, aber nachdem er den stumpfsinnigen Quibble und seine Bande von Hohlköpfen kennengelernt hatte, war er nicht restlos davon überzeugt, in Sicherheit zu sein. Jedenfalls hätte er sich in Begleitung eines Pferdes wohler gefühlt. Wieso hatte er sich auch darauf eingelassen, aus einer Laune heraus diese Kutsche zu eskortieren, nur weil er was? – eine junge Frau gesehen hatte, die weder wie eine Hure noch wie eine Puritanerin aussah.

Auf der Stelle hatte er verkündet, dass der Weg zur Stadt, die sie erreichen wollte – nur warum? –, die nur dann eine Stadt war, wenn man an ihre weitere Entwicklung glaubte, jedenfalls hatte er ihn auf der Stelle als unsicher, wenn nicht gar gefährlich bezeichnet, wegen der feindlichen Stämme, die in der Umgebung unterwegs waren. Was nicht ganz falsch war, denn nur drei Stunden später sollten sie auf Quibbles Bande stoßen, die sie um alles erleichterte, was sie bei sich trugen, Taschenuhren und Regenschirme inbegriffen. Die Bande war gut organisiert. Elie war auf der Hut und hatte Miss Craig, sie hieß mit Vornamen Arcadia, aber ihre Freunde nannten sie Arcie, zu verstehen gegeben, sie solle sich ruhig verhalten und sich fügen. Man würde die Sache später regeln. Und tatsächlich hatte niemand gewagt, Widerstand zu leisten, als die Bande das Innere der Kutsche plünderte. Aber als Quibble und einer seiner Jungs auf die Ladefläche kletterten, nachdem sie den Fahrer mit Stiefeltritten vom Bock gejagt hatten, war Arcadia hastig aus dem Wagen gestiegen und hatte den beiden Banditen gedroht, dass sie gern einen Blick in den mannshohen schwarzen Koffer werfen könnten, wenn sie den Inhalt aber auch nur berührten, würde sie ihnen so lange folgen, bis sie in ihrem Blut und ihren Eingeweiden wühlte, auf dass sie bis in die siebte Generation und noch darüber hinaus in der Hölle schmorten. Sie hatte dies mit solcher Selbstsicherheit geäußert, dass die Drohung an die Verfluchung der Pharaonen über Grabräuber oder an indianische Zaubersprüche erinnerte, die man in manchen mondlosen Nächten in der Ebene hören konnte, jene schauerlichen Laute, vor denen sich jeder in der Region fürchtete, besonders die alten Cowboys. Quibble hatte seinen roten Kautabak ausgespien und den fraglichen Koffer umgehend geöffnet, indem er den Deckel grob aufstieß. Arcadia waren die Knien weich geworden, als sie ihm dabei zusah, und eine ihrer großen Hände war unauffällig an ihrem Kleid bis zur Hüfte hochgewandert. Elie, der das alles beobachtete, hätte wetten können, dass sie dort eine Tasche hatte. Quibble riss die Augen auf, als er den Inhalt des Koffers erblickte. Dann hatte er die Augenbrauen zusammengekniffen und sich vorgebeugt, um nach einer Art Stab zu angeln, den er im Rücken in den Gürtel steckte, dann knallte er den Koffer mit einem heftigen Fußtritt wieder zu. Arcadia war zusammengezuckt, als sie den hohlen Ton hörte, der dem Koffer dabei entfuhr, aber ihre rechte Hand war wieder das Bein hinabgewandert. Quibble spuckte erneut aus, bevor er mit allen Klamotten, die er in den anderen Koffern gefunden hatte, in die Kutsche sprang. Er pfiff durch die Zähne, seine Jungs versammelten sich und traten einige Zeit auf der Stelle, bis sie plötzlich mit Freudengeheul und Schüssen in einer Staubwolke verschwanden. Ein dicker Herr, der sich bis dahin nicht gerührt hatte, begann heftig in ein violettes Satintaschentuch zu husten. Elie war an Arcadia herangetreten und hatte sie gefragt, ob sie sich wohlfühle. Sie sah ihm lange in die Augen, was ihn überwältigte, bevor sie erwiderte, dass sie sich besser fühlen würde, wenn man ihr den Bogen wiederbrächte, ohne den sie nicht alle Töne spielen konnte. Elie hatte nur die Hälfte ihrer Antwort verstanden, aber begriffen, dass er Arcadias Gunst gewinnen könnte. So rasch wie er sich einige Stunden zuvor einen Job als Eskorte besorgt hatte, hatte er sein Pferd kehrtmachen lassen und war Quibbles Bande im Galopp gefolgt, nicht ohne Arcadia zu versprechen, mit ihrem Stab zurückzukehren, sie solle ihn in der Stadt erwarten. Er hatte die Verfolgung aufgenommen, im Galopp, im Schritt, und wieder im Galopp. Er war ihrem Getrappel und dann ihrer Spur gefolgt. Die Banditen hatten ihn hinter sich her gezogen, bis zu ihrem Versteck, wobei sie ihn zu seinem großen Bedauern eine weite Steinwüste zur Hälfte durchqueren ließen.

Der Ritt hatte gut acht Stunden gedauert, die Elie Zeit gaben, über seine Lage nachzudenken und den Beruf des Straßenräubers eher steinig zu finden. So ein langer Weg in glühender Hitze für eine Unze Gold und ein paar Kurzwaren! Ehrliche Arbeit wäre bei ähnlicher Anstrengung einträglicher gewesen. Er schloss daraus, dass es Quibbles Bande an Format und Ehrgeiz mangelte, was ihn umgehend erleichterte. Die Bande ritt direkt auf eine Felswand zu, deren Farbe und Höhe sich im Laufe der Stunden fast unmerklich veränderte. Das Geräusch der Pferdehufe dehnte sich weit im Raum aus. Die kleinste Bewegung eines Steins klang wie eine Explosion. Elie war mit größter Umsicht geritten, er hatte versucht, sich markante Stellen einzuprägen, wusste aber, dass die Felsen mit dem Licht ihr Antlitz veränderten. Er hatte gehofft, dass die roten Flechten ihm den Norden weisen würden. Vor allem hatte er gehofft, dass sie nicht auf jeder Seite der Felsens wuchsen und ihm erlaubten, die dem Versteck entgegengesetzte Richtung zu finden, sobald er wieder abhauen könnte. Als der Tag sich neigte, waren sie endlich nähergekommen. Das Versteck wurde von einem Wachposten gesichert, der zwischen zwei riesigen Felsblöcken am Eingang zu einer Schlucht stand. Zum Glück hatte einer der Jungs ihn beim Vorbeireiten gegrüßt und ihm auf diese Weise seine Position verraten. Elie war abgestiegen und hatte sein Pferd in einer kleinen Senke versteckt. Dann war er den Hang, an dem sich der Wachposten versteckte, hinaufgeklettert, diagonal, außerhalb seines Gesichtsfeldes. Er achtete darauf, rasche dynamische Bewegungen mit langen Pausen in der Deckung zu verbinden. Der Mann hatte nichts gemerkt. Er hatte nicht einmal den Blick zu dem Stein gehoben, der ihm den Schädel spaltete. So war Elie relativ entspannt in die Schlucht eingedrungen. Die Geräusche der Hufe wiesen ihm den Weg der Reiter. Er folgte der Schlucht, die sich immer mehr verengte, bis zu einer Art schmalem Graben. Die Pferde standen in Reih und Glied in dieser, wie ihm schien, engen Sackgasse, während die Männer einzeln durch einen so schmalen Spalt schlüpften, dass Elie überrascht war, Quibble nicht hängenbleiben zu sehen. Abgesehen von dem Spalt war die Felswand hier derart glatt, dass er von ihrem weiteren Treiben nichts mitbekam. Er wartete eine gute halbe Stunde, um zu sehen, ob jemand wieder herauskäme, bevor er selbst hineinschlüpfte. Die Nacht senkte sich, und das war sein Glück, denn der Durchgang führte zu einer Art Freiluftarena, die er schwerlich unbemerkt hätte durchqueren können. Durch Zufall kehrten ihm die Männer den Rücken zu, während sie in einer ihm gegenüberliegenden Höhle herumfuhrwerkten. Elie überlegte nicht lange, presste sich gegen die Wand und rührte sich nicht mehr. Während des gesamten Gelages blieb er mit ihr verschmolzen. Aus der Höhle, in die sie sich erst viel später zurückziehen sollten, um ihren Rausch auszuschlafen, holten sie Flaschen und Fleisch und Karten und begannen unanständige, haarsträubende Geschichten zu erzählen. In einem Moment der Eingebung zog Quibble Arcadias Stab aus der Hose und mimte mit allerlei Grimassen einen wildgewordenen Geigenspieler auf einem Appalachen-Ball. Seine Männer sahen ihn zunächst verblüfft an, brachen dann aber in wildes Gelächter aus, klopften sich auf die Schenkel, in die Hände, und stampften mit den Füßen den Takt, bis sie selbst sangen und miteinander als Pärchen oder in Formation tanzten, und zwar, wie Elie fand, sehr ausgefallen. Der Geigerich war so gut, dass er sie selbst ohne Instrument die halbe Nacht zum Hüpfen und Grölen brachte. Elie hatte manchmal gar den Eindruck, dass er sich hätte unter sie mischen können, ohne dass es irgendjemandem aufgefallen wäre. Er nahm dennoch Abstand von dem Gedanken und wartete geduldig, bis die Feuer verloschen waren. Als sie alle in der Höhle schnarchten, schlüpfte er hinein wie ein Sioux. Seine Augen hatten sich an die Dunkelheit gewöhnt, er entdeckte sofort Quibble, dessen Decke sich über den größten Huckel spannte, und sah auch den Bogen, der neben ihm lag. Elie fasste ihn nicht gerade mit Samthandschuhen an. Mit einem schweren Stein bewaffnet ging er auf den Schlafenden zu und schlug auf ihn ein, wobei er ihm die Decke über den Kopf zog, um das Geräusch zu dämpfen. Dann nahm er rasch den Bogen an sich und verschmolz wieder mit der Felswand. Die Männer waren so müde, dass der Rhythmus ihres Schnarchens sich nicht veränderte. Elie verschwand, wie er gekommen war. In umgekehrter Richtung durch den Spalt zu schlüpfen war ein reines Vergnügen. Aber da wendete sich das Blatt, denn einer der Jungs, die nicht an dem Kutschüberfall teilgenommen hatten, kehrte von seiner Mission zurück. Er befand sich in dem engen Teil der Schlucht, als Elie gerade aus dem Felsspalt schlüpfte, auf halbem Weg zwischen den Pferden und dem Eingang zum Canyon. Elie sprang auf die Kruppe eines widerwilligen Gauls, stellte sich auf seinen Rücken und kletterte auf den Felsen. Beim Klettern riss er sich die Hände auf, konnte aber recht schnell den Fuß auf einen kleinen Felsvorsprung setzen, was ihm erlaubte, sich umzudrehen und in den Abgrund zu starren. Er sah den Kerl, der durch die Unruhe des Pferdes misstrauisch geworden war, sich nähern. Auf dem Felsen zusammengekauert hielt er den Atem an, aber sein Blick lastete schwer auf dem Nacken des Mannes, der auf der Hut war, den Kopf hob und ihn anblickte. Bevor er die Waffe ziehen konnte, sprang Elie auf ihn. Ein Schuss löste sich, beide lagen benommen da, die Pferde scheuten, und im schmalen Graben des Canyons wurde es plötzlich so laut wie im Inneren einer Trommel. Bis Elie wieder bei Sinnen war und sich ans andere Ende der Schlucht verzogen hatte, waren Quibbles Jungs schon auf den Beinen und kamen wie Kakerlaken aus dem Fels gekrochen. Als Elie im Freien stand, war er einen Augenblick orientierungslos. Hinter sich hörte er eilige Schritte näherkommen. Er blickte sich in alle Richtungen um, ohne die Stelle zu finden, wo er sein Pferd allzu gut versteckt hatte. Er wusste sich nicht anders zu helfen, als wieder den Fels hinaufzusteigen, genau über dem Eingang zum Canyon und kurz bevor die ganze Truppe dort herausgeschossen kam. Quibble als Erster, mit blutüberströmtem Gesicht. Die Jungs irrten wie Verrückte durch die Dunkelheit. Für einen Augenblick glaubte Elie, das Glück sei ihm wieder hold, aber da durchriss ein gellendes Pfeifen die Finsternis und machte seine Hoffnung zunichte: Quibble hatte sein Pferd gefunden. Sie machten jäh Halt dass der Staub wirbelte, und kehrten im Galopp zu ihrem Anführer zurück. Von seinem Platz aus konnte Elie alles hören. Es wurde beschlossen, nicht weiterzusuchen, weil man nur zu warten brauche, bis der Eindringling bei seinem Pferde auftauche. Elie wäre beinahe von seinem Felsvorsprung gefallen. Drei Männer wurden für diese Arbeit bestimmt, mit dem Versprechen, sie würden bei lebendigem Leib verbrannt, wenn sie ihn nicht fingen. Sie legten sich neben dem Pferd auf die Lauer, mit angelegtem Gewehr und fest entschlossen, nicht in den Flammen umzukommen. Elie hätte heulen können. Der Sonnenaufgang war nicht mehr fern, als er sich durchrang, sein Pferd aufzugeben und den langen Weg, der ihn in dieser wüstenähnlichen Umgebung erwartete, zu Fuß zurückzulegen, nachdem er die Landschaft schon auf dem Hinweg genossen hatte. Als er von der senkrechten Felswand hinabstieg, um den Fuß auf den steinigen Staub des Bodens zu setzen, versank er in düstere Gedanken. Er hatte in einer Nacht viel riskiert und viel verloren für einen Bogen, der ihm etwas zu groß vorgekommen war. Aber vielleicht lag es nur am Durst und am Hunger, die allmählich Wirkung zeigten. Er lief Stunden und Stunden unter einer glücklicherweise verschleierten Sonne. Stunden zwischen Steinen, in Steinen, an Steinen lutschend. Er war selbst halb versteinert, als das erste Stück Vegetation auf einem großen Kiesel auftauchte. Er folgte allen grünen Dingen, die erst vereinzelt und dann dichter wuchsen und fand schließlich ein handbreites Wasserloch, das ihm seine Geschmeidigkeit zurückgab. Das große Rad des Lebens hatte sich wieder zu seinen Gunsten gedreht. Da hatte es einen Wald und ein Pferd im Wald gegeben, und Elie hatte sich den Steinen und der Erde auf einem von Kraft berstenden Pferd entrissen, das nach ein paar Schlägen mit dem Bogen wiehernd die Luft zerteilt hatte. Zumindest war das seine Erinnerung, und dass er bei dieser Gelegenheit den Wettkampf gegen eine Biene gewonnen hatte. In dem Moment hörte Elie ein merkwürdiges Surren hinter sich, spürte den Indianer im Rücken aber erst, als er zu Boden geworfen und von hinten festgehalten wurde, eine Hand auf dem Mund. Er erstarrte einen Augenblick, dann wehrte er sich mit aller Kraft, wie ein Tier, das in die Falle gegangen ist, bevor es sich nicht mehr regt. Wenn der Indianer ihn hätte töten wollen, wäre er bereits tot. Während ihm die Nase in den Boden des Unterholzes gedrückt wurde, spitzte er die Ohren, wie der Mann, der ihn festhielt und dessen Aufmerksamkeit er spürte. Er hörte nichts Besonderes. Weiter unten sprudelte ein Wildbach, durch die Espen ging ein mäßiger Wind, Fliegen schwirrten im Kreis und inspizierten die Erde, die durch den

Sturz frisch aufgewühlt war. Elie nahm nichts weiter wahr, aber die Anspannung im Körper des Indianers ließ nicht nach. Ein großer Rabe krächzte über ihnen, in dem Moment warf sich der Indianer zur Seite, ohne den Griff lockern, und benutzte Elie als Schutzschild; dieser wiederum sah, wie zwischen den Bäumen ein mit Zinnober bemalter Krieger herabkletterte, der einen massigen Stein in die Höhe reckte. Elie wand sich verzweifelt, um wegzukommen und zog seinen Angreifer mit, der ihn beim Hinabrollen entlang des Hanges nicht losließ. Sie kullerten in rasender Geschwindigkeit hinab, über Böschungen und Löcher von Fuchsbauten, bis ein Baum ihren Fall jäh stoppte. Elie hörte die Wirbelsäule des Indianers knacken, zugleich löste sich der Druck um seine Brust. Die Luft tief in die Lungen saugend erhob er sich und rannte den Hang hinab bis zum Wildwasser. Die Steine rollten unter seinen Schritten, der Wettlauf verwandelte sich in eine lange Rutschpartie, er spürte, dass der Feind ihm auf den Fersen war, seine Beine verwandelten sich in Kolben einer nicht mehr steuerbaren Maschine. Selbst beim besten Willen hätte er nicht anhalten können. Als er die Gruppe Indianer an der Biegung des Flusses sah, auf den er zuraste, erhöhte er die Geschwindigkeit und heulte in den höchsten Tönen, als hätte er ein Leben lang nichts anderes getan, und entdeckte das Wesen und die Kraft seines Kriegsgeschreis im selben Moment wie die Pawnees, die ihm zusahen, wie er herunterraste, und sich dabei zu einem Kreis formierten, den er würde durchqueren müssen. Als er den Ring der Krieger durchstieß, standen ihm die Haare zu Berge, er war wie elektrisiert, bereit zu schlagen, bis das Blut floss. Darüber hätte er beinahe vergessen, dass er einen Verfolger hatte. Er sah ihn hinter sich, als er sich umwandte, erkannte das Zinnober auf seinem Gesicht, stellte fest, dass man ihnen zusah, ohne einzugreifen, und sprang ihm an die Gurgel. Der Indianer wich geschickt aus und warf seine Waffe, sie traf ihn an der Seite. Elie taumelte, fand aber sein Gleichgewicht wieder und wurde klarer im Kopf als vor dem Schlag. Der Indianer brüllte und schüttelte sich, und während er zum Angriff überging, raste Elie mit dem Kopf auf ihn los, wie ein Widder, und rammte ihn mitten in den Bauch. Der Indianer plumpste auf den Hintern und rang nach Luft, währenddessen Elie sich hinter ihn rollte, wieder aufstand und ihm einen atemberaubenden Fußtritt in den Nacken verpasste. Man hörte die Kiefer des Indianers gegeneinanderschlagen. Seine Augen verdrehten sich, er wankte einen Augenblick, sabberte, dann fiel er rücklings um. Ein zweites Mal stieß Elie sein Kriegsgeschrei aus. Die Pawnees umringten ihn. Man reichte ihm ein Messer. Er brauchte keine weiteren Erklärungen, er ging auf sein Opfer zu, durchtrennte ihm die Kehle, und während das Blut floss, zinnoberrot, ritzte er einen Kreis von zehn Zentimetern Durchmesser auf dessen Schädel und zog senkrecht an dem Haarbüschel. Der Skalp löste sich von allein. Er streckte ihn in die Höhe, damit alle ihn sahen, und einmal mehr wurde seine Heldentat bejubelt.

Die Krieger gaben ihm per Handzeichen zu verstehen, dass sie ihr Lager etwas weiter fort in den Wäldern errichtet hatten. Dass es kleiner geworden war, nachdem die Feinde sie hinterrücks überfallen hatten. Einer der Männer stach mit seiner Lanze nach der Leiche am Boden. Sie fügten hinzu, dass man ihnen die Pferde gestohlen hatte, fast alle. Und dass er eingeladen war, eine Pfeife zu rauchen, seinen Sieg zu feiern und ihnen als Verbündeter zu folgen. Der Skalp besaß offenbar einen nicht zu unterschätzenden Wert. Elie nahm die Einladung an, bat aber um einen Moment Aufschub. Er hatte etwas im Wald zu erledigen. Er erwähnte nicht den sterbenden Indianer am Fuße des Baumes, der ihren Sturz aufgehalten hatte – einer von ihnen. Mit dem Skalp am Gürtel stieg er den Hügel hinauf und hob den Bogen an der Stelle auf, wo er beim Kampf hingefallen war.

Als er wieder hinabstieg, nahmen die Indianer ihn genau unter die Lupe. Er ging reihum und wurde Gegenstand zahlreicher Kommentare, von denen Elie nichts begriff. Schließlich gaben sie ihn zurück und nickten. Dann brachen sie auf ins Dorf.

Es war in einem Wald versteckt, in einem Kalksteinkessel. Nirgends brannte ein Feuer, um das knappe Dutzend verbliebener Zelte zu erwärmen. Es herrschte eine traurige, kalte, schwermütige Stimmung wie an einem nebligen Morgen. Aber die Frauen waren bereits rege und reparierten, was zu reparieren war. Neue Zeltstangen wurden geschnitzt, gerissene Lederplanen zusammengenäht, um die aufgeschlitzten Zeltwände zu ersetzen. Auf Lanzen und Weidegeflechten wurde Fleisch getrocknet. Zwei alte Männer saßen am Eingang des Dorfes und rauchten, eingewickelt in ihre Decken. Ein paar Hund bellten. Die Krieger stießen einen Schrei aus, bevor sie hinabstiegen, gefolgt von Elie, den sie lauthals vorstellten, noch bevor sie im Zentrum des Dorfes angelangt waren. Die anwesenden Männer, vorneweg die beiden alten Pfeifenraucher, kamen, um ihn zu betrachten und sich den Skalp anzusehen, den er noch immer am Gürtel trug. Einige berührten ihn mit den Fingerspitzen. Dann berührte man ihn mit den Fingerspitzen, insbesondere den Bogen, der reihum ging und den er nicht aus den Augen ließ. Man brachte ihn zu einem Zelt. Man gab ihm zu essen. Man gab ihm zu rauchen. Die Indianer plauderten. Schließlich breitete eine Frau ein Bisonfell für ihn aus und reichte ihm ein Lederkissen, das mit Federn gefüllt und Perlen bestickt war. Elie hatte noch nie etwas so Schönes gesehen. Als er sich zudeckte, sah er im Geiste die Shoshonefrau vor sich, wie sie ihn für eine Nacht in ihr Zelt eingeladen hatte; er würde sich immer an sie erinnern wie an einen wilden sanften Traum. Die Kostbarkeiten des Lebens waren zweifellos auf dieser Seite der Welt zu finden. Er schlief ein, ohne zu merken, dass er noch den Bogen in der Hand hielt und sich an ihn schmiegte.

Nach einem dreitägigen Lager an der Stelle, an der sie Josh das letzte Mal gesprochen hatten, ohne zu wissen, ob er über den Tod seiner Großmutter im Bilde, noch ob er selbst am Leben war, zogen Jeffrey und Brad weiter. Josh war kein Kind mehr. Brad verscheuchte den Gedanken, dass er seinen Sohn zur gleichen Zeit verloren haben könnte wie seine Mutter, der Schlag wäre zu hart. Jeffrey versicherte ihm, dass sie ihn in der Stadt wiederfänden, er spüre das. Josh hatte es sicher eilig, in seinen fast neuen Bergstiefeln im Saloon vor den Mädchen Eindruck zu machen. Josh mochte auf irgendein kleines Hindernis gestoßen sein, das ihn davon abhielt, zu ihnen zurückzukehren. Sein Pferd hatte vielleicht ein Hufeisen verloren. Oder er hatte sich verirrt. Jeffrey zählte eine Möglichkeit nach der anderen auf, aber beide Brüder wussten, dass sie an den Haaren herbeigezogen waren. Es schien das Beste zu sein, sich in die Stadt zu begeben und dort zu fragen, ob jemand etwas über einen jungen Mann auf einem Rotfuchs gehört hatte.

Also hatten sie die Ochsen ins Joch gespannt und waren wieder dem Planwagen gefolgt, der inzwischen so leer war, dass sie ihn nur bestiegen, wenn es gar nicht anders ging. Auch das Mädchen war verschwunden. Sie fühlten sich einsam, verlassen wie Waisen, zu denen sie geworden waren. Die Prärie in ihrer gleichförmigen Weite verstärkte das Gefühl des unabänderlichen Verlusts und der hoffnungslosen Einsamkeit. Das selbstgewählte Exil, das sie bisher als Chance betrachtet hatten, ließ sie erstmals schwermütig werden. Abends am Feuer hatte Brad versucht Lieder zu singen, die sie beide mochten. Dabei hatte sie das Heimweh nach einem Landstrich überfallen, von dem sie geglaubt hatten, er hätte in ihrem Herzen nie einen Platz gehabt. Brad hatte aufgehört und vorgeschoben, das sei alles nichts wert ohne ein gutes Pint Bier und man müsse warten, bis man in der Stadt sei.

Tag für Tag liefen sie durch die Prärie, im Rhythmus ihrer Rinder. Mit bedrückten Herzen. Sie folgten dem Gebirge und mühten sich jeden Abend, Wasser und Holz zu finden. Jeffrey, der besser zielte, stand früher auf, um zu jagen. Eines Morgens brach er vor Tagesanbruch auf, um sich am Flussufer hinter einem Erdhügel auf die Lauer zu legen. Er wartete, dass eine Antilope zum Trinken käme. Den tags zuvor gesichteten Spuren nach war dies nur eine Frage der Zeit. Ihm war kalt. Seine Finger waren klamm vom Halten des Gewehrlaufs. Er lag bäuchlings im Gras und bekam allmählich Krämpfe in den Waden. Von Zeit zu Zeit warf er einen vorsichtigen Blick zur Seite, um zu sehen, ob das Tier sich nicht endlich zeigte. Bei einem dieser Erkundungsblicke sah er in der Ferne am Horizont die sich vor dem Hintergrund deutlich abzeichnenden Umrisse von zwei Reitern, gefolgt von vier Maultieren. Als hätte er seit einer Ewigkeit keinen Menschen mehr gesehen, begann sein Herz in der Brust zu pochen. Da näherte sich die Antilope dem Wasser und neigte den schönen Kopf, um zu trinken. Er schoss in das weiße Fell an der Brust des Tieres, als es den Kopf hob. Der Schuss ließ die beiden Männer und ihre Maultiere innehalten. Jeff sprang hoch und winkte ihnen zu. Die Männer und die Tiere setzten ihren Weg fort und kamen auf ihn zu. Jeff spürte, wie ihn Dankbarkeit erfüllte, wie ein Ertrinkender, der endlich gerettet wird. So lange schon hatte er Lust, Karten zu spielen.

Die beiden Männer waren Fellhändler. Bis Jeff seine Beute zum Karren geschleppt hatte, waren sie fast auf seiner Höhe angelangt und kündigten sich Brad laut und deutlich an, damit keine Missverständnisse aufkamen. Er lud sie ein, sein Frühstück zu teilen, indem er die Kaffeekanne aufs Feuer setzte. Er hatte ein Stück Fleisch aus den Rippen geschnitten, als die beiden Männer, die ihre Tiere angebunden hatten, näher traten. Sie begrüßten sich wie alte Bekannte, die sich tags zuvor gesehen hatten, die beiden Fremden nahmen völlig selbstverständlich Platz am Feuer. Sie aßen ohne zu reden. Die Gäste begnügten sich damit, gelegentlich zu brummen, um zu unterstreichen, dass sie das Fleisch und den Saft mochten. Als sie fertig waren, wischten sie sich die Finger im Gras ab, und der kleinere von beiden erhob sich, ging auf eines der Maultiere zu und kehrte mit zwei zylindrischen Ballen wieder. Es waren Decken, die man um Waren gerollt hatte. Kugeln, von einem Band ihres Durchmessers umhüllt, Silberdollars auf Broschen, Scherenklingen und kleine Messer, stählerne Pfeilspitzen, Sticknadeln, Spulen mit Faden aus Hanf, Jackenknöpfe, Hosenträger. In der anderen gab es vor allem Stoffstücke verschiedener Qualität, Seide, gefärbte Seide, Spitze, Satinbänder, Tüll und Kaliko. Von jedem ein bisschen. Brad und Jeffrey wussten nicht, was sie damit hätten anfangen sollen. Was die Munition anging, so hatten sie noch zwei Kisten in ihrem Wagen, samt eines kleinen versiegelten Pulverfasses. Und ein Fässchen Rum, das ebenfalls versiegelt war, der einzige Alkohol, den weder der eine noch der andere mochte. Die beiden Händler gaben schließlich zu, dass ihre Ware eher für die Indianer bestimmt war. Und dann sprachen sie über den Preis für Felle und Munition. Schließlich fragten sie, ob sie einem einsamen jungen Mann begegnet waren oder von ihm gehört hatten, er sei unterwegs in die Stadt oder habe sich in der Ebene verirrt. Sie hatten niemanden gesehen. Sie waren auf dem Weg nach Osten, um für die Felle, die sie den Indianern und den Mestizen im Norden abgekauft hatten, einen möglichst hohen Preis herauszuschlagen. Da sie keinen Whiskey mehr hatten, wagte Jeffrey seinen ersten Handel als Verkäufer und schlug ihnen einen Pint Rum gegen ein oder zwei der Felle vor, die sie auf Lager hatten. Die Augen des Kleineren hatten sofort aufgeleuchtet. Er war zum anderen Maultier gegangen, das beladen war wie ein Kamel, um einen Packen Felle aufzuschnüren, breitete es dann vor seine beiden Brüder aus und erzählte, woher sie kamen und wer sie ihnen verkauft hatte. Unglücklicherweise hatte er die Kurse offen erwähnt, und diese beiden harmlosen Migranten hatten sie sich gemerkt. Es wurde verhandelt. Lange, mit viel Kaffee begossen, aber ohne einen Tropfen Rum. Jeffrey machte immer mehr Anspielungen auf den Alkohol und wartete, bis der Kleinere es nicht mehr aushielt. Brad und der andere blieben im Hintergrund, abwartend, und trugen eine Gelassenheit zur Schau, die sie eigentlich nicht hatten. Schließlich wurden sich die beiden einig, und Jeffrey erhielt einen Liter braunen Rum, zwei Felle von Bisonkühen und einen Hermelin. Der Kleinere kostete den Rum direkt aus der Flasche und befand ihn für gut. Jeffrey hätte das ganze Fässchen verkaufen können, Pint für Pint, und den durstigen Händler dazu bewegen können, die Felle, die er aus dem Norden mitgebracht hatte, allesamt zurückzugeben, aber er sah keinen Sinn darin. Mit einem Überlegenheitsgefühl, das er seinem ersten Erfolg verdankte, bot er den beiden Männern ein Glas an, und der Kleinere, der nicht wollte, dass man sich ihm gegenüber überlegen zeigte, bat ihn, sich etwas von seinen Schmuckstücken auszusuchen. Jeffrey, der seit dem Beginn ihres Tauschgeschäfts nur auf diesen Moment gewartet zu haben schien, deutete sofort auf ein Taschentuch mit Spitzenbesatz. Brad wandte den Kopf zur Seite, um sein Lächeln zu verbergen.

Als die Händler ihre Maultiere wieder beladen und sich unter den aufmerksamen Blicken der beiden Brüder auf den Weg gemacht hatten, legte Jeffrey sein Taschentuch zusammen und steckte es sorgfältig in die Tasche. Mit leuchtendem Gesicht wandte er sich zu seinem älteren Bruder:

»Verdammt, Brad! Das war ja noch besser als eine Partie Karten!«

Das Verhandeln hatte so lange gedauert, dass sie erst am späten Nachmittag wieder aufbrachen. Jeffrey lief den restlichen Tag mit großen Schritten vor dem Karren her. Seine Gedanken wanderten immer wieder zu dem Fässchen Rum, den die Großmutter für ihre Heilsuds verwendet hatte, über die er nichts Genaues wusste. Aber er war von einem neuen Wissen erfüllt, und fühlte sich imstande, dem kleinen Fass mit dem ungenießbaren Gesöff zahllose wohltuende Wirkungen zu entlocken, wenn man ihn nur ließ. Wie sehr hatte er von dem Stückchen fruchtbarer Erde geträumt, das sie am Ende noch finden und auf dem sie sich niederlassen würden, wie sehr hatte er von den Tieren, Pferden, Kühen, Maultieren und dem Hühnerhof geträumt und von dem Ertrag ihres Anbaus, und nun begann er vom Handel zu träumen, von den verschiedenen Waren und Gegenständen, die von Hand zu Hand wanderten, vom Wert, den sie annahmen, wenn sie die Grenzen zwischen zwei Zivilisationen überschritten, von den angeblich mannigfaltigen und zahllosen Wünschen, die man befriedigen müsse. Die Indianer waren, soweit er wusste, an nur wenigen Artikeln interessiert. Waffen, Munition, was zum Trinken für die Feste, allerlei Utensilien aus Metall, ganz gleich ob sie Wert besaßen oder nicht, und irgendwelchen billiger Plunder. Die Weißen suchten, entgegen ihrer Annahme, nicht viel anderes. Meist etwas mehr Behaglichkeit, Holz im Winter, volle Vorratsschränke, einen gut ziehenden Kamin und die Gewissheit moralischer Überlegenheit. Aber vor allem suchten und fürchteten die Weißen, abgesehen von denen, die zu Trappern und Läufern geworden waren und wie die Indianer in Zelten lebten, den Hauch des wilden, rohen, unerbittlichen, von allen Fesseln befreiten Lebens. Sie sehnten sich genauso danach wie sie es verabscheuten. Sie hatten Angst, sich vor sich selbst in eines jener Ungeheuer zu verwandeln, die noch entsetzlicher waren als jene, die nachts in den Ebenen unter verräucherten Tierfellen Schutz suchten und ihre Feinde langsam in Stücke schnitten, um sie vor Schmerz aufheulen zu hören.

Jeffrey machte große Schritte und ging in Gedanken die indianischen Gegenstände durch, die er bei der Totenwache und den Vorbereitungen für den Überfall gesehen hatte. Bemalte Schalen, mit Perlen, Knochen und Münzen verzierte Stäbe. Glitzernde Koffer, bestickte Stulpen, bunte Ponchos. Körbe, Ledertaschen, Weidengeflechte. Jeder dieser handgefertigten Gegenstände besaß eine Seele und war erlesen genug, um von ihrem freien Leben zu zeugen, ohne die Weißen zu erschrecken. Brad war überzeugt, dass es möglich wäre, eine andere Art Beziehung zu entwickeln als diesen ewigen Krieg zwischen beiden Welten. Die Indianer hatten sich bereit gezeigt, Tauschhandel zu treiben. Das Pferd hatten sie sich in weniger als zwei Generationen zueigen gemacht, ebenso Feuerwaffen und alles, was ihnen das Leben darüber hinaus erleichterte. Jeff lief mit großen Schritten und dachte an die Menschen, an das, was sie trennte, was sie miteinander verband, an die Gewehre und die Formen, die die unbezwingbare gegenseitige Neugierde annahm.

Brad fiel es schwer, die Rinder vor dem Karren zu dem Tempo anzutreiben, das sein Bruder ihnen aufzwang. Er kannte ihn gut genug, um zu erraten, dass er gleich wieder eine seiner Visionen haben würde. Er besaß diese Fähigkeit seit seiner Kindheit, und Brad respektierte das. Manche seiner Visionen wurden wahr. Jeffrey beschrieb sie mit einer solchen

Akribie, dass man alles zu sehen glaubte, was er vorherzusagen oder in einem für andere unsichtbaren Buch zu lesen schien. Alles schien in Reichweite zu liegen.

Als Brad ihm das erste Mal zugehört hatte, war Jeffrey zehn Jahre alt gewesen und hatte erzählt, wie sie aus dem Stall kommen würden, wo sie beide im Heu Zuflucht gefunden hatten, um sich ein wenig aufzuwärmen, wie sie an die Tür des Hofes klopfen würden, die der Farmer zwei Stunden zuvor hinter ihnen zugeschlossen hatte, wobei er ihnen noch ein Stück Schwarzbrot als Tagelohn zugeworfen hatte, und wie sie ihn mit dem Griff der Heugabel, die sie stundenlang hin und her schwangen, zu Boden prügeln würden, sodass er ein für alle Mal zusammenbräche, und wie sie dann freie Bahn hätten bis zum Brotkasten, in dem es nicht nur schimmeliges Schwarzbrot gab, bis zur Vorratskammer, in der die Sahne in einem zugepropften Eimer stand, und Eier. Er hatte den geflochtenen Korb und den Holzeimer mit den dicken Seilhenkeln beschrieben, ohne sie je gesehen zu haben. Und der Farmer war tatsächlich zusammengebrochen, als er beim Eintreten versehentlich auf die Heugabel getreten war. Der Schlag war so heftig gewesen, dass er mehrere Wochen zwischen Leben und Tod schwebte. Er verdankte seine Genesung der fortwährenden Pflege seiner Mutter, die weder mit Abkochungen noch mit magischen Formeln gespart hatte. Darunter hatte Brad eine lange Reihe von Flüchen gehört, die sie ohne Atem zu holen im Rhythmus der *Ave Marias* eines Rosenkranzes abgespult hatte. Die Behandlung hatte Wirkung gezeigt und der Farmer erholte sich von seinem Schlag, hinkte zwar seither, lebte aber. Natürlich hatte er die leidigen Gäste bald verjagt, Jeff hatte wieder seine Vision gehabt und seinem Bruder gesagt, dass der Mann ruiniert sein würde. Auch dies stellte sich als richtig heraus, denn Jeff hatte in dem Obstgarten das Loch entdeckt und geplündert, in dem der Farmer seine zwölf dicken Silberstücke versteckte, den größten Teil seines Besitzes. Jeff hatte auch vorausgesagt, dass der Farmer sich im Stall erhängen, indem er von dem gelben Rind springen würde, aber das hatte Brad nicht überprüfen können. Als die Nachricht von seinem Tod zu ihnen drang, waren sie schon weit weg.

Bird Boisverd hatte beschlossen, die Nacht zwischen den Felsblöcken zu verbringen, die er beim Aufwachen gesehen hatte. Als er sich bei Tagesanbruch auf den Weg gemacht hatte, schienen sie durch eine optische Täuschung einige Meilen näher herangerückt zu sein. In großen Schritten war er den ganzen Morgen auf sie zugeeilt, obwohl sie schon wieder aus seinem Blickfeld verschwunden waren. Mittags waren sie ihm wieder auf der Prärie erschienen, jedoch kleiner als noch bei Morgengrauen. Er war weitergegangen. Bird hatte keinen Grund, sich so beharrlich auf diese Fata Morgana zuzubewegen, aber die eintönige Ebene, in der die Gräser so hoch wuchsen, dass selbst ein stehender Mensch dahinter verborgen blieb, bot ihm keine anderen Orientierungspunkte.

Von Zeit zu Zeit schob er bündelweise das Steppengras auseinander, um sich zu vergewissern, dass er Kurs hielt. Wenn er sich dann umwandte, stellte fest, dass seine Spur schnurgerade verlief. Und setzte seinen Marsch fort.

Im Innern glich die Prärie einem Dschungel. Dicht und feucht, auf allen Ebenen bevölkert. Er spürte die Hitze von der Erde aufsteigen. Er scheuchte Nagetiere auf, wenn er auf ihre Schlupflöcher trat. Daumendicke Heuschrecken, schwarze und rote, sprangen vor seinen Schritten davon. Kleine Vögel, die auf den hohen Halmen saßen, stießen ihren Warnruf aus, wenn sie ihn erblickten. Sie jagten unsichtbare brummende Insekten in kurzen virtuosen Sturzflügen, bevor sie sich wieder auf einen Halm setzten, der unter ihrem Gewicht kaum nachgab, und spähten. Die Trampelpfade der Säugetiere waren gut erkennbar und spannen ein komplexes Netz, dem Bird jedoch tunlichst nicht folgte. Die Spur des Damwilds grub spitzwinkelige Tunnel ins Gras. Zweimal wäre er beinahe in einem tiefen Bau umgeknickt, dessen Eingang er nicht gesehen hatte. Beim zweiten Mal fuhr er mit dem Arm hinein und packte einen Wurf faustgroßer Hasen. Er ließ sie dort. Ohne Fell hätte jeder von ihnen keine zwei Happen ergeben. Er stieß auf eine beachtliche Zahl Vögel von ansehnlicher Größe. Ein Schwarm beschrieb einen kreisförmigen Bogen und kotete bei der Rückkehr auf seine Kleidung. Er war versucht, sein Gewehr zu benutzen. Doch dann fing er mit dem Hut ein paar Heuschrecken als Mahlzeit und grillte sie auf Spießen, nachdem er die Gräser der Prärie gerupft und den Boden umgegraben hatte, damit das Feuer sich nicht ausbreitete. Er folgte dem langsamen Lauf der Sonne auf ihrer Bahn, die offenbar vorhatte, hinter genau den Felsblöcken unterzugehen, die er als Unterschlupf auserkoren hatte. Er war mit der Bewegung des Lichts im Einklang. Als sein Schatten hinter ihm länger wurde und schließlich die dreifache Größe erreicht hatte, schienen ihm die Felsen wieder meilenweit entfernt. Er setzte den Weg fort. Die Prärie umfing ihn mit ihrer gespeicherten Hitze. Während sein Kopf bereits von einer frischen Brise umspielt wurde, die die Abenddämmerung ankündigte, war sein Körper noch wie in mollige Wollkleidung gehüllt. Seine Bewegungen waren geschmeidig, als würde er schweben. Er war erschöpft.

Der Mond war vor zwei Stunden aufgegangen, als er endlich die Felsen erreichte. Den ersten Stein auf dem Weg berührte er mit der Hand, um zu sehen, ob er echt war. Er war es. Er ging um ihn herum, ohne die Berührung zu lösen. Das

Gestein war so sanft, dass ihm Tränen in die Augen stiegen. Er stützte sich mit dem ganzen Gewicht auf und ließ die Wellen von Müdigkeit, die über seine Muskeln hinwegrollten, in die Felsmasse übergehen. Seine Atmung wurde tiefer, ihm war, als ginge sie von seinen Fußsohlen aus. Er horchte. Und während er aufrecht, gegen den Felsen gelehnt, zuhörte, mit durchgedrückten Knien wie ein Pferd, schlief er ein.

Später hatte ihn der Schrei eines Kojoten geweckt, und er hatte begonnen, den Felsen hinaufzuklettern, und einen schmalen Spalt gefunden, in den er hineingeschlüpft war, um dort die restliche Nacht zu verbringen. Der Spalt war mit duftenden Blättern ausgelegt, aber er war zu müde, um sich zu fragen, welch raffiniertes Tier seinen Bau so sorgfältig ausgekleidet hatte. Er schlief einen traumlosen Schlaf bis zum Morgen.

Als er erwachte, stachen die Sonnenstrahlen bis in den hintersten Teil seines Unterschlupfs. Es war schon ziemlich spät. Er räkelte sich auf seinem behelfsmäßigen Lager, prüfte seine Beschaffenheit und gähnte. Gerade wollte er sich aufsetzen und hinausgehen, als an der Decke eine Spur seine Aufmerksamkeit auf sich zog. Eine blaue Spur, schwarz umrandet. Als er die Wand genauer betrachtete, sah er, dass sie sich fortsetzte und eine deutliche Linie bildete, die den gesamten Raum durchzog. Die Linienführung folgte dem Relief des Felsens und schien spielerisch wie ein Bach über seine Buckel und Vertiefungen hinwegzuströmen. Bird näherte sein Gesicht. Die Linie war fließend, aber nicht vom Wasser gezogen worden. Ihre schwarzen Ufer waren mit Kohle gezeichnet, sie stellten tatsächlich einen Fluss dar, und nun entfaltete sich rings um sie her die Prärie, bevölkert von Tieren und Dörfern, durchzogen von Jagdgebieten, überschwemmt von Regen und Sonne. Neben einem maßlosen Gebirge waren Massen von Bisons abgebildet, die gerade zum Wasser hinuntergingen. Auf dem

Weg, den sie nehmen würden, waren mit gepunkteter Linie Zelte gezeichnet. Stabförmige Männer reckten weitere Stäbe in die Höhe, die mit Spitzen oder Gabeln besetzt waren. Vögel zogen zwischen dicken grau gehauchten Wolken durch einen planen Himmel. Die gesamte Decke war mit diesen lebendigen Bildern und rätselhaften Zeichen bedeckt, die Bird nicht verstand. Er wunderte sich, dass er in einem derart bilderbeladenen Ort überhaupt hatte schlafen können. Aber vielleicht handelte es sich ja um einen Ort des Friedens oder der Ruhe.

Bird hatte im Norden von medizinischen Logen gehört, in denen Kranke mit Pflanzen behandelt wurden, deren Einnahme tödlich sein konnte. Sie wurden zur Heilung aufgerichtet, aus Reisigbündeln, ausgewählt unter jenen Zweigen, die viele harzige Essenzen hatten. Anschließend wurden sie systematisch verbrannt, damit der Geist der Krankheit sich nicht darin niederlassen konnte. Fälle von Wahn und Pocken waren auf diese Weise behandelt worden. Aber die Wände dieser Hütten waren kahl.

Die Höhle, in die er sich gelegt hatte, war wie ein Flug über die Erde. Ohne dass der Geist gezwungen wäre, den Körper zu verlassen, überwand er große Entfernungen und sprang ebenso geschwind vom Winter zum Sommer, wenn er die Jahreszeiten nicht sogar gleichzeitig bewohnte. Die Decke dieses behelfsmäßigen Schlafzimmers erzählte sowohl eine Geschichte als auch von einem Gebiet. Jener Hand folgend, die die Formen gezeichnet und die Farben aufgetragen hatte, erweckte der Blick bei seinem Umherschweifen eine ganze Welt zum Leben. Bird betrachtete ausgiebig die Decke, ohne seinen allmählich protestierenden Magen zu beachten. Doch schließlich sagte er sich, dass er hinausgehen, etwas essen und danach zurückkehren könne.

Als er hinausschlüpfte, schien ihm die pralle Sonne direkt ins Gesicht, und er bemerkte, dass er sich viel höher befand als angenommen. Er blieb auf dem Felsgrat stehen und betrachtete die Prärie ringsumher. Ihm war, als stünde er auf einer schwarzen Perle, die auf ein herrliches Kleid aus Bisonleder genäht war. Der Wind fuhr über das tanzende Gras wie über einen leichten Stoff. In der Ferne, im Osten wie im Westen, war die Ebene von feinen Strichen gerahmt, die den Stacheln eines Stachelschweins glichen. Und es hätte ihn nicht verwundert, in den nordwestlichen Niederungen eine Geisterstadt zu erblicken. Aber die Prärie war menschenleer wie am Vortag. Nur wusste er jetzt, dass sie es nicht war, ja, nie gewesen war. Er setzte sich in die Sonne, um sich ein wenig aufzuwärmen, bevor er den Fels hinunterstieg. Er fühlte sich innerlich gewachsen, völlig ruhig, bereichert an etwas, von dem er nicht hätte sagen können, was es war, auf jeden Fall keine Erkenntnis. Gern hätte er sich jetzt eine Zigarette gedreht und geraucht. Als er den Fuß auf die Prärie setzte, erinnerte er sich wieder an sein Pech, aber er hatte keine Lust, sich wieder von seinen Rachegelüsten überwältigen zu lassen, und setzte den Weg fort, indem er den Gedanken mit einer Handbewegung verscheuchte wie lästige Stechfliegen. Zum ersten Mal in seinem Leben gab Bird nicht irgendeinem Impuls nach.

Als er in die Ebene vordrang, auf der Suche nach etwas Essbarem, hätte er nicht sagen können, ob ihm wirklich daran lag, sein Pferd und seinen Geldbeutel wiederzufinden, ob er wirklich die Stadt erreichen wollte. Er war sich nicht mehr sicher. Schon lange hatte ihn keine Landschaft mehr so freundlich empfangen. Er hatte es nicht eilig fortzugehen.

Er schlüpfte durch die Gräser und folgte der Spur eines Damhirsches, wie er vermutete. Er trug sein geladenes Gewehr in der Hand. Unterwegs sammelte er wie tags zuvor Heuschrecken, die er grillen würde. Er bedauerte, keinen Ahornsirup zu haben, und pflückte stattdessen ein paar Handvoll

Klee, um sie etwas zu süßen. Plötzlich stieg ihm der Geruch eines Tieres in die Nase. Deutlich und kräftig, so klar umrissen wie ein Bild. Es hatte gerade uriniert, und er wusste sofort, dass es ein junger Damhirsch war, etwa fünfzig Meter von ihm entfernt, dort, wo die Spur eine Kurve beschrieb, duckte es sich ins Gras. Bird war sicher, dass die aufgestellten Ohren des Tiers auf ihn gerichtet waren, und bewegte sich in der Hocke vorwärts, federnd, mit gebeugten Knien und ohne der Versuchung nachzugeben, mit einem Blick zu prüfen, wo sich seine Beute genau befand. Die Spur bog abrupt nach rechts, der Geruch wurde immer stärker. Auf einem Stein erblickte Bird die Urinlache, die der Hirsch hinterlassen hatte. Bird dachte bei sich, dass die Botschaft nicht ihm galt und dass das Tier vorsichtiger hätte sein müssen. Der Tod hat leichtes Spiel, wenn Briefe durch die Hand eines Dritten geöffnet werden. Bird bog um die Ecke und schoss. Die Kugel traf, und er glaubte zwei weiße Federn auf dem Kopf des Hirschs zu sehen, die fortwehten, als sein Körper zu Boden sackte. Bird sah, wie sie wirbelnd aufstiegen und in dem warmen Luftstrom verschwanden. Er hatte seine Beute an der Schulter getroffen. Er schnitt eine Scheibe von der noch warmen Leber ab und aß sie. Dann zerlegte er den Hirsch vor Ort und lud sich die Fleischstücke auf den Rücken.

Zurück am Felsen begann er, das Fleisch in Streifen zu schneiden und auf die Felsblöcke zu legen, damit es trocknete. Er legte die hauchdünnen Scheiben so weit wie möglich nach oben, so nah der Sonne, wie es ging. Dann setzte er sich und ihn überkam plötzlich die Lust, mit jemandem zu teilen. Und zwar mit ganzem Herzen. Dieses Gefühl verließ ihn auch nach Stunden nicht. Er genoss es. Er kannte es, er umarmte es wie ein Versprechen auf bessere, offenere Tage.

Am Nachmittag, als er aus einem Nickerchen in der Sonne erwachte, sah er eine dunkle Fischflosse, die durch die Prärie glitt. Sie hinterließ ein breites Kielwasser, das sich rasch hinter ihr schloss. Bird rieb sich die Augen und legte schützend die Hand darüber, um das gleißende Licht zu dämpfen. Die riesige Flosse zeichnete sich vor dem Hintergrund des Himmels ab, ein Dreieck, das sich nach vorne streckte, ringsherum ein bebendes Meer aus Gras. Es kam auf die Felsen zu. Wuchs und wuchs. Bis seine Gestalt sich deutlicher herausbildete. Zwei Spitzen ragten aus dem Dreieck heraus. Äußerst beweglich. Zwischen dem oberen Teil der Flosse und ihrem Ansatz war ein dunkler, glitzernder Kreis. Bird ließ die schützende Hand wieder sinken. Die riesige Rückenflosse des schwarzen Hais schoss in rasender Geschwindigkeit auf ihn zu. Als er nur noch dreihundert Meter von dem Felsgrat entfernt war, änderte er erneut die Richtung und schnaubte, und der Mann begriff, dass sein Haifisch ein umherschweifendes Pferd war, dessen Körper von der Prärie verschlungen wurde, sodass nur der Kopf aus den Gräsern ragte. Bird sprang von seinem Felsen und lief im Halbkreis auf das Tier zu. Ein Seil aus Rosshaar hing an seinem Hals und schleifte über den Boden. Es war ein indianisches Pferd. Bird sprang zur Seite, um es vorbeizulassen und schnappte das Seil am Boden. Er hielt es mit beiden Händen fest und machte sich darauf gefasst, vom eiligen Trab fortgerissen zu werden. Aber entgegen seiner Erwartung tat das Pferd, als es den Zug des Seils spürte, lediglich einen Schritt zur Seite und blieb unvermittelt stehen. Bird wusste, dass es ebenso abrupt wieder losgaloppieren würde, wenn er den Griff lockerte. Er wickelte das Seil um die Ellbogen, und als er genau hinter ihm stand, nahm er Schwung, legte beide Hände auf die Kruppe des Pferdes und sprang rittlings auf. Das Pferd gab seinem Gewicht leicht im Rücken nach, dann schlug es aus und preschte pfeilschnell los, während Bird sich mit beiden Händen an der Mähne festklammerte und die Beine an seine Flanken presste, die Fersen an seinen Bauch. Er ließ es laufen, innehalten, wiehern, umkehren und springen. Er ließ es unter sich leben und seine ganze Schläue zeigen. Bird Boisverd wusste, dass man sich nur auf diese Weise kennenlernen konnte. Er hielt sich fest und wartete, bis das Pferd seine Neugierde befriedigt hatte. Mit Schaum vorm Maul blieb es stehen. Mit hängendem Kopf schnaubte es auf den Boden. Bird begann ein Wiegenlied zu singen, das er aus der Kindheit kannte. Allmählich schnaubte das Pferd weniger stark und entspannte sich. Seine Ohren waren auf den Reiter gerichtet. Bird drückte ihm kurz die Fersen in die Flanke, ohne Eile, aber fest. Es bewegte sich nicht. Bird hielt den Druck aufrecht. Das Pferd, das bereits wusste, wie dickköpfig der Mann auf seinem Rücken war, erkannte nun, dass er auch Geduld besaß. Trotzdem zuckte es nicht. Auch Bird änderte nichts an seiner Haltung. Er hörte auf zu singen. Und wartete ab, in der stillen Reglosigkeit der Prärie. Als er spürte, wie das Pferd die Schultermuskulatur entspannte, erhöhte er ein wenig den Druck der Fersen und zog am Zügel, bis das Pferd, ohne es zu merken, eine Kehrtwendung machte, und Bird wusste, dass er akzeptiert war und sie gemeinsam einen langen Weg gehen würden, sofern das Glück ihm hold blieb.

Er ritt auf den Felsen zu, wo er vom Pferd stieg, um ein Bündel mit Fleisch zu schnüren und die Munition, die er in der regengeschützten Felsmulde zurückgelassen hatte, wieder an sich zu nehmen. Er verzichtete darauf, noch einmal die Decke der Höhle zu betrachten, die ihm Unterschlupf gewährt hatte. Aber den Rest der Damwildstreifen hängte er in einer handbreiten Felsspalte auf. Dann kehrte er zurück zu dem Pferd, das sich nicht von der Stelle gerührt hatte, saß auf, legte sein spärliches Gepäck vor sich, und dann verschwanden sie trabend in die Richtung, die das Tier gewählt hatte, nachdem es die Luft eingesogen, die Zähne gebleckt und gespürt hatte, was sie nun beide brauchten, und dass dies Meilen von dem Ort entfernt war, an dem sie sich befanden.

Während sie ritten, stimmte Bird leise sein Wiegenlied an und verzierte es mit langen Motiven, die er den Schritten des Tieres anpasste. Sie kamen gut voran. In der Abenddämmerung machten sie Halt. Bird bereitete eine Mahlzeit mit getrocknetem Fleisch zu und ließ das Pferd nach Herzenslust grasen. Die kalte Nacht senkte sich jäh herab. Bird legte sich auf ein Bett aus Gras, das er eigens dafür geschnitten hatte, und schlief mit dem Zaumzeug aus Rosshaar um seinen rechten Knöchel gewickelt ein. Am nächsten Morgen stellte er sich ein wenig zur Seite, um zu pinkeln. Das Pferd, das hinter ihm blieb, stupste ihm sanft in den Rücken und knabberte an seinem Hemd. Gemeinsam machten sie sich wieder auf den Weg zwischen den verdorrten Gräsern. Die Halme knisterten im Vorbeireiten wie prasselndes Kaminfeuer.

Gen Mittag erhöhte das Pferd sein Tempo. Drei Meilen weiter entdeckten sie den breiten Fluss, flach, träge und majestätisch. Sie sprangen hinein. Er war samten. Sie tranken, wälzten sich im Wasser, tranken erneut und ließen sich dann fröstelnd am anderen Ufer von der Sonne trocknen.

Einige Stunden waren sie bereits wieder unterwegs und folgten dem Flusslauf, als Bird am Ufer einen Stiefel sah, und etwas ferner, zwischen zwei Schilfhalmen, einen weiteren. Ohne vom Pferd zu steigen, hob er den ersten auf und holte auch den zweiten. Es war ein Paar. Er sah sich um, weder im Wasser noch in der Prärie war irgendjemand zu sehen. Er leerte den zweiten Stiefel und lehnte ihn zum Trocknen neben den anderen. Sie waren aus robustem Leder und hatten am Schaft eine elegante symmetrische Zeichnung. Gewiss waren sie etwas groß, aber mit einem zweiten Paar Strümpfe wäre das kein Problem. Er lächelte bei dem Gedanken, dass es genügte, vorwärtszugehen, um reich zu werden. Vorwärtszugehen und sich gelegentlich zu bücken. Er beschloss, dies zu seinem Grundsatz zu machen und setzte den Weg leichten Herzens fort. Er pfiff beim Reiten ein Lied.

Außer zum Schlafen stieg er nicht mehr vom Pferd, bis er drei Tage später vor sich die Umrisse der ersten Holzhütte in der Hauptstraße erblickte.

Gifford verstand die Spuren, die er sah, konnte sie sich aber nicht erklären. Seitdem sich Über-die-Ebene-fließendes-Wasser im Dorf von Grollendes-Gewitter in Luft aufgelöst hatte, hinterließ sie Geisterspuren, die ihn gelegentlich zu einem Unterschlupf führten. In dem Fall waren die von ihr hinterlassenen Zeichen glasklar, und der von ihrer Präsenz noch erfüllte Raum besaß eine ihr eigene elektrische Qualität, die er stets mit Gänsehaut erkannte. Indem Über-die-Ebene-fließendes-Wasser ihm erlaubte, in gebührendem Abstand zu folgen, gab sie ihm zu verstehen, dass sie im Moment keinen menschlichen Kontakt wünschte, die Verbindung aber nicht abbrach. Hätte sie gewollt, wäre sie im Handumdrehn vor seinen Augen verschwunden, das war Gifford vollkommen bewusst. Er vermutete, dass ihr Rückzug mit dem Totenritual zusammenhing. Gifford hatte gehört, dass bestimmte Stämme den toten menschlichen Körper mit einem absoluten Tabu belegten und dass zuweilen Heilungszeremonien erforderlich waren, wenn jemand eine gewisse Zeit neben einem Sterbenden oder einem Leichnam verbracht hatte, damit die Harmonie im Individuum wiederhergestellt werden konnte. Vielleicht war Über-die-Ebene-fließendes-Wasser auch einfach nur traurig. Sie hatte ihm gesagt, dass die Tiere in der freien Natur, wenn sie von einer Krankheit befallen würden, sich von ihren Nächsten entfernen, um sie nicht anzustecken. Anders als Haustiere. Und das war auch einer der Gründe, warum sie so viel Raum benötigten, was ein ausgeglichenes Verhältnis zwischen Jagd und Fortpflanzung voraussetzte. Die Bisons konnten zu Tausenden umherschweifen, solange die Ebenen weit genug waren. Die Menschen konnten den Bisons folgen, solange die Herden groß genug blieben. Wenn man aber nicht verhinderte, dass sich der Tod in Absicht verwandelte, brächte die aus dem Lauf geschossene Kugel sowohl die Beute als auch den Jäger um. Gifford dachte bei sich, dass Über-die-Ebene-fließendes-Wasser ihn bei der ersten Begegnung nur deshalb nicht getötet hatte, weil sie dem inneren Wunsch, der vielleicht der einer höheren Macht oder einer Gottheit war, nicht nachgeben wollte. Über-die-Ebene-fließendes-Wasser hatte gewartet, bis sich ihre Gefühle und jene, die man ihr aufgezwungen hatte, geklärt hatten. Vielleicht wartete sie noch immer. Es war nicht ausgeschlossen, dass sie ihn eines Tages umbrächte, das war Gifford klar. Und in gewisser Weise freute er sich darüber, so wie ihn das aufblitzende Messers an seiner Kehle gefreut hatte, an jenem Tag, an dem sie ihn verschont hatte.

In dem letzten Unterschlupf, in dem Über-die-Ebene-fließendes-Wasser Rast gemacht, hatte sie glühende Kohlen zurücklassen, die bei seiner Ankunft noch warm waren. In der Asche hatte er eine gekochte gelbe Wurzel gefunden. Und auf einem runden Blatt neben der Stelle, wo sie gesessen hatte, einen kleinen Haufen Kristalle. Gifford hatte das Gemüse gesalzen, gegessen und ihr innerlich gedankt. Alle Zeichen im Unterschlupf und ringsherum deuteten darauf hin, dass sie bald wieder die Gegenwart eines Menschen ertragen, sie bald wieder ohne Angst zulassen würde.

Drei Tage und vier Nächte hatte er in der Höhle am Rand einer Felswand verbracht, die wie ein riesige Wespennest gebaut war. Sechs tiefblaue Federn hatte er darin gefunden. Zwei davon hatte er in seinen Medizinbeutel gesteckt, den er aus der Blase einer Hirschkuh angefertigt hatte, die anderen hatte er auf einem flachen Schiefer zurückgelassen, der ihre leuchtende Farbe noch unterstrich. Gifford meinte, dass dies Flügelfedern sein mussten. Er besaß schon etliche von ihnen. Sie waren alle unterschiedlicher Farbe, Größe und Textur. Es genügte, eine herauszuholen, damit er sich wieder an Form und Farben des Vogels erinnerte wie an seinen Schrei und seine Art zu fliegen.

Gifford verbrachte lange Stunden damit, die Prärie zu durchstreifen und diese erstaunlichen Tiere zu beobachten, die sich von einem unwägbaren und so weit wie das Licht reichenden Stoff tragen lassen konnten. Sein Federbeutel war das einzige Gepäck, das er sich erlaubte, seitdem er seine Ledertasche in die Glut des Feuers geworfen hatte, in dem die Leichen der Männer, Frauen und Kinder brannten, die von seiner Hand getötet worden waren. Vor dem ersten Nest, das er seit seiner Wiedergeburt betrachtete, hatte er sich geschworen, dass die Wissenschaft der Vögel die einzige bliebe, der er sich für den Rest seines Lebens verschreiben wollte. Das Sammeln von Geschichten sollte sein einziger Zeitvertreib werden. Er hatte den Eid geleistet, seine Hände nie wieder einer Lanzette oder Spritze, seinen Geist nie wieder einer Wunde zu nähern. Die Wissenschaft der Weißen, die er hier eingeschleust hatte und die um ihn herum so viel Unglück brachte, hatte er in die Flammen geworfen. Samt des Herrschaftsanspruchs, der ihr zugrunde lag, und von dem er nichts geahnt hatte, bis zu dem Tag, an dem er ein ganzes Dorf ausgelöscht und mit eigenen Augen die aufgedunsenen, leidenden Körper derer gesehen hatte, die er eigentlich hatte retten wollen und die dank seiner Heilkunst zuschanden geworden waren. Körper, die noch am Vortag vor Gesundheit strotzten.

Gifford hatte mit seinen letzten Kleidungsstücken den Respekt vor seinen Vätern und die Erinnerung an ihre Schulen ins Feuer geworfen. Seine Diplome und seine beginnende wissenschaftliche Karriere.

Über-die-Ebene-fließendes-Wasser hatte ihn von seiner zerlumpten Kleidung und von dem Gift, das daraus troff, befreit.

In manchen Nächten hörte er das kleine knackende Geräusch der achtundvierzig Ampullen, die er zerbrochen hatte, um an einem Morgen das einzige Arikaree-Dorf zu impfen, das von der Pockenepidemie verschont geblieben war. Das einzige. Er zählte achtundvierzig leise Geräusche, die von den achtundvierzig Lebensfäden herrührten, die er mit einem Lächeln auf den Lippen durchrissen hatte. Er zählte sie wieder und wieder, um jenen Ort in seinem Gedächtnis zu meiden, an dem all jene Unbekannten mit der kupferfarbenen Haut, die ihm nie etwas getan hatten, zu ihm traten und ihm den rechten Arm hinhielten. Den Blick von Adler-Feder, der ihm als Erster sein Vertrauen geschenkt hatte. Den Blick von Glänzender-Rabe, der glaubte, dass ihn die Medizin der Weißen weder töten noch heilen konnte. Den von Verbranntes-Gras, der so schwarz, so sanft war, und der des Kindes, das ihr folgte, vor dem er sich hingekniet hatte, während er ihm den Tod einträufelte.

Er zählte. Er zählte seine beschädigten Ampullen, in denen sich der Bazillus offenbar erwärmt und seine ganze Virulenz wiedergefunden hatte. Und er zählte wieder die achtundvierzig Leichen, die er zum eigens errichteten Scheiterhaufen hatte tragen und zerren müssen, denn die Krankheit, deren einziger Überbringer und einziger Überlebender er war, hatte alle in achtundvierzig Stunden dahingerafft. Alle.

Über-die-Ebene-fließendes-Wasser hatte dem Massaker und seinem Ende aus der Ferne beigewohnt. Später hatte Gifford begriffen, dass er beim Betreten des Dorfes den Schutz zerstört hatte, den sie ihnen hatte zuteil werden lassen und dank dessen sie der Epidemie bis dahin entronnen waren. Als sie gesehen hatte, wie er sich zwischen den Zelten ans Werk machte, hatte sie gewusst, dass sie verloren waren. Bei seinem Aufbruch war sie ihm gefolgt, um zu sehen, wohin er die Plage noch bringen würde. Tagelang hatte sie beobachtet, wie er sich durch die Prärie geschleppt und dabei geweint hatte wie eine alte Frau, tagelang hatte er alles, was ringsumher lebte um Vergebung angefleht. Als er an ein ehemaliges Yankton Dorf kam, war sie losgerannt, um ihn zu töten, aber er hatte beim Anblick ihrer Waffe nur gelächelt. Sie hatte ihm seine Kleidung genommen, hatte ihn verhext, und mit einem Ei von den Ruinen des Dorfes abgelenkt, das er sicherlich infiziert hätte. Denn die Yanktons kehren manchmal wieder, um sich an einem Platz ein zweites Mal niederzulassen. Und Über-die-Ebene-fließendes-Wasser hatte schon mehrfach gesehen, wie eine unscheinbare Decke auf viele indianische Körper gewirkt hatte, und mit welcher Macht.

Nach vier Nächten in der nestartigen Höhle am weißen Felshang war Gifford, um zwei Federn reicher, der Spur von Über-die-Ebene-fließendes-Wasser gefolgt. Er war in aller Frühe aufgebrochen. Er war neugierig, wohin sie ihn diesmal führen würde, über welche Umwege, und wie viele Tage sie brauchte, bis sie ein weiteres Versteck erreichte, in dem sie sich ausruhen und vor dem Wind geschützt den Himmel betrachten konnte. Er hoffte, dass sie nicht schon fort wäre, wenn er dort einträfe, und dass ihre Verweigerung jeglichen menschlichen Kontakts ein Ende hätte.

Es bereitete ihm keine Sorge, dass er während der ersten Stunden seines Fußmarsches keine lesbaren Zeichen fand, denn in der Ferne sah er einen einsamen Baum die Arme ausstrecken. Seine Farbe und Größe waren derart bemerkenswert, dass er zweifellos den Weg der Indianerin bestimmt hatte. Also war er auf ihn zugegangen und hatte sich in den Nachmittagsstunden unter seine Äste gelegt, um zu sehen, ob in seiner Krone nicht irgendwo eine Jagdfeder oder ein Stein befestigt waren. Dem Tanz der Blätter folgend schlief er ein, entdeckte aber auch nach seinem Mittagsschlaf keine weiteren Hinweise. Ein großer Rabe setzte sich in die Krone und krächzte drei recht laute Worte, bevor er davonflog. Gifford erhob sich und folgte ihm. Der große Rabe war nach Nordwesten geflogen. Er sah, wie er sich entfernte, ohne von seiner Flugroute abzuweichen und folgte der Richtung, die der Vogel ihm gewiesen hatte, nachdem er hinter der Kuppe eines Hügels verschwunden war. Gifford bereitete sein Lager für die Nacht an der Stelle, an der sich der Vogel seinem Blick entzogen hatte, auf einer dicken Matratze aus Nadeln, die er auflockerte, indem er kräftig pustete.

Als die Nacht hereinbrach, wäre beinahe ein Dachs über ihn hinweggetrapst, der gerade aus seinem Bau schlüpfte. Sie warfen sich gegenseitig Beleidigungen an den Kopf, wobei das Tier dem Mann alles, was ihm einfiel, ins Gesicht spuckte, während der andere heftig mit den Armen ruderte. Gifford räumte dennoch nicht das Feld und schlief in der Hoffnung ein, der Dachs würde sich bei der Rückkehr einen anderen Weg suchen. Nach dem Aufwachen schlug Gifford sich den Bauch mit Weintrauben voll, die am Ufer eines kleinen Wildwasserbachs auf der gegenüberliegenden Seite des Hügels wuchsen. Während er aß, sah er eine fette Forelle an die Oberfläche steigen und nach einer Fliege schnappen. Eine armdicke Ameisenstraße zog sich am rechten Ufer des Baches entlang. Er überquerte das Wasser und folgte der Ameisenstraße bis hinauf zu der zusammengesackten Pyramide, in der sie lebten. Dann setzte er sich davor und dachte nach. Es gab keine weiteren Zeichen.

Als er sich wieder erhob, begab er sich an die höchste Stelle des Hügels und bezog einen Wachposten. Er suchte die Landschaft zu seinen Füßen ab, die sich weiter öffnete als sein Blickfeld. Er drehte sich langsam, sodass der Raum sich wie eine Rolle rings um ihn abspulte. Er erhöhte das Tempo, bis ihm schwindelig wurde und er die Orientierung verlor, dann drehte er sich noch schneller, und schließlich begann das Stück Gras, auf dem er stand, sich selbst zu drehen wie ein Kreisel, obwohl er reglos dastand. Als er auf den Hintern fiel, spürte er die Bewegung der Erde unter ihm und in seinen Adern. Mit geschlossenen Augen ließ er das Gefühl verebben. Er drehte sich zur Seite und übergab sich. Dann beschloss er, in die Richtung zu gehen, die seine Füße ihm wiesen.

Auf dem Rücken liegend nahm er sich Zeit tief durchzuatmen, und als er die Augen öffnete, hatte zwischen seinen Zehen ein großes Stück Prärie Platz genommen. In der Mitte konnte Gifford eine Erhebung erkennen, die das Licht anzog.

Er machte sich auf und nahm nur einen Schluck Wasser aus dem klaren Bach, den er erneut durchquerte. Etwas in seiner Beziehung zur Indianerin hatte sich verändert. Sie ließ ihm freies Feld, ein unermessliches Feld, in dem er sich nun allein zurechtfinden musste. Sie war nicht verschwunden, das spürte er, sie war ganz in der Nähe, irgendwo in der Prärie oder in den angrenzenden Bergen, sie hatte ihn nicht verlassen, er war nicht allein, aber nun entschied er selbst über seinen Weg.

Gifford war mehrere Tage lang auf die Erhebung zugesteuert, die sich allmählich als ein Haufen Felsblöcke entpuppte, die der Tiefe der Zeit entstiegen und in einer breiten meeresgleichen Hochebene ohne jegliches Relief aufgetaucht waren.

Als er die Felsen erreichte, schlug sein Herz schneller. Er hatte menschliche Spuren entdeckt. Auch wenn er den üblichen kleinen elektrischen Schock nicht spürte, hoffte er, dass diese Spuren etwas mit der Indianerin zu tun hatten. Als er aber noch näher kam, sah er, dass die Abdrücke nicht von den Mokassins von Über-die-Ebene-fließendes-Wasser stammten.

Sie rührten von Stiefeln mittlerer Größe her. Er folgte der ersten Spur, die sie hinterlassen hatten, und sah die Geschichte einer Jagd und die Reste eines Damhirsches, der sauber ausgeweidet worden war. Der andere hatte schöne Fleischstücke mitgenommen. Gifford konnte keine Ballen aus Speck und Blut entdecken, die als Opfergabe neben dem Tier hätte begraben werden müssen. Auch aus anderen Indizien schloss er, dass dies nicht das Werk eines Indianers war.

In weiter Ferne, westlich dieser Jagd, sah er einen undeutlichen Halbkreis im Gras. Er folgte ihm und stellte sich an die mutmaßliche Stelle des Jägers. Er stieß auf die Spuren eines Pferdes, das wenige Meter nach der Begegnung unvermittelt stehengeblieben war. Er sah, dass die Hufe im Boden eingesunken waren. Und dass das Tier einen Moment lang gezögert hatte, bevor es sich aufgebäumt, in der Prärie ausgeschlagen und sich gewehrt hatte, und zwar auf einer Strecke, die er nicht selbst zurückzulegen brauchte, um ihre Spanne zu nennen. Der Mann und das Pferd waren wiederholt zu dem Felshaufen zurückgekehrt. In immer ruhigerem Rhythmus, dann waren sie in schnurgeradeaus Richtung Westen aufgebrochen, ohne vom Kurs abzuweichen. Nach kurzer Rast.

Gifford las auch noch, dass der Mann mit den Lederstiefeln sich dem Felshaufen mit gleichmäßigen Schritten genähert hatte, die hinter der Ferse kleine Schleifspuren hinterließen. Der Mann, der es bis hierher geschafft hatte, war müde gewesen, aber nicht schwer. Er hatte sich lange hinter dem Felsblock postiert. Danach musste er wohl hinaufgestiegen sein. Gifford sah die Abdrücke, die er bei seinem Sprung auf den Boden hinterlassen hatte, vermutlich vor seiner Jagd auf den Damhirsch. Die Kupferhülse, die er in der Ebene gefunden hatte, wies auf ein Gewehr von guter Qualität hin. Auf das Gewehr eines Weißen.

Als er auf die Felsen stieg, roch Gifford das Fleisch, und ihm lief das Wasser im Mund zusammen. Er folgte dem Geruch, bis er die Trockenstätte fand, und zum ersten Mal seit Monaten aß er ein Nahrungsmittel, das von jemand anderem zubereitet worden war.

Das Fleisch war perfekt getrocknet und gelüftet. Es schmolz im Mund. Die Scheiben waren dünn mit der Faser geschnitten. Gifford war klar, dass der Mann, der dieses Fleisch zubereitet hatte, feinfühlig sein musste. In Gedanken formulierte er eine Art Trinkspruch auf ihn. Dann blieb er noch lange auf einem kleinen Felsvorsprung sitzen und genoss seine Mahlzeit wie den Blick in die weite Grasebene, umgeben von den dunklen Ausläufern der fernen Berge im Osten und Westen.

Bevor die Sonne unterging, entnahm er dem Kadaver ein Stück Fett. Ließ es schmelzen und goss es über einen flachen Stein, der in der Mitte eine Vertiefung aufwies. Er tunkte einen zusammengerollten Strohhalm ein. Als dieser mit Fett vollgesogen war, zündete er ihn im Dunklen an. Einhändig stieg er, wie ein prähistorischer Mensch, zur Grotte hinauf, die er dort oben vermutete.

Als er sie betrat, begannen die Figuren an der Decke zu laufen. Ihm stockte der Atem. Büffel preschten über die Ebene, verfolgt von bewaffneten Männern, die man förmlich hören konnte. Der Wildwasserstrom hüpfte über die Kiesel und nahm es in Geschwindigkeit mit den Tieren auf. Die leichte Brise, die die Flamme seiner Lampe flackern ließ, zog die Schatten in die Länge. Gifford sah, dass sich ein Adler mit riesigen Schwingen über die Wand breitete und die ganze Szene in seine Federn und unter seinem Bauch aufnahm. Er sah, wie seine Augen auf den Ausgang der Grotte gerichtet waren. Seine ins Dunkel getauchten Fänge, die den Boden berührten. Er befühlte die Daunen, murmelte anerkennende Worte. Und er betete zu dem Geist, der diese Decke bemalt hatte, ihm Gnade widerfahren zu lassen. Nun wusste er, wohin er seine Schritte richten musste und was er mit seinen Händen tun würde. Er verbrachte die Nacht damit, jede kleinste Nuance der Linien und Farben in sein Gedächtnis einzuzeichnen.

Am Morgen wickelte er die Fleischstücke in ein langes Blatt und folgte ohne zu zögern der Spur des Mannes und des Pferdes, die vor ihm hier entlanggekommen waren und bemüht gewesen sein dürften, Wasser zu finden.

Silas hatte nie zuvor einen so harten Bart gesehen. Er war tiefschwarz, ja blau, und von so dichtem Wuchs, dass man meinte, ein Schaf zu scheren. Dies war aber auch schon das einzige Merkmal, dass der Mann, den er rasierte, mit Schafen teilte. Was den Rest anbelangte, hätte Silas ihn eher zu den Wölfen gesteckt. Der große dürre Mann war es gewohnt, stets wachsam zu sein, er beobachtete alles, was in sein Blickfeld trat, als hinge sein Leben davon ab. Was vielleicht auch so war. Oder als hätte er seit Ewigkeiten keinen Barbierladen mehr betreten. Was tatsächlich so war. Er hatte freundlich aber wortkarg auf Silas' Begrüßung geantwortet, seine doppelten Satteltaschen auf die Armlehne des Friseursessels gelegt und sich ohne Aufforderung hineingesetzt. Er wollte den Bart und die Haare geschnitten bekommen, aber vor allem kein geschmeidig machendes Haarwasser. Das Wort hatte Silas verblüfft. Schweigend hatte er sein Rasiermesser auf dem Streichriemen geschärft, damit der Kunde seine Geschicklichkeit am Geräusch erkennen konnte. Mit einem Dachshaarpinsel, der Teil der letzten Lieferung aus Denver gewesen war, hatte er die Rasierseife in seinem Holzschälchen aufgeschäumt. Sie war so cremig, dass ihm schien, als würde er Schlagsahne auf den Kopf eines Wildschweins auftragen. Bei diesem Gedanken unterdrückte er ein Lächeln. Und als er die Klinge an die Schläfe des einsamen Steppenwolfes hielt, dessen Stiefelspitzen unter dem Sitz hervorragten, packte der andere ihn mit so eisernem Griff am Arm, dass ihm beinahe die Schüssel heruntergefallen wäre.

»Worüber lachst du, Barbier?«

Silas hatte tief durchgeatmet und ihm geantwortet, dass er vor Vergnügen lächelte, weil er den Dachshaarpinsel zum ersten Mal benutzte und den Eindruck hatte, es sei keine Zeitverschwendung gewesen, ihn in der Stadt bei Fields zu bestellen.

»Weil das hier etwa keine Stadt ist?« hatte Zebulon gefragt.

»Doch natürlich ist das eine Stadt. Nur findet man hier noch nicht alle Zivilisationsartikel.«

»Und finden Sie das bedauerlich?«

»Eigentlich nicht«, räumte Silas ein.

Daraufhin hatten sie ausführlich und auf plötzlich unkomplizierte Weise miteinander Bekanntschaft gemacht, zumindest schien es dem Barbier so. Zeb hatte wissen wollen, wann die Postkutsche vorbeikam, die solche Dienstleistungen erbrachte. Silas hatte ihm erklärt, das sei ganz unterschiedlich, so notierte der Fleischer, der auch Zeitungen verkaufte, auf seiner Schiefertafel manchmal »diese Woche keine Neuigkeiten, dank Quibbles Bande« oder »diese Woche frische Neuigkeiten, Quibbles Bande schläft ihren Whiskeyrausch aus«.

»Und Quibbles Bande sagt nichts dazu?«

Der Barbier hatte die Augenbrauen hochgezogen und war in schallendes Gelächter ausgebrochen, bevor er geantwortet hatte, dass von Quibbles Bande sicher keiner lesen konnte.

Während Silas Zebulon die Wangen mit einer Lotion einrieb, an der er ihn vorsichtshalber hatte riechen lassen und die glücklicherweise nicht als geschmeidig machend eingestuft wurde, hatte er ihm von der letzten Ankunft der Postkutsche in der Stadt erzählt, die etwas mehr als einen Monat zurücklag. Die Kutscher wechselten ständig; der letzte, ein

Stotterer vor dem Herrn, hatte die Stadt mit hängender Zunge erreicht, seine Tiere so brutal mit der Peitsche angetrieben, dass sie an den Schultern bluteten, und unverständliche Wortfetzen geschrien. Alle Welt war davon überzeugt gewesen, dass ihm eine Armee Indianer auf den Fersen sein musste und er obendrein hinter der Biegung eines Canyons den Eingang zur Hölle erblickt hatte. Die Männer waren losgerannt, um Waffen und Munition zu holen und hatten sich um die Kutsche geschart, um herauszufinden, wer der Feind war, wie zahlreich und wann man mit ihm rechnen musste. Franklin, der Waffenhändler, hatte wieder die Idee mit den Barrikaden und den Sandsäcken. Man hatte ihn zum Schweigen gebracht. Als der Kutscher endlich zu sprechen begann, fegte aus seinem Mund ein solcher Sturm, dass einige Männer es mit der Angst zu tun bekamen. Die Postkutsche schwankte unter seinen Bemühungen, ihnen mit Gesten zu erzählen, was er nicht in Worte fassen konnte. Es hagelte Ratschläge und Befehle. Atme tief durch, Kleiner. Bringt Whiskey. Gebt ihm eine Ohrfeige. Mach dir keine Sorgen, Junge, wir sind doch da. Du bist bei uns. Beruhige dich. Whiskey, bringt den gottverdammten Whiskey!

Mitten in diesem Tohuwabohu, das immer größer wurde, hatte sich die Tür der Postkutsche geöffnet, die Spitze eines Sonnenschirms war auf dem Trittbrett erschienen, und daneben die mit grobem Leder beschuhten Füße einer großen jungen Frau, die ein dunkelblaues Kleid mit beigefarbener Stola trug. Sie war ohne Hilfe ausgestiegen und hatte erklärt, dass sie achtzehn Meilen vor der Stadt von einer Räuberbande überfallen worden waren, die ihnen etliche Dinge entwendet hatte, darunter einen Bogen, ohne den sie ihr Repertoire nicht vollständig spielen könnte. Sie fügte hinzu, dass ein junger Mann die Verfolgung aufgenommen hatte und dass von ihm abgesehen keinem dieser Herren ein unmittelbarer

Kampf bevorstand. Als die Männer begriffen hatten, dass sie Musikerin war, brachen sie in lautes Juchzen und Hurrageschrei aus und bildeten eine Art Eskorte bis zur Bar. Den wild gestikulierenden Fahrer der Kutsche ließen sie auf seinem Sitz zurück.

Silas war dem Tross gefolgt und trank wie alle andern ein Glas, um sich von der Aufregung zu erholen. Die Neue hatte ihren Whiskey zu Ehren der Stadt getrunken, auf ex. Sie hatte sich vorgestellt, Arcadia Craig, aber ihre Freunde nannten sie Arcie, Wandermusikerin. Seit acht Monaten den Kontinent durchstreifend, von Bar zu Konzertsaal tingelnd, spielte sie überall, wo man Musik zu schätzen wusste. Wenn ihr jemand die große schwarze Box herunterreichen wollte, die auf dem Dach der Kutsche befestigt war, würde sie auf Wunsch sofort eine Kostprobe von ihrem Talent geben. Während drei Männer losgeeilt, auf die Kutsche geklettert, das große Etui losgebunden und es heruntergeholt hatten, verhandelte Arcie mit Sally bereits ihren Vertrag. Nach der ersten Vorführung, die drei Tage dauerte, bekam sie für die Zeit, in der sie im Saloon spielen würde, das Zimmer zugeteilt, das die Mädels nicht mochten.

Es war ein Exklusivvertrag. Sally hatte während des ersten Konzerts Schnaps für vier Wochen ausgeschenkt, und auch wenn die Mädels daraufhin zwei Tage Ruhe benötigt hatten und ihr Arcadia mit ihrem gesunden Appetit die Haare vom Kopf fraß, überwogen ihres Erachtens die Vorteile für sie ganz erheblich.

Zebulon fühlte sich erfrischt und war perfekt rasiert, als er aufstand und den Barbier fragte:

»Drei Tage ohne Bogen?«

»Ohne Bogen.«

»Was ist das für ein Instrument?«

»Ein Kontrabass.«

Und ein Kontrabass war eine Geige von der Größe eines Schranks, die man an sich gedrückt im Stehen spielt. Silas fügte hinzu:

»Es war fantastisch.«

Zeb wollte sich gerade nach dem chirurgischen Talent des Barbiers erkunden, als eine Herde mit den größten Schafen, die er je gesehen hatte, in die Hauptstraße bog, und zwar mit derart lautem Geblöke, dass er sich selbst nicht mehr atmen hörte. Er beobachtete, wie die Tiere vorbeizogen, kurzbeinig und vor Wolle strotzend, dass man kaum ihre Augen im Kopf sah. Die Böcke trugen Hörner, die jeweils um die sechs Pfund auf die Waage bringen durften. Stumpfsinnig und mit lautem Blöken stapften sie einem mageren Mann hinterher, der an seinem Gürtel einen Beutel Salz trug und ihnen mit allerlei kehligen Tremoli antwortete. Ohne dass Zebulon gefragt hatte, erklärte ihm Silas, nachdem das Geblöke vorüber war, dass er eben die ungewöhnliche Herde von Nils Antulle gesehen hatte, der im Übrigen auch Nachtquartiere anbot. Zebulon hätte gern erfahren, was er denn unter gewöhnlich verstand, dachte aber, dass es zum einen offensichtlich war, und ihm zum anderen sein Vermieter mehr erzählen könnte. Zeb hatte außerdem kein ausgeprägtes Interesse an Wollvieh. Er nahm seine Taschen von der Armlehne des Sessels, bezahlte den Barbier und fragte ihn, ob er einen Blick auf einen jungen, an der Schulter verletzten Mann werfen könne, der auf einem der Feldbetten des Schafhüters lag. Zebulon fügte hinzu, dass es sich um eine durch einen Pfeil verursachte Wunde handelte und der junge Mann vermutlich Fieber hatte. Silas wusch sich die Hände, räumte seine Schneideinstrumente und Tücher in eine Schüssel, drehte das an die Ladentür gehängte Schild um und erklärte Zebulon, dass er mitkäme.

Das Glöckchen bimmelte, als die Tür hinter dem Barbier zufiel.

Bird Boisverd wandte sich nach dem Geräusch um. Er sah die beiden Männer aus einer Baracke kommen, vor der eine rot-blau bemalte Säule darauf hinwies, dass es sich um den Laden eines Barbiers handelte. Der große schlaksige Kerl zog seine Aufmerksamkeit auf sich, als wäre er ihm irgendwie vertraut. Dabei war Bird sicher, dass er ihm nie zuvor begegnet war. Vielleicht erinnerte ihn die Art zu gehen oder seine Art, die Pistolen zwischen Ellbogen und Hüfte zu tragen, an einen Bekannten. Der Barbier trug klapperndes Zeug in einer weißen Schüssel. Er war ein Mann von mittlerer Statur, stämmig wie ein Bauernschrank, und trug einen sorgfältig gepflegten Bart. Ansonsten glänzte seine Hose an den Oberschenkeln, so abgewetzt war sie, und auf dem Hemd unter der Lederweste prangten lauter Medaillons. Die beiden Kerle warfen Bird einen Blick zu, bevor sie ihm den Rücken zukehrten und die Straße hinuntergingen. Der Größere von ihnen verharrte einen Moment. Bird verlangsamte den Schritt. Er wollte nicht, dass es so aussah, als folgte er ihnen. Auch wenn sie angefangen hatten, vor ihm her zu gehen. Es lag schon mehrere Monate zurück, seit er das letzte Mal eine Stadt betreten hatte, und er war nicht mehr ganz auf dem Laufenden, was sich gehörte und was nicht. Er wollte keine Scherereien.

Zwanzig Minuten zuvor, sechshundert Meter vor der ersten Holzhütte war er aus dem Sattel gestiegen und hatte sein Pferd an der Laufleine gehalten. Er und sein Tier waren einen Moment reglos stehen geblieben. Feierlich hatten sie sich die Stadt besehen, die sie gleich betreten würden, aber bevor sie den ersten Schritt taten, hatte das Pferd die Ohren nach Osten gedreht, und Bird hatte, als er sich umwand, eine Herde kommen sehen. Er beschloss, sie vorbeizulassen. Sich ein wenig abseits haltend, beobachtete er, wie der Schafhüter seine Tiere bis ans Ende der Straße und dann noch weiter nach rechts trieb. Vermutlich auf eine für sie vorgesehene Koppel.

Als der durch die Herde aufgewirbelte Staub sich gelegt hatte, betrat Bird mit seinem Pferd die Stadt, nebeneinanderher liefen sie die Hauptstraße entlang und besahen sich zu beiden Seiten die Holzhütten mit ihren schlecht verfugten Brettern, die in der Sonne knackten.

Sie kamen an einem rosa gestrichenen Saloon mit dem Hinweisschild »Sallys süße Früchtchen« vorbei. Abgesehen von seinen völlig zerschossenen Schwingtüren sah er recht einladend aus. Bird bedauerte, keinen halben Dollar für ein Gläschen zu haben. Nicht einmal zwanzig Cent, die ihm erlaubt hätten, sich an einer Kiste am Straßenrand aufgestützt einen hinter die Binde zu kippen. Aber er besaß nichts und wollte keine Scherereien. Er war an einer ganzen Reihe stabil aufgebauter Zelte vorbeigekommen. Durch die dreieckigen Öffnungen hatte Bird rauchende, diskutierende Männer gesehen. Um ein Fass herum sitzende Kartenspieler auf Baumscheiben, die als Stuhl dienten. Einen Handel, bei dem es um ein langes Jagdmesser ging, das im Dunkeln blitzte. Einen nagelneuen Holzfußboden vor einem großen Zelt mit kleinen Kupfertöpfen und Spiegeln in der Auslage. Drinnen konnte man Töpfe, Lampen, Taschen und Werkzeug in Hülle und Fülle erkennen. Der Anblick ließ Birds Herz höher schlagen. Sie kamen an einem Waffenhändler vorbei sowie an weiteren zwei Zeltreihen. Acht Rinder lagen vor Karren gespannt hintereinander am Boden und versperrten den Zugang zu den letzten beiden Zelten. Das Pferd hatte geschnaubt, als sie an den Tieren vorbeigingen. Sie hatten eine Bretterbude passiert, in der Irish Stew angeboten wurde, es aber keine Wochenzeitung gab. Appetitliche Rindfleischstücke hingen im Innern. Bird lief das Wasser im Mund zusammen, als er sich dem Barbierladen näherte, und war froh, dass er sich das Hirschfleisch, das er bei sich trug, eingeteilt hatte. So würde er am Abend wenigstens etwas zu essen haben. Er folgte weiter den beiden Männern, die aus dem Laden getreten waren, im gebührenden Abstand. Beim Anblick der Herde hatte Bird beschlossen, fürs Erste dem Schäfer seine Dienste anzubieten. Gegen ein Bett und etwas Brot. Schafe waren zwar keine edlen Tiere, aber er hatte nicht die Wahl und würde lernen, sich damit zufriedenzugeben. Fürs Erste.

Nils Antulle stand auf der Schafkoppel, als er Silas und einen Unbekannten auf Zelt Nummer 2 zusteuern sah, und da der Barbier seine Schüssel trug, nahm Nils an, dass in seinen Betten ein weiterer Unbekannter liegen musste, dem es zu schlecht ging, um sich selbst zum Barbier zu begeben. Er hoffte nur, dass dieser die Decken nicht zu sehr mit Blut befleckte. Kopfschüttelnd griff er nach dem Melkschemel, ging zum nächsten Schaf und begann, es geduldig zu melken. Nach drei Litern wollte er gerade den Eimer wegnehmen, als das Schaf hineinschiss. Nils fluchte leise, rührte das Tier aber nicht an. Er tauchte die Hand in den Bottich und holte die kleinen Kugeln einzeln heraus, die in der weißen Milch schokoladige Streifen zurückließen. Dabei murmelte er etwas in seinen Bart, leise genug, dass man ihn nicht verstand, aber laut genug für Bird, um zu hören, dass er sprach. Nils war ganz auf das Herausfischen konzentriert und hatte nicht bemerkt, dass ein Mann und ein Pferd ihm dabei zusahen. Sie waren so unauffällig an die Absperrung getreten, dass seine Herde keine Reaktion gezeigt hatte. Als Nils den Kopf hob, um zum nächsten Schaf zu gehen, war er nicht überrascht. Er bemerkte sofort, dass das Pferd nicht beschlagen war, ein Grund, warum er es nicht gehört hatte. Es war ein Indianerpony mit einem Halfter aus Rosshaarseil, ohne Sattel, ohne Satteldecke, nur mit zwei Lederstiefeln, die ihm rechts und links über den Hals baumelten. Der Kerl hingegen wirkte selbst mit seiner Kleidung – Hosen aus grobem Stoff und Ledergamaschen, Wollhemd, Weste aus Tuch und Ledermantel, das Ganze gekrönt mit einem weichen Filzhut, der sichtlich mehr als ein Gewitter überstanden hatte – nackter als die bloße Hand. Er war nicht schwer, aber muskulös. Sein Gesicht und seine Hände waren wettergegerbt. Er hatte Schwielen auf den Handballen, war eher mundfaul und sein stoischer Gesichtsausdruck verriet, dass er den Umgang mit sturen Tieren gewohnt war. Nils war sicher, einen Cowboy vor sich zu haben, der nicht nur eine Herde gehütet hatte. Er verkniff sich einen Willkommensgruß. Kuhhirten verachteten Schafe. Und Nils verachtete Kuhhirten, auch wenn er durchaus bereit war anzuerkennen, dass es harte Arbeit war.

Bird hatte sich an die hölzerne Absperrung gelehnt und betrachtete den großen hageren Mann, der ein Schaf nach dem anderen melkte. Seine Handbewegungen verrieten eine lange Erfahrung. Er liebte seine Tiere zweifellos, wie alle Wollscherer, er drängte sie nicht, sprach leise auf sie ein. Bird wusste nicht, ob er so redete, weil er hier war, oder ob er es immer tat. Vielleicht hatte er ihn nicht kommen hören, aber er hätte es nicht beschwören wollen, jedenfalls war er kein Mann, den man leicht überraschen konnte. Er war groß, hager, nicht mehr ganz jung, und das war für Bird vielleicht ein Vorteil. Er trug seine langen blonden Haare im Nacken zum Pferdeschwanz gebunden. Was bedeutete, dass er seinen Skalp zu verteidigen wusste. Er trug keine Waffe am Gürtel, aber in einer Ecke der Koppel stand sein Gewehr. Und neben dem Salzbeutel baumelte ein etwa dreißig Zentimeter langes Futteral an seiner Hüfte. Bird hatte alle Zeit der Welt, die Herde zu betrachten. Sie war in guter Verfassung. Nur drei Schafe husteten und eines der Lämmer hatte die Räude, Bird wusste, wie man damit umgehen musste. Ein Widder humpelte und seine Klaue stank faulig. Bird wusste auch, was in diesem Fall zu tun war, aber die Lösung war ziemlich radikal, er würde es nicht als Erstes vorschlagen. Von diesen fünf Tieren abgesehen waren die Schafe kerngesund und trotz ihrer kleinen trüben Augen, die auf beiden Seiten des Kopfes weit auseinanderlagen, wirkten sie für Schafe vergleichsweise aufgeweckt. Einziges Problem war Birds Ansicht nach das Scheren. Er holte tief Luft, und als der Schäfer sich vor den prallen Euter des nächsten Tieres setzte, rief er:

»Gelingt es ihnen morgens sich aufzurichten?«

»Nein. Zuviel Wolle unterm Bauch. Wenn sie sich einmal hinlegen, bleiben sie in der Position.«

»Was tun Sie dagegen?«

Nils streckte die Arme vor sich aus, die geöffneten Handflächen zum Boden gerichtet, schloss die Hände zur Faust und hob die Arme, bevor er sie wieder öffnete.

»Und wie viel Zeit verbringen Sie damit?«

Es gab hundertfünfzig Schafe. Auf der Koppel benötigte er für diesen Handgriff etwa eine Stunde. In der Prärie konnte es aber sehr viel länger dauern wegen der Entfernung zwischen den Tieren.

»Morgen stelle ich sie Ihnen innerhalb einer Stunde auf.«

Nils antwortete nicht, sah dem Cowboy aber erstmals in die Augen.

»Ich brauche ein Bett und eine Mahlzeit.«

Nils wechselte zum nächsten Schaf.

»Kannst du melken?«

»Kühe.«

»Machst du es gern?«

»Nein.«

Nils dachte bei sich, dass dies der erste Cowboy war, dem er begegnete, der ihn nicht anlog, obwohl ihm der Magen in den Knien hing. Er verkniff sich einen zweiten Blick. So wie er ihn einschätzte, wären seine Augen ausdruckslos. Er wartete ein wenig, um nicht übereilt zu wirken, bevor er sagte:

»Es ist eine Kreuzung aus Angora und Shasta-Mufflons. Sie

müssen für das erste Melken um fünf Uhr auf den Beinen stehen. Du stellst sie hin, weiter nichts. Und du bittest meine Töchter um ein Bett im Zentralzelt. Das mit dem roten Stoff. Wir essen in einer Stunde.

In Zelt Nummer 2 verband der Barbier gerade den jungen Mann mit den fiebrigen und tränenerfüllten Augen die Schulter. Aus Diskretion sah Bird nicht zu ihnen hin, sondern ging auf das Bett Nummer 20 zu, das ihm zugeteilt worden war. Er stellte seine Sachen, seine Stiefel und sein Gewehr darauf ab, und befühlte die Decken. Sie waren warm und flauschig dick wie Wolken. Das erstaunte ihn nicht, denn die Schafe hatten ein üppiges Fell, und Ilse und Cristophia wussten mit der Wolle umzugehen. Als er ihr Zelt betreten hatte, war die jüngere, die blondere, die hübschere von beiden, Cristophia mit den großen blauen Augen, damit beschäftigt, eine Hose zu stricken, in die Bird am liebsten sofort hineingeschlüpft wäre. Sie hatte ihn bemerkt und ihm zugelächelt. Bird hatte sich gefragt, ob er nicht zu weit gegangen war, obwohl er sie nichts gefragt hatte. Ilse hatte ihn bis zu den Haarwurzeln erröten sehen, und ihn etwas brüsk gefragt, was er denn wolle. Nachdem Bird sich wieder gefangen hatte, erklärte er, wer ihn schickte und warum. Während sie in einem großen Register voller Kreuze und Schrägstriche nachschauten, welche Betten noch für die Nacht frei waren, hatte Bird einen Reiter vorbeikommen hören. Er hatte ein Unbehagen verspürt, ohne es sich erklären zu können. Gern hätte er einen Blick hinausgeworfen, um zu sehen, wer sich so nah am Zeltlager mit dem Pferd herumtrieb, aber da reichte ihm Cristophia gerade seine Holzplakette und erklärte ihm, wo sich was befand. Am Ende zeigte sie ihm den Pferch, aus dem soeben das Reittier eines Herrn Zebulon geholt worden war, der ebenfalls erst seit Kurzem hier lebte und zufälligerweise im selben Zelt untergebracht war wie er. Gemeinsam mit seinem Freund Josh McPherson, der nicht ganz auf dem Posten war.

Zehn Minuten nach dieser kurzen Einweisung zeigte der fragliche Josh auf die Stiefel, die Bird gerade auf sein Bett Nummer 20 gestellt hatte. Zitternd bewegte er die Lippen und wiederholte zwischen zusammenhanglosen Fetzen einer unverständlichen Erzählung: »meine Stiefel, meine Stiefel«. Bird war nicht geneigt, den Worten dieses offensichtlich von starkem Fieber heimgesuchten Kerls allzu viel Aufmerksamkeit zu schenken. Er hatte auch nicht vor, sich den ganzen Abend dessen Jeremiaden anzuhören. Also zog er seine kaputten Latschen aus, schlüpfte in die verfluchten Stiefel, klemmte sich das Gewehr unter die Achsel und ging hinaus, ohne den Barbier, der seine Sachen zusammenpackte, eines Blickes zu würdigen.

Silas fand den jungen Mann zu schwach für eine einfache Pfeilwunde. Er hoffte, dass der Pfeil nicht vergiftet gewesen war. Die Indianer kannten schnell wirkende Gifte, aber auch tückischere, die mehrere Wochen brauchten, bis sie ihr Opfer zur Strecke brachten. Weniger schmerzvoll und hässlich, erinnerte es doch stark an Pocken. Bei diesem Gedanken wusch sich Silas die Hände mit Whiskey und trank einen tüchtigen Schluck. Er berührte den jungen Mann am Handgelenk und sprach ihm zu, er solle sich beruhigen, er würde seine Stiefel schon wiederbekommen, wieder zu Kräften kommen, und alles würde sich wieder einrenken, wenn er sich nur ein wenig ausruhte. Daraufhin reichte er ihm einen Becher mit Schnaps, den er ihm einflößte. Josh erstickte halb daran, aber der Alkohol, der durch seine Kehle rann, beruhigte seine Eingeweide und seinen Geist. Er sank in sein Kissen zurück und hörte auf zu zucken. Silas sagte ihm, dass sein Freund bald zurückkäme und es im Moment das Beste für ihn sei zu schlafen.

Dann ließ er ihn allein und folgte dem Mann, der so eilig

seine Stiefel angezogen hatte, nachdem Josh mit dem Finger darauf gezeigt. Er verließ das Reich von Nils Antulle, vertieft in wirre Gedanken über das Wesen des Eigentums und seine problematische Übereignung.

Zeb war in die Stadt zurückgekehrt, weil er plötzlich Lust bekommen hatte, ein Bad zu nehmen. Zwar hatte er kein entsprechendes Etablissement gesehen, aber er sagte sich, dass er bei Sally sicher eine Lösung für sein Problem fände. Außerdem hatte er keine Lust, allein zu trinken, und er hatte Durst.

Sally saß hinter dem Tresen, auf jenem Hocker, den sie nicht oft zu verlassen schien, obwohl sie es getan haben musste, da sie sich umgezogen hatte. Zebulon bemerkte später, dass sie eine Garderobe für den Tag und eine für den Abend oder für die Nacht hatte, und offenbar hatte der Tag sich geneigt, als er die Türen des Saloons aufstieß. Er wusste nicht, ob er sie lieber in Reiterhosen und schwarzem Hemd sah, mit all den kleinen weißen Knöpfen, die bis zum Hals reichten, oder in ihrem kupferfarbenen Rock und der Jacke mit der roten Samtstola auf den Schultern. Er fand, dass sie in beiden Fällen ausgesprochen gut aussah. Und ihm fiel auf, dass die Pfeife stets dieselbe war, ebenso die Stiefeletten, die sie gleichermaßen zum Tanz im Saloon und zum Reiten der Pferde trug. Vermutlich waren sie auch geeignet, Trunkenbolden den Hintern zu versohlen. Obwohl Zebulon recht bald klar geworden war, dass Sally für solche Fälle alles Nötige in ihrem Schanktisch und an ihrem Hocker zur Verfügung stand. Er hätte auch nicht die Hand dafür ins Feuer gelegt, dass ihre hübschen Stiefeletten nicht mit einem gut austarierten Wurfmesser ausgestattet waren.

Er ging auf die Bar zu, ohne Sally direkt anzusehen. Sie war mit einem Kerl zugange. Zeb wandte sich an den Barkeeper und bestellte einen Pint im Fass gereiften Whiskey. Der blickte ihn argwöhnisch an und bedeutete ihm zu warten. Er hatte ein schmutziges Geschirrtuch über der Schulter und den bei Vollidioten weit verbreiteten Hang, ungewöhnliche Bitten für unanständig zu halten. Neben Zebulon stand ein schmutzstarrender Minenarbeiter oder Goldsucher. Er kippte ein Glas nach dem andern und beobachtete im Spiegel, was hinter ihm passierte. Die eine Tasche war prall gefüllt, die andere leer. Und da Zebulon sich ihm zugewandt hatte, um dem Barkeeper mit dem Blick zu folgen, erzählte er ihm, dass er die rechte Tasche versoffen hatte und auch die linke noch versaufen würde, bevor er wunschlos in seine Berge zurückkehrte. Zeb erwiderte, dass dies sehr weise war. Wenn auch ein klitzekleines bisschen eintönig. Der Alte hob den Blick unter seinem Hut, als würde er Zeb eben erst wahrnehmen, und fragte ihn, was man vom Leben denn noch erwarten konnte, außer Ärger. Zeb erwiderte, dass er es ganz ausgezeichnet fände, einen im Fass gereiften Whiskey zu trinken, wie er ihn eben bestellt hatte, und anschließend oder auch gleichzeitig ein schönes warmes Bad zu nehmen. Der Minenarbeiter riss die Augen auf.

»Sonst noch was?«

Der Barkeeper kehrte zurück und stellte Zeb mit angewiderter Miene eine versiegelte Flasche hin. Er goss ihm ein Glas ein und ließ die Flasche daneben stehen:

»Sechs Dollar.«

Zeb zahlte mit einer Goldmünze, die er aus der hinteren Tasche holte. Er verkniff sich, ihm anzubieten, den Rest zu behalten. Sally sah nicht zu den beiden herüber, aber Zeb wusste, dass ihr nichts entging. Der Goldgräber war mit Nachdenken fertig. Er teilte Zebulon mit, dass man sich hier statt eines Bades bestenfalls von einer der Nutten des Hauses das Gehänge waschen lassen konnte, bevor es zur Sache ging, aber man anschließend nicht einmal die Zeit hatte, zu pinkeln und er danach nicht mehr nach Rosenwasser riechen würde als davor.

»Mein Lieber, sie werfen dich raus, sobald du aus ihrer Muschi kommst.«

»Auf Anweisung der Geschäftsleitung«, erklärte Sally, die näher kam. »Wie wär's, wenn du am Tisch weitertrinkst, Jack? Du wirst es nicht glauben, aber ich gebe eine Runde aus.«

Der Kerl ließ sich das nicht zweimal sagen und schwankte hinüber in den Saal.

»Gegen einen kleinen Aufpreis können sie es auch anschließend waschen. Ihr Gehänge. Allerdings werden Sie im oberen Stockwerk keine Wanne mit Löwenfüßen finden.«

»Wurden Sie nicht beliefert?«

Sally lächelte.

»Es gibt keine regelmäßige Nachfrage.«

Zebulon nickte bedächtig:

»Naja, schließlich kann ein Saloon, der kein Krankenhaus und auch kein Hotel ist, sich nicht in eine Badeanstalt verwandeln.«

»Sie sagen es.«

Zeb bot ihr ein Glas an, das Sally nicht ablehnte. Schweigend nippten sie am Alkohol, dann fragte sie Zeb, ob er gern spielte. Er spielte gern, aber was er nach seinem Bad noch lieber unternähme, war ein Ausritt mit einer Reiterin an seiner Seite durch die sonnendurchflutete Ebene. Vor allem wenn sie ein Flanellhemd trug, das man mit einer Hand aufknöpfen konnte, und einen Picknickkorb sowie eine Decke für die Nacht bei sich hatte.

»Sonst noch was?«

»Wollen Sie das wirklich wissen?«

Sally sah ihm in die Augen und erklärte mit einer tiefen,

warmen Stimme, die sowohl das Beste als auch das Schlimmste verheißen konnte:

»Warum nicht? Du beginnst, mich zu interessieren, Cowboy.«

»Nun, bevor ich in Begleitung durch die Prärie reiten würde und nachdem ich dieses schöne warme Bad voller Lavendelschaum in einer Badewanne mit Löwenfüßen genommen hätte, könnte ich mir gut vorstellen, in einem herrlich weichen Bett, in ein paar Kopfkissen eingesunken, einen Teller Spiegeleier mit Bacon und ein paar karamellisierten Tomaten zu verspeisen, dazu einige Scheiben Brot, so weiß wie die Kopfkissen. Und genauso gut könnte ich mir neben meinem Bauch ein Gläschen Cordial auf einem Servierbrett vorstellen, und wie ich das Brot breche, das Eigelb aufsteche und das Brot vollsaugen lasse, bevor ich es in den Saft der gegrillten Tomaten tunke und das Ganze mit einem Stück Bacon an den Mund führe.«

In diesem Moment, als Sally ihm zusah, wie er redete, und inständig hoffte, dass ihr Interesse an dem Neuankömmling nicht jedem auf zehn Meilen Entfernung ins Auge spränge, denn das war schädlich fürs Geschäft, in diesem Moment, als er ihr beinahe schon den Mund wässrig gemacht hatte mit seinen kulinarischen Spinnereien, und gewiss noch mit ganz anderen Fantasien aufwarten würde, ja, sie hatte beinahe Lust darauf, öffneten sich die Flügeltüren des Saloons wie ein Schmetterling in einem Luftstrom. Sally wusste, dass diese Art einzutreten ihre Aufmerksamkeit erforderte. Zebulon sah seine Stricke der Verführung wie Spinnweben reißen. Er wandte sich zu dem Trottel um, der ihm die Tour vermasselt hatte und sah vor den neuen Schwingtüren den Cowboy stehen, der ihm bis zu Nils Antulle gefolgt war. Bird stand mit leicht gespreizten Beinen da, ein Gewehr in der Armbeuge, aufrecht, geladen, und er kannte die Antwort auf die Frage, die dieser stellen würde, weil es im Leben unvermeidliche Momente gab.

»Wer ist mit dem Apfelschimmel hier, der draußen angebunden ist?«

Er hatte die Frage gestellt, ohne sich auch nur einen Millimeter zu bewegen, noch Zebulon aus den Augen zu lassen. Letzterer spürte einen gewissen Überdruss in ihm hochschwemmen, dicht gefolgt von einer Welle der Wut. Doch er wartete, bis beide Emotionen verebbt waren, bevor er den jungen Kerl, den er einige Stunden zuvor ohne Satteldecke mit einem Indianerpony hatte die Straße entlangreiten sehen, seinerseits fragte, ebenfalls ohne ihn aus den Augen zu lassen:

»Warum fragst du? Gehört er etwa dir?«

»Ganz genau«, erwiderte Bird und seine rechte Hand umklammerte den Gewehrlauf etwas fester.

Zeb entfernte sich von der Bar und baute sich vor dem Cowboy auf. Seine Arme waren leicht vom Körper abgespreizt.

»Kannst du das beweisen?«

»Womöglich.«

»*Womöglich?* Womöglich bezichtigst du mich noch des Diebstahls? Und womöglich willst du deinen Gaul auch wiederhaben? Oder mir ans Leder? Oder womöglich beides?«

Zeb hatte sich beim Reden entspannt, bei jedem Satz war er mehrere Schritte auf Bird zugegangen, dessen Kiefermuskel ganz verkrampft waren. Er hielt sein Gewehr so, dass er es jeden Moment schwenken und schießen konnte. Zebulon wusste, dass der Kerl losfeuern würde, sobald sich sein Kiefer entspannte. Er hielt den Druck aufrecht, mit dem ganzen Körper, indem er in einer fließenden Bewegung vorwärtsging wie ein Lavastrom. Als er direkt vor Bird stand, in einer Entfernung, bei der ihm der Schlund des hinabkippenden Gewehrs an die Brust gereicht hätte, sagte er:

»Na dann zeig mir mal, Kleiner, wie du das beweisen willst.«

Bird fuhr herum. Mit einer Hand blockierte er die schwingende Saloontür und hielt sie zur Straße hin auf. Das Pferd wieherte, als es ihn erblickte, aber da stand Zeb schon hinter ihm, neben ihm. Sie betrachteten das Tier, und Bird verkündete wie eine unumstößliche Wahrheit:

»Das ist mein Pferd, das ist mein Sattel, und bestimmt hast du auch noch meinen Geldbeutel voller Goldstücke sowie Töpfe, Decken, Bohnen und eine Flasche Schnaps von mir.«

Zebulon ließ dem Satz Zeit, sich im Raum zu entfalten. Als die Schwingungen wie Staub zu Boden gefallen waren, sprach er:

»Ich habe es beim Spiel gewonnen, und du warst nicht mein Gegner.«

Bird wandte den Kopf seinem Gesprächspartner zu. Dieser Mann sprach mit so fester Stimme, dass er ebenso gut die Wahrheit sagen mochte.

»Ich spiele nie«, zischte Bird.

»Eben, das sage ich doch«, gab Zeb zurück.

»Das Pferd trägt an der Innenseite des linken Oberschenkels ein Brandzeichen, zwei ineinander geschlungene Bs. Ich habe es ihm eingebrannt, als es drei Jahre alt war.«

»Du hättest es beim Eintreten sehen können.«

»Stimmt.«

»Hast du deshalb womöglich gesagt?«

»Schon. Aber nicht nur.«

Zeb wartete. Bird stellte sich ihm gegenüber und ließ das Gewehr langsam zu Boden sinken. Als der Kolben den Holzboden berührte, lehnte er den Lauf an die Wand des Saloons.

»Ich war mir nicht sicher, Oberhand zu gewinnen. Und nur dann glauben einem die Leute.«

Zeb sah den Kerl, der sich gerade vor seinen Augen entwaffnet hatte, mit einer gewissen Perplexität an. Er war beinahe erleichtert, als er dessen linke Schulter zucken und den

Arm sich zur Faust ballen sah. Der Schlag kam so schnell, dass er ihn direkt ins Gesicht traf, ohne dass er Zeit gehabt hätte, auszuweichen. Er sah winzige Sterne in der Dunkelheit aufblitzen, und für einen Augenblick schien ihm, als nähme er seine unmittelbare Umgebung nur noch in Zeitlupe wahr. Er schüttelte den Kopf, einfach um ihn zu spüren. Als er eine warme Welle auf der Oberlippe spürte, wusste er, bevor er es schmeckte, dass es sein Blut war, und in dem Moment, als hätte er nur auf das Signal gewartet, stählte sich sein Körper unter der Wirkung des Adrenalins und konzentrierte sich. Kaum stand er wieder, war er bereit, sich zu schlagen. Er tat, als wäre er wirklich angeschlagen und ließ seinen Gegner auf ihn zukommen, der nach diesem ersten Hieb argloser geworden war. Nun kannte er seine Schnelligkeit und Schlagkraft, war also im Vorteil. Als der zweite Hieb folgte, sah er ihn schon von Weitem auf ihn zukommen, ja, er musste beinahe auf ihn warten, bevor er sich wegduckte. Birds Faust schlug in Zebulons Hut, bevor sie vom Holzpfeiler gestoppt wurde, der dabei nicht zu Bruch ging. Der Schmerz jagte ihm über den Ellbogen bis in den Nacken, woraufhin er eine große Leere im Magen spürte und die Zähne fester zusammenbiss, um sich nicht übergeben zu müssen. Gleich darauf stand Zebulon wieder vor ihm, und ohne dass er die geringste Bewegung gesehen hätte, begriff Bird, dass Zebs linke Faust ihm in die Magengrube fahren würde, und zwar unmittelbar nach der rechten. Seine Muskeln spannten sich an, um die Schläge einzustecken. Der zweite landete auf seiner Brust, er stieß ein überraschtes Röcheln aus. Reflexartig schnellte sein rechter Arm vor und traf Zeb am Kinn. Seine linke Faust wollte es ihm gleichtun, traf aber bloß ins Leere. Bird wich einen Schritt zurück, um sich einen besseren Überblick zu verschaffen, doch da traf ihn ein Tritt in die Leiste, so heftig, dass er sich krümmte. Zusammengekauert wartete er, bis Zeb näherkam, und sprang ruckartig auf, wobei er ihn mit einer kräftigen Kopfnuss ein weiteres Mal am Kinn traf. Zebulon stürzte rücklings zu Boden, und Bird warf sich mit dem ganzen Gewicht auf ihn. Er schlug zu, mit rechts und links, aber nicht jeder Schlag saß, sondern traf auch den Staub. Zeb pflanzte Bird einen Fausthieb in die Rippen, wodurch dieser das Gleichgewicht verlor und auf die Seite rollte, neben ihm und dann auf ihm Zeb, der mit beiden Fäusten zuschlug, bevor er ihm den Unterarm an die Kehle drückte und ihn in den Schwitzkasten nahm. Bird entspannte sich, und Zeb beging den Fehler, den Griff zu lockern. Da schwang Bird blitzartig die Beine in die Höhe und schlang sie um Zebs Hals, der den Griff lockerte. Mit beiden Händen packte er Birds Stiefel mit dem verzierten Schaft und versuchte sie von seiner Kehle zu lösen. Es gelang ihm, seinem Gegner einen Stiefel auszuziehen, und als das getan war, biss er ihm kräftig in die behaarte Wade, die von keinem Strumpf geschützt war. Bird heulte bei dem Biss auf und machte einen Satz nach hinten, sodass beide befreit waren. Sie rollten sich zur Seite in den Staub, um eine angemessene Entfernung für den nächsten Angriff zu finden. Gleichzeitig sprangen sie auf. Stellten sich zehn Schritte entfernt voneinander hin, bluteten schweigend. Litten. Zebulon stand erneut mit leicht vom Körper abgespreizten Armen da. Da erst bemerkte er, dass Bird unbewaffnet war. Und in dem Moment erbrachte Bird vor Zebs Augen den Beweis, dass das Pferd ihm gehörte. Denn er wandte sich nicht ab, denn er warf keinen Blick zu seiner Waffe, die gegen die Wand des Saloons gelehnt war, denn er nahm es in Kauf, drei Gramm Stahl ins Herz gefeuert zu kriegen, nur um ein Pferd zurückzubekommen, dass man ihm gestohlen hatte, und weil dies ein Unrecht von vielen war, die man ihm angetan hatte. Vermutlich das letzte, immerhin eine Erleichterung.

Zeb ließ den Arm neben den Körper sinken.

»Das Pferd gehört dir. Ich behalte das Gold. Das habe ich ebenfalls gewonnen.«

Bird willigte ein. Da erst merkten sie, dass sie mitten auf der Straße standen und die gesamte Stadt ihnen wie von einer Tribüne aus beim Kampf zugesehen hatte. Zebulon rief den Männern zu:

»Alle Wetten sind null und nichtig! Der Abend geht weiter in Sallys Saloon!«

Und etwas leiser zu Bird:

»Ich gebe einen aus, alter Junge. Mit Vergnügen. Du hättest mich beinahe k.o. geschlagen.«

»Wie einen alten Latschen«, fügte Bird hinzu, als er in seinen Stiefel schlüpfte.

Und so gingen sie gemeinsam in den Saloon zurück. Der eine humpelte, der andere wischte sich mit dem Ärmel übers Gesicht, und Sally servierte beiden kleine Gläser mit braunem Schnaps und Eiswürfel in weißen Tüchern.

Als sie sternhagelvoll waren, warf sie sie hinaus. Gemeinsam ritten sie auf Birds Pferd, das Zebulon führte, zu Nils Antulle. Die Absperrungen, hinter denen die Zelte standen, waren geschlossen. Keiner von beiden hatte den Mut, darüber hinwegzuspringen, und so legten sie sich ins Gras zu den Pferden auf die für sie vorgesehene Koppel.

Brad konnte perfekte Omelettes braten. Und er erfand zahllose Varianten, je nach Stimmung und je nachdem, was ihm zur Verfügung stand. Diesmal hatte er ein Omelette mit Sauerampfer zubereitet, und er hatte bei der Menge nicht gespart, denn sie waren auf einen regelrechten Sauerampferteppich gestoßen, dort, wo es die Rinder zum grasen hingezogen hatte. Jeff mochte Omelettes besonders, wenn sie nicht ganz durch und gut gesalzen waren. Schon seit geraumer Zeit hatte Brad kein Salz mehr, aber er sagte sich, dass die Säure des Ampfers darüber hinwegtäuschen würde.

Als es fast fertig war, rief er seinen Bruder. Er teilte das Omelett mit dem Löffel und stellte die Pfanne auf einen Stein. Als Jeffrey das metallische Geräusch hörte, sprang er mit einem Satz aus dem Planwagen. Seit dem Vorabend machte er Inventur. Sie waren nur noch einen halben Tagesmarsch von der Stadt entfernt, aber Jeffrey hatte nicht aufbrechen wollen, ohne genau zu wissen, was er »im Lager« hatte, wie er neuerdings sagte. Er hatte das Innere des Wagens einmal der Länge nach und dann mit zwei Brettern und den Böden von Lattenkisten der Höhe nach in weitere Abschnitte unterteilt. Zwischen den Brettern in der Mitte war noch Platz für eine oder zwei Matratzen, was ihnen erlaubte, bei Bedarf unter der schützenden Plane zu übernachten. In der seitlichen Abteilung hinter dem Kutschbock hatte er ihre persönlichen Sachen und alles für den täglichen Bedarf verstaut. In den zwei Fächern daneben befand sich das angebrochene Fässchen Rum, die Hälfte des Fässchens mit Schießpulver und die Hälfte ihrer Munition, die andere wurde in der Abteilung der unverzichtbaren Dinge verwahrt. Und in den letzten beiden eine nicht besonders gute Pfanne, die sie unterwegs gefunden hatten, eine Holzkelle, ein paar ineinander gestapelte Töpfe, die sie fast nie benutzt hatten und ein kupferner Fußwärmer, den niemand mehr benutzen würde. Links lagen die beiden Felle, die er einige Tage zuvor erworben hatte und in die er große Hoffnung setzte, sowie eine graue, sorgfältig zusammengerollte Decke. Die Matratze aus Stoff und Stroh, auf der ihre Mutter gelegen hatte, hatte er verbrannt. Den großen Schlapphut, den sie nicht mehr aufgesetzt hatte, seitdem sie in die Ebenen vorgedrungen waren, hatte er hingegen behalten und in die hinterste Ecke ihrer eigenen Abteilung gezwängt, gleich hinter die hölzerne Rückenlehne des Wagenlenkers. Dann hatte er den mittleren Gang in Rückwärtsschritten mit einer schmutzigen Socke gekehrt, und als er vom Holzboden gesprungen war, um mit in die Hüfte gestemmten Fäusten sein Werk zu begutachten, war er zufrieden. So wie er mit dem Sauerampfer-Omelett zufrieden war, das Brad zubereitet hatte und das fast für gesalzen durchgehen konnte.

In der Stadt würden sie auf Josh treffen. In der Stadt würden sie Karten spielen. In der Stadt würden sie in ihrem Planwagen leben, bis sie für Brad ein Stück Land und eine Holzhütte gefunden hätten, die dazu taugte, eine Farm zu gründen. All das sah Jeff vor seinem inneren Auge, während er die gebratenen Eier aß, und seine Stimmung war so gut wie lange nicht mehr.

Als sie ihre Mahlzeit beendet hatten, brach Jeff auf, um die Rinder zu holen, die sich den Bauch mit einem mächtigen Stück Prärie vollgeschlagen hatten. Er pfiff, um sie zu rufen. Die Grillen begleiteten ihn einen Ton höher. Nachdem er zweihundert Meter zurückgelegt hatte, erblickte er den Rücken der beiden weißen Tiere. Die Rinder hatten den Kopf in das hohe Gras getaucht und rissen es genüsslich mit ihren großen Zungen ab. Sie waren riesig und winzig zugleich, genau wie der Weg, den sie mit ihnen, dank ihrer zurückgelegt hatten, und er war überwältigt, als würden sie an eine entscheidende Etappe gelangen, die er nur noch nicht vorhersehen konnte. Vorsichtig ging er auf sie zu, um nach den Laufleinen an ihren metallenen Nasenringen zu greifen, dann führte er sie bedächtigen Schrittes zurück zum Joch, das sie bis dahin nicht verlassen hatten. Als er vor dem Planwagen stand, reichte er seinem Bruder die Seile und entfernte sich, um zu pinkeln. Brad spannte die Rinder an. Er hätte es mit verbundenen Augen in einer mondlosen Nacht tun können, es war ihm zur zweiten Natur geworden, zu jener, die er besonders schätzte, wie die Wiederkehr der Jahreszeiten und das Sprießen der Gerste im Frühling, die kerzengerade wächst, wenn sie nur richtig eingepflanzt wurde.

Den Rest des Tages liefen sie ruhiger im Rhythmus. Die Berge waren nahe. Sie wussten, wo sie abbiegen mussten, um den Fluss zu überqueren, die Händler hatten ihnen die Furt gewiesen. Die Luft war mild. Brad ahnte, dass sie sich bald dauerhaft niederlassen würden. Er sehnte sich danach. Der Tag neigte sich, als sie die Furt erreichten. Der Wasserstand war höher als erwartet. Es reichte den Rindern bis zum Knie, und der Boden des Planwagens würde nur knapp über die Wasserlinie ragen. Hindurchfahren hieß das Risiko in Kauf nehmen, dass all ihre Hab und Gut nass würde, was sie am Leib trugen inbegriffen, ohne Hoffnung, es vor dem nächsten Tag trocknen zu können. Jeffrey stieß eine beachtliche Reihe von Flüchen aus, die dem Gezeter seiner Mutter in nichts nachstand. Nichts war wichtiger, als die Stadt würdevoll zu betreten, es kam nicht infrage, wie begossene Pudel dazustehen. Also errichteten sie ihr Nachtlager am Ufer, in der Hoffnung, dass der Wasserspiegel über Nacht sänke.

Zwei Stunden, nachdem sie eingeschlafen waren, brach ein Gewitter aus, so eng gewebt wie die Schussfäden eines Stoffes, der sich über den ganzen Landstrich breitete.

Das Wasser schwoll zusehends an. Der Regen prasselte, aber die Wolken leerten sich nicht, sondern türmten sich immer höher auf. Blitze erschütterten die Erde, Donnerschläge zermalmten den Fels, die Berge glühten auf und bebten, das Wasser spie umher wie ein wild gewordenes Tier, das aus seinem tausendjährigen Schlaf aufgeschreckt wurde. Wenn sie noch länger warteten, bräuchten sie zwei Wochen, ehe sie erneut unter sicheren Bedingungen das Wasser durchqueren könnten. Die beiden Brüder mussten sich nicht beratschlagen. Jeff führte die Rinder an den Planwagen, Brad spannte sie an diesem Tag ein zweites Mal an, und ohne einen Blick zu tauschen stürzten sie sich in die Furt, die ihr schwarzes torfiges Wasser über sie schüttete. Als die Rinder den Grund verloren, bekam der Wagen Schlagseite und legte sich quer. Wie ein Streichholz wurde er flussabwärts gerissen. Brad war vom Sitz auf den Rücken des rechten Rinds gesprungen und trat ihm, gegen den lärmenden Regen anbrüllend, mit den Füßen in die Flanken, um es vor dem Ersaufen zu bewahren. Das Tier war vor Angst gelähmt, die Augen traten ihm aus dem Kopf, es muhte im Gewitter und suchte mit seinen vier Beinen Halt, den der Flussgrund ihm jedoch verwehrte. Das linke Rind war mit dem Kopf unter Wasser und zerrte das Joch nach unten. Jeffrey hechtete nach vorn und hämmerte, selbst dem Ertrinken nahe, mit den Fäusten auf die Kehle des Tieres ein. Mit der Kraft der Verzweiflung gelang es dem Rind wieder Luft zu schnappen und es begriff, wie und wann es im Strom atmen musste. Der Wagen stellte sich wieder auf. Brad trat weiter. Jeff tauchte mit den Laufleinen in der Hand wieder auf. Die Kraft der Strömung und der Abdrift nutzend schwamm er quer durch den Fluss und zog die Leinen nach. An den hohen Uferabschnitten ließ er sich weitertreiben, erst als sich eine Bucht wie ein schwarzes Loch in die Hügel grub, warf er sich mit aller Kraft nach vorn und zerrte die von seinem Bruder geschobenen Tiere und den Wagen hinter sich her, dessen Plane wie das Segel eines Schiffs in Seenot hin und her schwankte. Brad spürte, wie der Grund unter die Hufe zurückkehrte, die Räder fanden wieder Halt, das Gewicht des Fahrzeugs widersetzte sich der strömenden Masse des Flusses und riss sich aus dem Bett. Als das hintere Teil des Vehikels wieder aus dem Wasser ragte, feuerten Jeff und Brad die Tiere weiter an, damit sie nicht nachließen und noch den letzten Hang erklommen, der sie vom sicheren Festland trennte. Die Rinder stemmten ihre kurzen Beine in den Boden und hinterließen einen grünlichen, stinkenden Modder. Sie bezwangen die Steigung. Und als Mensch und Tier die Ebene erreicht hatten, durchgeweicht bis auf die Knochen, ungläubig, dass die Gefahr gebannt war, taten sie einen Moment lang nichts anderes, als am Boden liegend durchzuatmen. Als sie wieder ein wenig zu Kräften gekommen waren, war es zwei Uhr morgens, der Regen prasselte laut, das Innere des Wagens war völlig durcheinander, sie waren steif vor Kälte. Es war nicht daran zu denken, Feuer zu machen, dazu regnete es zu heftig, es war auch nicht daran zu denken, liegen zu bleiben und zu erfrieren. Sie würden die ganze Nacht gehen müssen, wenn ihnen ihr Leben lieb war. Jeff nahm wieder Platz auf dem Sitz, und Brad gab den Rindern als Startsignal einen kräftigen Schubs. Sie setzten sich ohne Murren wieder in Bewegung, schwerfälliger als sonst, aber auch gestärkt, als hätte die bestandene Prüfung ihnen zusätzliche Kraft verliehen.

Die Nacht war ein schwarzes, eisiges Tuch, das von blendenden Feuerzungen zerrissen wurde, und erlaubte es kaum, zwischen den niedrigen Felsen in der Prärie einen Weg zu finden. Sie kamen nur langsam voran. Brad war nach vorn auf den Wagen gestiegen und erkundete den Boden, um die tiefsten Löcher zu umgehen und die Rinder, wenn nötig, drum herum zu leiten. Unterwegs hatten sich die beiden Brüder ausgezogen. Brad hatte Jeff seine Kleider zugeworfen, der sie ausgewrungen und dann mit seinen Sachen unter der Plane aufgehängt hatte, die noch nicht vom Regen durchdrungen war. Sie kamen unter dem Gewitter voran, der eine durch die Dunkelheit stapfend, der andere auf seinem harten Stück Holz sitzend, so wie der Herr sie geschaffen hatte, so nackt wie ihre Rinder. Die Landschaft war mit Wasser vollgesogen und umklammerte sie mit eisiger Kälte, sodass Jeff nicht mehr recht wusste, ob er den Boden noch berührte, er spürte weder seinen Hintern noch seine Füße. Brads Kopf tauchte regelmäßig vor ihm auf und unter, als würde er mit kräftigen, fließenden Schwimmstößen durch die Nacht gleiten. Die Kruppe der Rinder schlingerte vor seinen Augen, dass er sich beinahe wieder im Flussbett wähnte, im Kampf gegen den Strom, wären da nicht die Unebenheiten des Wegs gewesen. Drei volle Meilen lang sickerte das viele Wasser, das sie aufgenommen hatten, noch durch die Holzbretter des Planwagens. Nach einer Stunde ließ der Regen nach, ohne ganz aufzuhören. Die Luft war weniger schwer. Das Atmen fiel ihnen leichter. Der Südwind blies über ihren Weg. Sie gingen langsamer, die wärmende Brise genießend. Der Mond ging, in Weiß getaucht, zwischen zwei tränennassen Wolken auf. Das Marschlied im Kopf der beiden Männer hatte sich in einen kläglichen Gesang verwandelt, in eine monotone, sich ständig wiederholende, quälende Litanei. Sie dachten nichts, sie gingen nicht, bestenfalls kamen sie voran, sie waren am Leben.

Bei Tagesanbruch verschärfte sich die Kälte. Die Wolken

wichen nicht, noch immer war der Boden vom Regen überschwemmt, noch weit hinter ihnen. Dann wurde der Himmel langsam klar wie Waschlauge. Und in der milderen, unglaublich heiteren Luft rollten plötzlich die Wellen eines fernen Galopps zu ihnen heran. Bevor sie begriffen, woher sie kamen, sahen sie, wie ein Reiter auf eine weiße Gestalt am Boden zuritt, sie erreichte, einfing und verglichen mit dem vorangegangen Augenblick irgendwie höher zurückließ. Sie kamen näher. Der Reiter machte kehrt und entfernte sich Richtung Süden, wo eine weitere kleine weiße Masse am Boden lag. Er wiederholte seine Handgriffe und kam dann wie der Blitz auf ihren Wagen zu. Unterwegs bückte er sich noch sechsmal in großer Eile, wobei er sich aus seinem Sattel lehnte und sechs vor Wolle strotzende Schafe auf die Füße stellte, die den Himmel anblökten. Er packte sie in der Mitte und hob sie mit einem Handgriff, bevor er sie in der Luft losließ, hoch genug, dass sie auf ihre Füße fielen. Einige Tiere, vom Schwung des Pferdes mitgerissen, fielen dabei fast auf die Nase und mussten einen kurzen Trab einlegen, um nicht zu stürzen, aber es kam nur selten vor, dass der Reiter umkehren musste. Mehrere Dutzend Schafe waren über das Weideland verteilt. Das Schauspiel dauerte über zwanzig Minuten, und die beiden Brüder bestaunten es mit offenem Mund und leerem Kopf.

Bird Boisverd war mit dem Aufstellen der Schafe fast fertig, als er zwei Kerle erblickte, die neben einem Planwagen standen und zu ihm herüberstarrten. Er stellte seine letzte Reihe Schafe auf, wendete und ritt ihnen entgegen, im Schritt, um sie ausgiebig beobachten zu können. Als Jeff und Brad den Reiter auf sich zukommen sahen, war es, als erwachten sie aus einem langen Schlaf. Auf einen Schlag, in der Prärie, mitten am Tag, in einem Gebiet, das von anderen Menschen besiedelt war. Jeff fuhr auf seinem Sitz herum, langte nach ein paar Kleidungsstücken und warf Brad eine Hose zu. Bird lächelte, als er sie agieren sah. Er hielt sein Pferd zurück, um ihnen Zeit zum Anziehen zu lassen. Dann kam er näher und sagte, dass das Gewitter unglaublich heftig gewesen sei.

»Allerdings, wir haben den Fluss auf dem Höhepunkt überquert.«

»Teufel«, rief Bird, »nicht gerade der günstigste Zeitpunkt. Ist noch etwas in eurem Wagen übrig geblieben?«

Die beiden Brüder wechselten einen Blick.

»Keine Ahnung.«

»Wir sind gerade erst angekommen.«

Bird Boisverd sagte sich, um derart kopflos zu sein, musste ihnen wirklich heiß geworden sein, oder richtig kalt. Es sei denn, dies entsprach ihrem Wesen. Er räusperte sich.

Jeffrey scheute sich davor, den Schaden zu begutachten. Er zögerte den Moment hinaus, in dem er in den Wagen steigen und die Bilanz der vergangenen Nacht ziehen würde. Aber man musste schließlich handeln und konnte nicht ewig wie angewurzelt vor diesem Unbekannten stehen bleiben, der auf seinem Pferd ungeduldig hin und her rutschte.

»Hätten Sie Lust auf einen Kaffee? Ich weiß zwar nicht, ob wir noch welchen haben, aber wir können nachsehen.«

Jeff sprang etwas schwungvoll von seinem Sitz, sodass Birds Pferd zur Seite wich.

»Wir gehen nur Holz holen. Für das Feuer. Ein Kaffee wird uns guttun.«

Bird entspannte sich und stieg ab, während Brad sich entfernte und Jeffrey nach hinten in den Wagen stieg. Ein erster Blick erlaubte ihm, den Schaden grob einzuschätzen. Teller, Schöpfkellen, Laken und der ganze Krimskram, der die eine Abteilung gefüllt hatte, waren weg. Und auch die Abteilung war weg. Die beiden Bretter waren gekippt und die Sachen darauf durcheinandergeworfen. Das Rumfässchen war noch da. Das Pulverfass auch, blieb nur zu hoffen, dass der Wachspropfen und das geteerte Tuch gehalten hatten. Eines der beiden Bisonfelle war um die Munitionskiste gewickelt. Jeffrey atmete auf. Es war nicht alles verloren. Er stapfte über das Chaos hinweg, um zu sehen, ob er in dem Fach unter dem Sitz die Kaffeedose fand. Auf die Kanne stieß er sofort, musste aber erst Töpfe, Becher und Blechteller umdrehen, bevor er die halb mit Wasser gefüllte Kaffeebüchse herausfischte. Lächelnd zog er sie unter einem Hemd hervor, aus dem eine matschige Brühe sickerte. Dann kam er aus dem Wagen und reckte sie siegreich in die Höhe:

»Der Kaffee war schon halb durchgelaufen, es wird Zeit, die Tassen herauszuholen!«

Er stellte drei Becher, die er an den Henkeln hielt, auf den Boden. Die Kaffeekanne rutschte ihm aus der Armbeuge, er hob sie auf und holte Wasser aus der großen Tonne, die seitlich an dem Wagen befestigt war, dann schüttete er die Reste vom Kaffee in die Kanne. Als Brad mit einem Armvoll Zweigen zurückkehrte, entfachte Jeff eine Kugel mit getrocknetem Gras, und bevor Bird Boisverd sich hingesetzt hatte, stand die Kaffeekanne schon auf dem Feuer, randvoll mit einem dickflüssigen Gemisch, das jeden Moment seinen köstlichen Geruch verbreiten würde.

Als sie die erste Tasse getrunken hatten, sagte Jeffrey, dass sie wegen des Flusses abgedriftet waren, und fragte, ob es noch weit sei bis zur Stadt. Bird schüttelte den Kopf und bot an, sie zu begleiten. Er war auf dem Weg dorthin. Dann erklärte er, dass er sich eben sein Abendessen damit verdient hatte, die Schafe auf die Beine zu stellen, und dass der Schäfer jeden Augenblick käme, um sie zu melken. Brad hatte noch nie Schafe mit einem solchen Fell gesehen. Bird erklärte ihm, dass Nils Antulle eine Leidenschaft für Wolle hatte, dass er über Jahre hinweg verschiedene europäische Schafrassen, vorzugsweise Angora, mit wilden Schafen gekreuzt hatte, deren Fasern so dicht waren, dass selbst der heftigste Platzregen sie nicht durchdrang. Den ersten Faden spann er immer selbst, um die Wollqualität zu testen. Seine beiden Töchter verarbeiteten sie hervorragend zu Decken, von denen sie zu zweit genügend herstellten, um das ganzjährig betriebene Zeltlager ihres Vaters zu versorgen. Er erklärte ihnen die Organisation des kleinen Unternehmens und wie die beiden Schwestern die Namen der Kunden in ein Buch eintrugen, das man unterzeichnen musste, wenn man dazu in der Lage war, und dass jedes Bett einen Nachttopf hatte. Als er, erstaunt über seine eigene Gesprächigkeit, zum Ende kam, stellte Brad jene Frage, die ihm von Beginn an auf der Zunge gebrannt hatte, während er am heißen Kaffee nippte.

»Haben Sie vielleicht einen jungen Kerl gesehen, der allein auf einem Rotfuchs unterwegs ist?«

Bird dachte nach. Er erinnerte sich schon, ein paar Pferde dieser Farbe auf der Koppel gesehen zu haben, darunter ein großes Pferd, das sanft war wie ein Tier, das immer gut behandelt wurde. Ihm waren auch mehrere Männer aufgefallen, die allein unterwegs waren, aber seiner Ansicht nach besaß keiner von ihnen einen Rotfuchs. Er schüttelte den Kopf.

»Nein, nicht dass ich wüsste. Aber ich kenne auch nicht jeden.«

Jeff langte nach der Kaffeekanne, warf den Satz in seinem Becher ins Feuer und gab Zeichen zum Aufbruch. Bird erhob sich, um auf sein Pferd zu steigen und sie in die Stadt zu führen. In dem kurzen Augenblick rutschten seine Hosenbeine über den Schaft seiner Stiefel. Brad sah, dass sie mit einem symmetrischen Muster verziert waren. Er hätte sie unter Tausenden wiedererkannt.

»Josh. Josh McPherson.«

Brads Tonfall war frostig geworden. Sein Bruder wandte sich nach ihm um.

»Sagt dir das nichts?«

Brad blieb geduldig. Nach außen hin war er die Ruhe selbst und wartete auf eine Antwort, während er beobachtete, wie Bird ihm dem Rücken zuwandte und den Fuß in den Steigbügel setzte.

»Josh McPherson?«

Bird hatte den Wechsel des Tonfalls in der Stimme seines Gesprächspartners gehört. Sein Hirn arbeitete auf Hochtouren, um zu begreifen, was sich gerade abspielte. Sein Gedächtnis schickte ihm kleine rasche Signale, die er jedoch nicht entziffern konnte. Er saß wieder in seinem Sattel, als er den Blick des Dickeren auf seinen Sporen bemerkte, ein Blick, als hätte er gerade ein Gespenst gesehen. Da setzten sich die Puzzleteile in seinem Kopf zusammen. Er ließ die Zügel los, zog die Hosenbeine hoch und sagte zu den beiden Männern, die ihn unverwandt anstarrten:

»Sie waren leer, als ich sie aufgehoben habe. Es war niemand drin und niemand daneben.«

Und bevor einer der beiden Zeit fand, auch nur den Mund aufzumachen, stemmte er die Fersen in den Bauch seines Pferdes und galoppierte über die Prärie davon.

Sie sahen ihm zu, wie er sich aus dem Staub machte. Als seine Spur sich zwischen den Gräsern verlor, setzten sich die beiden Brüder wieder in Bewegung. Kaum hatten sie sich auf den Sitz geschwungen, waren sie unterwegs in die Stadt, und dieses Mal hätte kein Gewitter der Welt sie aufhalten können.

Schwarzer-Rosshaar-Bogen wollte keinen gekochten Hund. Er hatte keinen Hunger mehr. Seit drei Tagen regnete es und seitdem es regnete, war alle Welt mit Essen beschäftigt. Er konnte nicht mehr. Die Pawnees hatten sich rasch von dem Angriff ihrer Feinde erholt. Seitdem hatten sie Glück bei der Jagd. Viele Bisonkühe waren erlegt worden, die Frauen hatten neue Zelte genäht und eine ausreichend Fleisch für mehrere Neumonde getrocknet. Schwarzer-Rosshaar-Bogen hatte eine wichtige Rolle gespielt, also war er in jedes Zelt eingeladen worden. Und er hatte in jedem gegessen, um niemanden zu beleidigen. Sein Bauch war gespannt wie ein Tamburin, doch die Indianer brachten ihm weiterhin randvoll gefüllte Schälchen, nur um der Freude willen, ihn den Kopf schütteln und auf seinen Gürtel klopfen zu sehen, an dem der Skalp von Großer-Zelt-Pflock hing, sowie Arcadias Bogen, dem er seinen Namen verdankte.

Elie hatte so viele Geschenke abgelehnt, nur um ihn zu behalten, dass der Bogen in den Augen der Indianer als ebenso wirkmächtig wie ein Medizinbeutel galt, mit dem ihn ganz gewiss eine Urkraft verband. Vielleicht war es der Skalp eines Pferdegottes und Elie hatte ihn auf einer Reise zu den Gebieten seiner Ahnen errungen, aus dem er nur dank eines mächtigen Zaubers hatte zurückkehren können. Vielleicht war es auch etwas anderes. Als die Männer gemeinsam das Knochenspiel *Lehal* spielten und Elie ihn nicht auf den Teppich gelegt hatte, obwohl alle wussten, dass er selbst sein Pferd verspielt hätte, wenn er eines gehabt hätte, war Schwarzer-Rosshaar-Bogen sein Name geworden. Und Elie hatte eine gewisse Würde erlangt.

Beim Reiten war er so geschickt wie ein Indianer und furchtlos beim Rennen wie bei der Jagd. Er stand den jungen Männern in nichts nach. Er rollte sich mit ihnen im Staub, nahm ihre Herausforderungen an, sprang in dieselben Abgründe und rannte so schnell wie die schnellsten unter ihnen dem Rosshaarball hinterher. Er prahlte in sehr angemessener Weise, vor und nach der Jagd, und war nicht abgeneigt, mit seinen paar Federn im Haarknoten vor den hübschesten Mädchen im Dorf auf und ab zu stolzieren. Nicht nur, dass er mit einem einzigen Tritt den gefürchteten Großer-Zeltpflock getötet hatte, der mehr als einen Angriff gegen sie angeführt und ihnen viele Pferde gestohlen hatte, sondern Schwarzer-Rosshaar-Bogen galt auch als unterhaltsamer Mensch. Ein Weißer, wie man ihm nur selten begegnet, ein Weißer, der zu leben verstand. Weiße-Berglilie betrachtete ihn nicht ohne Vergnügen. Aber sie wusste, und mit ihr das ganze Dorf, dass Schwarzer-Rosshaar-Bogen aufbräche, sobald er ein Pferd hätte. Und die Gelegenheit rückte näher. Der Rat hatte den Moment vom Mond abhängig gemacht. Immer häufiger stimmten die Alten ihre Gebete an. An den Wind – auf dass er ihren Geruch nicht mit seinen Händen forttrage; an den Regen – auf dass er singe, um das Geräusch ihrer Schritte zu überdecken; an das Gras – auf dass es sich wieder erhebe, um ihre Spur zu verwischen; an die Tiere – auf dass sie ihnen erlaubten, ihren Fang durchzuführen; an die Geister – auf dass sie sie vor einer Niederlage bewahrten.

Viele Pfeifen waren geraucht worden. Viele Späher waren ausgesandt worden. Die Feinde waren ahnungslos. Die Feinde dachten, das Dorf würde sich nicht mehr erholen, bevor ein ganzer Zyklus vorüber wäre. Die Feinde aßen viel und betranken sich mit den Korbflaschen eines dicken weißen Mannes, der über eine kleine Truppe das Kommando führte. Die Feinde schmückten sich auf raffinierte Weise. Die Feinde bewunderten sich selbst. Sie waren nicht auf der Hut. Und die Pawnees würden Hackfleisch aus ihnen machen.

Elie wartete ungeduldig auf den Angriff. Er wusste, dass er alle Pferde würde behalten dürfen, die er fing. Er hatte drei Lassos aus Wildlederstreifen zusammengerollt und geölt, damit sie besser durch die Hand glitten. Er trug sie ständig über der Schulter, um zu zeigen, dass er bereit war und nur noch auf die Entscheidung des Rates wartete. Er ertrug es nicht mehr, Fußgänger zu sein. Er hatte seine Tapferkeit und Geschicklichkeit unter Beweis gestellt, er war erwachsen, er brauchte ein Pferd. Es war eine Frage der Ehre, naturgegeben, von höchster Dringlichkeit. An dem Abend, da die jungen Männer sich versammelten, um gemeinsam am Feuer zu singen, sprach er sein erstes Dankgebet an den Weltgeist, mit überschäumendem Herzen. Als der Gesang zu einem Murmeln verebbte, bliesen die alten Pfeifenraucher Tabakwolken über die Krieger, und diese verschwanden, von ihnen fortgetragen. Sie legten die zwanzig Meilen, die sie vom feindlichen Dorf trennten, im Laufen zurück, wie Uhus auf seidenen Flügeln. Als sie das Ziel erreicht hatten, legten sie sich zwischen die Steine und warteten, bis ihr Atem sich beruhigte. Dann stieben sie auseinander. Das Dorf war durch etwa hundert Fuß Vogelknöterich von den Pferden getrennt. Die Murmeltiere, die sich darin duckten, würden beim kleinsten Rascheln ein Warnsignal ausstoßen. Elie betrachtete den Himmel. Der winzige Mond war verhüllt. Ein feiner hartnäckiger Regen bedeckte alles mit einer glitschigen Schicht. Seine Gamaschen klebten ihm an den Beinen wie Marquis-Strumpfhosen. Er lächelte beim Anblick des hellen fahlgelb-grau geschecktenFells der dreihundert Appaloosas, die ihre Kruppe dem Wind und dem Regen aussetzten. Er robbte durch das nasse Gras und hob von Zeit zu Zeit den Kopf, um sich zu vergewissern, dass seine Gefährten ihm folgten. Sie verteilten sich fächerartig über die Prärie, bis sie die gesamte Herde von einem zentralen Punkt aus abdeckten. Von da aus würden sie zwei lange Seile spannen und die Herde in die entgegengesetzte Richtung des Dorfs, zur Hochebene treiben. Dort war eine Wache postiert. Eine kleine, in eine Decke gehüllte Gestalt, aus der der Lauf eines Gewehrs hervorragte und die harmlos wirkte wie ein Häschen. Aber Elie traute dem Frieden nicht. Er hatte beim Wettrennen das Privileg errungen, die Wache auszuschalten, und robbte mit angehaltenem Atem weiter, darauf bedacht, mit der Bewegung der ihn flankierenden Krieger zu verschmelzen. Drei Schritte vom Wachposten entfernt hockte er sich hin. Just als er nach vorn hechten wollte, trat jemand auf etwas, das wie ein Donner krachte, worauf ein Murmeltier unmittelbar einen warnenden Pfiff ausstieß, der die gesamte Prärie und den Körper des eingemummelten Wächters durchdrang. Elie sah, wie er zusammenzuckte. Doch bevor sich die Beunruhigung des Tiers auf den Mann übertragen konnte, sprang er ihm in den Rücken, drückte ihm mit dem Stiel seines Tomahawks den Adamsapfel in die Kehle und legte ihn vorsichtig auf dem Boden ab. Als er sich wieder erhob, warfen ihm die beiden Krieger an seiner Seite je ein Seilende zu und begannen zu laufen, während die Murmeltiere sich ein gellendes Streitgespräch lieferten, das die Pferde allmählich nervös machte. Als Elie spürte, dass das Seil gespannt war, begann er ebenfalls zu laufen, im Rhythmus seiner Helfer, und die Murmeltiere mochten noch so laut pfeifen, die Herde setzte sich in Gang. Das Geräusch der Hufe dreihundert aufgestörter Appaloosas klang erhabener, schöner und lauter in seinen Ohren als jede andere Musik, und selbst, als er die Schreie der Dakotas, ihre Pfiffe und Gewehrschüsse zwischen dem Pferdewiehern hörte, rannte er weiter ins Offene, ins Unermessliche, getragen vom Hämmern Hunderter Hufe einer Herde, die er in den Armen hielt.

Zu dritt trieben sie die Pferde an, bis sie einen Fluss durchquerten, an dessen Ufern jene Krieger postiert waren, die nicht das Dorf umzingelten, sondern den Feind aufhalten sollten. Sie liefen in unfassbarem Tempo. Die Seile um Elies Fäuste waren kurz davor zu reißen, vibrierend schnitten sie durch den dichten Regen. Er rannte hinter den Pferden, zwischen den Pferden, rannte mit demselben Instinkt, überwältigt von ihrer elektrisierten, bebenden Masse, begeistert. Er roch das Wasser, bevor er hörte, wie es unter ihren Füßen aufspritzte. Und im selben Moment spürte er, wie die Spannung der Seile nachließ. Ihre Mission war beendet. Die Pferde liefen zu den Pawnees über. Nun hieß es, sich umzudrehen und zu kämpfen. Aber er war außerstande, sich von den Koppelriemen zu lösen, außerstande, die Seile fallen zu lassen. Er sprang mit den Pferden ins Wasser und stieg am gegenüberliegenden Ufer wieder hinauf, wobei seine Arme die Fesseln durch das Flussbett und über den Hügel und durch die Prärie schleiften, völlig frei, mit zwei durchrissenen Laufleinen in der Hand, so frei wie die Luft. Er rannte mit ihnen weiter, ohne an irgendetwas zu denken, außer Atem, außer sich, fern aller Mühe, außerhalb der Zeit. Gänzlich erfüllt von seiner Herde, ihrem Vorankommen, ihrer Kraft, ihrem Geruch. Er wusste nicht, wie es kam, dass er sich auf einem Pferd wiederfand, noch wie lange er es schon geritten hatte, bevor er sich bewusst wurde, dass er ein Mensch war und die Laufleinen loslassen konnte. Er ließ sie los. Und als er sich umdrehte, sah er, dass er alle abgeschüttelt hatte, Freund und Feind, dass die Luft rein war und dass er eine Herde von dreihundert Pferden anführte, die schneller waren als Regen. Er schleuderte dem Horizont seinen Kriegsschrei entgegen und hielt, vom Glück durchströmt, die Flanken seines Pferdes umklammert. Als die Sonne aufging, näherte sich die Herde einer Senke, die mit kleinen Birken bewaldet war, er machte dort Rast. Elie brach einen der niedrigen Äste ab, unter denen sich sein Reittier postiert hatte, um an den jungen Blättern zu knabbern. Er stieg ab und begann, wie er es gelernt hatte, mit seinem Stock im Boden zu wühlen und die Löcher der weißfüßigen Mäuse abzusuchen. Er erntete einen Haufen grüner Bohnen, die er eine nach der anderen aß, während die Herde sorgfältig die Bäume von allem befreite, was in ihrer Reichweite war.

Bei Sonnenaufgang gönnte sich ein Dutzend Tiere ein kleines Nickerchen im Stehen, während andere sich hinlegten, um tief zu schlafen. Elie schmiegte sich vertrauensvoll in die Wärme ihres Fells, er fühlte sich bei ihnen sicher.

Ein Drittel der Pferde, und zwar jene, die sich am Rand der Herde aufhielten, blieb wach. Elie übernahm die Wache mit den Pferden, die ihn gewärmt hatten, als diese mitten in der Nacht munter wurden. Am Morgen gab eine große weißbeinige Stute das Zeichen zum Aufbruch. Sie starteten nicht gleich wieder ein Wettrennen, sondern begannen mit einem Spaziergang. Sie waren verspielt, schnupperten in den Wind. Nach einigen Meilen begannen die jüngeren Pferde zu springen, um ihre Form zu zeigen, verfielen plötzlich in wilden Galopp und blieben ebenso plötzlich wieder stehen. Sie liefen große Schleifen und unternahmen gelegentliche Abstecher nach links und rechts, zu viert oder zu sechst, kleine Fluchten, bevor sie wieder mit dem Beinschlag der Herde verschmolzen.

Elie ritt auf dem Rücken eines Zuchthengstes, der ganz offensichtlich einiges beweisen musste. Er biss seine Gefährten, um sie zum Wettrennen zu animieren, stupste wiehernd die Stuten an, bevor er zur Seite sprang, um einer Erwiderung auszuweichen. Er lachte über seine Streiche, stampfte mit den Hufen auf und trug seinen Reiter wie ein Schmuckstück zur Schau. Elie fühlte, dass er bereit war, sich in ein neues Leben zu stürzen, fern der Herde, die ihn hatte zur Welt kommen sehen. Er war noch zu jung und sorglos, um zu merken, dass die Herde sein Element war, das einzige, das er kannte. Er war eins mit der Prärie, den Menschen und den wilden Tieren. Elie beneidete ihn um seinen naiven Leichtsinn, seine pralle Welt, verloren wie im Paradies.

Er verbrachte eine Woche in ihrer Gesellschaft, unterwarf sich ihrem Rhythmus und ihren Entscheidungen. Er aß, was die Prärie ihm bot, Weintrauben, rote saure Beeren, die Bohnen der Mäuse, Wurzeln, von denen er wusste, wo er sie fand und die er gelernt hatte, wiederzuerkennen. Er verzichtete auf Wild und stieß immer wieder darauf. Die meiste Zeit saß er auf dem Rücken seines Pferdes. Er schlief Seite an Seite mit ihm und begleitete es zu Fuß auf seinen Runden. Wenn das Pferd zubiss, schimpfte Elie. Wenn es galoppierte, stachelte Elie es an. Wenn es ausschlug, schrie er zum Himmel und warnte die Wolken, dass sie kämen. Mit Elie auf dem Rücken genoss der Hengst gegenüber der Herde eine privilegierte Stellung. Wiederholt hatte er einen eiligen Galopp zu einer Wasserstelle oder zu einer Grasfläche angeführt und die Herde auf Gebiete gelockt, die sie nie zuvor betreten hatte. Die weißbeinige Stute übernahm zwar rasch wieder die Kontrolle, hatte aber immer mehr Mühe, diese ungestümen Impulse zu unterbinden. Die Pferde hatten Spaß an diesen unvermittelten Spurts.

Am Tag der Tragödie wusste die Herde noch vor deren Aufbruch, dass sie sich am Abend nicht vereint wiederfände, wie noch am Morgen. Sie brach auf und lief einmütig die Berge entlang, an dessen Fuß sie eine ruhige Nacht verbracht hatte. Unterwegs fraßen sie vom dünnen, aber saftigem Gras, das am Waldessaum im Schatten der Laubbäume wuchs. Lange folgten sie einem Fluss. Die Fohlen machten am Ufer Bocksprünge und brachten die Kiesel ins Rollen.

Die Herde legte lange Rast ein, um dem Lichtspiel auf dem pulsierenden Wasser zuzusehen. Elie erblickte in der Strömung einen reglosen Seesaibling. Sein Pferd war ruhig. Zeit und Raum waren in perfektem Einklang. Auch sein Bauch war dank der Früchtemahlzeit vom Vormittag zufrieden. Er war eins mit seinem Pferd, fühlte sich als Teil der Masse, als Artgenosse, auf merkwürdige Weise an seinem Platz, in seinem Element und unsagbar wohl.

Als der Wanderfalke mit einem Schrei vom Himmel stürzte, stellten die Pferde die Ohren auf, ohne zu reagieren. Der Jagdvogel hatte einem Spatz das Genick gebrochen und rupfte ihn am Boden. Die Pferde sahen ihm zu und fegten mit dem Schwanz die Fliegen fort. Als der Falke einen langen Fetzen Fleisch von seinem Opfer riss, floss Elie das Wasser im Mund zusammen. Eine Mischung aus Vergnügen und Ekel ließ ihn von Kopf bis Fuß erschauern. Das spürte auch sein Pferd und reagierte auf dieses widersprüchliche Gefühl mit einem durchdringenden Wiehern, das eigentlich kein Warnruf war. Doch die Herde wurde umgehend von Panik ergriffen und stürmte zum Flussbett, dessen Getöse von den rasenden Hufen noch verstärkt wurde und sie in noch größere Furcht versetzte. Elie wurde von der bedingungslosen Flucht, für die Pferde geschaffen sind, mitgerissen. Aufgepeitscht von jener blinden Panik, die allen Tieren innewohnt, erfuhr er ganz unmittelbar, was Wille, was Durst, was Freude war. Die Herde entriss sich dem Fluss auf den Flügeln jenes Tornados, der in ihr tobte und sie zugleich verfolgte. Von einer Brise angetrieben nahmen sie Kurs nach Westen und rannten weiter. Die Ebene füllte sich mit ihrer Masse und ihrem Lärm. Die Hügel hallten wider, die Wälder schluckten den Klang und gaben ihn erst zurück, als sie in die Ebene zurückkamen. Und plötzlich schloss sich der Raum wie eine Falle. Ihnen blieb keine Zeit kehrtzumachen, um dem Schlund der Stadt zu ihren Füßen auszuweichen, sie rasten darauf zu, drängten sich durch das Nadelöhr der Hauptstraße. Sie hatten den Saloon noch nicht erreicht, als Elie sich wieder in einen Mensch verwandelt hatte, der der Herde Befehle zurief, als führte er sie an. Die Kommandos eines Vaqueros bei der Arbeit. Für einen Augenblick sah er die gesamte Stadt in Kavaliersperspektive, den Saloon, den Barbiersalon, die Zelte, noch mehr Zelte, den Waffenladen, und fuhr fort, seine neue Karte auszuspielen, indem er die Pferde auf die Koppel von Nils Antulle trieb. Die weißbeinige Stute lief die ganze Straße hinauf, um bei den Ihren zu bleiben. Elie versuchte die Kontrolle zu bewahren und die Herde nach links zu steuern, um sie auf die umzäunte Weide zu treiben, deren Gatter ein Mann ihm eben geöffnet hatte. Doch die Stute gab nicht klein bei. Sie waren am Ende der Straße angelangt, zwanzig Fuß von der Koppel entfernt, als sie schlagartig stehenblieb und die Herde, die in ihr Verderben lief, teilte. Elie musste sich wohl oder übel mit hundertfünfzig Tieren auf der umzäunten Weide begnügen, auf der er auf und ab ging, um sie zu bremsen. Die Stute in der Mitte der Straße preschte eilig los, bevor die Koppel wieder geschlossen wurde, den anderen, die sie hatte umlenken können, hinterher, und verschwand in der von ihnen aufgewirbelten Staubwolke.

Elie musste seine ganze Erfahrung auffahren, um sein Pferd und die hundertfünfzig über ihre Gefangenschaft aufgebrachten Tiere zu beruhigen.

Es gelang ihm schließlich mithilfe des Mannes, der die Koppel geöffnet hatte und sich bemühte, die Pferde zu besänftigen.

Als sich die verbliebene Herde in einer Ecke der Koppel versammelte, zitternd aber reglos, mit hängenden Ohren, entfernte sich Elie mit seinem Hengst und redete ihm gut zu. Er führte ihn am Gatter entlang bis zum Tor. Öffnete es, ging hinaus, hielt es vor dem Reiter auf, der ihm geholfen hatte, wartete, bis dieser hindurchgeritten war, und verschloss das Gatter von außen wieder, die Herde fest im Blick. Dann wandte er sich um und ritt die Straße, die er gerade entlanggekommen war, im Schritt hinunter und winkte allen zu, die auf den Brettern stehend diesem pittoresken Fremden in Begleitung des wortkargen Angestellten von Nils Antulle, dem Schafhüter, den er gezähmt zu haben schien, mit den Blicken folgten.

Im Zelt des Krämers stand Zebulon und schüttelte den Kopf, als er dieses Paar vorbeireiten sah. Bird Boisverd schnappte seinen Blick auf und bedeutete ihm, ihnen in den Saloon zu folgen. Und obwohl er die sich abzeichnenden Schwierigkeiten vorhersehen konnte, sah Zebulon keinen Grund, die Einladung auszuschlagen.

Als Sally den staubigen, indianergleichen Mann näher kommen sah, war ihr erster Impuls, nach der Waffe unter dem Tresen zu greifen. Dass ihm der unerschütterliche Bird Boisverd und einige Minuten später Zebulon folgten, trug nicht wirklich zu ihrer Entspannung bei. Elie spürte den Argwohn der Frau sofort. Am liebsten hätte er sie gebissen, um sie zum Lachen zu bringen, aber etwas in ihrer Haltung hielt ihn davon ab. Er stützte sich am Tresen auf, als hätte er dies schon tags zuvor getan, und bestellte einen Whiskey mit einer Stimme, die ihm in den Ohren zu gellen schien. Sally betrachtete ihn lange Sekunden ohne sich zu rühren. Sie musterte seine Hände, sein Gesicht, seine Haare, in denen eine lange schwarze Feder steckte. Seine muskulösen sonnengebräunten Schultern, die drei Lassos, dick wie Biberschwänze, über seiner Brust. Den Strick, der seinen ledernen Lendenschurz hielt, an dem ein schwarzer Skalp und eine widerliche, mit Haaren bespannte Stange hing. Sie hatte seine Beine bemerkt, als er eingetreten war, lang, mit vorspringenden Oberschenkeln, die

Waden in Gamaschen, die zur Hälfte mit Perlen bestickt waren, die Füße in abgewetzten Mokassins. Sie kehrte zu seinem Gesicht zurück und bemerkte, dass er eine kleine Lücke zwischen den Schneidezähnen hatte und einen schönes Lächeln. Dann warf sie den anderen beiden einen Blick zu und beschloss, sie zu bedienen. Alle drei stießen miteinander an. In dem Moment fiel der Blick des Neuankömmlings auf Zebulon, und im Raum gerann etwas, das sie trennte. Zebs Gesichtsausdruck veränderte sich nicht, aber Sally begriff, dass sie einander schon begegnet waren und nicht dieselbe Erinnerung daran hatten. Elie durchbrach die eisige Stille und hob das Glas an die Lippen. Er leerte es und kündigte laut und deutlich an, dass er auf der Koppel am Ende der Stadt hundertfünfzig halbzahme Pferde stehen hatte, keinen Heller besaß, aber bereit war, die Tiere zu verkaufen.

»Sie zu verkaufen oder zu verspielen«, fügte er mit Blick auf Zebulon hinzu, »falls der Herr noch immer in Besitz seiner Taschen sein sollte.«

Zeb hatte keine Zeit, zu Bird hinüberzusehen. Der hatte schon zum Schlag ausgeholt, als Elie allmählich dämmerte, dass er irgendetwas Wichtiges verpasst hatte. Daran war kein Zweifel mehr, als er spürte, wie seine linke Schläfe zu Sternen zerbarst. Seine Feder fiel aus dem Nest. Er taumelte gegen den Tresen und stieß mit dem Ellbogen schmerzhaft gegen die Kupferstange. Sally griff nach ihrer Waffe. Zebulon ballte die Fäuste. Bird Boisverds rechter Fuß holte gerade zu einem gewaltigen Tritt in Elies Magengrube aus, der dies jedoch vorhersah und zur Seite hechtete, um sich über den Boden zu rollen und dem Fuß schnell auszuweichen, als er Arcadia auf der obersten Treppenstufe erscheinen sah und innehielt. Für eine Viertelsekunde. Der Tritt traf ihn direkt über der Blase, sodass ihm nur noch die Zeit blieb, voller Staunen das ergreifende hohe C zu vernehmen, das sie von oben erschallen ließ.

Seit dem Morgengrauen arbeitete Josh an Pats Dachstuhl, denn dieser hatte beschlossen, seine Fleischerei zu vergrößern, und allmählich rief sich seine Schulter in Erinnerung. Er hätte nichts gegen einen kleinen Whiskey gehabt, er kannte inzwischen die unmittelbare Wirkung des Alkohols auf seine verspannten Muskeln. Silas, der Barbier, hatte ihn zu Beginn seiner Genesung stark zu dessen Einnahme ermuntert, und Josh hatte rasch Gefallen daran gefunden. Auch wenn er sich an jenem Tag, an dem er mit seinem Vater und Zeb und schließlich mit Bird Boisverd das Wiedersehen gefeiert hatte, als blutiger Anfänger entpuppt hatte, der von seinem Onkel noch einiges lernen konnte.

Dem Stand der Sonne nach musste es ungefähr Mittag sein. Es war angenehm draußen, der letzte Kunde hatte soeben McPhersons Zelt »Generalversorgung für Privatkunden« verlassen, und Jeffrey würde ihn sicher einladen, vor dem Mittagessen mit ihm ein Glas zu trinken.

Josh wusste nicht wirklich, was sich in der Prärie zugetragen hatte, nachdem er schweren Herzens vor ihnen davongejagt war, auf ein Indianerdorf zu, in dem er keine Feinde hatte. Aber es musste sich einiges ereignet haben, denn er fand den einen wie den anderen, Vater wie Onkel, stark verändert. Vielleicht hatte aber auch bloß das Verschwinden der Mutter, die so schwer auf ihrem Schicksal gelastet hatte, befreiend gewirkt. Josh hatte es sich lange verboten, so zu denken, aber es war eine mögliche Erklärung. Eine wahrscheinliche, hätte Zebulon gesagt, der von einer Menge Dingen etwas zu verstehen schien. Wie auch immer, Josh hätte sie beinahe nicht wiedererkannt, als sie die Stadt betraten, so augenfällig war ihre Bedürftigkeit und etwas später auch ihre Entscheidungsfreude gewesen. Sie waren von dem Gewitter, das ihnen das letzte Hochwasser beschert hatte, völlig erschöpft, aber die beiden weißen Rinder, auf die sie so stolz waren und die ihr ganzes Hab und Gut darstellten, hatten sie wie Prinzen durch die Straße paradieren lassen. Auf das Gatter der Koppel gestützt, hatte Josh sie kommen sehen. Und sie hatten die ganze Straße bis zum Waffenhändler hinaufgehen müssen, eher er sie wiedererkannte. Jeff hatte etwas weniger Bauch, Brads schulterlanges Haar war fast völlig ergraut. Beide trugen Bärte, denen man zutraute, dass darin Mäuse nisteten. Und ihre Kleidung baumelte an ihnen herab wie an zwei Vogelscheuchen. Seitdem Josh wieder auf den Beinen war und an die frische Luft durfte, hatte er so manch schrillen Vogel durch die Hauptstraße kommen sehen, darunter unfassbare Trunkenbolde und Schmutzfinken, aber die zwei hatten alles übertroffen. Vielleicht weil ihre Rinder im Gegensatz zu ihnen so gepflegt waren. Mächtige, sorgfältig gestriegelte Tiere mit glänzendem Fell und lebhaften schwarzen Augen, die das weite Land im vollen Bewusstsein ihrer eigenen Kraft durchquert hatten und dies nun stolz zur Schau trugen. Jeder ihrer Hufe schien sich auf ihr persönliches unveräußerliches Stückchen Erde zu setzen. Und bei jedem Schritt versuchten die beiden zerlumpten Männer, es ihnen gleichzutun.

Sie waren geradewegs auf Josh zugegangen, denn sie hatten ihn schon von Weitem an seiner Art, sich aufs Gatter zu stützten, erkannt, mit ausgestellter Hüfte und einem Fuß auf dem mittleren Brett der Absperrung. Nicht den Schritt zu beschleunigen war ihre Art zu sagen, dass sie keinen Augenblick daran gezweifelt hatten, ihn lebend wiederzusehen. Josh hatte in der Nacht nach ihrer Wiedersehensfeier daran denken müssen, als der Whiskey, der ihn zunächst betäubt, ihn hartnäckig und unangenehm wachgehalten hatte. Er hatte wieder daran denken müssen und war sehr bewegt gewesen.

An der Koppel waren sie vor ihm stehengeblieben, er war fassungslos, und nachdem sie sich eine Weile bloß angesehen hatten, war sein Vater auf ihn zugegangen und hatte ihn in die Arme geschlossen. Jeff saß auf seinem Sitz mit einem riesenhaften Lächeln, das ihm beinahe das Gesicht sprengte. Daraufhin lud Josh sie zu Pats Irish Stew ein, von dem er immer noch nicht genug hatte. Er hatte gerade seinen Wochenlohn erhalten. Sie pfiffen anerkennend und folgten ihm zu dem Vordach des Fleischers, nachdem sie Planwagen und Rinder untergestellt hatten. Zu dritt hatten sie acht Teller gegessen, Josh hatte sich mit zweien begnügt, und die anderen beiden fanden in dem Koch und Fleischer, der offenbar noch nie einen so gesunden Appetit gesehen hatte, gleich einen Freund. Nach Beendigung der Mahlzeit, als Josh schon glaubte, sie seien wieder ganz die Alten, erlebte er seine zweite Überraschung und sah sie innerhalb von nur zehn Minuten über die beiden Rinder verhandeln, die ihren ganzen Stolz und Reichtum ausmachten. Solomon hatte tags zuvor vom Tod seiner Frau im Osten des Landes erfahren, von wo sie im folgenden Monat hätte aufbrechen sollen, um zu ihm zu kommen. Nun meinte er, dass er nichts mehr in der Stadt verloren habe, da er alles nur für sie getan hatte. Er war bereit, seine Eisenwaren, sein Lager, sein Zelt, den Gehweg inbegriffen, demjenigen zu überlassen, der ihm einen stabilen Wagen mit Gespann anbot und ihm so das Leben in den Bergen erträglich machte. Er würde wieder nach Gold graben. Er war niedergeschmettert von tiefer Trauer und Resignation. Ihm blieb nichts als sein Leben, und er konnte damit machen, was er wollte. Gold oder Schlamm waschen schien ihm die einzig denkbare Zukunft. Er fand, dass er schon lange genug Umgang mit den Menschen hatte. Die Rinder und der Planwagen kamen ihm gerade recht. Brad, der zwei Monate vorher allerlei Einzelheiten zum Grund und Boden, zu den Wänden und der Plane verlangt hätte, glaubte dem Witwer aufs Wort und erklärte den Tausch für ausgewogen.

Jeff hatte gerade noch Zeit zu fragen: »Und das Land?« bevor er bei Solomon einschlug, um das Geschäft zu besiegeln. Worauf der entgegnete:

»Später.«

Brad zeigte Solomon, wie man mit dem Joch umgehen musste, während Jeffrey die kleinen Fässer, die Utensilien, zwei Felle, die Josh nie zuvor gesehen hatte, und alles, was ihnen an persönlichen Gegenständen geblieben war, auslud. Er suchte überall nach dem großen Schlapphut der Mutter, zerlegte deswegen beinahe die Sitze, aber fand ihn nicht. Als alles auf dem Holzboden vor dem Zelt stand und Solomon sich die nötige Ausrüstung aus dem Lager genommen hatte – auf Kosten des Hauses, hatte Jeff hinzugefügt, der dem Ende oder dem Neuanfang eine fröhliche Note verleihen wollte – tätschelte Brad die Rinder zwischen den Hörnern, machte einen Schritt zur Seite und rief sie ein letztes Mal zum Aufbruch, worauf sie wie gewohnt reagierten. Josh hatte einen Kloß im Hals, als er die Rinder fortgehen sah. Man konnte in dieser Welt also nichts und niemanden wiederfinden, ohne dass einem sofort etwas fortgenommen wurde. Den Skalp des Indianers hatte er den Schweinen vorgeworfen. Er hatte dabei nichts empfunden, es hatte ihn von einer Last befreit. Denn hundert Gramm Reliquien, das hatte er gelernt, konnten einen Mann mitunter zu Boden ziehen.

Als Jeff in das Zelt des Eisenwarenhändlers trat, das nun

ihm gehörte, blieb ihm vor Staunen die Luft weg. Er wagte nicht, irgendetwas anzurühren, und sah sich um, als hätte er den Fuß in eine neue Welt gesetzt. Die Vielfalt der Artikel, ihre schiere Menge, ihre Neuheit, die Warenflut, die den Raum bis zum Trägerbalken ausfüllte, all das machte ihn schwindelig. Am Ende ließ er sich auf einen Dreibeinhocker mit Stoffsitz fallen, den er für eine der schönsten und überflüssigsten Erfindungen überhaupt hielt, und wollte sich nicht mehr davon erheben, bis die Welt stillstünde.

Draußen begutachtete Brad den Holzboden des Bürgersteigs und vermaß mit großen Schritten den Grund, als wollte er ein Kartoffelfeld anbauen. Noch am Abend sprach er davon, eine Art Pferdestall mit Fenstern zu errichten, und warum nicht, einen Speicher als Zwischenlager und einen Balkon, um in die Ferne zu blicken. Jeffrey erkannte seinen Bruder nicht wieder. Man hätte meinen können, dass er seine eigenen Visionen besser beschrieb, als er sie sah. Oder dass Brad, der nichts mehr zu verlieren hatte, bereit war, alles zu gewinnen.

Josh wusste, wo es im Wald Holz gab. Er würde die Arbeit auf seiner derzeitigen Baustelle bald beendet haben, zu dritt würden sie dann eine passende Konstruktion errichten, nur anfangs noch das Zelt nutzen, damit sich die Leute an die neuen Gesichter gewöhnten. Bei diesen Worten hatte Josh einen Blick auf ihre Bärte geworfen, und Jeff hatte gelacht.

»Keine Sorge, wir werden deinem Barbier bald einen Besuch abstatten.«

Anschließend hatte Josh erzählen müssen, wie er in die Stadt gelangt war. Welche Rolle Zeb bei seiner Rettung gespielt hatte, von Silas, der ihn von seinem Fieber befreit hatte. Wie das Zelthotel von Nils Antulle funktionierte und dass Zeb das Geld für seine Pflege ausgelegt hatte. Er hatte seinen Vater, der Schulden nicht mochte, gleich beruhigt, dass sie inzwischen beglichen waren und er sogar in der Lage war, sie beide für die kommende Woche bei Antulle unterzubringen. Doch das kam nicht infrage, Jeff wollte seinen Laden nicht verlassen, nachdem er ihn gerade erst betreten hatte, er würde dort übernachten. Und auch Brad würde damit Vorlieb nehmen, er hatte mehrere zusammengeklappte Feldbetten in einer Ecke gesehen. Nachdem das geklärt war, wollten sie den Mann sehen, der Josh aus der Patsche geholfen hatte, und ihn zu dem kleinen Familienfest einladen, das unbedingt gefeiert werden musste, um ihr neues Leben gebührend zu beginnen. Also begab man sich zu Sally. Es war noch früh am Abend, und im Saloon war es ziemlich ruhig. Eine Handvoll Cowboys war am Abend zuvor dagewesen, um ein wenig Stimmung zu machen, man spürte, dass die Temperatur mittlerweile wieder gefallen war. Dennoch begriff Sally, als sie sie erblickte, dass sie Potenzial besaßen. Der junge Mann, der mit zerfetzter Schulter angekommen war und sich nun als Holzfäller betätigte, war kein sehr widerspenstiger Kunde, aber in Jeffs Physiognomie erkannte sie sofort den wahren Liebhaber. Brad würde brav seine halbe Gallone hinunterstürzen, darauf hätte sie gewettet, aber Jeff würde ihn sicherlich mit der doppelten Menge überbieten und ins obere Stockwerk steigen, wenn er nur bei Kasse war. Mit glühenden Augen hatte er den Saloon betreten und die Flaschen und Zimmer genauso gesehen wie die drei Mädels, die ihre Brüste zeigten, wenn sie sich übers Geländer beugten, die Karten an den hinteren Tischen, und schließlich sie selbst mit ihrer langen Meerschaumpfeife und ihren langen harten Händen. Diese drei waren nicht unbedingt erste Wahl, aber auch nicht mittellos.

Zeb stand am Tresen. Er diskutierte mit einem Unbekannten über die beste Art, Wasser von einem Punkt zum anderen zu befördern. Mit Whiskey wurden Zeichnungen auf dem hölzernen Tresen angefertigt, er wirkte sehr zufrieden. Sie hatten sich einander kurz vorgestellt und auf Anhieb verstanden, obwohl sie im Hinblick auf Begegnungen eher zurückhaltend waren. Josh bestellte eine Flasche im Fass gereiften Whiskey, wie Zeb es ihm vorgemacht hatte. Es war seine Runde. Sie wurde mit Trinksprüchen, klirrenden Gläsern und nach allen Regeln der Kunst niedergemacht. Die nächste ging auf Brad, das war die Ordnung der Dinge. Josh wurde allmählich müde. Man setzte sich an einen Tisch, das Gespräch wurde intensiver. Jeff und Zebulon lieferten den Hauptteil, Brad ließ sich nichts entgehen. Sie verhandelten gerade über das Material, das Zeb benötigen würde, um die Idee umzusetzen, die ihm im Kopf herumschwirrte, also die Badeanstalt zu errichten und auszustatten, mochte sie im Augenblick auch nur ein Hirngespinst sein. Er wollte nicht zu viel verraten, solange nicht alle nötigen Voraussetzungen geschaffen und der richtige Moment gekommen wäre, aber er konnte es sich nicht verkneifen, über seine Pläne zu sprechen. Ein Schild aus unbearbeitetem Holz, auf dem er »Zum rudimentären Luxus – Zuber mit warmem und kaltem Wasser – Gruppenraum – Einzelräume – Seife auf Anfrage« schreiben lassen wollte, hatte er schon. Jeff gefiel das ausgezeichnet. Josh fand das etwas lang. Brad füllte die Gläser. Der Rauch bildete einen dichten Nebel unter der Decke. Das Gespräch drehte sich gerade um die Frage, ob man eine vierte Flasche holen sollte, als ziemlich unauffällig Bird Boisverd eintrat, was der Tischrunde jedoch nicht entging. Zebulon forderte ihn auf, sich dazuzusetzen. Josh verspannte sich. Dieser verfluchte Hasenfuß trug noch immer seine Stiefel. Jeff und Brad empfingen ihn mit einer Herzlichkeit, die ihm einen Stich versetzte. Sein Verhalten in der Prärie hatte ihnen neue Hoffnung gemacht, wie sie ihm sagten. Bird stieß mit ihnen an, lehnte es aber ab sich dazuzusetzen, er blieb auf der Hut. Er wusste, dass Josh keine Sympathie für ihn hegte. Er hatte ihn nie aufgefordert, ihm seine verfluchten Stiefel zurückzugeben, fand aber noch immer, dass sie eigentlich ihm gehörten. Bird hatte sie ihm nicht gestohlen, er hatte sie ihm dank des Schicksals weggeschnappt, was Josh fast noch schlimmer fand. Jeff und Zebulon beäugten die beiden. Sie wussten, dass das Geschwulst so oder so aufgestochen werden musste. Brad trat als Erster ins Fettnäpfchen. Er blickte auf Birds Fußspitzen und nickte anerkennend.

»Sie stehen dir ziemlich gut. Bisschen groß vielleicht.«

»Geht so.«

»Cristophia strickt dicke Strümpfe«, sagte Josh.

»Genau. Angeblich auch Hosen«, entgegnete Bird.

Josh sprang wie von der Tarantel gestochen von seinem Stuhl. Er ballte die Hände zur Faust, und man hörte, wie in seiner Kehle ein undeutlicher Fluch aufstieg. Jeff lächelte, als er darin einen vertrauten Laut erkannte. Bird stellte die Füße etwas weiter auseinander. Zebulon rief beide auf, sich zu beruhigen, dann ergriff Brad das Wort.

»Diese Stiefel standen am Ufer des Flusses, in dem Josh auf der Suche nach einem Übergang für die Rinder im Schlamm stecken geblieben war. Als du sie gefunden hast, war niemand drin und niemand daneben. Nun sieht die Lage anders aus. Es ist jemand drin und jemand daneben. Wie wollt ihr das regeln?«

»Ich bin bereit«, sagte Bird und wich zurück.

»Nein, nein, nein, nein, nein. Sekunde mal. Das ist ein Fall wie aus dem Lehrbuch«, fuhr Zebulon dazwischen. »Fassen wir die Angelegenheit einmal zusammen. Der Fluss hat Josh seine Stiefel genommen.«

»Einen einzigen, um genau zu sein«, ergänzte er, »den anderen habe ich hinterher geworfen.«

»Gut, ok. Lassen wir die Details. Der Fluss hat Josh die Stiefel entwendet. Er hat sie nicht fortgespült, sondern behalten, ohne sie zu verstecken, stimmt's? Und einige Zeit später hat Bird sie aufgehoben.«

»Ohne vom Pferd zu steigen«, fügte dieser hinzu.

»Fängst du jetzt auch noch an? Gut. Also der Fluss hat Josh die Schuhe aus- und Bird angezogen. Hm. Was meint ihr, Jungs, wo müsste man die Sache neu aufrollen, damit jeder seine Chance bekommt?«

»Na ... am Fluss?« meinte Josh, der sich seiner nicht ganz sicher war.

»Genau! Am Fluss!« bekräftigte Bird. »Wir legen die Stiefel wieder dorthin, wo sie waren, wir stellen uns im selben Abstand davor auf, und der Schnellste gewinnt, das ist fair. Aber ohne vom Pferd zu steigen.«

»Jeder macht es, wie er denkt.«

»Du kannst aus dem Sattel springen, wenn dir der Sinn danach steht. Ich werde dich nicht davon abhalten.«

»Na, dann los.«

»He! Wartet, Jungs! Es wird bald dunkel«, gab Brad zu bedenken.

»Ein Grund mehr sich zu beeilen.«

»Sally!« rief Zeb. »Wir brauchen Patronen für den Weg. Schließ den Saloon und bring uns eine große Kiste mit. Das geht auf meine Rechnung.«

»Mal im Ernst«, erwiderte sie, »Sie sind nicht der einzige Trinker auf Erden und noch weniger in meiner Bar. Sehen Sie sich mal um. Soll ich all die Herren hier vor die Tür setzen, nur weil es Ihnen und Ihren Freunden beliebt, eine Angelegenheit am Ufer eines Flusses zu regeln, an den ich Sie begleiten soll?«

»Ganz genau. Und zwar als Schiedsrichterin. Niemand wird dir diese Aufgabe abstreiten. Das ist höhere Gewalt.«

»Kann der Streit nicht hier beigelegt werden?«

»Schwierig. Dazu brauchte es einen Fluss. Mitten im Saloon.«

Sally zuckte die Achseln. Zebulon fuhr fort:

»Und wenn ich deine kleine Gemeinde zu diesem Spektakel am Fluss einladen würde? Ginge das in Ordnung? Man muss nur die Kutsche mit Getränken und Gläsern beladen, drei Kisten als Tresen mitnehmen, einen Beutel für die Kasse, deine Pfeife und deinen Tabak, und die Sache wäre geritzt, oder?«

»Abgemacht!« rief Sally.

Und sie schlug den Gong auf dem Tresen, der dazu diente, Ankündigungen zu machen und auf die Schließzeit hinzuweisen. Es folgten empörte Rufe, nicht laut, aber mit Nachdruck. Die Partie Karten, das Glas, das Singen, die Prahlereien waren noch nicht beendet. Man hatte Durst. Man war heiß, etc. Als das Gemurmel verebbte, sagte sie laut und deutlich, wobei sie sich an alle und vor allem an die Decke richtete, dass der Abend am Fluss fortgesetzt würde, dass sie die Schiedsrichterin in einem Streit wäre und dass das erste Glas am Ufer umsonst sei, also los!

Keine zehn Minuten später war der Saal leer. Zeb ging die Kutsche holen und belud sie mithilfe des Barkeepers, der ihn noch immer scheel ansah und laut die Flaschen mitzählte. Jeff und Brad setzten sich hinein. Es war das erste Mal, dass sie Kutsche fuhren. Sally kam als Letzte dazu, von Kopf bis Fuß in Schwarz gekleidet und von blauem Dunst umhüllt. Sie stieg neben Zebulon auf den Sitz, nahm die Zügel, die er ihr reichte, und schnalzte mit der Zunge. Sie fuhren entlang der Hauptstraße an den Schaulustigen vorbei, Schenkel an Schenkel, als merkten sie es gar nicht. Am Stadtausgang bogen sie in Richtung Fluss ab und folgten den Pferden von Josh und Bird. Im hinteren Teil der Kutsche saßen Jeff und Brad mit den Flaschen im Arm und zwischen den Füßen und stießen beim Anblick der gepolsterten Sitze, der Gardinen, der Federung und der drei Stufen, über die sie die Kutsche bestiegen hatten, in kleine Begeisterungsrufe aus. Sie waren betrunken. Fröhlich wie eine Horde Ministranten und feierlich wie der Papst. Sie würden ihr Blut verteidigen. Und sich die Partie ansehen. Was Jeff anging, so würde er den Schiedsrichter nicht vergessen.

Das ausgewählte Gelände war ein flaches Uferstück, das sie kurz vor der Dunkelheit erreichten. Eine kleine abschüssige Stelle führte zu einer Furt. Dort wurden die Stiefel hingestellt. Gut sichtbar, so wie Bird berichtet hatte, aber es ging nicht darum, wie er selbst sagte, die Szene genau nachzustellen. Die Konkurrenten gingen dreihundert Meter vom Ziel entfernt auf Position. Zebulon hielt ein Seil vor ihren Pferden gespannt, während Sally, auf einem tragbaren Hocker des neuen Eisenwarenhandels McPherson sitzend, am anderen Ende der Strecke über die Stiefel wachte. Der Barkeeper in der Kutsche hatte das Gratisgetränk ausgeschenkt und jedem zweiten Kunden eine Wergfackel in die Hand gedrückt, mit dem Hinweis, mit dem Anzünden noch zu warten. Sie stellten sich in zwanzig Meter Entfernung voneinander auf, um den Parcours zu erleuchten.

Die Nacht senkte sich mit unerwarteter Andacht, Sally ließ den feierlichen Moment verstreichen und bat darum, die Lichter zu entzünden. Die Männer, die ein Feuerzeug besaßen, steckten sie an, und schon bald bildete sich eine Feuerallee, die bis zum Wasser reichte. Das Leder der von drei Laternen beleuchteten Stiefel warf die Flammen in die dunklen Fluten zurück. Der Raum tanzte im Rhythmus der plötzlichen Windstöße. Nur die Reiter blieben unsichtbar, ins Dunkel getaucht. Man hörte ihre Pferde hinter dem Seil mit den Hufen scharren. Zebulon rief ihnen zu, sie sollten sich bereithalten. Er nahm seinen Colt, hob ihn über den Kopf und schoss, während er gleichzeitig das Seil vom Pflock riss. Die beiden Pferde preschten mit wilden Sprüngen Schulter an Schulter los. Josh stand in seinen Steigbügeln, um sein Gewicht zu verringern. Bird schmiegte sich an sein Pferd, dessen Hals er umklammerte, während seine Beine fast ausgestreckt auf der Kruppe lagen. Wie Pfeile flogen sie über den lehmigen Boden des Ufers, der die Schritte der Pferde dämpfte. Sie rasten stur geradeaus, die Hufe berührten die Erde fast nicht mehr, man hätte meinen können, sie wollten in ihrer Geschwindigkeit die Strömung selbst überholen. Die Furt rückte näher, ohne dass man hätte sagen können, wer die Nase vorn hatte. Bird ging die Steigung an, indem er das Gewicht auf die Flanke des Pferds verlagerte, um im Vorüberreiten nach den Stiefeln zu greifen. Als er die Schnallen am Schaft packen wollte, machte Joshs Pferd, das mit einer Sekunde Rückstand die Furt hinabritt, einen phänomenalen Sprung, den sein Reiter noch verlängerte, indem er in den Fluss zu seinen Stiefeln hechtete und mit der Hand nach ihnen griff, nachdem er sich durchs kalte Wasser gerollt hatte. Während er sich strahlend und pitschnass wieder erhob, sah er Bird triumphierend etwas in die Höhe recken und wurde von Zweifel erfasst. Er senkte den Blick auf das, was er an sich drückte. Es war sehr wohl ein Stiefel. Doch nur ein einziger.

»Teufel!« rief er.

»Gut gemacht«, sagte Brad, als er auf ihn zukam. »Der Kerl ist verdammt schnell.«

Bird wendete sein Pferd und kam ihnen entgegengeritten. Er beugte sich hinab und reichte Josh die Hand.

»Nichts gebrochen?«

Josh zuckte mit den Schultern. Sally befahl ihm, Bird die Hand zu schütteln. Sie brauchte es nicht zweimal zu sagen. Woraufhin sie verkündete, das Turnier sei vorüber. Die beiden Kerle hatten Gleichstand erreicht. Und falls es einen Schuhmacher im Saal gab … also am Flussufer – würde sie umgehend zwei Stiefel bei ihm bestellen, um das Paar zu vervollständigen. Woraufhin Zebulon, um das Maß voll zu machen, in die Luft schoss, und alle wieder in die entgegensetzte Richtung aufbrachen. Die beiden Wettkämpfer vorneweg, etwas betrunkener und durstiger als auf dem Hinweg. Deswegen hatte der Saloon wieder öffnen und die dritte offizielle Flasche, die noch anstand, bereitstellen müssen. Josh hatte sich aufgewärmt und war dann am Tisch eingeschlafen. Jemand hatte ihn zu Antulle zurückgebracht. Am nächsten Morgen war er mit einem Brummschädel aufgewacht, splitternackt, mit einem Stiefel am rechten Fuß.

Inzwischen erinnerte er sich lächelnd daran.

Er hatte Lust auf einen Whiskey, aber beschloss zu warten, bis sein Onkel ihn einlud. In einigen Tagen wäre er mit Pats Dachstuhl fertig. Dann würde er sich der eigenen Baustelle widmen können. Sein Vater hatte die Bäume auf dem Landstück markiert, das er ihm gezeigt hatte. Dort würde man beginnen. Und man müsste ein zweites Pferd finden, um die Balken zu transportieren. Ein kräftiges Tier mit niedrigem Widerrist, kein zimperliches, sagte er sich, während er die Bretter vom Dachfirst verzapfte. Da ließ ihn eine Staubwolke aufblicken. Sie kam aus der Ferne auf ihn zu. Sie erinnerte ihn an jene, die er Wochen zuvor am Fuße der Berge gesehen hatte, Wochen, die ihm wie Monate erschienen waren. Und genauso wenig wie beim ersten Mal gelang es ihm, den Grund dafür zu erraten. Er betrachtete sie eingehend. Sie kam auf die Stadt zu. In hoher Geschwindigkeit, vom Wind aufgewirbelt, und von dem, was er nun immer besser erkannte und das sich als große Herde herausstellte, eine große Herde Pferde, eine riesige Herde kleiner Pferde. Er sah einen einzigen berittenen Mann in dieser Masse, und der trieb die Tiere eilig auf die Straße zu. Er sah Bird Boisverd am anderen Ende der Stadt die Koppel weit öffnen. Er sah, wie sich der Strom der Pferde teilte, wie eine Hälfte in der Prärie verschwand, die andere auf der umzäunten Weide. Er sah zu, wie Bird und der Unbekannte die Tiere, die in die Falle gegangen waren, beruhigten, dann die Straße zu Fuß hinaufgingen und bei Sally einkehrten. Bird hatte Zebulon zugewunken. Er sah sie in die Bar gehen. Zebulon hatte seine Einkäufe in dem Eisenwarengeschäft beendet, er sah ihn ebenfalls kopfschüttelnd hineingehen. Es hatte ein wenig Aufruhr im Saloon gegeben. Jeff stand auf der Straße, winkte ihm zu, und Arcadia begann zu singen.

Arcadia hatte ihren Bogen am Gürtel des Indianers auf Anhieb erkannt. Auf den zweiten Blick hatte der Indianer angefangen, dem jungen Mann zu ähneln, der ihr galant angeboten hatte, sich den Straßenräubern an die Ferse zu heften. Beim Dritten war sie sicher, dass er es war.

Überrascht hatte sie ein hohes C ausgestoßen, als Birds Stiefel in Elies Bauch gerammt wurde. Dann hatte sie die Röcke gerafft, um eilig die Treppe hinunterzurennen, und hatte sich auf den reglos daliegenden Körper geworfen. Es war tatsächlich ihr Bogen. Man würde ihn neu bespannen müssen, die Rosshaare waren in einem üblen Zustand, aber der Stab und der Frosch hatten das Ganze schadlos überstanden, das war das Wichtigste.

Sie holte ein Messer aus der rechten Tasche, durchschnitt das Seil, das den Lederschurz festhielt, und nahm nickend ihr Hab und Gut wieder an sich.

»Er ist ganz schön mitgenommen«, sagte sie, bevor sie hinzufügte: »Das ist mein Retter«, und mit dem Finger auf Elie zeigte, der noch immer ohnmächtig und wenig vorzeigbar am Boden lag. »Der junge Mann von der Kutsche. Sie haben ihn ganz schön übel zugerichtet«, sagte sie zu Bird. »Nun, denn. Sollte er auf diesem Holzboden sterben, werde ich bei seinem Begräbnis singen, versprochen.«

Daraufhin stieg sie die Stufen wieder hoch, um sich von

Gloria eine Schere zu leihen, sie würde weniger Schaden anrichten beim Rosshaar.

»Gloria?« fragte Jeff, der noch nicht die ganze Belegschaft kannte. »Ihre Lieblingsnutte«, erklärte Sally, während sie ihr nachblickte.

Jeff verschluckte sich an seinem Whiskey. Tränen schossen ihm in die Augen und er bestellte ein neues Glas.

»Lieblingsnutte?« fragte er etwas verunsichert.

»Sagen Sie, können Sie noch mehr als Einwortfragen stellen? Lieblingsnutte, ja, die, die Arcadia am liebsten hat. Das ist doch nicht schwer zu verstehen.«

Und wie zur Illustrierung ihrer Worte kam Gloria die Stufen herunter, in weißen Unterröcken mit rotem Saum, die großen Brüste in einem engen Bustier, das ihre milchig weiße Haut mit den Sommersprossen, den scharlachroten Mund, das runde weiße Gesicht unter einem Busch von roten Haaren gut zur Geltung brachte. Als sie am Fuß der Treppe anlangte, war Jeff ihr bereits hoffnungslos verfallen.

Er lupfte seinen Hut und hielt ihn mit beiden Händen vor sein Herz, während sie, in der Hand eine Schere, an ihm vorbeiging, um sich zu den Pferden zu begeben. Arcadia folgte ihr und gab Jeff einen Klaps mit dem Bogen.

»Atmen nicht vergessen! Ist gut für die Gesundheit.«

Eine zweite Nutte kam mit dem schrankhohen Kasten herunter, der den Kontrabass enthielt. Sie bekam nicht genug davon. Sie lehnte ihn gegen den Tresen und öffnete ihn andächtig vor den weit aufgerissenen Augen des frischgebackenen Eisenwarenhändlers, der noch nie eine so übermäßig große Geige gesehen hatte. Arcadia holte das Instrument heraus und verschmolz mit ihm. Sie verschwand regelrecht dahinter oder vielleicht auch darin, ihr Kopf ragte kaum aus dem großen Holzkörper hervor, der sofort zu klingen und niesen begann. Sie hatte den Stachel direkt vor Elies Füße gepflanzt und berührte die Saiten in einem sehr langsamen, schläfrigen, wellenartigen Rhythmus, sodass er ihn hören und ihm durch seine Bewusstlosigkeit hindurch folgen konnte. Die Wirkung ähnelte dem Schlingern eines Schiffes auf hoher See und löste gelegentlich Übelkeit aus. Zeb flüsterte:

»Wenn es ihn nicht umbringt, wird er erst mit hundert sterben.«

»Vielleicht wäre ein Eimer Wasser heilsam«, warf Josh ein, der gerade hereinkam.

Arcadia antwortete mit einer Salve gezupfter Töne, die Elies Zehen in Bewegung versetzten. Die Skeptiker verstummten. Sie fuhr in der Manier fort, bis seine Zehen wieder aufzuckten. Elies Knöchel drehten sich nach links und rechts. Während der restliche Körper unbewegt und wie festgenagelt am Holzboden lag, fingen seine Knie an zu zucken. Die zweite Nutte, eine gepflegte Dunkelhaarige mit Schmachtlocken, die den weiteren Verlauf der Dinge ahnte, war so freundlich, dem ohnmächtigen und staubigen jungen Mann den Lendenschurz wieder umzubinden. Sogleich stellten sich Elies Beine auf, sein Hintern trommelte auf den Holzboden im jagenden Rhythmus von Arcadias Spiel. Die Achtel- verwandelten sich in Zweiunddreißigstelnoten, während sie mit zerzaustem Haar hinter den vibrierenden Saiten stand, mit dem Fuß stampfte und von Zeit zu Zeit mit Grabesstimme eine lange Klage anstimmte. Das Tempo wurde so frenetisch, dass Elie sich plötzlich aufsetzte. Sein aufgerichteter Oberkörper begann sich hin und her zu bewegen. Der Bauch tanzte, die Schultern zuckten, die Arme hoben sich in die Waagerechte, um die rhythmischen Impulse zu unterstreichen, sie schwebten, von elektrischen Wellen getragen, die Hände drehten sich um die Gelenke, der Kopf kreiste auf dem Hals, die Haare richteten sich auf. Gloria stieß die Tür zum Saloon auf, und Arcadia ergriff den ihr gereichten Bogen. Nach der Sekunde verblüffter Stille zog sie ihn kräftig über die Saiten, worauf der Resonanzkörper einen Klang produzierte, der den gesamten Raum erfüllte. Elies Körper wurde auf die Füße gehoben, und seine Augen öffneten sich. Der Klang drang durch die Holzbretter des Saloons und verflüchtigte sich in der Ebene. Daraufhin setzte eine Art Flaute ein. Und es brauchte eine ganze Weile, bis jeder seiner Sinne wieder habhaft geworden war.

Das erste Wort, das fiel, kam von einem Mann, der während der Darbietung eingetreten war:

»Unglaublich, so etwas habe ich noch nie gesehen!«

»Prima, das wäre also auch geschafft«, erwiderte Arcadia. »Wieder eine Lücke gestopft. Na, junger Mann«, fuhr sie fort und trommelte auf den Tresen, während sie zusah, wie Elie mit den Augen klimperte, »geben Sie der Frau, die Sie aus dem Reich der Toten zurückgeholt hat, ein Glas aus?«

»Aber ... aber ... aber gewiss«, stammelte er.

Sally schenkte ein, denn selbst wenn der Errettete keinen roten Heller besaß, wie er gesagt hatte, gehörten ihm doch über hundert Pferde auf der Koppel, die er gewiss gestohlen hatte, aber immerhin, über hundert Pferde. Dabei beobachtete sie den Mann aus dem Augenwinkel, der gerade gerufen hatte, dass er seinen Augen nicht traue, und sagte sich, dass das ein harter Tag gewesen war. Der Lendenschurz musste in der Prärie in Mode gekommen sein, weil auch dieser Kerl hier nur mit einem Stoffquadrat vor dem Gehänge herumspazierte. Nicht einmal ein Paar Gamaschen oder Mokassins oder eine Perlenkette trug er. Nichts. Abgesehen von dem durchscheinenden Ball, den er in der Hand hielt wie ein Mädchen, und der nicht sehr schwer zu sein schien.

Gifford spürte, dass Sally ihn beobachtete, aber er wusste nicht, wie er reagieren sollte. Er blieb reglos stehen und betrachtete erstaunt die versammelte Gesellschaft. Hinter dem Tresen stand jene Frau, die ihn nicht aus den Augen ließ. Eine dunkle, große Kreatur, die damit beschäftigt war, kleine durchsichtige Gläser mit Gold zu füllen. Vor dem Tresen ein hartgesottener Kerl, dem ein Dreitagebart das Gesicht blau färbte. Ein junger Mann mit einer Krähenfeder zu seinen Füßen, der wieder zu Bewusstsein kam. Ein korpulenter Mann, der seinen Hut gegen den Bauch gedrückt hielt. Die atemberaubende Frau, die eben gespielt hatte. Ihr gekippter Kontrabass, der wie sie am Tresen lehnte. Und eine rothaarige Schönheit, die sie nicht aus den Augen ließ. Er setzte einen Fuß nach vorn und wurde sich bewusst, dass ihm etwas Wesentliches fehlte, um sich in dieser Welt bewegen zu dürfen. Das war ihm eingefallen, als er den Preis für ein Glas Whiskey auf der Straße gesehen hatte. Zehn Cents. Den Preis für das Irish Stew, für die Waffen. Für die Lampen. Für die Betten. Überall hatte er Preise gesehen. Und er wusste, dass die Schätze, die sein Geldbeutel enthielt, in den Augen der Städter nichts wert waren. Im Übrigen war er nicht gewillt, sie gegen irgendetwas einzutauschen. In Wirklichkeit brauchte er nur zwei, drei Dinge, von denen er nicht einmal wusste, ob er sie an diesem Ort finden würde. Er machte einen weiteren Schritt.

Jeffrey fragte sich, ob es dem Mann am Ende gelänge, den Tresen zu erreichen. Witterte er den solventen Kunden hinter dem Schein der Mittellosigkeit oder hatte er seine jüngste Vergangenheit als Präriestreuner noch zu gut in Erinnerung? Er hätte es nicht sagen können, aber Tatsache war, dass er den Unbekannten einlud, sich zu ihrer kleinen Runde dazuzugesellen, in der er, genau betrachtet, gar keine schlechte Figur machte. Inzwischen hatte sich Zebulon zwischen Elie und Bird Boisverd gesetzt, um ein neues Aufflammen der Gewalt zu verhindern. Gloria zeigte Arcie die Rosshaarbüschel, die sie abgeschnitten hatte. Und Sally steckte sich, nachdem sie alle bedient hatte, wieder die Pfeife in den Mund und nahm ihren Posten auf dem Barhocker ein.

Gifford kam näher und streckte dem Mann, der ihn eingeladen hatte, die Hand hin. Sein Geldbeutel mit den Federn baumelte am Arm. Jeff betrachtete ihn und seine entgegengestreckte Hand, bevor er begriff, dass er sie ergreifen und drücken sollte. Gifford erkannte mit einem Lächeln den Händedruck eines weißen Mannes. Fest genug, um eine Vorstellung von seiner Muskelkraft zu vermitteln, und sanft genug, um den anderen nicht zu beunruhigen. Anders als der eines Indianers. Aber er war ihm nicht unangenehm, er spürte in der Berührung eine gewisse Neugier.

»Ich danke Ihnen für den freundlichen Empfang. Ich brauche allerdings weder Brot noch ein Dach überm Kopf noch Schnaps.«

»Noch eine Frau, nehme ich an«, warf Sally ein.

»Noch eine Frau, da haben Sie vollkommen Recht. Ich brauche Papier.«

»Papier?« rief Jeff. »Da sind Sie genau richtig. Ich bin in der Generalversorgung für Privatkunden tätig. Wenn es in dieser Stadt Papier gibt, dann finden Sie es bei mir.«

»Weißes Papier.«

»Nun, warum nicht. Wir werden nachsehen.«

Und da Gifford sein Glas noch nicht angerührt hatte, tippte Jeff mit dem Finger darauf.

»Das erste geht aufs Haus«, erklärte Sally. »Das ist Tradition.«

Gifford ging auf die Bar zu, nahm das Glas zwischen Daumen und Zeigefinger, betrachtete es gegen das Licht und kippte sich den Inhalt in den Mund. Er behielt ihn im Mund, bis seine Zunge brannte, und als er den Eindruck hatte, dass der Alkoholdunst seine Lungen füllte und über die Nase wieder hochstieg, schluckte er ihn hinunter und genoss den Weg der brennenden Flüssigkeit entlang der Speiseröhre in den Magen. Dann öffnete er halb die Lippen und sog kühle Luft ein.

Nachdem er die Augen wieder geöffnet hatte, betrachtete er sein Glas und sagte sich:

»Hervorragender Cordial.«

Dann noch mal zu Sally:

»Hervorragender Cordial.«

Woraufhin er andeutete, dass er nun bereit war, Jeff zu folgen.

Im Zelt reichte er ihm wie jedem Kunden den dreibeinigen Klapphocker und begann die schweren Holzkisten zur Seite zu rücken. Ihm war, als hätte er bei der ersten Inventur irgendwo große Rechtecke Papier gesehen, die er sicherlich weggeräumt hatte, da er in dem Moment nicht gewusst hatte, was er damit anfangen sollte. Gifford blieb geduldig auf dem Hocker sitzen und blickte sich um.

»So viele Gegenstände!« sagte er nach einer Weile.

»Nicht wahr?« erwiderte Jeffrey, der den Ton seines Gesprächspartners missdeutete.

»Ich muss Ihnen sagen«, fuhr er fort, »dass wir uns für den Fall, dass Sie den Artikel vorrätig haben sollten, arrangieren müssen, denn ich besitze keinen roten Heller.«

»Tatsächlich?« fragte Jeff und hob dabei ein großes Brett an, unter dem sich eine Eisentruhe verbarg. »Und woran denken Sie da?«

»Nun ...«

»Ach, sehen Sie, da ist es! Kommen Sie. Herrlich, ganz herrlich!«

Gifford erhob sich und beugte sich über die Truhe, aus der eine Staubwolke aufstieg. In ihr stapelten sich fünfzehn bis zwanzig Zentimeter grau-gelbes Zeitungspapier. Die Hälfte der Blätter war an den Ecken brüchig, und die obenauf lagen, waren ziemlich zerknittert. Gifford lächelte zufrieden.

»Was haben Sie damit vor?«

»Tja, also.«

»Ja?«

»Das würde zum Arrangement gehören.«

»Eine Zeitung? Sie wollen eine Zeitung aufbauen mit einer Tintenpresse und Rollen?«

»Nicht im Entferntesten, ich verabscheue Zeitungen!«

»Was dann?«

»Hören Sie, ich kann Ihnen nichts versprechen. Lassen Sie mich die obersten Blätter nehmen, hier, die vier, ich bringe sie Ihnen in ein paar Tagen zurück mit dem, was ich daraus gemacht habe, und Sie können sie verkaufen. Wenn Ihnen das gelingt, verkaufen Sie mir das restliche Papier. Ansonsten behalten Sie alles.«

Jeff kratzte sich den Bart, den er inzwischen ziemlich kurz trug, und sagte sich, dass er dabei nicht viel zu verlieren hätte. Es sei denn, mit der nächsten Kutsche käme ein Zeitungsgründer.

»In Ordnung«, sagte er einfach, »aber es ist zerknittert.«

»Das macht nichts«, erwiderte Gifford. »Haben Sie ein Bügeleisen?«

»Ein Bügeleisen? Sicher.«

Und er holte ein gusseisernes Bügeleisen von den Regalen neben dem Eingang. Gifford ging nach draußen, entzündete in weniger als zehn Minuten ein Feuer, was Jeff durchaus beeindruckte, und begann das Bügeleisen zu erhitzen. Dann borgte er sich ein Holzbrett, ein Stück Stoff als Bügeltuch, stellte das Ganze auf die Bretter vor der Eisenwarenhandlung und begann seine Blätter sorgfältig zu bügeln. Als er fertig war, wusste die ganze Stadt, dass auf McPhersons Bürgersteig ein Wäscher seine Kunst vorführte, und in einigen Zelten begann man, seine Wäsche zurechtzulegen. Gifford gab die Gegenstände zurück, bedankte sich, rollte die vier gebügelten Blätter zusammen, überquerte die Straße und steuerte mit seiner Rolle unterm Arm wieder auf die Bar zu.

Aus dem Augenwinkel verfolgte Sally die hitzige Pokerpartie am hinteren Tisch, der für die Spielsüchtigen reserviert war. Vor dem Tresen gingen die Streitereien ebenfalls hoch her.

»Ein gestohlenes Pferd ist nicht halb so teuer wie ein nicht gestohlenes Pferd. Entweder ist es wertlos oder es hat denselben Preis.«

»Dann ist es wertlos«, sagte Zeb.

Elie war deutlich unterlegen, als Gifford eintrat und den Wortwechsel unabsichtlich unterbrach.

»Ich bitte um Verzeihung«, sprach er zu den drei Männern, »ich wollte der Dame nur kurz eine Frage stellen.«

»Die Dame ist ganz Ohr«, sagte Sally.

»Ist ihr Cordial auf Flaschen gezogen?«

»Auf Flaschen und in Fässern. Das Haus spendiert das erste Glas, gewährt aber keinen Kredit.«

»Sie missverstehen mich. Ich interessiere mich nur für die leeren Flaschen.«

»Im Hinterhof, bedienen Sie sich.«

»Haben Sie vielen Dank«, sagte Gifford und deutete eine kleine Verbeugung an, woraufhin die Kundschaft an der Bar die Augenbrauen hob.

Er verschwand wieder, bevor Zebulon zum nächsten Angriff ausholte:

»Abgesehen davon, dass wir deinetwegen vielleicht alle unsere Haut riskieren.«

»Dann hätte man mir die Koppel nicht öffnen dürfen.«

»Das lässt sich noch ändern«, entgegnete Bird Boisverd mit zusammengebissenen Zähnen.

»Das werdet ihr doch nicht tun? Und die Blutsbande? Wir sind hier doch alle von derselben Rasse!«

»Ach, hör mir auf mit der Rasse, muss die denn immer für alles herhalten«, entgegnete Zebulon.

»Ich pfeif auf deine Rasse! Wo war sie denn, als du mir mein

Pferd, mein Gold, meinen Sattel, meine Töpfe und meine Bohnen gestohlen hast? Die Rasse der Arschlöcher, an die solltest du dich wenden. Und was für eine Rasse überhaupt? Hast du dich mal angesehen mit deinem Taschentuch vor den Eiern? Glaubst du, du siehst aus wie ein Lord?«

In dem Moment steckte Brad den Kopf zur Saloontür herein und fragte Sally, ob sie Josh gesehen hätte. Sie nickte und zeigte auf den hinteren Tisch.

»Verflixt«, rief er beim Eintreten, »wenn hier mal nicht das Laster grassiert.«

Entschlossen ging er auf die Spieler zu, baute sich vor seinem Sohn auf und sagte, dass er die Baumstämme abgeviert habe und auf ihn warte, um die Arbeiten abzuschließen.

»Ich spiele nur noch die Partie zu Ende und komme dann.«

»Du spielst überhaupt nichts zu Ende, Junge«, sagte einer der Spieler, »man lässt einen Tisch nicht so zurück.«

»Und warum nicht?« fragte Brad.

»Weil das so nicht läuft«, entgegnete ein bärtiger Dickwanst mit rotem Tuch um den Hals, der nichts mehr vor der Nase hatte, was auch nur entfernt nach Bargeld aussah. »Er gewinnt schon die ganze Zeit, wie ein typischer Anfänger, aber jetzt muss er den alten Hasen auch Zeit geben, um alles zurückzugewinnen.»

»Sicher«, sagte Josh, ohne den Blick von den Karten zu heben. »Ich spiele nur noch schnell die Partie zu Ende und breche dann auf. Punkt.«

Der Dicke lehnte sich mit seinem riesigen Wanst in seinem Stuhl zurück und musterte Josh.

»Du glaubst wohl, du kommst hier so einfach raus?«

»Klar. Schließlich gibt es keine Regel, wann eine freiwillig ausgetragene Pokerpartie beendet wird.«

»Die Regeln mache ich«, brüllte der Dicke und schlug krachend mit der Faust auf den Tisch.

»Der Kerl ist cholerisch«, stellte Zebulon fest.

»Der Kerl ist ein fetter Bauerntrampel, der Quibbles Bande anführt«, raunte Elie seinen Kumpels am Tresen zu. »Mit anderen Worten, Quibble selbst. Ich musste ihm eins überbraten, um ihm Arcadias Bogen wieder abzunehmen. Heute bin ich froh, es im Dunkeln getan zu haben.«

»Interessant«, bemerkte Zebulon. »Bird, geh doch bitte mal Jeffrey holen.«

»Schon da«, sagte Sally, die ihre Ohren überall hatte.

In dem Moment trat Jeffrey ein.

»In der Prärie ist an zwei Stellen Feuer ausgebrochen. Antulle macht sich Sorgen.«

»Ich habe nichts gesehen«, sagte Pat, der von der Jagd zurückkehrte und eine tropfende Umhängetasche trug.

»Ist gerade erst passiert.«

»Gerade erst vor fünf Minuten?«

»Da sieht man mal, dass auch Schafe Feuer unterm Hintern haben können, mein Freund.«

»Sie werden angreifen.«

»Die Schafe?«

»Die Indianer, du Hammel!«

»Bestens«, sagte Zeb.

»Bestens?«, rief Jeff.

»Ja. Im Moment wollen sie nur ihre Pferde wiederhaben, und wir werden sie ihnen geben.«

»Kommt nicht infrage«, warf Elie ein.

»Und ob«, erwiderte Zebulon, der die Jacke über seinem Colt zurückschlug, bevor er sich erneut an Jeff wandte:

»Sie haben schon immer lieber verhandelt. Und du wirst dich davon überzeugen können, denn du führst die Verhandlungen.«

Jeff machte große Augen, während Zebulon in einem Zug fortfuhr:

»Elie, du vertrittst Josh am Spieltisch. Leg alles drauf, um die Sache interessant zu machen, du kannst hundertfünfzig Pferde verlieren. Oder eine Kugel gewinnen.«

»Fünfundsiebzig!«

»Hundertfünfzig, keine Diskussion.«

»Wenigstens drei.«

»Nein.«

»Eins.«

»In Ordnung. Bird, leih ihm deine Hose, damit er wie ein richtiger Lord aussieht. Und du gehst hinauf in eins der Zimmer, ziehst die Hose an, springst aus dem Fenster und machst ein bisschen Lärm, wenn du wieder reinkommst. In der Zwischenzeit kümmern wir uns um den Dicken hier.«

Elie und Bird stiegen ins obere Stockwerk, um zur Übergabe zu schreiten, und warfen sich finstere Blicke zu. Zebulon fuhr fort:

»Jeff, du bist erfahren genug, um es mit Diplomatie zu versuchen. Red auf sie ein, wickel sie um den Finger, und dann gibst aus Gründen der Gerechtigkeit und Billigkeit alles her.«

»Billigkeit?« fragte Jeff etwas verunsichert.

»Vergiss es. Ist der Rest klar?«

»Glasklar.«

»Dann los.«

Zebulon hatte seinen Whiskey ausgetrunken und ging zum hinteren Tisch. Er legte Brad die Hand auf die Schulter. Der blickte mit eiskalter Verachtung den Fettwanst an, der gegen seinen Sohn spielte und sich an Tischen vergriff. Leute, die ihre Wut an Dingen ausließen, hatte er schon immer gehasst.

»Es wäre ein Fehler, sich die Dinge zu sehr zu Herzen zu nehmen«, sagte Zebulon in einem Ton, der Brad hellhörig machte. »Ich bin mir sicher, dass dieser Herr Ihren Sohn gehen lässt, wenn er seinem Talent entsprechende Mitspieler findet.«

Während er das sagte, blickte er Quibble unverwandt in die Augen und grinste ihn breit an. Der Colt an seinem Gürtel war deutlich sichtbar.

»Dann lass mal sehen«, erwiderte Quibble.

Zeb hob behutsam die Hand von Brads Schulter. Aus seiner Weste fischte er eine Brieftasche, dick wie ein Steak, und schleuderte sie auf den Tisch.

»Alles Papierdollars, wenn keiner was dagegen hat.«

Quibble schüttelte den Kopf. Währenddessen strich Josh lässig seinen Gewinn ein, kehrte dem Tisch den Rücken und ging gemessenen Schrittes zum Tresen hinüber. Er hatte ihn noch nicht erreicht, da saß Zeb schon an seinem Platz.

Jeffrey hatte sich Joshs Pferd geliehen, um den Indianern entgegenzureiten. Er war so umsichtig gewesen, eine Decke mitzunehmen, in die er nach dem Vorbild der Händler im Norden allerlei kleine Gegenstände eingerollt hatte, um die Verhandlungen zu eröffnen. Er steckte auch sein zusammengefaltetes Batist-Taschentuch ein. Neben dem Hut auf seinem Kopf seine einzige Waffe. Er hatte keine Erfahrung mit Indianern, war aber recht zuversichtlich.

Er ritt bis zu Nils Weideland, und als er das Feuer erblickte, hielt er an, nahm seine Decke und breitete alles mit äußerster Sorgfalt am Boden aus. Als er fertig war, setzte er sich davor und wartete. Zwanzig Minuten später kam der erste Abgesandte der Dakota im rasenden Galopp auf ihn zugeritten, sprang vom Pferd und reckte seine Lanze in die Höhe, wobei ein unverständlicher Wortschwall aus ihm herausbrach. Dann hielt er abrupt inne. Jeff zeigte ihm mit einer wellenartigen Handbewegung die ausgebreiteten Waren. Der andere sah ihn an. Dann warf er einen Blick auf die Decke, einen Blick auf Jeff und machte ohne ein weiteres Wort auf dem Absatz kehrt. Eine halbe Stunde später kreuzte ein zweiter Abgesandter auf und trat dicht an die Decke heran, um Jeff aus nächster Nähe zu betrachten. Er berührte ihn auch. Dann stieß er drei kehlige Laute aus, mit denen er drei ranghohe Männer aufforderte, näherzukommen. Einer der drei war Grollendes-Gewitter, Jeff erkannte ihn auf der Stelle. Er erhob sich, fasste sich an Herz und Mund und verneigte den Kopf vor dem alten Mann. Dann setzte er sich wieder und forderte ihn auf, sich ebenfalls zu setzen. Er holte die lange Meerschaumpfeife heraus, die er sich beim Aufbruch von Sally geliehen hatte. Sie rauchten. Und die Verhandlungen begannen.

Elie konnte nichts dafür. Quibble war ein hundsmiserabler Pokerspieler. Mit dem besten Blatt der Welt in der Hand gelang es ihm nicht zu bluffen. Mit dem schlechtesten Blatt ging er die Wände hoch und sackte dann kleinlaut in sich zusammen wie ein Kuhfladen. Zebulon bedachte Elie mit einem höllisch kalten Lächeln, aber auch das half nicht. Es gelang ihm einfach nicht, die verquere Logik von Quibble zu begreifen. Was auch immer er unternahm, um sein eigenes Glück zu durchkreuzen, am Ende gewann er haushoch. Selbst Zeb fiel es schwer zu verlieren.

Eine halbe Stunde zuvor war Elie mit knallendem Tritt gegen die Schwingtür in den Saloon getreten und hatte ohne Umschweife verkündet, dass er nichts zu verlieren hatte und um hundertfünfzig Pferde spielte, falls es Interessenten gab. Quibble, der eine Schwäche für Armleuchter hatte, lud ihn sofort ein, und als Elie am Tisch Platz nahm, lächelte Zeb ihm so feinsinnig zu, dass er bis ins Innerste erbebte. Und nun gewann er. Je länger seine Glückssträhne andauerte, desto weniger hatte er Lust zu verlieren, wie er wohl oder übel zugeben musste. Trotz Zebulons ernsthafter Bemühungen war er kurz davor alles einzusacken, was Quibble nach dem Spiel mit Josh verblieben war. Da beschloss er, seine Taktik zu ändern. Seine ganze Erfahrung aufzubieten. So zu spielen, wie er es sonst tat, mit mehr oder weniger viel Glück, um am Ende das letzte Hemd hergeben zu müssen. Er begann, Quibble mit Einsätzen zu provozieren, bei denen der andere kaum mithalten konnte. Mehrmals zerstörte er das begonnene Spiel mit einem unangebrachten »nur mal, um zu sehen«, und jedes Mal ging es schief. Er fing an, das Spiel zu hassen. Zebulon hörte auf zu grinsen, alles lief wie am Schnürchen. Nun war es an ihm, das Spiel in die Länge zu ziehen, bis es den vorgesehenen Höhepunkt erreichte, nicht zu früh und nicht zu spät. Ohne dass er gewusst hätte warum, war es ihm durchaus angenehm, Elies völliger Enteignung ein zweites Mal beizuwohnen.

Die beiden Begegnungen, die in der Prärie und die im Saloon, dauerten über zwei Stunden. Brad und Josh wechselten sich ab, den Saloon mit den letzten Neuigkeiten von der Prärie zu versorgen. Zeb, dessen Augenringe deutliche Worte sprachen, warf ihnen fragende Blicke zu, auf die weder der eine noch der andere eine Antwort geben konnte. Jeff hatte zu kämpfen. Jeff ließ sich Zeit. Jeff war ganz in seinem Element. Jeff verhandelte. Schließlich kehrte Brad zurück und gab grünes Licht: Er hob alle fünf Finger. Was hieß, dass sie noch fünf Minuten hatten, um zu verlieren und Quibble mit seinen hundertfünfzig gestohlenen Pferden ziehen zu lassen. Der war derart erledigt, dass er den Dakotas sicher nicht davongaloppieren würde. Zeb verlor als Erster und gab unmittelbar danach auf. Elie, der erbittert kämpfte, begriff die Botschaft und setzte, vor Hoffnung zitternd, alles aufs Spiel, obwohl er nichts auf der Hand hatte. Er verlor. Quibble sackte den Einsatz und die hundertfünfzig Pferde auf der Koppel ein. Sein Jubel war derart laut, dass er knatternd in die Hose furzte. Als echter Gentleman stopfte er sich beim Aufstehen die Taschen mit dem Geld voll, schnappte sich eine Flasche und brach ohne ein Wort auf zu den Tieren, die auf ihn warteten.

Gefolgt von Zeb, ging Elie ihm bedächtigen Schrittes hinterher, es juckte ihm in den Fingern. Sie öffneten die Absperrung der Koppel. Quibble drückte einem Pferd sein Gewicht auf, brüllte etwas und schwang seinen Hut, damit die Tiere sich in Bewegung setzten. Und sie setzten sich in Bewegung. Sie durchquerten die Stadt, flink wie ein Pfeil, in Richtung Berge, wo die Dakota-Krieger von Grollendes-Gewitter auf sie warteten, hochzufrieden, für einen so geringen Einsatz die Hälfte ihrer Herde wiederzubekommen. Sie wussten, dass der weiße Abgesandte ziemlich irre war. Sie konnten mit ihm machen, was sie wollten. Wächserne-Kugel hatte ihn zu ihrem Vergnügen an sie ausgeliefert.

Als Jeffrey in der Ferne die Hufe über den Boden hämmern hörte, durchquerte er die Prärie in umgekehrter Richtung und stellte lächelnd sein Pferd auf der einsamen Koppel ab. Als er den Saloon betrat, wirkte er erschöpft, war aber insgeheim glücklich. Er stützte sich am Tresen auf, weil er nicht mehr sitzen mochte, und gab eine Runde aus. Mit schwärmerischem Blick sagte er, für alle hörbar:

»Was für faszinierende Leute.«

Obwohl in der Bar ein tiefes, erschöpftes Schweigen herrschte, hörte niemand Quibbles dritten Schrei in der Nacht. Er war schon zu weit fort. Doch die sechs Männer, die die Stadt mit der größten Diskretion vor einem Angriff bewahrt hatten, Zeb, Elie, Josh, Jeff, Brad und Bird, tranken, als hätten sie ihn vernommen.

Als sie endlich beschlossen, die Zelte abzubrechen, saß schon lange kein Gast mehr bei Sally. Schüchtern blinzelte die Sonne hervor. Wie Grenzpflöcke standen die Männer nebeneinander auf der Straße und sahen einem neuen Tag entgegen, von dem sie hofften, er würde milder und schöner werden als der vorangegangene. In dem Moment sahen sie am Ende der

Straße, etwa sechshundert Meter vom Saloon entfernt, eine kleine gleißende Kuppel mit einem schwarzen Kern.

Es war Gifford in seinem Flaschenhaus.

Nils Antulle brauchte seine Schafe nicht zu zählen, um zu wissen, ob sie vollzählig waren. Er kannte jedes einzelne Tier und alle zusammen. Wenn eines fehlte, spürte er das, bevor er es sah. Nun kamen ihm seit einiger Zeit aber regelmäßig welche abhanden. Die Brände der Indianer hatten zwei auf einen Schlag getötet, Mats und Magnus, er hatte ihre verkohlten Überreste gefunden, ihnen fehlten die Rippen und die Keulen. Indianer hätten alles mitgenommen oder alles vor Ort verzehrt, aber sie hätten niemals so viel Fleisch von einem Tier zurückgelassen. Diese Viehdiebe hielten sich nicht an das eherne Gesetz. Nils war darüber betrübt. Hätte er zum Beispiel eines der besseren Stücke bei Pat entdeckt, der, seitdem er Kundschaft hatte, viel Irish Stew zubereitete, wäre es schwer zu rechtfertigen, wenn er ihm zwei Kugeln in den Kopf jagte. Hätten sich seine Schafe, denen er auf dem Hackblock den Namen unter die Wolle gemalt hatte und die er fortan zweifellos identifizieren konnte, hingegen im Ganzen oder zum überwiegenden Teil dort angefunden, hätte niemand etwas gegen diese Art der Abrechnung einzuwenden. Nils Antulle blickte gedankenverloren in die Prärie. Sollte er die diesjährigen Lämmer am Schenkel kennzeichnen? Oder sollte er so weise sein, ein paar Tiere zu verkaufen, statt sie sich stehlen zu lassen? Bird Boisverd, der wusste, womit er es zu tun hatte, wollte es ihm schon raten. Menschen gehen unerklärliche Bindungen ein. Pat Fitzpatrick zum Beispiel hatte bei der Überquerung des Ozeans auf alles verzichtet, nur nicht auf das Recht, sein unsägliches Gericht zuzubereiten, Symbol und Herz seines Vaterlandes, mochte er dafür auch sein Leben aufs Spiel setzen. Auch Nils Antulle hatte seine Leidenschaften, sein Lebenswerk war seine seit über zwanzig Jahren betriebene Forschung über die Wollfaser der Wildschafe aus den Shasta-Bergen. Diese Tiere waren nicht für den Fleischer bestimmt. Sollte er vielleicht eine kleine Spezialzucht für Dorset Downs, eine einfache Fleischrasse, beginnen, deren feingeädertes Fett ein wahrer Gaumenschmaus war?

»Das wäre zu überlegen«, sagte er laut vor sich hin, als er sich von seinem Melkschemel erhob.

»Was wäre zu überlegen?« fragte Bird, der über seinen Schatten gesprungen war, um ihm bei dieser Tätigkeit zur Hand zu gehen.

»Für die Pfanne.«

Bird ließ ein paar Minuten verstreichen, bevor er antwortete.

»Warum nicht? Wir hatten eine gute Heuernte. Wenn jemand Sommerlämmer mit einem Männchen und einem trächtigen Weibchen verkaufen wollte, wäre das der geeignete Moment.«

»Hm«, gab Nils zurück. »Man merkt, dass du bei den Kanadiern in die Lehre gegangen bist.«

Bird grinste, während er die Stirn an die Flanke des Schafes lehnte. Nils Antulle mochte die Kanadier nicht, weil sie sich damit brüsteten, die wärmsten Kleidungsstücke der Welt herzustellen. Er verachtete, dass sie Eiderdaunen und Öle verwendeten, in seinen Augen nur billige Tricks. Nils Antulle glaubte allein an Wolle. Die perfekte Faser. Weich und widerstandsfähig, im Winter warm, im Sommer kühl, undurchlässig, aber luftig, geruchlos, feuerabweisend, Wolle war ein perfektes Material. Wenn man sie über eine Leine hängte, wusch sie sich von selbst, vorausgesetzt, es regnete, und trocknete genauso gut. Die Wolle der Bighorns und der Shasta-Mufflons war mit Abstand die beste. Sie war feiner, dichter, weicher, kräftiger als die übliche Wolle, schwieriger zu glätten und zu spinnen, aber seine Töchter besaßen ein feengleiches Fingerspitzengefühl und Wissen darüber. In der Not hätten sie auch Spinnweben gestrickt. Man kommt nicht aus dem Norden, ohne zwei oder drei Dinge fürs Überleben gelernt zu haben. Nils Antulle war felsenfest davon überzeugt, dass man ohne ein gutes Kleidungsstück nichts Großes erreichen konnte. Kein Ziel, keinen Sieg. Es war besser zu darben, als sich von seiner Kleidung zu trennen. Wobei so eine Fleischrasse letztlich keine schlechte Idee war.

»Könntest du Brad begleiten?«

»Jo.«

Brad hatte gesagt, dass er den Cowboys, die weiter südlich vorbeizogen, entgegenreiten wolle, um zu sehen, ob sie nicht ein paar Tiere abzugeben hätten. Zumindest würden sie wissen, welcher Züchter in der Region Schafe besaß, auch wenn sie es nur widerstrebend zugäben.

McPhersons Eisenwarenhandel, Generalversorgung für Privatkunden, war, inklusive Balkon und Geländer, in der vergangenen Woche fertiggestellt und unter dem Jubel der Menge eingeweiht worden. Hätte Jeff Champagner gekannt, hätte er sicher welchen kommen lassen. Doch das war nicht der Fall, und so hatten sich die Leute mit Sallys bestem Fass begnügt, einem jener Fässer, die sie für die großen Anlässe aufbewahrte. Zwischen dem Badehaus und der Eisenwarenhandlung war ein regelrechter Wettlauf entbrannt, aber am Ende hatte sich Zebulon geschlagen geben müssen, weil er Probleme mit den Bleianschlüssen gehabt hatte, während die drei McPhersons sich Tag und Nacht auf ihrer Baustelle abgelöst hatten. Obwohl er wegen des zugeschnittenen Holzes mit einem beachtlichen Vorsprung gestartet war, hatte er um eine deutliche Nasenlänge verloren. Also zahlte er das Fass. Was Sally zu amüsieren schien, auch wenn sie Jeff mit argwöhnischen Blicken bedachte, seitdem er am Tag seiner Verhandlungen mit den Indianern ihre Pfeife ausgeliehen und nicht zurückgegeben hatte, angeblich weil er sie dem alten hochmütigen Häuptling hatte schenken müssen, nachdem dieser Form und Zug der Pfeife bewundert hatte. Wohl oder übel hatte sie die Friedenspfeife aus rotem Stein annehmen müssen, die er ihm als Gegengeschenk überreichte. Die Perlengehänge kitzelten beim Anzünden ihr Handgelenk, was sie lächerlich fand, aber die Raucheigenschaften der Pfeife waren tadellos und der Pfeifenkopf war perfekt eingeraucht, was sie freilich nie zugegeben hätte, selbst unter Folter nicht. Sally hatte zwei, drei allgemeine Fragen zur Tabakmischung gestellt, die die Indianer verwendeten, und Jeff hatte ihr lächelnd versprochen, sich danach zu erkundigen.

Seit der Eröffnung des neu errichteten Ladens hatte er eine Laterne und zwanzig Fuß Seil an Cowboys verkauft, die auf der Durchreise waren, sowie zwei Nachttöpfe, um verlorengegangene zu ersetzen, und eine Schachtel Nägel. Franklin, der Waffenhändler, hatte am Tag der Einweihung zu ihm gesagt, wenn er erführe, dass man bei ihm auch nur die kleinste Kleinigkeit fände, die mit Jagd, Selbstverteidigung oder -justiz zu tun hätte, bekäme er es mit seinen Fäusten zu tun. Jeff hatte erst einmal beschwichtigt und ihm ein weiteres Glas Schnaps eingegossen, bevor er ihm als Zeichen seiner konkurrenzfreien Freundschaft einen fast neuen Gewehrlaufreiniger schenkte, mit der Erlaubnis, ihn so zu benutzen, wie es ihm beliebte. Franklin hätte sich beinahe bedankt.

Jeff hatte das Hermelinfell an die Wand genagelt, da ihm nicht ganz klar war, welchem Zweck es dienen mochte außer zur Dekoration. Er fand, dass es dem sonst eher kahlen Geschäft ein wenig Wärme verlieh. Als Gifford, wie vereinbart, sein erstes Blatt Papier mitbrachte, hatte Jeffrey sofort gewusst, dass das Hermelinfell an der Wand Gesellschaft bekäme. Der schlaksige Mann hatte mit großer Sorgfalt und Detailtreue einen dicken roten Vogel darauf gemalt, der den ganzen Raum einnahm. Das runde schwarze Auge mit der gelben Umrandung schien den Betrachter unverwandt anzublicken und hatte etwas Bedrohliches. Jeff dachte bei sich, dass seine Kunden sich beobachtet fühlen würden, wenn er es nur an der richtigen Stelle aufhängte, und dass ihm dadurch vielleicht ein paar Unannehmlichkeiten erspart blieben. Er behielt es also und sagte Gifford, er könne sich vier weitere Blatt Zeitungspapier nehmen, was großzügig war, da er nur eines zurückgebracht hatte. Der hatte Jeff gedankt und ihm weitere Zeichnungen versprochen. Die ersten drei hatten ihm als Schmierblatt gedient, wenn er sie sehen wolle, würde er sie mitbringen, aber Jeff hatte höflich abgelehnt, er zweifelte nicht an seinem Wort. Vor Freude hüpfend war Gifford mit seinen vier zusammengerollten neuen Blättern unterm Arm aufgebrochen. Vier Blätter, die von einem sanften, fast träumerischen Gelb, vier Blätter, die nicht einmal zerknittert waren.

Gifford lief immer noch im Lendenschurz herum. Da die Abende allmählich kühler wurden, hatte er sich einen wasserabweisenden Umhang genäht, indem er an einer Schnur aus Pflanzenfasern breite getrocknete und mit Wachs überzogene Blätter befestigt hatte. Beim Gehen wurde er stets von einem leichten Rascheln und Rauschen begleitet. Jeffrey hatte ihm erzählt, dass mehrere Männer Ballen mit schmutziger Wäsche vorbeigebracht hatten, nachdem er vor seinem Geschäft das Papier gebügelt hatte, und dass er eine lukrative Tätigkeit daraus entwickeln könne. Gifford hatte geantwortet, dass der Winter noch nicht vor der Tür stand, er aber zu gegebener Zeit darüber nachdächte. Außerdem musste er erst noch sein Haus errichten. Die erste Kuppel, die er am Tag seiner Ankunft gebaut hatte, würde ihm als Schlafzimmer dienen. Damit hätte er sich auch begnügt, wenn es nicht das Papier gäbe, das geschützt werden musste. Also hatte er sich Schritt für Schritt vergrößert, und nun besaß sein Haus drei Räume, von denen einer als Zeichen- und Malraum diente und ein weiterer als Küche. An der Schnittstelle der drei Räume befand sich die Feuerstelle, sodass alles beheizt werden konnte. Josh meinte, sein Haus sehe von oben aus wie ein Kleeblatt. Ein Kleeblatt, das Wolkenschwaden spie. Aus Gründen, die Giffords Geheimnis blieben, verbrannte er ausschließlich Goldkiefern, die einen sehr weißen Rauch produzieren.

Vom Balkon seines Eisenwarenhandels aus überblickte Jeff die gesamte Stadt, vom oberen bis zum unteren Ende der Straße. Er hatte auch freie Sicht auf das obere Stockwerk des Saloons, in dem Sallys »süße Früchtchen« zu Werke gingen. Jeff verbrachte einen Großteil seiner freien Zeit auf seinem Hocker, den er dort hinstellte, um Kaffee zu trinken. Schließlich musste ein Händler über die Zu- und Fortgänge der Bevölkerung auf dem Laufenden bleiben. In der Etage befand sich auch sein Büro, in dem er die Erlöse zählte und darüber nachdachte, welche Artikel unverzichtbar waren und welche nicht. Solomon hatte beim Aufbrechen eine der letzten Goldgräberausrüstungen mitgenommen, die sich in der Gegend nie sonderlich gut verkauft hatten. Dennoch fragte sich Jeff, ob man nicht mit der Kutsche eine neue kommen lassen oder Josh schicken sollte, ein paar zu holen, denn das Gerücht ist ein flinkes Tier, das sich außerdem rasch fortpflanzt, wenn man es nur an der richtigen Stelle aussetzt. Aber Jeff war nicht sicher, ob er überhaupt Lust hatte, massenhaft Siebe und Pfannen zu verkaufen. Er hatte andere Vorstellungen. Und ein paar Vereinbarungen, an die er sich halten musste.

Brad fühlte sich seit Ende der Bauarbeiten nutzlos. Der Handel langweilte ihn, und er hielt es nicht lange in einem geschlossenen Raum aus, ohne Platzangst zu bekommen. Er hatte das Zelt des ehemaligen Eisenwarengeschäfts am Fuße der Berge im Wald aufgestellt, zwei Meilen von der Stadt entfernt, um sich zu Hause zu fühlen, wie er sagte, und auch weil ihm die Vorstellung, Nachbarn zu haben, nicht sonderlich gefiel. Also hatte er sich dort niedergelassen und brach regelmäßig auf, um die Umgebung zu erkunden. Er entdeckte Orte von großer Schönheit, an denen man sich nur hinsetzen müsste, um sich wohl zu fühlen. So legte er jeden Tag, von Sonnenauf- bis Sonnenuntergang, sechzig Meilen zurück, wobei er immer neue Wege einschlug. Er dachte an sein vergangenes Leben. Manchmal schien ihm, als streifte er umher, um in sich selbst an einen leeren Ort zu gelangen, weit fort vom Trubel, einen sanften Ort des Friedens. Er spürte, wie die Zeit auf seinem Körper lastete, fand aber noch mehr als früher Gefallen an den Jahreszeiten, an ihrer Folge und an dem, was jede mit sich brachte: das Leben, in immer neuer Gestalt. Selbst im tiefsten Winter waren Tiere und Pflanzen mit etwas zugange. Sogar die Elemente veränderten sich. Auf der langen Reise, die sie gemacht hatten, um bis zu der frisch gegründeten Stadt zu gelangen, in der sie nun langsam heimisch wurden, hatte Brad einfach nur diese Metamorphosen beobachtet und sie in seinen Körper und seinen Geist aufgenommen. Nun wollte er mit ihnen arbeiten. Jeder seiner täglichen Märsche ließ ihn heimischer werden. Er kehrte mit handtellergroßen Fröschen, mit Reisigbündeln, mit Artischocken zurück. Mit bittersüßen Vogelkirschen. Er beobachtete alles. Zum ersten Mal in seinem Leben ließ er seinen Willen von seinen Schritten leiten. Er war zuversichtlich. Eines Tages war er in den

Norden aufgebrochen und hatte einen beispiellosen Spaziergang unternommen. Zunächst war er den Hang hinaufgestiegen und hatte sich in die dichten, aber luftigen Wälder begeben, wo die Laubbäume den Kiefern wichen. Der Boden war so weich, dass der Aufstieg unwirkliche Züge bekommen hatte. Er war an eine große Wiese gelangt, die sich bis zu dem graublauen Fels des Vorgebirges erstreckte. Er hatte Mufflons über die Hänge springen und zwischen den Beifußbüschen umherlaufen sehen. Er war bis zum Fuße des Felsriegels hinaufgestiegen und hatte den Wald betrachtet, aus dem er gerade gekommen war, sowie die Bäche, die den Rücken der Prärie zerfurchten. Als er die Felswand entlangging, kam er an einem kleinen, ja winzigen See vorbei, der in einer Gesteinsfalte verborgen lag. Er überquerte ein Wildwasser, dessen Strömung heftig genug war, um die Forellen darin hinaufspringen zu sehen, und folgte seinem Lauf so lange, bis er wieder in den Wald kam. Er gelangte auf eine Hochebene, die zwischen Wald und Tal lag und mit saftigem Gras bewachsen war, das ihm bis über die Knie reichte. Er bahnte sich seinen Weg durch die Halme. Dann hatte er auf einem flachen Felsen Rast gemacht und sich einen Moment hingelegt. Die Luft hier war besser als in jedem geschlossenen Raum. Er war wieder aufgebrochen, erfrischt, als hätte er von einem klaren Quell getrunken. Er war noch weiter hinabgestiegen, hatte erneut ein Band mit Laubbäumen durchquert, das von beerenbewachsenen Sträuchern gesäumt war. Ein anderes Tal erwartete ihn am Ausgang des kleinen Hains. Breit und flach wie eine Hand, von mehreren Rinnsalen und einem Bach durchzogen. Er hatte einen Schwarzbarsch und Kresse gesehen, und war nicht einmal auf die Idee gekommen, sie zu pflücken. Er war das ganze Tal parallel zum Bachlauf hinaufgestiegen und dann auf einen Hügel zugegangen, der von der untergehenden Sonne beschienen wurde. Auf seiner Kuppe war er auf eine einzelne Eiche geklettert und hatte sich in ihre rauschende Krone gesetzt. Er hatte zugesehen, wie rings umher die Dämmerung hereinbrach, und in der Ferne die glänzende Plane seines Zeltes erblickt. In der Nacht, die nur von einem kleinen Mond erhellt wurde, war er, erschöpft und völlig entrückt, zurückgekehrt. Er hatte sich hingelegt, ohne etwas zu sich zu nehmen, und war wie ein Stein auf seinem Feldbett eingeschlafen. Als er am nächsten Morgen die Augen aufschlug, begriff er, dass er am Vortag in voller Länge und Breite sein gelobtes Land abgeschritten hatte.

Das hatte er am nächsten Tag seinem Bruder erzählt. Jeff hatte ihn beglückwünscht und sofort eine Schubkarre mit all den Dingen gefüllt, die er im Laden hatte und die ihm dienlich sein mochten. Spaten, Schaufel, Säge, Hammer etc. Er würde noch eine Hacke, eine Egge und allerlei weitere Werkzeuge liefern lassen. Er freute sich wie ein König, denn insgeheim hatte er befürchtet, dass Brad an die Vision seines gelobten Lands nicht mehr glaubte.

Daraufhin war Josh gemeinsam mit seinem Vater das künftige Weideland abgelaufen und hatte es ebenfalls für gut befunden.

Brad fand, dass man zuerst einen Stall errichten müsse. Das Zelt bot ihm eine perfekte Unterkunft, doch wenn man mit der Viehwirtschaft beginnen wollte, brauchte man einen Stall. Und so hatte er, gemeinsam mit Josh und Jeff, der ihnen, sooft er konnte, zur Hand ging, wieder angefangen zu bauen. Sie hatten den Stall auf der Hochebene, zwischen Kiefern und Laubbäumen, zwischen Berg und Ebene, in jenem geschützten Zwischenraum errichtet, von dem Brad geträumt hatte. Dann hatte Jeff beim Fleischer einen großen Kupfertopf, der beinahe ein Kohlekessel war, gegen eine trächtige Sau getauscht, und so war der Grundstein für die Farm gelegt. Das Tier, das Pat zu Fuß ausgeliefert hatte, indem er ihm den ganzen Weg über einen Haselstrauchzweig um die Ohren gepeitscht hatte, war zutiefst empört in seine neue Behausung eingetreten. Ganz unnötigerweise. Anschließend hatte Josh ein paar Truthähne und Enten gefangen, denen er die Flügel stutzte. Und nun wollte Brad eine Kuh.

Von Zeit zu Zeit kamen die Cowboys von ihrem Lager in die Stadt geritten, was Sallys Geschäft ankurbelte und auch das von Nils Antulle, wenn sie sich auf dem Heimweg nicht mehr im Sattel halten konnten. Auch Jeffrey profitierte davon, wenn auch in geringerem Umfang, denn er verkaufte nichts, das so dringend benötigt wurde wie Alkohol, Frauen und die anschließende Ruhe. Doch waren einige der Kuhhirten so heruntergekommen, dass er beschlossen hatte, ein Regal für Berufsbekleidung einzurichten. Er hatte sein ganzes Bargeld darin investiert und auf Silas' Rat, der sich auskannte, von den Hosen zwei Größen und von den Chaps, den Hemden, die meist ziemlich weit geschnitten waren, und den spitzenbesetzten Seidenbustiers eine Größe bestellt. Das Paket sollte mit der nächsten Kutsche kommen, zusammen mit sechs gestapelten Badewannen und einem verstellbaren Drehsessel für den Barbier, der Neuheiten durchaus schätzte. Bis dahin würde Jeffrey auf den nächsten Ansturm der Cowboys warten und hoffen, dass die Kutsche vor ihnen ankäme, damit er seine Intuition hinsichtlich der Bekleidung überprüfen könnte, außerdem wollte er sehen, ob er ihnen nicht ein oder zwei Kühe würde abluchsen können.

Auch der Barbier war ungeduldig, seine Bestellung eintreffen zu sehen. Er hatte beschlossen, sich zu modernisieren, und in einen bequemen, verstellbaren Drehsessel investiert, aus Furcht, von Zebulons künftigem Badehaus abgehängt zu werden. Der wollte Warmwasser anbieten, dann würde er das auch müssen. Seife hatte er bereits, aber Wannen mit leicht schräger Rückenlehne, deren Winkel die Entspannung förderte – das war neu, da musste er mitziehen. Die Handtücher, die er seinen Kunden auf die Wange legte, durften nicht weniger warm oder weich sein als jene, die sie im Rudimentären Luxus bekämen. Silas sah den Entwicklungen allerdings unbesorgt entgegen, auch wenn das Raffinement des Badehauses ein gefährliches Ausmaß annahm. Wenn es nämlich so gut lief, wie Zebulon gewettet hatte, würde sich auch die Zahl seiner Kunden vermehren, schließlich badet man nicht, ohne sich vorher rasieren zu lassen. Aber würde die Badeanstalt wirklich gut laufen? Das war die eigentliche Frage, und Silas war nicht so restlos davon überzeugt, als dass er sich mehr hätte leisten wollen als die Anschaffung eines Sessels. Zebulon hatte gute Argumente und einen feinen Riecher, aber streng kommerziell betrachtet, waren das ein fragliches Unternehmen. Zeb hatte ganz offensichtlich viel Geld in den Taschen, nichts hinderte ihn daran, einen Teil davon zu verpulvern, sei es aus einer Laune heraus oder um eine Wette zu gewinnen, denn er war ein kalter, aber leidenschaftlicher Spieler, der seine Lebenslinie mit der des manipulierten Zufalls in Einklang gebracht zu haben schien. Die Geschichte mit dem Badehaus war aus einer Diskussion über den Genuss, seine verschiedenen Ausprägungen und seine vielfältigen Wurzeln entstanden, die zwischen Zebulon, Pat, dem Fleischer, und Franklin, dem Waffenhändler, entflammt war. Sie hatten am Tresen gestanden, von drei, vier Runden Whiskey angeheizt. Pat vertrat die Ansicht, dass der Genuss seinen Sitz im Bauch habe, Franklin im Blut, Jeff meinte überall im Körper, und Zebulon im Bad. Als Sally das gehört hatte, war sie in unbändiges Gelächter ausgebrochen und hatte ein wenig von oben herab verkündet, dass die Herren zwar schöne Reden schwingen konnten, sie aber mit Sicherheit wusste, wo sich bei den Männern der, wie sie es nannten, »Sitz« des Genusses befand, und dass sie in ihrer Branche eine Menge mit dem zu tun hatten. Jeff hatte gelächelt, Pat hatte den Blick gesenkt und Franklin sich am Hals gekratzt, aber Zeb hatte nicht lockergelassen.

»Unsinn!! Der geschlechtliche Genuss ist wie ein Mittagessen in der Sonne, angenehm und flüchtig, aber das wahre Glück, den reinen und vollständigen Genuss, Sally, findet man nur im Bad! Im Bad!« hatte er mit leuchtendem und samtig weichen Blick gesagt.

Er hatte laut genug gesprochen, damit die Tische in der Nähe des Tresens ihn hörten, und Silas war nähergekommen. Sally hatte seinem Blick standgehalten, das Kinn auf den Handrücken gelegt und ihm eine Tabakwolke ins Gesicht geblasen:

»Wenn das so ist, Cowboy, dann erklär mir mal, warum alle tatkräftigen Männer hier sind?«

»Erstens gibt es keinen anderen Saloon in der Stadt. Zweitens schenkst du Alkohol aus, was zwar ein geringer, aber nicht zu unterschätzender Genuss ist. Drittens, und das ist der wichtigste Punkt, gibt es hier kein Badehaus. Kein einziges.«

»Und wenn es eins gäbe, wäre mein Saloon leer?«

»Ganz genau.«

»Vollkommen leer?«

»Vollkommen.«

»Wie lange?«

»Für drei Tage.«

»Ha ha ha! Bist du bereit zu wetten?«

»Mehr als bereit.«

»Dann schlage ich Folgendes vor. Wenn du verlierst, werde ich Besitzerin deines verfluchten Badehauses, das ich dann immer noch umwandeln könnte. Für den umgekehrten Fall gewinnst du meinen Saloon.«

Silas und die anderen, die am Tresen standen, schwiegen bei diesen Worten verblüfft. Wenn Sally ihre Bar verwettete, hieß es, dass sie diese Idee mit den Bädern nicht so dumm fand, wie sie vorgab, und Silas hatte angefangen, über ein paar Umbauten nachzudenken.

»Das ist ein ernsthaftes Angebot«, erwiderte Zeb, »aber für mich gänzlich uninteressant.«

»Ja, also dann ...«, hatte Sally gesagt und sich mit einer kleinen Handbewegung hinter ihren Rauchvorhang verzogen.

»Dann wetten wir um etwas anderes«, fuhr Zeb fort. »Und da du in einer gewissen Branche tätig bist, nehme ich die Wette gegen eine Nacht mit dir an.«

Sallys Augen warfen Blitze durch ihre graue Wolke. Es herrschte eisiges Schweigen, man hätte die Stühle und den Holzfußboden knarren hören können. Dann antwortete sie:

»Abgemacht.«

Und mit dem Perlengehänge klimpernd, nahm sie einen langen Zug aus ihrer Pfeife.

Die Gespräche hatten das Thema gewechselt und die Trinker waren nach einem letzten Glas auseinandergegangen, weil sie plötzlich noch etwas zu erledigen hatten. Am darauffolgenden Tag hatte Zebulon begonnen, sein Vorhaben umzusetzen, und gleich nach dem Aufstehen alle Jungs bei Antulle mobilisiert, die etwas von Erdarbeiten und Fundamenten verstanden. Vier waren es, zwei bekamen Kopfschmerzen und legten noch am Vormittag eine Pause ein, um bei Sally wieder auf den Pegel zu kommen.

Zeb hatte sich eine zentral gelegene Stelle ausgesucht. Gegenüber dem Saloon, hinter dem Waffenhändler und vor Antulles Nachtquartier. Er kaufte die drei Zelte, die dort gestanden hatten, und besaß nun das Gelände und eine persönliche Unterkunft, was ihm zu seiner eigenen Überraschung äußerst guttat. Da er sich eigenartigerweise an sein Nachtlager bei Nils gewöhnt hatte, hatte er ihm das Bett gleich mit abgekauft, inklusive Decken und Kopfkissen, und war umgezogen, indem er mit seinen Taschen über der Schulter und seinem Mobiliar auf dem Kopf die Straße überquert hatte.

Als Silas die Grundmauern der Einrichtung besichtigte, schüttete er sein Herz aus und vertraute Zeb an, welches Problem er bei dieser Wette sah. In seinen Augen war etwas an der Sache merkwürdig. Die Wetteinsätze schienen die Überzeugung der Spieler Lügen zu strafen. Zebulon hatte darauf nur geantwortet, dass es gesund und nützlich sei, seine Überzeugungen gelegentlich auf den Prüfstand zu stellen. Dann hatte er ihm ein breites, langes Brett aus Pappelholz gezeigt, er wollte darauf schreiben »Zum Rudimentären Luxus – warme Zuber, kalte Zuber«, was Silas gut gefunden hatte, wenn auch etwas kompliziert.

Elie gehörte zu den zwei ernsthaften Erdarbeitern. Er hatte sich von Zebulon Vollzeit anstellen lassen, um die Hosen bezahlen zu können, die Bird Boisverd nicht wieder zurücknehmen wollte und deren Preis er weit über dem Kurs für den Wollstoff angesetzt hatte, aber auch weit unter dem des menschlichen Lebens, was, genau besehen, einen gewissen Ausgleich darstellte. Elie sah sich gezwungen, sie anzunehmen. Zumal der Kerl, der die Schafe wie Blumen pflückte und mit einem glatten und einem verzierten Stiefel herumlief, mit dem Gewehr so schnell war, dass man sich vor ihm in Acht nehmen musste. Nach dem Tag der Indianer hatte er vorsorglich eine kleine Kostprobe von seinen Schießkünsten gegeben, als Elie sein hart errungenes Pferd von der Koppel führte, in der Absicht, seinen Weg fortzusetzen. Mit in der Armbeuge aufgestelltem Gewehr hatte Bird ihn am Ende der Straße erwartet, es in über fünfzig Meter Entfernung blitzartig nach vorn geschwenkt und ihm eine blaue Bohne in den Hut gesetzt, den er am Vortag gefunden hatte. Daraufhin war er nähergekommen, ohne den Lauf der Waffe zu senken, und hatte ihm gesagt, bei der ersten Gelegenheit, die sich ihm geboten hatte, habe er noch gefürchtet, sein Pferd zu treffen, aber das käme nicht noch einmal vor. Dann hatte er den Preis für seine Hose genannt.

Elie hatte also beschlossen zurückzukaufen, was ihm gehörte. Er war nicht faul und entgegen aller Erwartung hatte er nichts dagegen, kerzengerade Wände hochzuziehen und Bretter festzunageln. Das hatte er schon bewiesen, als er für Silas rasch ein kleines Nebengebäude gezimmert hatte. Er erwies sich beim Zuschneiden als derart talentiert, dass Zebulon ihm, nachdem er ihm einmal bei der Arbeit zugesehen hatte, alle Zuschnitte um die Abwasserrohre herum anvertraute. Man hatte ganz schön schaufeln müssen, um die Kupferrohre unauffällig unter dem Gebäude bis zum Bach zu verlegen, wo sie über neunhundert Fuß vom Ausgangspunkt entfernt die Seife und den Schmutz der künftigen Badegäste wieder ausspeien sollten. Elie hatte tief graben müssen, damit das Gefälle stark genug war und es keine Verstopfung geben würde, und er hatte gearbeitet ohne zu murren, voller Neugierde, wie das fertige Badehaus aussehen würde. Er hatte sogar ein wenig Tempo gemacht, nachdem Zeb und Jeff die Wette geschlossen hatten, aber diese Armleuchter von umgeschulten Kuhhirten, die nur ans Trinken und nicht ans Spielen dachten, schlossen die Rohre systematisch falsch herum an, wodurch die Arbeit doppelt so lange dauerte, und weigerten sich nachts weiterzumachen, unter dem Vorwand, man könne nichts sehen. Bei der Einweihung des Eisenwarenladens legte sich Elie mit einem der Kerle ernsthaft an. Dem hatte es darauf in der Stadt nicht mehr gefallen, und Elie musste mit einem Helfer weniger auskommen. Sosehr sich Elie für die neue Beschäftigung begeisterte, und obwohl er noch immer die Tür von Arcadia belagerte, die er einfach nicht Arcie nennen konnte, fuhr ihm von Zeit zu Zeit ein Freiheitsrausch in die Beine. Die Erinnerung an sein Leben bei den Indianern kehrte in regelmäßigen Abständen zurück, dann hielt er mit dem Hammer in der Hand und den Nägeln in der Tasche einen Moment inne und spürte, wie ihm das Beben der Bisonhufe bei der Jagd durch die Muskeln fuhr, nahm den Geruch des niedergetrampelten Grases, das Sirren der Pfeile, die Brutalität des Angriffs wahr. In diesen Augenblicken konnte es vorkommen, dass ihn inmitten der herumliegenden Bretter der unbezwingbare Impuls überkam, seinen Kriegsschrei auszustoßen. Sein auf der Koppel stehendes Pferd antwortete mit einem Wiehern. Und es lugten einige Köpfe hervor, die sich gleich darauf wieder beruhigt in den Schatten des Gebäudes zurückzogen: nur der Pferdedieb, der wieder seinen Anfall hatte. Einzig Arcadia interessierte sich für den Schrei, es schien aber auch alles zu sein, was sie an ihm interessierte. Weder seine langen Beine noch seine stattlichen Schultern, nur dieser inartikulierte oktavierte Schrei, den sie für den Ansatz eines Gesangs hielt.

Sally und Arcadia hatten sich über eine neue Form der musikalischen Darbietung verständigt. Sie hatten einvernehmlich beschlossen, vorerst auf weitere Konzerte zu verzichten, da diese die Gäste über alle Maßen aufpeitschten und den Saloon erschlaffter zurückließen als einen Luftballon, dem die Luft ausgegangen war. Stattdessen hatten sie sich für eine kleine beruhigende Routine entschieden, die den Leuten in bestimmten Abständen, je nach Stimmung im Saloon, ein wenig einheizte. Dann stellte sich Arcie im hinteren Teil des Raums hinter ihren Schrank und begleitete das Gläserklirren und das Gewirr der Gespräche mit sanften Bogenschwüngen, die keiner zu hören schien, die aber alle zum Trinken animierten. Arcie folgte den Launen des Saals, setzte je nachdem Kontrapunkte oder Akzente und unterstrich jeden Auf- oder Abtritt, der es wert war. Manche hatten ihr eigenes Thema. Der Aufzug der Nutten war ein kleiner lebhafter Marsch mit ein paar deftigen Ausgleitern, und der Gong, der die Schließstunde ankündigte, ein erfrischender Regen auf die schon schlummernden oder noch hitzigen Schädel. Wenn Arcadia ihren Bogenretter eintreten sah, begrüßte sie ihn stets mit der Transposition seines Kriegsgeheuls, das die feinfühligen Seelen zusammenzucken ließ und die Flugbahn so mancher Gläser unfreiwillig umleitete. Schließlich hatte sie sich eine langsamere und gemäßigtere Variation überlegen müssen, nachdem sich mehrere Gäste bei Sally beschwert hatten. Jene, die sich im oberen Stockwerk aufhielten, hatten dieses Kriegsdings jedes Mal als eiskalte Dusche empfunden. Arcie gestaltete es so um, dass es sich zu einem kleinen unförmigen Stück aus lauter Verzögerungen und Schwebetönen entwickelte. Eines Abends, als sie noch nicht zum Spielen heruntergekommen war und Elie vor ihrem Zimmer stand, um ihr wie immer stumm und erstarrt den Hof zu machen, bot sie ihm an, einzutreten. Zunächst war er wie versteinert stehen geblieben, dann wie ein Windhauch durch die Tür geschlüpft und hatte sich direkt aufs Bett gesetzt. Und sie hatte sich den Kontrabass geschnappt und nur für ihn das wilde Stück gespielt, das er ihr gewissermaßen eingegeben hatte. Er erkannte das Regenplätschern auf dem Rücken der Tiere, das Knarren der sich wiegenden Kiefern, das Bersten des Wassers und des Holzes, den langen Satz einer Reise voller Umwege, die Knäuel aus winzigen Fliegen in den schattigen Winkeln, die im flachen Wasser fliehenden Fische, die abgefeuerte Kugel, die Flucht der Pferde, die Flucht der Tage durch die Zeit, die Flucht selbst, und in dem Moment begann er zu schluchzen. Unerbittlich und konzentriert zog Arcie den Bogen weiter über den Bauch seines Schmerzes, damit er dessen von Sehnsucht gesäumten Hauch spürte. Als sie fertig war, legte sie den Bogen auf die Frisierkommode und zupfte einen ganzen Schwung Pizzicati, während Elie sich die Augen mit dem Laken trocknete. Er lächelte.

Erleichtert, durchgerüttelt und tief berührt schlüpfte er vor ihr durch die Tür, als sie zur Bar hinunterging.

Die blonde Ilse, die für ihren Vater eine Besorgung machte und vor einem Glas Ale mit Limonade ein wenig verweilte, sah, wie er an ihr vorüberging, ganz er selbst, mit bloßem Gesicht und offenem Herzen. Da machte es Klick.

Dieser junge Mann, der in die Zelte spuckte, mit seinen Mokassins an den Füßen schlief und für seine Übernachtungen zahlte, indem er einen Vierteldollar in seinem leeren Nachttopf zurückließ, denn er pinkelte lieber draußen, wie er ihr bei der Ankunft erklärt hatte, dieser Wichtigtuer, wegen dem sie beinahe alle von den Indianern umgebracht worden wären, dieser unberechenbare Elie, der bereit war, für ein Stück Kontrabass, für etwas Ruhm jeder erdenklichen Gefahr zu trotzen, besaß eine empfindsame Seele. Für Ilse, die ihn immer nur auf dem Rücken eines Pferdes gesehen hatte, das er lachend über allerlei Stangen springen ließ, war es fast unglaublich. Er schien ihr wie verwandelt. Schön wie ein leichtfüßiger Gott, schwerelos, geschmeidig ging er an ihr vorbei wie ein Blatt, das von einem Windstoß, einer Brise fortgetragen wird. Elie stieg die Treppe hinunter, und Ilse sah ihn zum ersten Mal. Elie war sich dessen nicht bewusst, aber er stieg direkt hinunter in ihr Herz. Während er einen Blick über den Saal warf, sah er plötzlich am Tresen eine Schönheit sitzen, so klar und golden wie das Bier, das sie trank, unsagbar sanft, mit weichen Armen und leicht geneigtem Kopf, ein Wunder. Er erkannte sie nicht wieder, aber als er die nächste Stufe berührte, merkte er, dass sich sein Schwung verändert hatte, dass er sich von nun an in ihrem Licht bewegen würde. Er ging direkt auf sie zu und sie folgte ihm wortlos, als er ihre Hand nahm und sie, einem Schatz gleich, nach draußen führte. Gegen die Seitenwand des Saloons gelehnt, küssten sie sich, ohne auch nur nach einer Erklärung zu suchen. Sie küssten sich sanft, lange und mit der Inbrunst ihres ganzen Wesens, nicht überstürzt, aber so, als würde in diesem Augenblick ihr Leben davon abhängen. Elie wollte nicht mehr fort, Elie wollte in dieser Stadt, bei dieser Frau, in diesen Armen bleiben. Ilse erkannte diesen Moment, den sie noch nie zuvor erlebt hatte. Eine Dürstende, die endlich den gesuchten Bach erreicht hatte. Trotzdem machte sie sich von ihm los, als sie sich an das Päckchen erinnerte, das sie von der Bar hatte abholen sollen und nun dort vergessen hatte. Mit den Fingerspitzen berührte sie Elies Lippen und hauchte ihm ins Ohr:

»Sag bloß meinem Vater nichts davon.«

»Vom Kuss?«

»Vom Bier.«

Elie lächelte und blickte ihr nach, als sie durch die Türen des Saloons schritt. Die Welt war gerade erst entstanden. Er hatte noch nie den Mond gesehen, nun sah er ihn. Die Straße war eben erst auf die Erde gelegt worden, der Staub, der sie bedeckte, war der Staub von Edelsteinen. Ilse kam mit ihrem Päckchen in der Hand zurück. Gemeinsam gingen sie nebeneinander bis zum Ende der Straße, als würden sie dies schon seit einer Ewigkeit tun, und begannen zu sprechen, wie Verliebte sprechen. Ihre Schritte waren langsam, sie schwang beim Gehen die Arme, beide strahlten ein Feuer aus, dessen sie sich nicht bewusst waren.

Als sie das Zeltlager erreicht hatten, fragte Elie, warum er das Bier nicht erwähnen dürfe, und Ilse erwiderte fast zärtlich:

»Weil meine Mutter Säuferin war. Sie ist vor Kälte gestorben, mit meiner Schwester Cristophia im Arm. In einem Vorort von Uppsala.«

»Und wo warst du?«

»Zu Hause, damit beschäftigt, ein Feuer zu entzünden.«

Damals trank auch Nils Antulle, wie ein Loch. An jenem Morgen war er im Dunkeln aufgebrochen, um wie gewohnt Holz zu holen, den Magen mit drei randvollen Gläsern Schnaps gefüllt, die ihm das Frühstück ersetzten. Und er hatte Holz geschlagen, wohlwissend, dass seine Frau die angefangene Flasche leertrinken würde, und dass er zwei weitere würde mitbringen müssen, wenn er einen ruhigen Abend verbringen wollte, und eine dritte, die er würde verstecken müssen, um die Kraft zu finden, in der darauffolgenden Nacht aufzustehen. Wenn er mit ihr schlafen wollte, brauchte er vier Flaschen. Er war erschöpft. Mit aller Kraft schlug er auf einen Scheit ein, aber die Splitter wollten sich nicht lösen. Sein Blick verschwamm. Etwas in seinem Kopf störte ihn. Etwas, an das er sich nicht erinnern konnte. Es gelang ihm einfach nicht. Unter dem Hut brach ihm ein säuerlich-fader Schweiß aus, der auf der Haut gefror. Etwas mitbringen. Plötzlich war die Axt aus der Kerbe geglitten und alles war ihm wieder eingefallen. Am Vorabend die Vorwürfe, das Geschrei, das Flehen, das Weinen und die brennende Wange der Kleinen. Er hatte sie an der Stirn berührt und seine Frau hatte ihn für diese Handbewegung geohrfeigt. Er müsse sie fortbringen, sie behandeln lassen. Sie wiederholte es endlos, nach jedem Schluck, wobei sie den Oberkörper vor dem leeren Tisch vor und zurück wiegte. Sie hatten die Flaschen geleert, seine Frau hatte sich beruhigt. Die Tochter hatte ihre kleine Schwester in die Arme genommen und gewiegt, sie waren beide in einer Decke neben dem Ofen eingeschlafen. Später hatte er sich noch einmal über sie gebeugt, als er über das kleine Lager getorkelt war. Dann hatte er vergessen.

Nils Antulle hatte die Axt fortgeworfen und war meilenweit gerannt, um, von einer schrecklichen Ahnung gepackt, sein Haus zu erreichen. Sein Schweiß unterm Hut gefror nicht mehr, er hatte die Axt am Fuße des Baumes, den er hatte fällen wollen, liegen lassen. Schließlich hatte er seine Frau zehn

Wegstunden von der Stadt entfernt gefunden, unter einem Schneemantel begraben, dessen Oberfläche gefroren war. Die Kleine war unter ihrer Kleidung zusammengekauert an ihren Bauch geschmiegt, mit irrem Blick. Nils Antulle hatte den Schnee, der sie bedeckte, abgeklopft, hatte den Arm um seine Frau und seine Tochter gelegt, ihnen aufgeholfen und sie gestützt. Nach drei Meilen war er zusammengebrochen. Er hatte die beiden Körper, deren Lippen blau angelaufen waren, gerieben, sich alle Mühe der Welt gegeben, er hatte geschrien, in der Hoffnung, dass irgendein wunderbarer Zufall jemanden vorbeischicken würde. Ihm blieb keine Zeit mehr für nichts. Er konnte weder umkehren und den Umhang suchen, noch Streichhölzer holen. Er zog sich das Hemd aus, als seine Frau den Kopf schüttelte. Nein. Sie hatte ihm gesagt, er solle ihre Tochter nehmen und gehen. Er hatte ins Leere geschrien, und sie hatte erneut den Kopf geschüttelt. Nein. Als wäre er ein launisches Kind. Dann war sie mit den Worten »Mach schnell!« gestorben. Er hatte seine Tochter aus dem Schnee gerissen und war losgerannt, etwas folgend, das ihn führte und das nicht ganz ein Hauch und nicht ganz ein Faden war. Als er Rauchwolken über den Kiefern sah, die nur aus seinem Haus steigen konnten, war er noch schneller gerannt, verwirrt, wie das möglich war, und als er gesehen hatte, dass seine Hütte in Flammen stand, und vor dieser Feuersbrunst seine ältere Tochter sah, hatte er einen riesigen Satz gemacht, und als er sie ebenfalls in die Arme genommen hatte, war der Faden gerissen.

Alle drei hatten sich an dem gigantischen Feuer gewärmt, dann hatte er seine letzten Kräfte gesammelt, um bis zur Stadt zu gelangen. Dort war man ihnen zur Hilfe geeilt und hatte sie behandelt. Sie hatten überlebt. Sobald es Nils Antulle möglich gewesen war, die Schulden zu begleichen, Fahrkarten zu kaufen, zu planen, fortzugehen, fortzugehen, hatte er seine Töchter erneut in die Arme geschlossen und hatte mit ihnen ein Schiff bestiegen, und sie waren fortgefahren.

»Fortgehen«, sagte Ilse und sah Elie in die Augen, »etwas anderes kenne ich nicht.«

Die Abteilung Stadt- und Arbeitsbekleidung hatte phänomenal eingeschlagen. Für vier unförmige, nagelneue Hosen und ein paar Hemden hatte Jeff drei Dollar und zwei Kühe bekommen, die gewiss niemals wirklich fett, aber ihre täglichen acht Liter Milch geben würden, da sie gerade ihre Kälber verloren hatten. Die Herde war sechzig Kilometer von der Stadt entfernt, sie zog täglich fünfundzwanzig Meilen weiter nordwärts, Brad würde innerhalb von weniger als einer Woche zurückgekehrt sein.

Bird Boisverd würde ihn begleiten, denn einer der frisch eingekleideten Cowboys hatte zugegeben, dass ihr Chef auch gut zweihundert Schafe hinter sich her schleppte, aber nur, weil diese wenig anspruchsvollen Tiere aßen, was die Kühe übrig ließen, und ihnen für den Fall einer Dürre oder einer anderen Katastrophe wenigstens zweihundert Köpfe von irgendetwas blieben, um die Kosten zu decken.

»Und warum nicht gleich Ziegen?« hatte der Cowboy hinzugefügt und ausgespuckt.

Mit dem Manna der Stadt- und Arbeitsbekleidung waren auch die sechs gestapelten Badewannen gekommen, die auf das Dach der Kutsche, neben den drehbaren Sessel von Silas, geschnallt waren.

Zebulon hatte sie mit allergrößter Vorsicht abladen lassen, als hätten sie nicht gerade erst Hunderte Meilen höllischen

Gepolters auf einer Huckelpiste hinter sich. Der Postillon hatte ihm im Übrigen gesagt, dass er nicht böse war, diese verfluchte Ladung Blech für Zart-Füße los zu sein. Aber als Zeb ihm einen Vierteldollar zuwarf, tippte er sich an den Hut, lächelte und ging auf einen Sprung zu Sally, um ein Gläschen zu trinken, sich den Staub aus der Kehle spülen. Der Barbiersessel war in braunes Packpapier eingewickelt und umschnürt wie eine Salami. Wie er so auf dem Dach thronte, sah er aus wie eine aufgedunsene Mumie, deren Kopf die Passanten jener Stadt, in die der menschliche Wahnsinn sie geschickt hatte, eisig anblickte.

Elie und Zeb hatten die Badewannen in den großen Saal des brandneuen Etablissement getragen. Sie hatten sie auseinandergenommen und in eine Reihe gestellt, jede an den für sie vorgesehenen Platz. Daraufhin hatten sie sie angeschlossen, also jede über ihr Loch gestellt und das Abflussrohr mit dem Siphonhals verbunden. Nachdem Elie die letzte montiert hatte, war er aufgestanden und hatte sein Werk betrachtet. Er rieb sich die Hände an den Hosen ab und strahlte über beide Backen. Gute Arbeit. Auch Zeb war zufrieden. Die sechs Badewannen standen im Kreis, damit alle sich ansehen konnten, und glänzten dezent im halbdunklen Raum. Es gab genügend Platz, um mit Trennwänden Separées zu schaffen. Alles war möglich. Ein eigenes Bad, ein Doppelbad, ein Separée mit drei oder vier Wannen, alles war verstellbar und konnte den Wünschen des Gastes angepasst werden. Nur warmes, nur kaltes Wasser, oder warmes und kaltes Wasser in der gewünschten Reihenfolge. Natürlich wurde jede Wanne berechnet. Der Preis richtete sich nach der Wassermenge: Schnupperbad, Für Kenner oder Wonnevoll, und nach der Temperatur. Warmes Wasser war anderthalb mal so teuer wie kaltes. Zebulon hatte an dem Punkt nicht übertreiben wollen, denn er fand, dass die

Freuden des Rudimentären Luxus für jedermann erschwinglich sein sollten.

Alle sechs Wannen wurden getestet, ob sie dicht waren und gut abliefen. Sie funktionierten bestens. Während Elie zusah, wie das Wasser strudelnd in der letzten Wanne verschwand, stellte Zebulon zwei Waschkessel aufs Feuer, verschwand für einen Augenblick, und kehrte mit zwei in Seidenpapier gewickelten Seifen zurück. Die eine reichte er Elie, die andere behielt er und kündigte an, dass nun die Stunde der Wahrheit geschlagen habe. Das Stück Seife hatte einen aufdringlichen Blumengeruch. Elie war fest entschlossen, diese Lächerlichkeit um jeden Preis zu vermeiden, aber Zebulon drückte ihm seinen Colt auf die Brust:

»Wenn sich bereits der Mitarbeiter des Badehauses weigert, habe ich von vornherein verloren, meinst du nicht?«

»Der Mitarbeiter des Badehauses?«

»Oder auch der Partner, wenn dir das lieber ist. Und glaub ja nicht, dass die kleine Ilse dich weniger männlich finden wird, nur weil du nach Rosen duftest.«

»Der Partner? Ilse? Aber, woher …«

»Los, ausziehen!« rief Zebulon und zeigte ihm mit dem Lauf seiner Pistole, welche Bewegungen er ausführen solle.

»Und genieß es, Kleiner, denn ich lass jetzt das Wasser ein und bringe dir ein Handtuch.«

Elie hatte den Hintern in die Badewanne gesetzt, sich zusammengekauert und der Dinge geharrt, die da kämen. Er hätte versuchen können zu fliehen, als Zeb damit beschäftigt war, die Waschkessel mit beiden Händen zu den Wannen zu tragen, aber die Sache mit dem Partner hatte ihn verunsichert. Während er darüber nachdachte, übergoss ihn Zebulon mit dampfendem Wasser, von dem er einen Augenblick glaubte, es würde ihm seine besten Teile verbrühen, doch der Eindruck verflog. Als das Wasser ihm bis zur Taille reichte, beruhigte er sich, als es ihm bis zur Brust reichte, entspannte er. Zebulon fügte drei weitere Kellen hinzu und sagte ihm, er solle sich zurücklehnen, er würde nun nichts mehr riskieren, außer im Glück zu ertrinken. Elie gehorchte, Zeb war der Chef. Er lehnte sich zurück, sein Rücken berührte das Blech, das nun nicht mehr kalt, sondern angenehm warm war, und ohne dass er es beabsichtigt hätte, schloss er die Augen und seufzte tief. Zebulon gab keinen Kommentar, und, genau wie er es erwartet hatte, brauchte er den Badeanfänger nicht zu ermuntern, von den höchsten Freuden einer parfümierten Seife zu kosten, denn er tat es von ganz allein.

Zeb goss sich selbst fast kochendes Wasser in die Wanne, die Elie gegenüber stand, legte seine Kleidung über einen Stuhl und den Colt obenauf, testete das Wasser mit dem Ellbogen und tauchte dann in seine Wunschvorstellung ein. Und obwohl er glaubte, über eine ganze Menge sinnlicher Einbildungskraft zu verfügen, musste er feststellen, dass es in der Tat einfach himmlisch war.

Beide ließen sich so lange einweichen, bis das Wasser kalt geworden war. Daraufhin fragte Elie, ob es für regelmäßige Gäste Rabatt gab, und Zebulon erwiderte, man dürfe das Huhn, das gerade sein erstes goldenes Ei gelegt hatte, nicht umbringen. Genau aus diesem Grund nämlich, aufgrund der Gewöhnung, würden sie reich werden.

»Warum wollen Sie mich zu Ihrem Partner machen?«

»Weil ich das Geld und die Idee hatte, aber es hasse, vierzig Liter schwere Waschkessel zu schleppen, mit dem Risiko, mich bei jedem Schritt zu verbrühen.«

»Hm«, sagte Elie. »Es würde genügen, mich anzustellen.«

»Das könnte ich machen. Doch dann wäre ich der Vorgesetzte und hätte einen Kerl im Haus, der mit der Kasse durchbrennen will.«

»Sie nehmen kein Blatt vor den Mund!« erwiderte Elie und

lachte, bevor er vorsichtig fragte, »und, naja, also, sagen wir, hm, das mit Ilse …«

»Man küsst kein Mädchen auf offener Straße, an die Wand des Saloons gelehnt, wenn man das geheim halten will. Wo liegt das Problem?«

»Ihr Vater, er …«

»Nils segnet euch mit beiden Händen, was glaubst denn du? Schlepp seine Tochter nicht ans andere Ende der Welt, lass sie nicht in einem Haus leben, haltet euch ein paar Wolldecken in Reserve, und schon wird es für ihn perfekt sein. Vor allem, wenn du nicht vergisst, dich für seinen verfluchten Schafskäse zu begeistern.«

Elie brach in seiner Wanne in Gelächter aus. Die Wellen, die ihm über die Schultern schwappten, jagten ihm Schauer über den Körper.

»Zeb, wollen Sie ein wenig mehr warmes Wasser?«

»Nein, danke mein Junge. Ich liebe den Genuss, aber ich versuche, mich nicht darin einzurichten.«

Bird Boisverd melkte nur ungern und die Begeisterung der Bauern für Milchkühe ekelte ihn ein wenig, aber er wusste zwei oder drei Dinge über die Auswahlkriterien und war sich mit Brad einig. Das erste Tier, das die Cowboys ihnen hatten andrehen wollen, war ein Gaunerstück gewesen. Eine Kuh ohne Schwanz hat die besten Aussichten, von Fliegen begattet und von innen aufgefressen zu werden. Diese hier hatte ihren Schwanz verloren, keiner wusste wie noch wo, aber es war nicht lange her, der Stummel war kaum verheilt. Die zweite, über die Jeff verhandelt hatte, ohne sie zu Gesicht zu bekommen, aufs reine Ehrenwort der Cowboys, war völlig ausgemergelt, es grenzte an ein Wunder, dass sie sich noch auf den Beinen halten konnte. Ihre Schultern ragten unter der Haut hervor wie zwei Stäbe, die eine alte Decke halten, und wenn sie sich bewegte, glaubte man, die Schulterblätter würden die Plane jeden Moment durchstechen. Sie war räudig, hatte ein verklebtes Auge und stank hundert Fuß gegen den Wind nach Aas. Die Kuh bot einen traurigen Anblick, aber noch trauriger war der Versuch der Cowboys, sie ihnen anzudrehen. Niemand in der Region rühmte Viehhändler und Kuhhirten wegen ihrer angeborenen Ehrlichkeit. Aber so ein Tier zum Tausch oder Verkauf anzubieten, grenzte schon an Beleidigung der Intelligenz.

Brad blickte den Mann, der mit Jeffrey das Geschäft abgeschlossen hatte, starr an. Seine in die Stiefel gestopften Hosen waren an den Schenkeln schmutzig, und sein neues Hemd, das ihm über dem Bauch flatterte, hatte nur eine Tasche. Brad besah sich den Kerl und wartete, bis er die eben gestellte Frage beantwortete, als hätte er alle Zeit der Welt, und so war es auch. Bird Boisverd kannte diesen Blick, er hatte ihn schon zu spüren bekommen, als Brad seine Stiefel wiedererkannt hatte. Er konnte sehr gut verstehen, dass dieser Kerl sich nicht wohl in seiner Haut fühlte und darum alle fünf Sekunden von einem Bein aufs andere trat. Brad fragte ihn, ob er sein Angebot überdenken wolle oder lieber den Inhalt seiner 30-30 in den Bauch bekäme. Er war mit derartiger Ruhe sein Gewehr holen gegangen und hatte es anschließend so blitzschnell auf ihn gerichtet, dass der Cowboy im ersten Moment völlig arglos gewesen war und im zweiten nicht die Zeit gehabt hatte, auch nur mit der Wimper zu zucken. Und schon gar nicht, den Kolben des Revolvers zu berühren, den er auf Höhe des Oberschenkels trug.

Bird Boisverd behielt ein Auge auf die drei anderen Cowboys, die sich noch nicht in das Geschäft eingemischt hatten, aber drauf und dran waren, es zu tun. Auch er hielt sein Gewehr wie gewohnt in der Armbeuge, aber ein Gewehr ist weniger schlagfertig als ein Trommelrevolver. Und auch wenn die Kanone dieses Tölpels, den Brad in der Schusslinie hatte, fraglos gefährlicher für ihn selbst als für jeden anderen war, konnte er weder erkennen, ob die anderen drei Waffen trugen, noch welche, was ihn etwas unruhig machte. Als er sah, wie sie sich entfernten, um sich wieder ihren eigenen Angelegenheiten zuzuwenden, nachdem sie beobachtet hatten, wie Brads Lauf dunkel aufgeblitzt war und sich auf den Bauch ihres Helfershelfer gerichtet hatte, atmete Bird auf. Das war ein gutes Zeichen. Nicht sehr mutig von ihnen, aber ein gutes Zeichen. Brad wartete noch immer. Schließlich gab der andere klein bei und ging ohne ein Wort, sorgfältig darauf bedacht, dem Auge des Gewehrs nicht den Rücken zuzukehren, zwei Tiere holen, die gut im Fleisch standen und deren Euter bis zum Boden hingen.

»War bloß Spaß. Nehmen Sie die beiden hier, sie haben ihr Kalb verloren, wie ich Ihrem Bruder schon gesagt habe. Wir können sie nicht jeden Tag melken, da verlieren wir nur Zeit.«

»Zwei Tiere zu melken«, bemerkte Bird, »das ist doch nicht die Welt.«

»Es sind über vierzig insgesamt. Sie haben zur selben Zeit gekalbt, und die Wölfe und Kojoten haben sich keinen Zwang angetan. Wir konnten sie nicht retten, und nun können wir sie nicht alle melken, verstehen Sie?«

»Schon besser«, sagte Brad, nachdem er die beiden Kühe unter die Lupe genommen hatte. »Wir nehmen sie mit. Haben Sie noch eine Draufgabe?«

»Nein«, sagte der Kerl und zupfte sich am Ohr. »War bloß Spaß, wissen Sie. Ist bei uns so Brauch.«

»Na klar«, sagte Brad, »und manchmal klappt es auch.«

»Ja, eben«, sagte der andere lächelnd, »kein Grund sich zu ärgern, stimmt's?«

»Sehen wir mal.«

Irgendetwas kam Bird faul vor, und als er sein Pferd kehrtmachen ließ, wusste er auch, warum. Auf den Hügeln oberhalb der Herde, die sich wie eine Decke über die Ebene ausbreitete, tauchte eine gut sichtbare Reihe berittener Gestalten auf. Sie zeichneten sich derart präzise gegen den fast weißen Nachmittagshimmel ab, dass man sah, wie sich der Kopfschmuck jedes einzelnen und die Trophäen ihrer Waffen im Wind bewegten. Bird rief:

»Ho, Ho«, und wies mit dem Kinn in Richtung der Indianer, um Brad zu warnen.

Der antwortete:

»Jo.«

Der Cowboy zeigte derweil etwas mehr Nervosität und begann, die Füße unkontrolliert zu bewegen. Lauthals trommelte er seine Kollegen zusammen und fuchtelte wild mit den Armen. Sie kamen im Galopp auf ihn zugeritten, wobei sie einen großen Bogen um die Tiere schlugen, um sie nicht nervös zu machen. Sie hielten Kriegsrat. Währenddessen kamen die Indianer den Hügel herabgeritten. Nicht sehr schnell, aber auch nicht allzu langsam, was es schwierig machte, die Bewegung zu deuten. Bird und Brad fanden das Prinzip, das jeder Begegnung in der Prärie zugrunde liegt und fordert, sich beim Anblick des anderen nicht übermäßig stark bemerkbar zu machen und vor allem weiterzugehen, ganz ausgezeichnet. Sie verhielten sich also, wie es sich gehörte, und da sie mit ihren beiden Tieren in die der Herde entgegengesetzten Richtung aufgebrochen waren, bewegten sie sich weiter von den angsterstarrten Cowboys fort. Diese brachen in Geschrei aus und beschimpften sie als Bastarde und Hurensöhne. Bird wandte sich auf seinem Sattel um, um sie einen Augenblick zu betrachten. Sie waren eng zusammengerückt und zückten nervös ihre Geschütze.

»Wenn ihr wüsstet, wie recht ihr habt, meine Täubchen, das trifft es aufs Wort.«

Die Cowboys hatten keine Zeit, etwas zu erwidern, denn die Indianer hatten ganz offenbar eine Entscheidung getroffen, sie rasten zwischen den Tieren den Hügel hinab und brüllten dabei wie Marktschreier. Den Trägern der mehr oder weniger zerfetzten Karohemden stellten sich die Nackenhaare auf. Die Herde wurde auseinandergerissen und zeigte erste Anzeichen von Panik. Die Cowboys, die dieses Phänomen mehr als alles andere fürchteten, vergaßen augenblicklich die Indianer und stellten sich so auf, dass sie das Chaos bändigen konnten. Im Galopp verteilten sie sich über die Ebene und brüllten wie zu Tode Verurteilte auf dem Scheiterhaufen. Die Indianer stürmten zur einen Seite, die Weißen zur anderen, und diese wilde Raserei wirbelte im Tal eine Menge Staub auf. Brad und Bird schritten mit ihren beiden Kühen in einer kleineren Wolke etwas abseits voran; sie waren wenig darauf erpicht, sich dem lärmenden Treiben der anderen anzuschließen, von denen sie sich allmählich entfernten, und sie nutzten jeden Beifußstrauch, um in Deckung zu gehen. Hinter einem ziemlich dichten Gebüsch machten sie kurz Halt, um einen Blick zurückzuwerfen. Die Indianer hatten etwa dreißig Kühe von der Herde getrennt und schienen sich mit ihnen begnügen zu wollen. Und die Cowboys rannten den Hintern und Flanken der zweitausendfünfhundert übrigen Köpfe hinterher, die verzweifelt gen Norden flohen. Die Indianer ritten mit ihrer Beute, die auf dem Hang allmählich langsamer wurde, wieder die Hügel hinauf. Bird wollte gerade mit der Zunge schnalzen, um ihre Kühe wieder anzutreiben, als Brad ihm die Hand auf den Arm legte. Fünf der Reiter schickten sich an, auf dem Hügel kehrtzumachen. Sie ritten in das Tal zurück, dorthin, wo die Cowboys zusammengekommen waren, um über ihr weiteres Vorgehen zu beraten. Brad und Bird sahen, wie die Indianer vom Pferd stiegen, sich die Spuren ansahen und miteinander diskutierten. Es waren vier junge Krieger und ein feister Mann.

Sie machten ausladende Armbewegungen in Richtung Herde, dann in Richtung der Hügel und des Gebüschs, in dem Brad und Bird Schutz gesucht hatten und das ihnen auf einmal sehr durchsichtig erschienen. Drei der Männer schwangen sich wieder in den Sattel und kehrten zur Truppe zurück. Die beiden anderen kamen auf sie zugeritten. Der korpulente Mann hielt sich weiter hinten. Das Gelände war ziemlich kahl, aber wenn sie sich beeilten, konnten Brad und Bird vielleicht noch unbemerkt entkommen. Brad stieg ab, ergriff die Laufleine des Pferdes und folgte der Linie der Zwergzypressen, die entlang einer Spalte wuchsen. Er bedeutete Bird, ihm zu folgen und die Kühe vorwärtszutreiben. Sie muhten, während sie voranschritten, ihre Klauen stolperten über die Steine. Ihre Nervosität übertrug sich auf die Pferde. Bird summte vor sich hin und legte dabei seine Kehle direkt an den Hals des Pferdes. Die beiden Reiter kamen rasch näher. Die Zypressen veränderten ihre Form. Der Wind hatte sie gebeugt, sie waren kleiner und aufgeplustert. Dann sah Brad plötzlich eine riesige grüne Decke vor sich, die wie gemalt war und sich, von Rosen gespickt, nach Osten hin ausdehnte. Sie überwucherte ein Becken von etwa tausendsechshundert Fuß. Er bedeutete Bird, sich zu gedulden. Er stieg von seinem Pferd und bahnte sich einen Weg zwischen den Dornen. Nachdem er vierhundert Meter gegangen war, kehrte er um, um Bird zu holen. Die beiden Kühe stiegen, noch immer muhend, hinab. Dann Bird, dann sein Pferd, dem bei der Berührung mit dem Buschwerk Schauer über den Körper liefen. Sie duckten sich in die Blumen und in die Milliarden kleiner bebender Blätter, sie geduldeten sich. Das Geräusch der gegen die Steine schlagenden Hufe kündigte ihnen die Ankunft der beiden Männer an. Sie folgten ihrer Spur und kamen im leichten Trab näher. Die Kühe muhten nicht mehr, rollten aber ängstlich mit den Augen beim Anblick der Falle, die sich rings um sie geschlossen hatte. Bird und Brad hielten ihre Waffen in den Händen. Sie betrachteten den Himmel über dem Blätterdach. Die Männer waren nun ganz nahe. Sie würden jeden Moment die Senke erblicken. Bird schulterte sein Gewehr und zielte. Als er dachte, dass das erste Gesicht gleich vor seinem Lauf erscheinen würde, stieß ein Bussard im Dornengebüsch seinen Schrei aus, so dicht an seinem Ohr, dass er halb taub davon wurde, und flog furchterregend nah auf, wobei er die Hälfte des riesigen Rosengebüschs zum Zittern brachte. Die Kühe bekamen es mit der Angst und galoppierten los, wobei sie sich an den vielen Dornen die Flanken aufrissen. Bird sah den Indianer, der mit weit aufgerissenem Mund auf den fortfliegenden Vogel zeigte. Er sah die gespreizten schwarzen Krallen des Bussards, der im Vorbeifliegen seine Haare streifte. Dann sah er ihn von Kopf bis Fuß erzittern. Das Pferd machte kehrt und sprang wie von Sinnen davon.

Während der zweite Reiter sich der Senke näherte, stürmten die beiden Kühe blutüberströmt auf der anderen Seite heraus und muhten wie verrückt. Perplex sah der Mann zu, wie sie sich entfernten. Er hob seinen Hut, kratzte sich den Kopf, warf einen Blick in das Rosengebüsch, zuckte mit den Schultern und kehrte dann ebenfalls um. Viel langsamer als der Indianer, doch schnell genug, um keine Kugel zwischen die Augen zu bekommen.

Bird hatte ihn etwa zehn Sekunden im Visier gehabt und große Kaltblütigkeit bewiesen, nicht auf den Abzug zu drücken. Brad legte ihm erneut die Hand auf den Arm und spürte die lockere Anspannung. Er dachte insgeheim, dass er an Birds Stelle geschossen hätte. Sogar dreimal geschossen. Einmal unter den Hut, sobald er das Band erblickt, ein zweites Mal, sobald er Quibble erkannt und ein drittes Mal, sobald er gesehen hätte, dass der keine Ohren mehr hatte.

Brad und Bird wechselten kein Wort in der darauffolgenden Stunde, die sie in Deckung verbrachten, um sich zu vergewissern, dass wieder Stille eingekehrt war. Dann schlüpften sie noch immer schweigend in den Tunnel, den die Kühe geschaffen hatten und folgten ihrer Spur. Es war nicht schwer, da sie mit Blut besprenkelt war. Die Tiere, die vor Angst und Schmerz wie verrückt losgerast waren, hatten einen großen Vorsprung. Sie entdeckten sie erst nach vier Stunden auf der Ebene wieder, nach einem chaotischen Ritt über ein Gelände, auf dem man Pferde besser nicht laufen ließ. Reglos standen sie vor einem kleinen Bach. Doch sie tranken nicht, sondern wirkten völlig abgestumpft. So schnell sie konnten, näherten sich Brad und Bird, wobei sie darauf bedacht waren, sie nicht zu erschrecken. Als sie nur noch dreihundert Schritte entfernt waren, sahen sie, wie die Kühe in die Knie gingen und sich auf den Boden legten. Sie gaben den Pferden die Sporen. Beide Kühe rollten sich gleichzeitig auf die Flanken. Birds Pferd wieherte. Die Reiter rasten noch schneller, als sich die Tiere auf die andere Seite legten. Dann verfielen sie wieder in den Schritt, um die Tiere ausgiebig beobachten zu können. Als sie in Schussweite waren, wirkten die Kühe ruhig und schienen sich auch nicht erheben zu wollen, als die Männer abstiegen. Erst in diesem Moment sahen sie die Indianerin im Bach sitzen, das Wasser reichte ihr bis zum Gürtel. Sie trug ein Lederkleid, das mit kleinen Zeichen bedeckt war, in der linken Hand hatte sie einen entrindeten Stock, den sie mit geschlossenen Augen in die Höhe reckte. Langsam beschrieb sie damit einen großen Kreis, wobei sie den Stock von rechts nach links drehte, und die Kühe rollten sich im selben Tempo in die angezeigte Richtung. Brad und Bird verfolgten verblüfft das Schauspiel. Dann beschrieb die Indianerin einen Kreis in die entgegengesetzte Richtung und die Kühe erhoben sich und legten sich auf die andere Seite. Sie wiederholte diesen Vorgang noch dreimal, dann warf sie den Stock in den Bach und öffnete die Augen, um ihm zuzusehen, wie er davonschwammen.

Die beiden Weißen hatten sich keinen Millimeter gerührt. Sie zeigte ihnen die großen spitzen Blätter mit den kräftigen Härchen, die am Ufer wuchsen. Als Brad die blau-rosafarbenen Blumen sah, begriff er, dass die Indianerin seine Kühe geheilt hatte. Beinwell stoppt die Blutung, das hatte ihm schon seine Mutter beigebracht. Er lächelte und nickte der Indianerin zu. Als sie das Wort ergriff, zuckten die beiden Männer zusammen. Zuerst verstanden sie kein Wort, es war eine Art Gesang. Dann begriffen sie mithilfe von Birds Kauderwelsch und der in der Prärie gebräuchlichen Zeichen, dass sie wissen wollte, ob sie aus der jungen Stadt kamen, die im Westen gerade entstand. Sie bestätigten das. Daraufhin sagte sie, dass Männer, die keine Weißen waren, auf sie zuritten. Sie wusste nicht, auf welchem Pfad sie kamen, auf dem Kriegspfad oder auf dem Pfad des Friedens. Aber sie waren unterwegs.

Bird versuchte Einzelheiten herauszubekommen und den Grund zu erfahren, warum sie sie warnte, aber sie machte den Mund nicht mehr auf, wusste nichts Weiteres, wollte nicht mehr sprechen. Sie erhob sich aus dem Bach, in dem sie bis dahin gehockt hatte, zeigte, bevor sie ihnen den Rücken kehrte und weiter dem Flusslauf folgte, auf die beiden Tiere am Ufer, und erklärte, dass kein Wesen einem anderen gehörte und dass niemand, niemand jemals irgendwo zuhause war. Zumindest war es das, was Bird übersetzte.

Sie beschlossen, die Nacht an Ort und Stelle zu verbringen, damit die Kühe Zeit hätten, sich zu erholen. Sie machten kein Feuer, es war besser, nicht auf sich aufmerksam zu machen. Sie aßen kaltes Fleisch und ein Stück Maisbrot, das Bird in zwei Teile schnitt. Danach halfen sie den Tieren auf, um sie zu melken, weil die Euter sie sonst beim Gehen stören würden. Brad sagte zu Bird Boisverd, dass er das übernehmen könne, aber Bird erwiderte, dass er imstande war, seinen Teil der Arbeit zu erledigen, und in dem Moment bemerkte er, dass er die Schafe nicht mitgebracht hatte. Er hatte sie völlig vergessen. Und er hatte keine gesehen hinter der Kuhherde. Entweder waren die Cowboys verdammte Lügner, die sich nicht scheuten, jeden erdenklichen Unsinn zu verzapfen, wenn sie nur ihren Spaß hatten, oder die Schafe hatten sich vor der Ankunft der Indianer verzogen, oder sie stapften einem anderen Kerl hinterher. Bird dachte nach, während er mit dem Milchstrahl aus der am meisten geschwollenen Zitze auf die Öffnung seiner Feldflasche zielte. Brad füllte zwei Glasflaschen, die er aus den Halftern gezogen hatte.

Beim Schlafen wechselten sie einander ab. Die Kühe standen in der Nacht auf und begannen zu grasen. Für Brad war es Himmelsmusik, die Zungen der Kühe. Und es war wohltuend, weil ihm allerlei Fragen durch den Kopf schossen. Was trieb Quibble dazu, mit Indianern, die ihm die Ohren abgeschnitten hatten, durch die Ebene zu reiten? Waren sie es, die die Stadt angreifen wollten? Warum hatte die Indianerin sie gewarnt? Wie hatte sie es geschafft, die Kühe zu magnetisieren? Und vor allem, warum hatte er den Eindruck, sie zu kennen? Sie beinahe intim zu kennen? Und warum gelang es ihm nicht, herauszufinden, ob das gut oder schlecht war?

Diese Fragen spukten ihm noch im Kopf herum, als sie endlich die Stadt erreichten. Beide waren erschöpft, Brad war niedergeschlagen. Er sah die Stadt an sich vorüberziehen und empfand dabei weniger Vergnügen, als erwartet. Während er die beiden Kühe vor sich her trieb, sah er in Gedanken ihre Ankunft in der Stadt wieder vor sich. So kläglich und doch so triumphierend, und nun, da sie alle drei den Anfang von etwas in den Händen hielten, fühlte Brad das Gewicht einer Bedrohung auf ihm lasten. Jener Bedrohung, die schon auf der geringsten Umsetzung eines jeden Vorhabens lastet, das Gewicht aller Bedrohungen.

Bird Boisverd führte sein Pferd auf die Koppel und verschwand in dem mittleren Zelt, über dem die Flagge wehte.

Brad band seine drei Tiere am Eckpfahl der Eisenwarenhandlung McPherson an. Dann nahm er die beiden Flaschen Milch, die er über Kreuz vor seinen Sattel gebunden hatte, und reichte Jeffrey, der hinter der Kasse auftauchte, die beiden ersten Butterstücke. Der nahm sie lächelnd entgegen, und sagte, dass ihm jetzt nur noch ein ordentlicher Brotlaib fehlte, um sich ein paar Butterbrote zu schmieren, die diesen Namen verdient hätten.

»Du siehst müde aus«, sagte er nach einem Blick auf seinen Bruder, der auf die Erwähnung der Butterbrote nicht reagiert hatte.

»Bin ich.«

»Geh dich oben ausruhen, ich bringe dir was zu essen. Wo sind die Kühe?«

»Draußen. Jeff?«

»Ja?«

»Wir sind Quibble begegnet. Er hat keine Ohren mehr.«

Jeff verzog das Gesicht. Brad fuhr fort:

»Und der Indianerin.«

»Der Indianerin?«

Brad zuckte mit den Achseln.

»Einfach einer Indianerin. Sie hat gesagt, dass Männer kämen. Indianer. Nicht zwangsläufig auf dem Friedenspfad.«

»Indianer?«

»Nicht weiße Männer.«

»Nicht weiß? Na, dann kannst du beruhigt sein, sie sind schon eingetroffen. Vier von ihnen sind seit zwei Tagen in Zebs Bad zugange, und der ist übrigens drauf und dran, seine Wette zu gewinnen! Unglaublich! Sally hat seit achtundvierzig Stunden keinen Kunden gesehen.«

Jeffrey brach in ein schallendes Gelächter aus, das die Lampen am Hauptbalken zum Schwanken brachten. Ja, unglaublich. Er war selbst dort gewesen und pieksauber wieder herausgekommen, königlich entspannt, mit einer anhaltenden Freude im Bauch und einem Appetit, dass er ein ganzes Kalb hätte verschlingen können. In Bestform für die kommenden Nächte. Dieser Zebulon war ein Genie. Und Josh war auf seinem Gebiet auch nicht übel.

Denn der Vortag hatte eher schlecht begonnen. Zuerst war Gifford gekommen, um ihn um einen Topf, in dem er seine Farben kochen konnte, und um zwanzig weitere Blätter zu bitten, im Tausch gegen jene, die er beim letzten Mal mitgenommen hatte und die er erneut mit Vögeln bedeckt zurückbrachte. Jeffrey hätte sich weigern können, aber auf einem von ihnen war ein Eisvogel abgebildet, dessen stahlblauer Rücken ihn bezauberte. Er fragte sich, woher Gifford so viel über diese Tiere wissen konnte, die schneller als ein Pfeil übers Wasser flitzten und sich selten länger als fünfzehn Sekunden auf einem Zweig niederließen. Tötete er sie oder was? Gifford war über diese Frage zutiefst empört. Er tötete nichts und niemanden, er beobachtete, er hatte Geduld, das war alles. Giffords Tonfall hatte Jeffrey missfallen. Einen Vogel abzuschießen war ja nun keine große Sache. Er hatte noch eins draufgesetzt, indem er den schlaksigen Kerl fragte, ob er vor hatte, immer nur diese verdammten Spatzen auf diese verfluchten Blätter zu malen. Woraufhin Gifford geantwortet hatte:

»Was soll ich Ihrer Meinung nach denn sonst malen, ein Portrait von Ihnen?«

Daraufhin hatte Jeff ihn mit einer gewissen Erleichterung ziehen lassen, ihn, seinen Topf und sein Papier. Er war gerade damit beschäftigt, das Hermelinfell umzuhängen, damit er die neuen Blätter neben das erste hängen könnte, als draußen ein Schuss fiel. Er war hinausgegangen, um zu sehen, was los war, und hatte festgestellt, dass sich während seiner Diskussion mit Gifford am Ende der Straße eine kleine Menschentraube gebildet hatte, wovon er nichts mitbekommen hatte. Josh stand vor einer Gruppe Leute, die Jeffrey nicht gut erkennen konnte, sein rauchendes Gewehr war auf eine andere Gruppe, die von Franklin, dem Waffenhändler, gerichtet. Jeffrey hatte dies als schlechtes Omen gewertet und sofort die Schritte beschleunigt. Josh erklärte gerade, dass der erste, der näher käme, die nächste Kugel vor den Latz bekäme. Hinter ihm waren acht Leute versammelt, eine Leiche auf einer Trage, und auf den ersten Blick um die vierzig Schafe, die sich in einem erbärmlichen Zustand befanden. Zeb kam mit einer Bürste in der Hand aus seinem Badehaus. Gifford hatte sich bereits dazugesellt und ging auf den Leichnam zu, der von zwei Männern in dunklem Gewand und geflochtenem Zopf bewacht wurde. Er näherte sich ihm langsam und wiederholte dabei Zeichen des Friedens.

»Was ist passiert?«, fragte Jeff, als er sich einen Weg durch Franklins Gruppe bahnte.

»Diese verfluchten Schlitzaugen. Einfach einen Cowboy abzuknallen.«

»Und ihn uns dann zu bringen?« wunderte sich Jeff.

»Sie halten uns eben für Vollidioten.«

»Sie haben die Tiere gestohlen.«

»Sie werden ihn nicht mit ins Paradies nehmen.«

»Das regeln wir, Jungs«, warf Franklin ein und hielt seine Pistole in die Luft. »Wir sind hier schließlich bei uns! Schafdiebe werden aufgeknüpft!«

»Nicht alle«, hatte Nils gesagt und dabei Pat scharf angesehen, der neben dem Waffenhändler stand.

Gifford, der neben der Leiche des Körpers gekauert hatte, richtete sich wieder auf und erklärte:

»Er ist tot.«

»Natürlich ist er tot«, erwiderte Franklin, »was hast du

denn geglaubt? Braucht ihr erst eine Zeichnung, Jungs? Je dreister, desto weiter kommt man. Die bringen einen Menschen um und kommen dann hierher, wie die Unschuldsengel! Wir bringen ihn euch wieder! Nieder mit den Schlitzaugen!«

Pat hatte den Schlachtruf übernommen und ihn im aufgeheizten Lager des Waffenhändlers aufgehen lassen wie ein Soufflé.

»Nieder! Nieder mit den Chinesen! Wir wollen hier keine Gelbhäute!«

Zeb hielt noch immer seine Bürste in der Hand. Unschlüssig besah er sich mal die eine, mal die andere Gruppe. Als er aber sah, wie Franklin langsam die Pistole sinken ließ, die er über den Kopf gehalten hatte, zog er blank und feuerte zwei Schüsse ab, bevor Josh Zeit gehabt hatte, auch nur den Finger zu krümmen. Der erste riss dem Waffenhändler den Colt aus der Hand, der zweite fegte ihm den Hut vom Kopf.

»Schließlich brennt es nicht. Der Kerl ist tot, wir können uns fünf Minuten Zeit nehmen, um die Angelegenheit zu klären.«

»Sie ist glasklar!« sagte Franklin, der sich das Handgelenk hielt und Zeb tödliche Blicke zuwarf.

»Das glaubst du. Doch der Schein trügt manchmal. Wenn wir wenigstens einen von ihnen sprechen ließen, wäre es fair.«

»Sie können nicht sprechen, sie können nur schnattern!«

»Sie sprechen nicht, sie furzen!«

»Schnauze, Pat, halt einfach das Maul, wenn du nicht ein zweites Arschloch neben dem Mund haben möchtest.«

In diesem Moment löste sich hinter Josh, der die Warnung ausgesprochen hatte, eine junge Frau aus der Gruppe, die sich in ihrem Schatten versteckt gehalten hatte und nun auf Zebulon zuging.

»Ich möchte in ihrem Namen sprechen und sagen, was passiert ist. Ich verstehe und spreche ihre Sprache.«

Bei ihrem Anblick hatte Jeff leise ausgerufen:
»Das Mädchen!«
Und dann für alle hörbar:
»Sag ihm alles, Xiao Niù, der Kerl ist in Ordnung.«

Sally zählte die um das Klebeband am Kronleuchter ihres Saloons schwirrenden Fliegen. Es waren fünfzehn, fast genauso viele wie Kerzen auf dem Wagenrad der Pferdekutsche, die sie hierher gebracht hatte, diesem Wagenrad, das sie eigenhändig abmontiert und an der Decke befestigt hatte.

Fünfzehn Fliegen und kein einziger Kunde. Sie war der einzige Mensch im Raum vor und hinter der Bar. Die Mädchen, die auch einen Blick in das Badehaus werfen wollten, von dem seit zwei Tagen die ganze Stadt sprach, hatte sie im oberen Stockwerk eingeschlossen. Auch Arcadia. Sie hatte ihr vorher das Instrument weggenommen, damit es in den Zimmern keinen Aufstand gab.

Sally hätte vorausschauender sein und festlegen müssen, dass der Alkoholausschank nicht in den Zuständigkeitsbereich des Badehauses fiel. Auch wenn Zeb zur Einweihung der Anstalt nur eine Runde spendiert hatte und sich die Flaschen nun bis auf den letzten Cent bezahlen ließ, mit drei Prozent Aufschlag, weil sie auf einem Tablett »an der Wanne« serviert wurden. Sie hätte auch gegen die Einrichtung eines Warteraums protestieren müssen, in dem sich ein gut erhaltener Roulettetisch mit einem noch ansehnlichen Spieltuch befand. Wie sie Zebulon kannte, hätte sie sich das mit den Nebenräumen und den Zusatzdienstleistungen denken können, es war geradezu zwangsläufig. Sie war eher überrascht, dass er seinem Rudimentären Luxus nicht noch um einen kleinen Stand erweitert hatte, an dem all diesen verfluchten Spontanbadegästen Eierkuchen oder Honigkrapfen verkauft würden. Sie hätte noch eine Menge anderer Dinge klarstellen können, bevor sie sich auf diese idiotische Wette einließ, aber die Ankunft der Chinesen und ihre katastrophale Auswirkung hätte sie beim besten Willen nicht vorhersehen können. Nicht dass sie Pat, den Fleischer, besonders schätzte oder Franklin, den Waffenhändler, ins Herz geschlossen hätte, beide waren unsagbare Trottel, aber wenn doch wenigstens dieses eine Mal ihre Argumente etwas von der Schlagkraft ihrer Fäuste besessen hätte, hätte man diese Teufelsbrut aus der Stadt gejagt. Dann wäre sie selbst nicht auf dem besten Weg, ihre Wette zu verlieren und die Fliegen an der Decke zu zählen. Aber natürlich mussten die Kerle gleich zum Lynchen aufrufen. Und Josh den Großherzigen spielen, als er die frühreife Herumtreiberin wiedererkannte, die Hose und Tunika anhatte, während ihresgleichen Kleider trug. Sie hatte ja auch so schön geredet und dazu ihr sanftmütiges Mienenspiel und mit den Händen die kleinen zarten Gebärden gemacht, dass Zebulon ihr auf der Stelle geglaubt hatte. Ebenso gut hätte sie erzählen können, dass die Schafe mit einem Satz vom Mond auf die Erde gesprungen waren, er hätte erwidert, aber ja, natürlich. Das tun sie ständig, das ist ganz normal. Ihre Geschichte war zwar weniger absurd gewesen, hatte aber Wirkung gezeigt, da sie sofort zur Anstellung von vier Chinesen in Zebulons Bädern geführt hatte. Sie waren spindeldürr und nach eigener Aussage in der ganzen asiatischen Welt, aus der sie stammten, als unvergleichliche Masseure bekannt. Was Sally irgendwann selbst glauben würde, wenn sie nicht bis zum Abend noch einen Abtrünnigen über ihre Schwelle treten sähe.

Wie die junge affektierte Frau berichtete, folgte die Bande Chinesen seit mehreren Wochen in respektvollem Abstand einer Viehherde und ernährte sich von den Essensresten der Cowboys oder von den Tieren, die zu schwach zum Überleben waren. Auf diese Weise hatten sie schließlich eine Art Beziehung zu den Männern aufgebaut, insbesondere zu dem, den die anderen sich vom Leib hielten, zum Schafhüter. Der kümmerte sich ganz alleine um dreihundert Schafe und hatte die Anweisung, zwischen seinen Tieren und den Kühen einen Abstand von mindestens einem halben Tag Fußmarsch zu wahren. Und auch die Chinesen, die darauf bedacht waren, jeden in Ruhe zu lassen, blieben ungefähr im selben Abstand von den Schafen. So wurden sie Zeugen des Indianerangriffs, konnten aber nichts tun, um den Schäfer zu retten, den sie zu spät eingeholt hatten. So war der Mann an den Folgen einer Pfeilwunde gestorben. Während Zebulon mechanisch mit dem Kopf nickte und dem Mädchen nach Sallys Meinung in völlig ungebührlicher Weise in die Augenschlitze blickte, hatte Pat an dieser Stelle der Erzählung gerufen, dass er keinen Pfeil im Körper des Mannes sah. Darauf hatte das Mädchen erwidert, einer von ihnen habe versucht, die Blutung zu stillen, indem er den Pfeil aus der Halsschlagader gezogen, in die er eingedrungen war, und versucht hatte, ihm die Arterie wieder zuzunähen. Sie hatte hinzugefügt, es wäre ihm gelungen, sein Leben zu retten, wenn der Mann noch genügend Blut im Körper gehabt hätte. Woraufhin sich Pat auf den Oberschenkel geschlagen hatte, wie er es immer tat, wenn er sich besonders amüsierte. Es gehe doch nichts über einen Druckverband für einen Kerl, der schon verblutet ist! Oder einen Kauter auf einem Holzbein! Im Lager des Fleischers hatten alle gelacht und gegrunzt. Wo war denn dieser unsichtbare Druckverband? Und der indianische Pfeil? Sally war aufgefallen, wie Josh in diesem Moment sein Gewehr etwas stärker an sich gedrückt hatte. Das Mädchen hatte sich auf Chinesisch an die Gruppe gewandt, die von dem jungen Mann beschützt wurde. Und als die feindlich gesinnten Männer, vom Klang dieser unbekannten Sprache gereizt, näher kamen, zog einer der Chinesen einen langen mit Federn versehenen Stab aus dem Ärmel und reichte ihn Zeb. Der löste endlich den Blick von seiner Gesprächspartnerin, um Federn und Spitze eingehend zu betrachten, bevor er bestätigte, dass es sich um einen Pawneepfeil handelte. Elie, der unmittelbar neben ihm stand, bekräftigte dies. Er hätte sogar sagen können, wer ihn abgeschossen hatte, denn er kannte die Markierung, verkniff es sich aber. Unterdessen fragte Gifford, der den Leichnam ausführlich untersucht hatte, in die Runde, ob ihm jemand ein scharfes Messer leihen könne. Sally hatte den spitzen Dolch aus ihrem Stiefel gezogen und war neben ihn an die Leiche getreten. Gifford hatte auf die rechte Halsschlagader gezeigt, die auf fünf Zentimetern feinsäuberlich vernäht worden war. Er ließ sich den Pfeil bringen und verglich die Länge der Naht mit der Basis der Spitze. Sie stimmten überein. Woraufhin er alle Skeptiker aufforderte, näher zu treten und die präzise Naht zu bewundern. Und nachdem alle es gesehen hatten, schnitt er vor den Augen der miesen Kerle, die er ausdrücklich gebeten hatte stehenzubleiben, die Nähte auf, um sich von der nicht weniger sorgfältigen Arbeit zu überzeugen, die an der Arterie selbst geleistet worden war. In dem Moment hatte sich Franklin abrupt abgewendet und die Menschentraube mit eiligen Schritten verlassen. Ein Mann neben Sally war in Ohnmacht gefallen. Und selbst Pat, der den ganzen Tag das Hackebeil schwang, war blass geworden. Als Gifford, der in seinem Regenumhang neben der Leiche hockte, sich wieder aufrichtete und verkündete, dass derjenige, der diesen Eingriff vorgenommen hatte, ein erstklassiger Chirurg war, hatte sich die Feindseligkeit der Männer aufgelöst wie ein Hirngespinst.

So stand es also um die Standhaftigkeit der Männer, dachte Sally bei sich, als sie sich in ihrem wie ausgestorbenen Saloon zurückerinnerte.

Zur Abwechslung hätte sie gern eine Opiumpfeife geraucht. Stattdessen goss sie sich ein Glas Brandy ein, den Besten aus ihren Vorräten, denn man darf sich niemals gehenlassen, erst recht nicht, wenn man unglücklich ist. Soll sich doch die ganze Stadt von vier tatschenden Chinesen waschen und massieren lassen, was scherte es sie eigentlich, schließlich kämen ihre Kunden bloß sauberer und weniger gereizt zu ihr, weiter nichts, war doch bestens!

Denn sie würden wiederkommen, daran hatte Sally keinen Zweifel.

Das Glas, das sie in zwei Schlucken ausgetrunken hatte, peitschte sie kräftig auf. Sie knallte es so laut wie möglich auf den Tresen, schnappte sich ihr Gewehr und ging zur Treppe. Bevor sie hinaufstieg, legte sie an und feuerte einen Schuss auf das fliegenbesetzte Klebeband ab, das an ihrem Kronleuchter hing. Ein paar Kerzen wurden dabei ausgeblasen, die Mädchen kreischten in ihren Zimmern, und das Band fiel auf die Platte des mittleren Tisches. Eine Minute später riss sie im obersten Stockwerk schwungvoll die Türen auf und kündigte einen reinen Frauenabend an, und wenn auch nur eine es wagen sollte, durch die Schwingtür des Saloons zu treten, würde sie ihr ohne Zögern in den Rücken schießen. Im Übrigen war der Alkohol frei, Musik dringend geraten und Spielen geboten. Die Röcke wirbelten durch die Luft, als sie die Treppen hinunterstürmten und zum Auftakt eine Quadrille forderten. Sally schlüpfte hinter die Bar, reihte die Gläser auf und füllte sie. Bis Arcadia ihren Platz eingenommen hatte, hatten die Mädels bereits zwei gefüllte Gläser hinuntergestürzt, ihre Wangen färbten sich rot. Arcie stimmte eine Polka im Stakkato an, dass alle Beine in die Luft schwangen und das Parkett zu beben begann. Als auf die Gruppentänze Kreistänze, Partnertänze und Kettentänze folgten, Arcie den Rhythmus mit den Absätzen schlug und die Richtungswechsel anzeigte, verloren die Mädels allmählich die Orientierung und einiges mehr. Sally hüpfte, sprang und stieß ihre Yippiehs und Triller in allen Tonlagen aus. Sie hatte sie verdammt gut drauf, und selbst die Ältesten der süßen Früchtchen waren verblüfft.

Als die Mädels außer Puste waren, gab Arcie das Zeichen für eine kleine Pause und träufelte etwas kühles Wasser in die Whiskeygläser, bevor sie erneut aufgereiht und gefüllt wurden. Josie-la-Ventouse stimmte in ziemlich hoher Lage ein anzügliches Lied an, in das die anderen lachend und röckeschwingend einen Ton tiefer einfielen. Arcadia nutzte die Gelegenheit, hinter den Tresen zu gehen, mit beiden Händen aufs Holz zu trommeln, bald abwechselnd mit zwei Gläsern und zehn Fingern. Gloria jubilierte, mit knallrotem Kopf und ebenso roten Füßen, denn sie tanzte ohne Schuhe wie eine Wilde.

Sie verlangten Walzer und bekamen Walzer. Wasser, um sich zu erholen, Brandy, Likör und Bier, wenn es plötzlich zu warm wurde, und nach und nach bildeten sich Mannschaften, die einander abwechselten. Vier von ihnen spielten sternhagelvoll am mittleren Tisch französisches Poker und forderten lautstark, dass nur Bewegungen mit dem Ellbogen erlaubt seien. Die Karte ausspielen, den Einsatz nach vorn schieben, das Glas heben. Sie spielten um die Zigarillos aus der Schachtel, die Sally auf das Spieltuch gelegt hatte.

Gloria wackelte auf dem Tresen mit dem Hintern und ließ ihre Möpse im Bustier hüpfen, während sie ihre feuerroten Gorgonenlocken schüttelte. Mit dem Instrument in den Armen drehte Arcie eine Runde durch den Raum und zupfte mal hier, mal da mit dem Bogen in allen Tonhöhen gleichzeitig. Zwischen den Liedern, in den Tanzpausen, wurde mit großen Gesten über Gold, den Mond, Filzläuse, Politik und Staub diskutiert. Sally suchte den Tresen ab, um zu prüfen, ob sie nicht doch noch etwas Stärkeres zu rauchen hatte. Von Zeit zu Zeit huschte eine Melodie vorbei, die jeder kannte, und der Saal hallte wider von einem mehr oder weniger harmonisch gestimmten Chor.

Sally hatte gerade die Lippen um das Mundstück ihrer Pfeife geschlossen, als sie sah, wie sich Zebulons Hut über den Türen abzeichnete, genau wie bei seinem ersten Auftritt. Ohne großes Federlesen griff sie nach dem Gewehr unter der Bar und feuerte auf ihre Zielscheibe. Es ertönte Hurrageschrei, um den Schuss zu honorieren, den niemand vorhergesehen hatte. Sally salutierte und verbeugte sich. Über den Schwingtüren war kein Hut mehr zu sehen, trotzdem schoss sie auf gut Glück ein zweites Mal auf die Straße und verkündete durch den Rauch des Schießpulvers hindurch, dass die Bar an diesem Abend für jeden geschlossen sei, der keine Röcke trug. Als sie den Hut wieder auftauchen sah, mit einem weißen Taschentuch, das um einen Stock geknotet war, schoss sie in ein drittes Mal, diesmal in den Boden. Daraufhin hörte man ein paar Stiefel die Stufen hinuntersteigen, ein unglaublich trauriges Geräusch, weil es sich entfernte, und sie schlossen sich Ventouse an, die einen langsamen und melancholischen Gassenhauer angestimmt hatte, der selbst den Abgebrühtesten unter ihnen Tränen voller Whiskey in die Augen trieb. Nachdem sie genug geweint und sich in ihre Unterröcke geschnäuzt hatten, ergriff Arcadia wieder die Initiative, denn das Leben dreht sich immer weiter auf der Welt, wie ein Tanz in einem Saloon.

Eine Stunde später, als sie den kleinen Zwischenfall schon längst vergessen hatten, zeigte eine der vier Pokerspielerinnen, die nur noch den Zigarillo, den sie gerade rauchte, als Einsatz hatte, mit weit aufgerissenen Augen zur Tür. Ihre Tischnachbarinnen wandten nicht einmal den Kopf, aber weder Arcadia noch Sally verpassten den fabelhaften Auftritt der bärtigen Frau.

In ein waschechtes Pionierkleid gehüllt, mit Blümchenmuster bis zu den Knöcheln, den Damenhut mit Spitzenvolant tief in die Stirn gedrückt und unterm Kinn verknotet, den Blick auf die schnürsenkellosen Stiefeletten mit zehn Ösen gesenkt, stöckelte sie wie eine Puritanerin auf dem Kreuzweg mit kleinen Schritten und schmerzverzerrtem Gesicht auf die Bar zu. Als sie sie erreichte, wusste Sally nicht, ob sie einen Lach- oder einen Schlaganfall bekommen sollte. Arcadia wiegte sich mit weit aufgerissenem Mund im Zweiertakt hin und her, und Gloria sprang wieder auf den Tresen, um der irren Rachegöttin ihre Spitzenunterwäsche und üppige Sinnlichkeit aus nächster Nähe zu zeigen. Als diese schließlich den Kopf hob, prustete Sally laut los, während Gloria, verwirrt vom Anblick des dichten Wuchses und der sehr dunklen Farbe des Bartes, umgehend wieder hinunterhüpfte.

»Nun, da ich Röcke trage, wirst du dich vielleicht dazu herablassen, mir zuzuhören«, sagte Zebulon zu Sally, die sich die Tränen mit einem Geschirrtuch trocknete.

Nickend atmete sie tief durch, wischte sich die Augen und trat vor ihren Tresen. Und bevor Zeb auch nur eine Bewegung andeuten konnte, nahm sie ihm seinen lächerlichen Hut vom Kopf und drückte ihm im hellen Licht vor versammelter Runde eindrucksvoll die Zunge in den Mund.

Nachdem sie fertig war, packte sie ihn am Rocksaum und zog ihn zwischen den Tischen zur Treppe, zum oberen Stockwerk, zu einem Zimmer, das das ihre war. Dort schob sie ihn hinein, und bevor sie ihm folgte und die Tür hinter sich schloss, drehte sie sich noch einmal um und machte die von allen erhoffte aber unerwartete Ankündigung:

»Meine Damen, die Bäder sind eröffnet!«

Als die Stadt tags darauf aus ihrem Erholungsschlaf erwachte, fand man schaumige Wasserlachen vor den Wannen, zerknitterte Laken und Stoffe in Sallys Zimmer, sowie erschöpfte, kostenlose Liebhaber an allen Ecken.

Die Mädels kehrten einzeln zurück, und Sally servierte jeder einen kräftigen, mit Rum verfeinerten Kaffee. Als alle da waren, briet sie ein Omelett mit fünfundzwanzig Eiern, sah ihnen zu, wie sie aßen und schickte sie dann ins Bett. Der Saloon würde seine Türen um Schlag zehn Uhr öffnen. Sie sollten frisch sein wie Rosen.

Als alle im Bett lagen, stieg Sally wieder auf ihr Zimmer, mit einem Tablett voll Brot, Pickles, Bacon, gebratenen Eiern und karamellisieren Tomaten. Zebulon lag quer auf dem Bett, zur Hälfte in die Laken gewickelt, den Hintern wie auf dem Präsentierteller, und schlief mit geschlossenen Fäusten. Sie stellte das Tablett auf den Nachttisch, beugte sich über ihn, berührte seine raue Wange, und da er nicht reagierte, wanderte sie mit den Fingern und ihrem Atem über seinen Rücken, packte seinen Hintern mit beiden Händen und biss hinein wie in knuspriges Brot.

Ihr Frühstück war köstlich.

Nachdem sie die Teller mit Brot ausgewischt hatten, zog Sally sich wieder an, um ihren Kaffee auf dem Balkon zu trinken. Jeffrey, der auf einem Klapphocker saß und seinerseits Kaffee trank, lächelte sie breit an, hob die Tasse in ihre Richtung und brachte einen Toast auf sie aus. Die Luft war mild und von Hammerschlägen erfüllt. Es waren die Chinesen, die ihre Wäscherei errichteten. Zeb hatte das Gelände neben dem Badehaus für sie erworben. Im Gegenzug hatten sie sich verpflichtet, lebenslang seine persönliche Wäsche und die des Rudimentären Luxus zu waschen, solange es diese Einrichtung gab und sie diesen Namen trug. Josh führte die Aufsicht, während Elie im Erdgeschoss auf Grundlage einiger Skizzen mit den drei Masseuren und dem Chefarzt, Jeddie Chan, einem argen Sturkopf, über die beste Möglichkeit der Abwasserentsorgung stritt. Sie wurden sich nicht einig.

Giffords Haus paffte dicke weiße Rauchwolken, als Zeichen des Friedens an alle Balkone der Stadt.

Am Ende der Straße machten sich Nils Antulle und Bird Boisverd daran, die neuen Schafe zu scheren. Jeffrey hatte ihm einige Wochen zuvor einen Auftrag über achtzehn Decken erteilt, oder, wenn er liefern konnte, gern auch mehr. Nils hatte es bis dahin an Rohmaterial gefehlt, die Schafe, die vom Angriff der Indianer verschont geblieben waren, kamen da gerade recht. Auch wenn sie in den Augen eines echten Kenners nur mittelmäßige Wolle lieferten.

Nach dem Scheren würde eine Hälfte bei Nils Mufflons und farbechten Shasta-Schafen bleiben und die andere Hälfte an Brad gehen, um im warmen Stall fett zu werden. Die Chinesen hatten ihnen gern die Pflege und das Eigentum an den Tieren überlassen, deren Geschmack sie nicht mochten und die sie beinahe das Leben gekostet hätten. Trotzdem versprach er ihnen einen großen Plaid, zu dem sie gern ihre Meinung äußern dürften, und Brad ein dreitägiges Grillfest zum Neujahrstag.

Ilse und Cristophia wechselten sich dabei ab, die frisch geschorene Wolle, noch voller Wollfett, am Fluss zu waschen. Sie trugen große Körbe. Xiao Niù folgte ihnen mit den ersten Wäscheballen, begleitet von Gifford, der die Bügelarbeiten schließlich übergenommen hatte, teils um für den Winter vorzusorgen, teils um den Wäschereibetrieb in Gang zu bringen, indem er die verborgenen Ängste der Weißen gegenüber diesen spröden und schweigsamen Menschen, die die meisten Stadtbewohner bereits von ihren Schulter- und Kreuzschmerzen befreit hatten, verscheuchte.

Josh sah von seinem neuen Dachstuhl aus, wie sie vorübergingen und fragte sich, wie er in dieser hochgewachsenen jungen Frau das zerlumpte Mädchen erkennen konnte, das in der Prärie Reisigbündel aufgesammelt hatte. Und doch hatte er sie sofort erkannt, kaum dass sie ihm vor die Augen getreten war. Noch bevor er sie – unbesehen ihrer Schönheit – als unerreichbar eingestuft hatte, und noch bevor er ihre Gesichtszüge wahrgenommen hatte. Ihr Gang, die feine Luftbewegung, das fließende Schweigen, das sie umhüllte, die Undurchdringlichkeit ihres Wesens hatten seine ganze Aufmerksamkeit in Beschlag genommen. Dann war sie plötzlich verschwunden, in der Gruppe, mit der sie die Straße entlangging, und da hatte er gewusst, wer sie war. Xiao Niù, Dichterin und angehende Heilerin, die andere von Flüchen befreite. Anmut, rätselhafte Schönheit.

Josh konnte sich sehr gut erinnern, in welchem Ton und mit welch gemessenen Gesten sie die ihnen seit Tagen in der unendlichen Prärie auflauernde Bedrohung von ihrem Lager und ihren Körpern ferngehalten hatte, zu einer Zeit, die ihm mittlerweile so weit zurückzuliegen schien. Die wie ein hungriges Raubtier lauernde Bedrohung, der sie hätte zu Diensten sein sollen, die sie aber mit einem Bannspruch abgewehrt hatte. Erneut sah er, wie die dunklen Gestalten rings um sie her beim Klang ihrer Stimme innegehalten hatten, wie die Messerklingen aufgehört hatten im Mondlicht aufzublitzen, als sie wieder verstummt war, und wie Glanz und Schatten gemeinsam zurückgetaucht waren ins Gras, über das der Wind fuhr. Nur ein schwaches Wimmern hatte ihren Aufbruch begleitet und Josh bestätigt, dass er die Gegenwart dieser sechs gelbhäutigen, abgemagerten Männer, die ihren Karren wie Tote umringt hatten, nicht geträumt hatte.

Er hatte sich in der Folge nicht dazu durchringen können, Xiao Niù zu fragen, was sie in jener Nacht zu den Leuten ihres Volkes gesagt hatte, die daraufhin das Leben der drei weißen Männer und der alten Frau verschont hatten, obwohl sie

sie ohne Weiteres hätte bestehlen und möglicherweise auch ganz ungestraft aufessen können, denn er fürchtete, dass sie mit ihnen eine Art Vertrag geschlossen hatte. Davon abgesehen war er sich bis heute nicht ganz sicher, ob die Wesen um sie herum wirklich lebendig gewesen waren, er hatte zumindest Zweifel an ihrer Natur. Weder in den Masseuren noch in den Gesichtszügen von Jeddi Chan erkannte er die Gespenster, die sie umringt hatten. Hätte er umgekehrt Xiao Niù vor Pat und Franklin gerettet? Er hoffte es. Nein, er war davon überzeugt, als er sie in Begleitung von Gifford mit dem nassen Wäscheballen zurückkehren sah. Er war davon überzeugt, noch bevor sie ihm einen langen, dunklen, sanften Blick zugeworfen hatte, der eindringlicher war als ein Pfeil, er war davon überzeugt, noch bevor er ihn traf wie der Blitz.

Jeff hatte seine Tasse Kaffee fast ausgetrunken, als er sah, wie Josh einen Dachbalken der neuen Wäscherei umklammerte und sich wie ein Ertrinkender daran festhielt, den Blick gen Himmel. Er schaute auf die Straße und sah den alten schlaksigen Kerl und sein Regencape unter dem fast fertig gedeckten Vordach der neuen Einrichtung verschwinden. Dann blickte er wieder hinüber zu Josh und schüttelte den Kopf. Vermutlich hatte der noch nicht gefrühstückt, er würde ihn zum Mittagessen einladen müssen. Ihn überreden müssen, mitzukommen zu Pat, um das erste Ragout vom Zuchtschaf zu essen. Das erste Ragout vom ersten Schaf, das Pat auf seine nachdrückliche Empfehlung Nils abgekauft hatte. Sanft nachdrücklich. So sanft wie der Lauf seiner Waffe im Rücken des Fleischers, als der seine Bestellung bei Nils aufgab und Wort für Wort wiederholte, was Jeff ihm vorsagte. Er würde Josh davon überzeugen müssen, dass der Geldumlauf in einer Stadt von wesentlicher Bedeutung ist.

Im Übrigen fragte er sich, ob er nicht einen kleinen Handel mit Franklin wagen sollte. Grollendes-Gewitter hätte sicherlich nichts gegen eine kleine Draufgabe oder eine Überraschung in letzter Minute. Alle Welt schätzt Luxus und überflüssige Dinge. Besonders die Indianer. Und Franklins Waffen konnte man ganz sicher nicht als nützlich bezeichnen. Er würde lediglich darauf achten müssen, Tromblonen auszusuchen, die dem Schützen nicht in der Fresse explodieren würden, er wollte schließlich keinen Ärger. Sobald die Decken fertig wären, hätte Jeff alles beisammen, was er brauchte, um seine allgemeine Eisenwarenhandlung auf einen Schlag auszubauen. Er hatte sich ein tragbares Ladenschild gebastelt. Aus einem schön gerade gewachsenen Haselnusszweig, an dessen Ende er einen mit schwarzem Stoff bezogenen Regenschirm festgebunden hatte, den man, je nach Lust und Wetter, öffnen oder schließen konnte. Aber am eindrucksvollsten war er geöffnet, wenn das Dach den leuchtenden Eisvogel schützte, den Jeff von der Wand abgehängt, auf einen Rahmen gespannt und mit einer Schnur an einem Nagel aufgehängt hatte. Um die Tragbarkeit zu verbessern und es stattlich aussehen zu lassen, hatte er auf Höhe der Hand eine geschmeidige gelbe Schnur gewickelt, von der er sechzig Zentimeter in einem Schubfach gefunden hatte. Jeff war sehr stolz auf sein tragbares Schild, das er mit seinem klappbaren Dreifußhocker vervollständigen würde, wenn der Moment gekommen wäre, die Dinge ins Tal zu bringen. Das würde nicht mehr lange dauern, denn die Blätter auf den Bäumen begannen sich rot zu verfärben. Grollendes-Gewitter würde bald aus dem Gebirge zurückkehren und am Ufer des flachen Flusses auf ihn warten, um ihn mitzunehmen zum Herbstmarkt der Dakota. Er hat es ihm versprochen, als sie sich über die gestohlenen Pferde und die beste Möglichkeit, sie zurückzubekommen, unterhalten hatten. Die sechsstündige Verhandlung hatte nur knapp ausgereicht, um das Privileg zu erhalten, vom großen Häuptling auf ihren Markt eingeladen zu werden.

Und vielleicht hätte sie das nicht, wenn Jeff, der mit seinen Argumenten am Ende war, sich nicht seine Wachskugeln in die Ohren gestopft hätte, womit er zu verstehen gegeben hatte, dass er nichts mehr hören wollte, dass die Terms of Trade endgültig festgelegt waren, also: ja oder nein. Die Indianer hatten sich vor ihm beraten, in die Hände geklatscht, gesungen und mit Kupfermünzen in einem Lederbeutel geklimpert, ohne dass er mit der Wimper gezuckt hätte. Der Geldbeuteltest war ausschlaggebend. Grollendes-Gewitter hatte den Kapriolen mit einer Geste ein Ende gesetzt und die Bedingungen angenommen. Jeff hatte seine Wachskugeln aus den Ohren genommen und sie wieder in sein Hutband zurückgelegt. Sie hatten ihre Pfeife mit einer Mischung aus Tabak und Purpurweide gestopft, die der Indianer dem weißen Mann drei Stunden nach Beginn der Verhandlungen zum Zeichen seines Respekts aus einem Beutel genommen und ihm angeboten hatte. Sie hatten sie angezündet und waren dann zum Tausch übergegangen. Grollendes-Gewitter hatte Sallys Meerschaumpfeife derart geschätzt, dass er drei bemalte Krieger, groß und breit wie Schränke, vor Jeffrey hatte auf und ab gehen lassen. Jeder der drei tapferen Krieger hatte eine Tochter, und Jeffrey würde sich aussuchen können, welche der drei er zur Frau nehmen wolle. Jeff hatte beim Einatmen des Weidenrauchs, den er nicht gewohnt war, gehustet. Er hatte gelächelt und Grollendes-Gewitter für die große Ehre gedankt, die er ihm hatte zuteil werden lassen. Dann hat er gefragt, ob Grollendes-Gewitter nicht selbst eine Tochter habe, und der alte Mann hatte wie wild losgelacht. Nein, er hatte keine. Jeffrey würde zwischen diesen dreien seine Wahl treffen müssen. Sie waren alle groß und schön, und würden ihm schöne Kinder schenken. Daran hatte Jeff keinen Zweifel, aber er war wie der große Häuptling, es besah sich die Pferde lieber, bevor er sie ritt. Ihre Väter zu sehen, war eine gute Sache, aber die Pferde selbst, noch besser. Und der große Häuptling hatte erneut wie ein Irrer gelacht. Sallys Pfeife zog wie ein Kamin, der Greis schwebte auf einer Wolke der Zufriedenheit. Er gab Jeff recht und versprach, die drei Schönheiten solange zu bewahren, bis er zum Herbstmarkt käme. Dort würde er sie sehen und seine Wahl treffen. Jeffrey hatte kurzerhand eingewilligt und den Moment genutzt, um dem großen freigiebigen Häuptling im Gegenzug einen weißen Mann anzubieten, der aufgrund seiner Taten nicht sehr ehrwürdig war, aber mit dem er verfahren könne, wie es ihm beliebte. Wenn der Vorschlag den Häuptling überraschte, ließ er es sich zumindest nicht anmerken. Er rauchte einen Moment schweigend vor sich hin. Dann hob er den Kopf und sprang auf. Er würde die Pferde am Fuße der Berge, zwei Meilen von der Stadt entfernt, erwarten, er wollte sie schnell, und sobald er die Herde und den weißen Mann, der ihm eben ausgeliefert worden war, sähe, würde er wissen, ob Wächserne-Kugel ein ehrenhafter Mann war oder nicht. Jeff hatte die Hand in alle vier Himmelsrichtungen ausgestreckt, als wollte er einen heiligen Eid schwören. Dies war das vereinbarte Zeichen für Josh, der sie seit Stunden von einem Karren aus mit dem Fernrohr beobachtete. Fünf Minuten, um die Pferde aus der Koppel zu lassen, in Begleitung jenes Mannes, der sie beim Kartenspiel gewonnen hätte. Fünf. In Richtung Berge.

Nun wusste Jeffrey, dass Quibble nicht tot war, sondern, seiner Ohren beraubt, mit den Indianern durch die Prärie zog. Er hoffte, dass ihm dieser Umstand nicht allzu großen Ärger einbrächte, aber hatte doch arge Bedenken.

Als er sich von seinem Hocker erhob, war seine Tasse Kaffee, die fünfte des Tages, leer. Zebulon schnappte frische Luft auf Sallys Balkon. Auch er sah zu, wie der beginnende Herbst den Wald ansengte, indem er die Ahornbäume entzündete. Und wie die Chinesen ihre Wände neben seinen zusammennagelten. Und wie ein jeder in der Hauptstraße, deren Staub sich bald in Matsch verwandeln würde, auf und ab ging.

Giffords Haus funkelte wie ein riesiges Raureifkristall.

Ein kalter Luftzug wehte über die Stadt und kündigte allen, die sich auf ihren Balkonen aufhielten, sowie Josh auf dem Dach der Wäscherei, den bevorstehenden Jahreszeitenwechsel an. Zeb fröstelte und rieb sich die Wangen. Höchste Zeit, dass er sich rasieren ließ.

Silas empfing Zebulon mit weit geöffneter Tür. Er lag im drehbaren Sessel seiner Kunden, die Füße höher als der Kopf, ein Handtuch auf dem Gesicht, und schnarchte wie ein Sägewerk.

Zeb läutete beim Betreten des Ladens die Glocke, und der Barbier grummelte etwas in seinen Bart, bevor er einen Blick auf den Neuankömmling warf. Als er Zebulon erkannte, betätigte er den Kippmechanismus des Sessels und kehrte in eine sitzende Haltung zurück.

»Harte Nacht, was?« fragte er den gähnenden Silas, der sich das Gesicht mit dem Handtuch abrieb.

»Hart ist gar kein Ausdruck«, erwiderte er und warf das Stück Stoff in eine Ecke. »Ich hab kein Auge zugetan.«

»Du Armer!«

»Aber ich bereue es nicht.«

Zebulon lächelte.

»Verstehe. Kannst du klar aus den Augen gucken? Kannst du einen Mann rasieren, der dir nichts getan hat?«

»Wer weiß? Käme auf den Versuch an.«

Zeb setzt sich in den Sessel, den der Barbier eben geräumt hatte. Silas betätigte wieder den Kippmechanismus und Zeb fand sich seinerseits mit den Füßen in der Luft, für seinen Geschmack etwas zu tief, aber er protestierte nicht.

»Tatsächlich sehr bequem.«

»Nicht wahr? Das sage ich mir jeden Tag. Mein alter Silas,

dein dreh- und kippbarer Sessel ist verflucht bequem, du hattest verdammt recht, darin zu investieren. Zweihundert Dollar pro Stück und vier Cents für den Transport, ein Klacks.«

Er stellte die Schüssel mit dem Rasierschaum ab und begann sein Rasiermesser an dem Lederriemen zu schärfen, der an der Armlehne des Sessels befestigt war. Er tat dies sehr hastig, ebenso wie er die Seife zu Schaum schlug. Zeb warf ihm kleine kurze Seitenblicke zu, ohne den Kopf zu bewegen.

»Keine Sorge, Zebulon, ich werde dir die Koteletten schon nicht bis zur Wurzel abrasieren, nur weil du mir mein Geschäft ruinierst. Du kannst schließlich nichts dafür.«

»Du bist sehr fair, Barbier. Kannst du mich ein bisschen höher kippen, mir steigt das Blut in den Kopf?«

Silas legte sein Rasiermesser zu Seite und stellte den Sessel so ein, dass Zeb die Straße sehen konnte. Er legte ihm ein Handtuch um den Hals, das seinen Körper bis zu den Knien bedeckte, und pinselte ihm das Gesicht mit Rasierschaum ein. Währenddessen erklärte er Zeb, dass er entgegen seinen Erwartungen bemerkt hatte, dass in den vergangenen drei Tagen viele der Kunden des Rudimentären Luxus schon zufrieden waren, wenn sie sich den Bart in einem heißen Bad überbrüht hatten. Die Optik war ihnen dann nicht mehr wichtig, hatte er bemerkt, und häufig kamen sie überhaupt nicht. Was ihn allerdings erstaunte, denn bis dahin hatten die Männer mehr Wert auf ihre äußere Erscheinung gelegt als auf den Geruch ihres Körpers oder ihrer Kleidung. Silas hoffte im Übrigen, dass die verfluchte Wäscherei die Lage nicht noch verschlimmern würde, indem sie die zehn Cent für den »Komplettschnitt« auch noch einkassierte, schließlich konnte er nicht alles zu Schleuderpreisen anbieten, nur weil sich in der Stadt neuen Hygienenormen herausbildeten. Irgendwann war das Maß voll.

»Sauberkeit, Zeb, ist das Ende des Abenteuers. Wie wenn

man in einen Nachttopf pinkelt und aus Gläsern trinkt, anstatt die Flasche anzusetzen.«

»Aber du trinkst doch auch aus Gläsern!«

»Schon. Aber du weißt, was ich meine.«

Zeb lächelte unter dem Rasierschaum, während er sich an ihr erstes Gespräch zurückerinnerte, als der Sessel noch nicht kipp- und drehbar war, und Silas ihn aufmerksam und mit unschuldiger Miene musterte, ihn und seine beiden Taschen, auf die er den Ellbogen aufstützte.

Silas näherte sich mit der Klinge und zog mit zwei Fingern die Haut von Zebs Wange straff, um die Barthaare nah an der Wurzel abzuschneiden – da sah Zeb einen Schatten am Fenster vorbeihuschen. Als sich der Schatten in den Türrahmen stellte, hob er das Kinn, um den Barbier auf die Ankunft eines neuen Kunden aufmerksam zu machen. Silas wandte sich um, die Rasierklinge in der Hand, und blickte den Fremden an. Er war groß, staubig und stank so sehr, dass er nicht übel Lust hatte, ihm erst einmal ein Bad am oberen Ende der Straße zu empfehlen, aber der Fremde war angespannt, dass er lieber darauf verzichtete. Ihm fiel die Farbe seiner Kleidung auf, eine Art Uniform, und wandte ihm wieder den Rücken zu, mit den Worten:

»Kommen sie in einer Viertelstunde wieder, ich bin noch beschäftigt.«

Der Mann rührte sich nicht vom Fleck. Er beobachtete Zebulon, der halb hinter dem Barbier verborgen war, und Zebulon beobachtete ihn unter der Schicht Rasierschaum, aus halbgeschlossenen Augen. Auch er rührte sich nicht, aber im Gegensatz zu dem Mann auf der Türschwelle hielt er bereits den Kolben seines Colts in der Hand und hatte den Hahn gespannt. Silas drehte sich kein zweites Mal um, als er wiederholte, er solle später noch mal vorbeisehen. Der Mann ließ drei volle Sekunden vergehen, bevor er antwortete. Der Klang seiner Stimme hallte unangenehm durch den Laden. Der Kerl machte auf dem Absatz kehrt und verpasste beim Hinausgehen der Glocke über der Tür eine kräftige Ohrfeige. Silas biss die Zähne zusammen, verkniff sich aber eine Bemerkung. Zeb legte den Hahn langsam wieder auf die Kammer. Er behielt die Hände während der gesamten Rasur am Gürtel.

Als er seine zehn Cents bezahlte, warnte er Silas, er solle sich vor dem Kerl in Acht nehmen.

»Der ist gefährlich.«

»Ich weiß. Ich habe schon gesehen, wie solche Typen in Uniform vorgehen. Die befreit sie von der letzten Schicht Zivilisation. Kennst du ihn?«

»Nie gesehen. Aber vielleicht kennt er mich.«

Bevor er die Tür schloss, fügte er hinzu:

»Und vergiss nicht, heute Abend in den Bädern vorbeizuschauen. Es gibt eine Debatte.«

»Zu welchem Thema?«

»Die Liebe.«

»Hoho. Du kannst auf mich zählen!«

Der Abend war noch jung, als das Quieken eines Schweins durch den Saloon fuhr und die Atmosphäre schlagartig gefrieren ließ. Im oberen Stockwerk schlug eine Tür, eine zerzauste Nutte kam mit einem blutigen Messer in der Hand aus einem Zimmer und kreischte. Sally machte dem Barmann ein Zeichen und ging auf die Treppe zu. Eine weitere Tür flog auf. Gloria blickte sich um, trat aus ihrem Zimmer, riss der wie ein Schlosshund heulenden Ventouse das Messer aus der Hand und nahm sie in den Arm. Sally ging in das Zimmer, wo das Schwein noch immer quiekte und Gloria zurief, die Nutte solle aus seinem Blickfeld verschwinden und die Klappe halten. Der Mann saß auf dem Bett und presste das zu einer Kugel zusammengeknüllte Laken gegen den Bauch. Er blutete wie das Schwein, dessen Schrei alle gehört hatten, und blickte sich mit irren Augen umher. Sally ohrfeigte ihn mit aller Wucht. Er schloss den Mund, und seine Augen wurden starr. Dann befahl sie ihm, sich hinzulegen.

»Ich werde sterben!«

»Das macht sich besser im Liegen. Knall dich hin, bevor ich dir noch eine knalle.«

Er ließ sich auf den Rücken fallen, das Laken noch immer an sich gepresst. Sie nahm ihm das blutige Päckchen aus der Hand, ohne dass er sich auch nur ansatzweise dagegen wehrte. Das Messer hatte ihn an der Hüfte erwischt. Sicher hatte es sein Ziel verfehlt und war über den Knochen gerutscht, dessen fahle Farbe man durch die offene Wunde schimmern sah. Die Hose war völlig hinüber. Der Mann hob den Kopf, um sich die Wunde anzusehen und wurde ohnmächtig, während Sally ihm erklärte, das sei nichts Schlimmes. Bloß ein Kratzer. Trotzdem legte sie das Wäschestück wieder auf den fraglichen Kratzer und band es mit einem Halstuch fest, bevor sie wieder hinunterging und Arcadia zum Barbier schickte.

»Er ist im Badehaus«, warf einer im Saal ein.

»Ja und? Klebt die Badewanne etwa an seinem Arsch fest?«

Arcadia lief los, ohne den Ausgang des Gesprächs abzuwarten. In der Zwischenzeit stieg Sally wieder ins obere Stockwerk und betrat das Zimmer, in dem die Ventouse schluchzend auf dem Bett lag. Sie bedeutete Gloria, die ihr den Rücken tätschelte, hinauszugehen.

»Und lass das Messer hier.«

Die Ventouse hob den Kopf. Ihr lief der Rotz über die Lippen. Sie wischte ihn mit dem Handrücken ab.

»Was ist passiert?« fragte Sally mit einer sanften Stimme, die nichts Gutes verhieß.

Die Ventouse zuckte mit den Achseln. Das trug ihr eine so heftige Ohrfeige ein, dass ihr eine Nadel aus dem Haarknoten fiel. Sie blinzelte mehrfach, bevor sie Sally klar und deutlich vor sich sah, die Stiefeletten fest in den Boden gestemmt und mit geöffneter Hand, bereit für die nächste Ohrfeige. Schützend hob sie die Hände vors Gesicht und schrie:

»Er ist selbst schuld, ich habe ihn gewarnt!«

Sally reiche ihr ein volles Glas.

»Ja und weiter?«

Aus ihrer Erzählung ging hervor, dass der Idiot, der im Nebenzimmer blutete, am Abend der großen Eröffnung des Badehauses, bei dem die ganze Stadt ihren Spaß gehabt hatte, die Ventouse zum Gegenstand einer Wette gemacht hatte, die ebenso idiotisch war wie er selbst.

Er hatte das Volumen der Ventouse auf sieben volle Eimer Wasser geschätzt und seine Ersparnisse und seine Stiefel darauf gesetzt, gegen einen ähnlichen Idioten, der auf fünfzehn bis zwanzig Eimer tippte. Obwohl sie sich heftig wehrte, wollten sie ihre Hypothese überprüfen und warfen sie in eine volle Badewanne, die überlief. Dann hatten sie die Wassereimer gezählt, die in der Wanne verblieben waren. Und schließlich hatten sie sich in die Haare bekommen, weil sie nicht mehr wussten, ob dies der Wassermenge entsprach, die in der Wanne verblieben, oder der, die übergeschwappt war. Sie hatten angefangen sich zu schlagen, ein weiteres Glas getrunken und beschlossen, dass sie das Problem war, und man die Sache nun regeln würde. Also hatten sie sorgfältig die Wassereimer gezählt, um die Badewanne erneut zu füllen, hatten sie ausgezogen, hineingelegt und ihr den Kopf unter Wasser gehalten, weil auch der Kopf zählte. Nein, Zebulon war nicht eingeschritten, weil er nicht da war, antwortete die Ventouse und blickte Sally aus dem Augenwinkel an. Elie auch nicht, der war mit der kleinen Blonden von der Schafzucht zugange, alle lachten sich über diese Geschichte schief, eine Schande.

»Ich hatte sie gewarnt«, wiederholte sie und hob wieder schützend die Arme vors Gesicht, als Sally die Stola zurechtrückte, die ihr über die Schulter geglitten war.

Silas befand sich, anders als im Saloon behauptet wurde, nicht im Rudimentären Luxus. Es war zwar eine Badewanne auf seinen Namen reserviert worden, aber er lag nicht darin. Arcadia hatte sich einen Weg dorthin gebahnt, um sich selbst davon zu überzeugen. All die Herren lagen wie Könige im dampfenden Wasser, vor jedem ein Tablett, das quer über die Wanne gestellt war und auf dem sich ein Glas und ein kleiner Becher aus Ton für ihre Zigarren befanden. Auf der linken

Seite stand je ein Spucknapf und auf dem Wannenrand lag neben dem Stück Seife, das in einem Netz hing, ein Handtuch für sie bereit. Sie unterhielten sich in aller Ruhe. Oder besser, sie schwiegen in aller Ruhe.

Gifford hatte ihnen den uralten Mythos von den zweigeschlechtlichen Menschen erzählt, um ihnen einen Liebesbegriff zu erklären, an den er selbst gern geglaubt hätte, und die anderen sannen in ihrer Wanne darüber nach und starrten an die Decke. Josh, der zur Debatte gekommen war, um herauszufinden, ob es möglich, gut und legitim sei, sich in die erste dahergelaufene Chinesin, die überdies vielleicht eine Hexe war, zu verlieben, fand diese Geschichte von den Kugelmenschen, die in einem Anfall von Neid von den Göttern in zwei Hälften zerschnitten wurden, völlig hanebüchen. Wenn das stimmte, war er vielleicht selbst der Nachkomme eines Chinesen, der sich auf ein tolles Abenteuer eingelassen hatte, um seine zweite Hälfte seit Anbeginn der Zeit zu suchen. Oder Xiao Niù war eine Schottin, deren Ururgroßmutter einen sehr weiten Weg zurückgelegt hatte. Was ihm völlig unglaubwürdig erschien. Er schüttelte den Kopf.

Jeffrey sah sich den schlaksigen Kerl aus dem Augenwinkel an und fragte sich, von welchem Stamm Gifford solche Ammenmärchen hatte. Er schien eine ganze Reihe davon zu kennen und konnte gut sprechen. Diese Art von Geschichten gehörte nicht zu denen, die Jeffs Sorge über die Indianer verscheuchte. Sie erinnerte ihn nur daran, dass er nichts über sie wusste und dass ein Fauxpas seinerseits, das war ihm durchaus bewusst, unter gewissen Umständen tödlich enden konnte. Jeffrey hatte umso mehr Zweifel, als er eine halbe Stunde zuvor eine ganz andere Ansicht über die Liebe vertreten hatte. Die der schönen Körper, aller schönen Körper, denen man begegnen mochte, und selbst aller schönen Körper, denen man nicht begegnete, aller schönen Körper, die es gab, vergangene, gegenwärtige, zukünftige, mochte man sie vögeln oder nicht. Und während er diese schwindelerregende Ausweitung auf alle Körper machte, hatte er gespürt, dass sich diese Vorstellung in ihm verflüchtigte, sich von dem unmittelbaren Verlangen befreite, sich über den Genuss erhob und unermessliche Höhen erreichte. Pat, der darauf bestand, dass die Liebe zwischen Blase und Magen angesiedelt war, weshalb sie enge Beziehungen zum Essen und zum Alkohol unterhielt, hatte ihm gesagt, seine Augen seien größer als der Magen. Zeb hatte aufgelacht. Anfangs hatte er sich in der Rolle wohlgefühlt, lediglich die Gläser nachfüllen, statt die Unterhaltung anheizen zu müssen, die ihm heikler schien, als zunächst gedacht, insbesondere nach der Nacht, die er im Pionierkleid in Sallys Bett verbracht hatte. Trotzdem hatte er es sich nicht verkneifen können, seinen Senf dazuzugeben, indem er eine Geschichte erzählte, die Gifford und seinem Androgynen den Weg geebnet hatte. Zebulon zufolge war Amor eine Person. Sie war in uralten Zeiten vom Gott des Vorrats gezeugt worden, an einem Abend, da er zu viel getrunken hatte und auf eine menschliche Frau in Lumpen gestoßen war, die Fleisch gewordene Armut, eine Schönheit, die vor der Tür des Saloons eingeschlafen war. Aus diesem Grund war Amor hart, arm, obdachlos, trug nur Sandalen, war aber entschlossen, leidenschaftlich, ein hervorragender Fährtenleser, ein Hexer mit Zauberkräften und ein großartiger Redner. Weder sterblich noch unsterblich, niemals lange zufrieden, niemals wirklich müde. Amor, hatte Zebulon gesagt, war ein Bastard von überirdischer Schönheit.

Elie, der heißes Wasser brachte, um die Temperatur konstant zu halten, hatte sofort das kleine Wesen vor sich gesehen, das aus ihrer, seiner und Ilses, Vereinigung hervorginge, sobald der Sex, dem sie seit dem Einzug in ihr eigenes gemütliches Tipi hemmungslos nachgingen, Früchte tragen würde. Es würde die Augen, die Haare seiner Mutter haben, die Schultern seines Vaters, dasselbe Glücksverlangen wie sie beide. Es wäre ein strahlendes, ein einzigartiges Kind. Gifford hatte mitten in seine Träumereien hinein wieder das Wort ergriffen und das Bildnis jenes vollständigen Wesens gezeichnet, das vor der Ankunft des heutigen Menschen die Erde bevölkert hatte. In zwei Hälften geschnitten, auf zwei Füßen stehend. Da war Arcadia auf ihren zwei Füßen hereingeschneit und hatte nach Silas gefragt, von dem gesagt wurde, er befinde sich im Bad, und der nun nicht da war. Zeb war kreidebleich geworden. Er war gut rasiert, das sah man auf den ersten Blick. Die Badenden merkten sein Unbehagen, ohne es sich erklären zu können. Zebulon warf Elie die Flasche zu, die er eben geöffnet hatte, und wies ihn an, bis zu seiner Rückkehr den Whiskeystand darin zu überprüfen. Dann wandte er sich Arcie zu und sagte:

»Wir gehen ihn suchen.«

Sie war überrascht über die Eile, mit der Zebulon nach seiner Jacke griff, schließlich hatte sie nicht gesagt, warum sie den Barbier suchte. Unbewusst berührte sie die Waffe unter ihrem Rock, die nur zwei Fingerbreit von ihrem Strumpfhalter entfernt war und sie überallhin begleitete.

Als sie in die Nähe des Ladens kamen, sahen sie, dass die Tür weit offen stand. Die Glocke lag am Boden. Zeb und Arcadia stellten sich rechts und links von der Tür auf und lauschten. Zebulon zog die Waffe und hielt sie sich an die Schulter. Auch Arcadia umklammerte den Kolben ihres Remingers, dessen Lauf unauffällig durch den Stoff lugte. Sie hielten den Atem an. Sie hörten nichts, außer dem Geräusch von Tropfen, die in regelmäßigen Abständen in eine Metallschüssel fielen. Blitzschnell schlüpfte Zeb in den Raum und gab Arcie Deckung. Unnötigerweise. Es war nur eine dunkle, in sich zusammengesackte Masse in dem vollständig nach hinten gekippten Sessel zu sehen. An der Identität der Person hatte Zeb keinen Zweifel, nur an ihrem Zustand.

Er tastete an der Halsschlagader nach dem Puls des Sterbenden und fand ihn unter dem heraussickernden Blut. Er war zu spüren. Arcadia hatte eine Lampe gefunden und sie angezündet. Sie kam näher und hielt sie mit ausgestrecktem Arm so hoch wie möglich, um die Szene zu beleuchten. Als sie Silas erblickte, schlug sie sich die freie Hand vor den Mund und blickte hinüber zu Zebulon, dessen Kehlkopf eilig auf und ab hüpfte, als wollte er gerade eine Blindschleiche verschlucken. Er nahm ihr die Lampe aus der Hand und sagte, sie solle so schnell wie möglich Gifford holen. Arcie rannte los. Den Geruch von Silas' Blut und seinen aufgeplatzten Schädel, in dem das Hirn wie eine Trommel geschlagen hatte, hinter sich lassend.

In einem einzigen Atemzug rannte sie zu den Bädern, aus denen sie gerade gekommen war, taub für die Rufe, die ihr auf der Straße entgegenhallten, stocktaub, völlig aufs Laufen konzentriert. Sie rannte an Elie vorbei, der einen leeren Kübel trug, und stürmte zu den Bädern, wo sie sich an Giffords Wanne klammerte, außer Stande Atem zu holen und zu sprechen. Es war nicht nötig. Gifford sprang aus dem Wasser, schlang sich das Handtuch um die Hüfte, rannte hinaus und die Straße hinauf. Zebulon war über Silas' blutverschmiertes Gesicht gebeugt. Er hielt seine Hand und sagte, er solle wach bleiben, ihn ansehen. Gifford beleuchtete den Schädelknochen, tastete nach dem Puls, hob das Augenlid an, dass sich nicht von allein öffnete, betrachtete dann den dazugehörigen Mensch mit der Lampe und suchte in den Utensilien des Barbiers alles zusammen, was er gebrauchen konnte. Er wollte auch Handtücher, heißes Wasser, Whiskey und ein Opiat. Arcadia, die ihm auf den Fersen geblieben war, rannte wieder los. Zeb wurde beauftragt, die Lampe ohne zu zittern über das Operationsfeld zu halten. Er konnte Silas' Hand in seiner halten. Trinken würde er später.

Es gab nur einen einzigen Aufschrei: als Gifford den Alkohol über die ausgeschnittene Kopfhaut goss und dabei betete, dass der Mann das überleben würde. Einen einzigen langen, entsetzlichen Aufschrei, der die Luft auf der Straße rings um Sally gerinnen ließ, als sie herbeieilte, um Neuigkeiten zu erfahren. Sie erstarrte, und das Herz blieb ihr für einen Augenblick stehen, als sie den Schmerzensschrei erkannte, der nicht mehr durch einen Menschen fuhr, sondern direkt von der Hölle zur Erde aufstieg. Als er erstarb, nahm sie sich zusammen und zwang sich weiterzulaufen. Sie hüllte sich fester in ihre Stola, als sie den Laden des Barbiers betrat, und sah, wie Gifford einen der achtundvierzig Stiche bohrte, mit denen er die Wunde schließen würde. Silas war bewusstlos, und Zeb stand kurz davor, ebenfalls ohnmächtig zu werden, als Sally ihn ablöste, um die Lampe zu halten, und Silas' Hand nahm, die Hand, die Zeb losgelassen hatte. Sie war es auch, die neben dem Rasiermesser, das der Angreifer benutzt haben musste, den Fetzen eines blutverschmierten Hemds gefunden hatte, das nicht dem Barbier gehörte. Sie hob es auf und zeigte es Zeb, als sie in Ruhe hinter der Bar standen, die sie erst spät, sehr spät in der Nacht geschlossen hatte.

Zuerst hatte man Silas verarzten, seinen Schädel verbinden und eine fetthaltige Salbe auf sein völlig verschwollenes Gesicht auftragen müssen. Man hatte ihn auf einer Bahre zu Nils mittlerem Zelt tragen müssen, in dem die Frauen während der ersten Nacht über Silas wachen würden.

Im Saloon hatte Gifford dann auch noch den Idioten vernäht, der heftig seine Laken begossen hatte, obwohl sein Leben nicht in Gefahr war. Auch ihn hatte man in das mittlere Zelt gebracht, das allmählich immer mehr einem Krankenhaus glich. Dabei hatte er auf dem ganzen Weg dorthin gebrüllt, dass die Badewanne beim nächsten Mal voller Sperma wäre, wenn er diese Nutte hineintauchen würde und dass sie würde dran glauben müssen. Sally hatte ihm das Maul gestopft, und ihm versichert, sollte er jemals wieder einen Fuß in ihr Bordell setzen, würde diesmal sie das Messer zücken und sich dabei als viel treffsicherer erweisen als die Ventouse.

Zurück in der Bar, hatte sie eine Runde ausgegeben, um die Gäste zu beruhigen, Gifford empfangen, der immer noch keine Zeit gehabt hatte, seinen Regenumhang überzuziehen, mit ihm gescherzt, weil er nun ohne seinen Federbeutel am Handgelenk herumspazierte, und Arcadia in die Arme geschlossen, so fest sie nur konnte, ganz ohne Grund.

Zebulon zog die Augenbraue nicht einen Millimeter hoch, als er das flaschengrüne Stück Stoff zwischen Sallys Fingern erblickte. Er brauchte auch nicht Giffords Erklärungen zu hören, warum dieser Skalp nicht das Werk eines Indianers sein konnte, das wusste er selbst. Er wusste, mit wem er es zu tun hatte. Wer diese Milizionäre waren, und was sie suchten. Oder genauer, wen sie suchten. Was er hingegen nicht begriff, war, wie sie ihn gefunden hatten. Milizionäre geben nie auf, sie machen nie kehrt, zumindest diese hier nicht. Nun waren diese Milizionäre aber schon hier vorbeigekommen. Er hatte sie absichtlich an sich vorbeiziehen, in diese Stadt kommen und sie von ihnen durchpflügen lassen, als noch niemand ihn je gesehen hatte, weil er seinen Fuß noch nicht in sie gesetzt hatte. Dank seines Fußgängerseins hatte er zwischen ihnen und sich den idealen Abstand gewahrt. Einen Abstand, der hätte immer größer werden müssen, denn sie hatten keinen Grund kehrtzumachen, bevor sie Kalifornien erreichten.

Sally erinnerte sich an die Männer in den schwarzen Hosen und den grünen Hemden. Sie hatten bei ihr etwas getrunken. Sie hatten Fragen gestellt. Sie hatten Nutten bestiegen und waren wieder gegangen. Nun musste Sally nur noch wissen, warum sie Zebulon suchten. Sie holte ihren Lieblingswhisky heraus, und fragte ihn dann auf den Kopf zu, mit einer Stimme, die so warm war wie ein Handschuh:

»Hast du eine Bank überfallen, Zeb?«

»Gewissermaßen.«

»Was soll das heißen, gewissermaßen?«

»Es war vor allem meine Kohle.«

»Konntest du nicht einfach am Schalter danach fragen?«

»Genau das habe ich getan.«

Er lächelte, aber er wusste, dass sie sein Lächeln nicht erwidern würde, bevor er nicht mit der ganzen Geschichte herausrückte. Und er wusste nicht, ob sie noch lächeln würde, wenn sie alles gehört hätte.

Als Zeb sich räusperte und mit seiner Geschichte begann, erhob sich Brad von seinem Feldbett und schnappte sich das Gewehr, das an seine Zeltplane gelehnt war. Er hatte gehört, dass die Kühe im Stall unruhig geworden waren. Drei Tage zuvor hatte er in einer Schlammpfütze am Waldrand die Spuren eines Bären entdeckt.

Als Brad hinausging, setzte der Regen ein, der seit der Dämmerung damit gewartet hatte. Er fiel ins Gras und murmelte dabei sein Nachtlied vom sanften Herbst, dem Brad jedoch keinen Glauben schenkte. Die Nachmittage waren klar und trugen schöne Erinnerungen an den Sommer, aber morgens gefror es immer. In zwei Wochen würde der erste Schnee fallen und schmelzen, um den Winter anzukündigen. Dann würde man ernsthafte Vorkehrungen treffen müssen. Die drei vor dem Stall aufgeschichteten Holzstapel waren ein guter Anfang, reichten aber nicht. Josh würde ihm zur Hand gehen müssen, sobald er das Dach für die Wäscherei der Chinesen fertiggestellt hätte. Falls er sich nicht in den Kopf gesetzt hatte, noch etwas anderes zu bauen. Douzine muhte wie verrückt, und Brad hörte, wie sie mit dem Maul gegen die Futterkrippe stieß. Der Bär durfte nicht allzu weit sein. Er beschleunigte den Schritt und sog die Luft ein, um herauszufinden, von wo er kam, aber er roch nichts. Der Regen überdeckte die Gerüche. Als er um die Ecke bog, sah er die weit geöffnete Stalltür und vermutete zunächst, dass sich das Tier dahinter befand, bevor er sich sagte, dass die Kühe in diesem Fall sehr viel mehr Lärm geschlagen hätten. Er näherte sich der Tür und verkniff es sich, mit den Tieren zu reden. Als er ganz dicht neben dem Eingang stand, drückte er sich gegen die Wand und horchte. Auf der Schwelle sah er einen Blutfleck. In der Ferne, am Saum des Kiefernwaldes, hörte er ein Pferd voller Furcht wiehern. Das alles gefiel ihm überhaupt nicht. Er drückte sich noch tiefer an die Wand des Stalls und verschmolz mit den Brettern. Seine Sinne waren hellwach, der Finger ruhte auf dem Abzug, er registrierte jede kleinste Luftbewegung inner- und außerhalb des Stalls. Er wartete, mit geschärften Sinnen. In der Ferne fiel das Pferd, und kurz darauf wehte ihm der feuchte Wind den Geruch von frischem Blut entgegen. Das Stroh knisterte im Stall. Etwas hatte sich erhoben, etwas, von dem er wusste, dass es jemand war. Jemand, der vielleicht nur Milch an der Zitze der Douzine getrunken hatte, ein Hungriger, ein Durstiger, der überall, wo er entlangkam, eine Blutspur hinterließ. Als der Mann die Schwelle überschritt, ließ Brad langsam sein Gewehr sinken und schlug ihm den Lauf zwischen die Schulterblätter, heftig genug, um ihm den Atem zu rauben und eine Reaktion zu verhindern.

Wortlos stieß er ihn gegen die Wand des Stalls, das Gesicht gegen die Bretter, und drückte ihm den Gewehrlauf ins Kreuz. Instinktiv hob der Mann die Hände und führte sie über dem Kopf zusammen. Der rechte Ärmel seines Hemdes war auf Schulterhöhe ausgerissen, eine lange Schnittwunde verlief vom Bizeps hinab zu der locker geballten Faust. Er spreizte die Beine. Brad musterte ihn sorgfältig. Die Stiefel, die Sporen, die schwarze Hose, das Wollhemd, das über den Gürtel hing, den Pistolenkolben, den Hut mit dem dunklen Band, das Schmuckstück am linken Ringfinger. Die Geduld, die er bewies. Er zog die Waffe leicht zu sich heran. Der Mann löste sich, noch immer mit erhobenen Händen, von der Wand und drehte sich um. Unter dem Kiefer hatte er eine weitere Schnittwunde, die tiefer war als die auf dem Arm. Es hatten sich dicke Blutgerinnsel gebildet, die ihm einen schwarzen Spitzbart auf die ganze rechte Seite malten. Sie sahen sich in die Augen. Dann begann Brad:

»Kopfgeldjäger?«

Der Mann grinste und bleckte dabei einen goldenen Schneidezahn, der kurz im Mondlicht aufblitzte.

»Nicht ganz. Milizionäre von Owensboro. Ich habe den Kerl, den wir suchen, gefunden und wollte den anderen Bescheid geben.«

»Hier in meinem Stall?«

»Ich hatte Durst.«

Brad nickte und ließ ein paar Sekunden vergehen. Dann fuhr er fort:

»Scheint ein zäher Bursche zu sein.«

»Keine Ahnung. Ich habe ihn noch nicht gesprochen.«

»Und das hier?« fragte Brad und zeigte mit dem Lauf auf den Unterkiefer.

»Der Barbier war nicht sehr geschickt. Das nächste Mal weiß er bestimmt, wie er es angehen muss.«

Der Schneidezahn blitzte ein zweites Mal im Mund des Unbekannten auf, und Brad wusste, dass die Situation sehr schnell kippen konnte, falls er ihn ein drittes Mal zu sehen bekäme.

»Hast du vor, für die Milch zu zahlen?« fragte er, und ließ die Waffe sinken.

»Und ob!« erwiderte der Mann und ließ die Hände wie im Traum in einer einzigen fließenden Bewegung zu seiner Seitentasche hinabgleiten.

Die rechte Hand wollte gerade den Pistolenkolben unter dem Hemd berühren, als der Schuss aus dem Gewehr ihm den Brustkorb zerfetzte. Für einen Augenblick konnte Brad die Holzbretter durch seinen Körper sehen, bevor sie sich gleich wieder hinter einem Blutvorhang verbargen. Brad sah ihm ins Gesicht, sah seine noch lebenden Augen, sein gesamtes Gebiss, das letzte Feuer seines Schneidezahns und dann das Tuch des Todes, das sich über seine Gesichtszüge legte.

Der Mann krepierte, noch bevor er zu Boden sackte.

Brad ließ ihn dort liegen und ging in den Stall, wo er mit den Kühen sprach. Er klopfte ihnen aufs Hinterteil und streichelte ihnen den Rücken, bevor er etwas Gras in der Futterkrippe nachlegte. Sie mussten sich beruhigen, denn er hatte noch einiges mit ihnen vor. Er verließ sie, immer weiter mit ihnen sprechend, und stieg den Hang der Prärie hinauf bis zum Wald. Er beeilte sich.

Noch bevor er hinter dem Pferd, das mit einem Bein krampfhaft ins Leere schlug, das Tier erblickte, hörte er es. Es fraß. Dann roch er es, und über Arme und Brust fuhr ihm ein eisiger Schauer, der ihn zwang, alle Muskeln anzuspannen. Das Gewehr hob sich von alleine und nahm das Ziel just ins Visier, als es erschien. Auf beiden Beinen stehend, das Maul voll mit dem Gekröse des Pferdes, blickte der Bär ihn an. Seine winzigen Augen blitzten auf fast übernatürliche Weise. Brad sah sie in diesem zerzausten und blutverschmierten Pelz mit einer Genauigkeit, die er sich später nicht erklären konnte. Die Kugel zerfetzte ihm das rechte Auge, trat aus dem Hinterkopf wieder heraus, nachdem sie die Hälfte des Schädels zertrümmert hatte, und schlug schließlich laut krachend in den Stamm einer großen Kiefer ein. Das zweite Auge schien sich übermäßig weit zu öffnen. Der Bär hob die Tatzen, als wollte er sich ergeben oder die Sterne berühren, die sich ihm so plötzlich entzogen, dann fiel er der Länge nach über das Pferd, dessen Bein endlich zur Ruhe gekommen war.

Als sich das konzentrische Echo des letzten Schusses gänzlich aufgelöst hatte, und Brad nur noch das Gemurmel des Regens auf den Kiefernnadeln und dem Gras hörte, stieg er wieder hinab zum Stall. Er stellte seine Waffe ab und band die Kühe los. Es kostete ihn viel Mühe, sie bis zum Kiefernwald zu führen. Der Geruch des Bluts und des Bären flößte ihnen tiefe Furcht ein. Er brauchte sein längstes Seil, um den Pferdekadaver um das behelfsmäßige Joch zu binden, in das er sie gespannt hatte. Mithilfe des Gefälles gelang es ihnen dennoch, es bis zum Stall hinunterzuziehen. Nachdem das erledigt war, band Brad die Kühe los, führte sie zurück zum Heu und schloss die Tür hinter ihnen.

Er brauchte die ganze restliche Nacht, um ein Loch zu graben, das Mann und Pferd aufnehmen konnte, die ohne es zu wissen fast gleichzeitig gestorben waren.

Als das erledigt und er die Erde mit Stiefel und Schaufel festgeklopft hatte, war er dennoch nicht fertig, sondern ging wieder hinauf, um die Überreste des Bären zu begutachten. Er verwischte die Spuren, die der Transport des Pferdes hinterlassen hatte, und dann, vor dem Stall, jene des Mannes. Er schüttete mehrere Eimer Wasser über die Blutlache. Warf Kuhmist auf den Grabhügel. Dann ging er zu seinen Kühen und verpasste der Douzine, die von beiden die widerstandsfähigere war, mit der Heugabel einen langen Kratzer auf dem Schenkel. Sie muhte und holte zu einem Tritt aus, der ihn nur knapp verfehlte. Als sie sich ein wenig beruhigt hatte, tupfte er ihr das Blut mit einem Büschel Stroh ab und füllte die Futterkrippe mit Heu. Nach dieser Nacht war es zumindest nicht nötig, sie zu melken.

Brad verließ den Stall mit dem Gefühl getaner Arbeit. Er sah, wie die Sonne aufging und dicke Dampfwolken vor sich her blies. Er hatte nicht gespürt, wie der Frost gekommen war.

Drei Meilen vom Stall entfernt schlug Xiao Niù mit dem Boden des Eimers gegen die dünne Eisschicht, die die Oberfläche der Tränke bedeckte. Sie tauchte ihn zur Hälfte ein und kam mit so kaltem Wasser zurück, dass sie das Fieber des Barbiers endlich senken konnte.

Gemeinsam mit den beiden Töchtern von Nils hatte sie unter dem mittleren Zelt Wache gehalten, in jener ganzen langen Nacht, da Gifford und Jeddi Chan überein gekommen waren, dass dies für den Mann, der bewusstlos aus seinem Laden getragen worden war, vielleicht die letzte würde. Das Opiat in Pulverform, das der Chinese zur Verfügung gestellt hatte, hatte Silas' Schlaf eine Zeitlang besänftigt, bevor er von blutigen Schimären heimgesucht wurde, die ihn in seinen Träumen laut aufschreien ließen. Mit der Genauigkeit eines Metronoms versuchte er jede Stunde sich in seinem Bett aufzusetzen, worauf die drei Frauen sich mit ihrem ganzen Gewicht auf seine Beine stützen und seine Arme festhalten mussten. Als er auf sein Kopfkissen zurückfiel, besprenkelten sie seinen Hals und seine Schultern mit kühlem Wasser, um ihn zu erfrischen. Sie stießen weder an seine Stirn, die bis zu den Augenbrauen verbunden war, noch an sein Gesicht, dass ein einziges schwarzes, geschwollenes, eingesalbtes Hämatom war. Zeb und Gifford hatten ihn auf der Bahre gebracht, die Ilse und Cristophia benutzten, um die betrunkenen Kerle zu ihren gemieteten Betten zurückzubringen. Mit ihrer Hilfe hatten sie ihn in eine Ecke gelegt, an der kein Luftzug an ihn herankäme. Und gleich darauf hatten sie noch einen weiteren Mann gebracht, dem es wesentlich weniger schlecht ging, der stumm war wie ein Fisch, brav seine Tasse mit dem Sud trank und sich danach größte Mühe gab, völlig vergessen zu werden. Das war ihm problemlos gelungen, so sehr beanspruchte Silas die ungeteilte Aufmerksamkeit. Xiao Niù war mit ihrem Eimer dreimal den Weg bis zur Tränke gegangen, und jedes Mal war ihr die Nacht noch schwärzer erschienen. Die Männer waren nach der Schließung des Badehauses und des Saloons in kleinen Grüppchen nach Hause gegangen. Sie waren stiller als sonst zu den Zelten zurückgekehrt. Elie war vorbeigekommen, um Ilse zu küssen. Josh, der ihm folgte, hatte kurz den Kopf ins Zelt gesteckt, als Silas von einer neuen Krise geschüttelt wurde. Beim Anblick von Xiao Niù und Cristophia, die sich unermüdlich um den Kranken mit dem nackten Oberkörper kümmerten, war Josh bis zu den Haarwurzeln errötet, hatte gemurmelt, dass er später wiederkäme, und war rückwärts hinausgeschlichen. Nach ihm waren Jeff und Pat eingetreten, hatten einen kurzen Blick auf die Szene geworfen und waren kommentarlos umgekehrt. Dann war Franklin schüchtern nähergekommen, und schließlich hatte Bird Boisverd gefragt, ob er irgendetwas tun könne, woraufhin Ilse Nils geholt hatte, damit dieser dem Reigen ein Ende bereitete. Silas brauchte Ruhe.

Die Nacht war umhergeirrt zwischen den brennenden Klippen des Deliriums. Der dritte Eimer mit eisigem Wasser war beinahe leer, als sich die ersten Männer in den Zelten zu rühren begannen. Der Tag war angebrochen. Niù schüttete den Rest des Eimers in die Schüssel, in der die Handtücher schwammen, mit denen sie Silas die ganze Nacht über abgetupft hatten. Sie ging wieder hinaus in die Kälte und wollte ein viertes Mal Wasser aus der Tränke holen, auf der sich noch keine neue Eisschicht gebildet hatte. Auf dem Weg dorthin sah sie ein paar Männer, die in der Mitte der Straße eine Gruppe bildeten. Sie waren beritten und die Pferde stampften vor dem Saloon auf der Stelle und wirbelten dabei kleine ungeduldige Staubwolken auf. Sie sah Josh auf seinem Rotfuchs und Jeffrey, dessen Gewehr aus dem Halfter lugte, an seiner Seite. Elie, Bird Boisverd, der bereits die Schafe versorgt hatte. Und den Fleischer, den Waffenhändler sowie drei weitere Männer, denen sie bei ihrer Ankunft in der Stadt hatte die Stirn bieten müssen.

Und sie sah auch Sally rittlings auf einem schwarzen Pferd, in Hosen, mit einem langen Ledermantel, Handschuhen an den Händen und einem Lasso um den Knauf des Sattels. Sie hielt die Zügel von Zebulons Pferd und rief etwas in Richtung Saloon.

Xiao Niù hielt einen Augenblick inne. Zeb stand unter dem Vordach und erklärte den Männern, dass ihnen offenbar nicht klar war, worauf sie sich einließen.

Seit dem Morgengrauen versuchte er die Gruppe, die sich spontan beim ersten Kaffee gebildet hatte und die Silas Angreifer ans Leder wollte, von ihrem Vorhaben abzubringen. Er hatte geltend gemacht, dass dieser Mann sicherlich nicht alleine war, wenn er auf diese Weise agiert hatte, und dass sein Kampfstil einiges darüber verriet, wozu seine Bande im Stande war. Er zeigte ihnen das Stück Ärmelstoff, das Sally aufgehoben hatte und erklärte, die Leute, die diese Art von Kleidung trugen, glaubten, im Sinne des Gesetzes zu handeln und dass es nichts Gefährlicheres gäbe. Doch erntete er damit bloß erstaunte und peinlich berührte Blicke. Sally hatte ihn von Kopf bis Fuß gemustert und dem Barmann zugerufen, er solle ihr Pferd satteln. Sie war auf ihr Zimmer gegangen und zehn Minuten später komplett umgezogen, mit einem Lasso in der Hand und zwei Colts unter dem Mantel wieder herausgekommen. Sie hatte Zebulon beim Hinabsteigen der Stufen nicht aus den Augen gelassen, sich wortlos einen Weg durch die Gruppe an der Bar gebahnt, vor der Tür den Kopf umgewandt und erklärt:

»Wir tun das für Silas.«

Sie waren ihr alle gefolgt und hatten Zebulon verdutzt in der Mitte des Raums zurückgelassen.

Zeb wusste, dass sie nicht lange auf ihn warten würde. Trotzdem war er einen Moment auf sein Zimmer zurückgegangen, um eine Kleinigkeit zu regeln und die Patronen zu holen, die er sicherlich brauchen würde. Als er aus der Bar trat, lockerte sie die Zügel und gab ihrem Pferd die Sporen.

Xiao Niù, die ihren Eimer abgestellt hatte, sah, wie sich die Gruppe in Bewegung setzte. Als sie nach dem Henkel griff, sah sie, wie sie wieder anhielt. Sie sah, wie Sally die Hand hob, zwei Reiter vom Pferd stiegen und wie kurz darauf alle Pferde der Expedition kehrtmachten und sich wieder vor dem Saloon einfanden.

In der Morgensonne erkannte sie Brad, dessen Gestalt sich deutlich vor dem Hintergrund abzeichnete. Er führte den Trupp an. Und in der ruhigen Entschlossenheit seiner Schritte sah Xiao Niù erleichtert jene Nacht ein Ende finden, die mit einem Blutbad begonnen hatte.

Was sich in der kurzen Zeitspanne zwischen der Schließung der Bar und dem Moment, da Sally morgens wieder die ersten Kunden bedient hatte, zwischen Zebulon und ihr ereignet hatte, wusste keiner so ganz genau. Es kümmerte in den folgenden Wochen auch niemanden.

Brad hatte das Stück Stoff herumgezeigt, das er aus dem Hemd des Toten ausgeschnitten hatte, den er unter seinem Misthaufen begraben hatte, und so war die Menschenjagd, die gerade erst begonnen hatte, gleich wieder gegenstandslos geworden. Er hatte auch das Schmuckstück herumgezeigt, das er dem Toten vom linken Ringfinger gezogen hatte, worauf die versammelten Männer sofort begriffen, warum Silas' Gesicht derart zertrümmert war. Franklin hatte vor Ekel und Empörung geflucht. Alles andere, das Pferd, den Sattel, das Zaumzeug und den Hut hatte Brad zusammen mit der Leiche vergraben. Er hatte in Notwehr gehandelt, hatte aber keine Zeugen, und alle hatten Verständnis dafür gezeigt, dass er Vorkehrungen getroffen hatte. Blieb nur der Kadaver des Bären am Waldrand, dessen Pelz bis auf ein großes Loch am Hinterkopf intakt geblieben war. Jeffrey hatte einen bewundernden Pfiff ausgestoßen, als er das hörte, und war sofort aufgebrochen, um Jeddie Chan zu holen, der sich seines Erachtens mit dem Gerben auskennen musste.

»Aus diesem Fell machen wir dir einen verdammten Bettvorleger, Brad.«

Von diesem Moment an gab es für Jeff nur noch Felle.

Bevor er zum Herbsttreffen aufbrach, verkaufte er Elie das Bisonfell aus seinem ersten Handel. Der junge Mann wollte es für sein Bett in dem Tipi, das er unter Nils' prüfendem Blick angefangen hatte zu bauen, nachdem dieser ihm erlaubt hatte, mit Ilse zusammenzuleben, sofern er ihr ein Dach überm Kopf bieten könne. Elie war mehrere Tage mit seinem Pferd unterwegs gewesen. Und er hatte achtzehn schnurgerade Stangen und eine riesige Zeltplane mitgebracht. Dann hatte er eines Morgens nach dem Melken Nils zu sich gerufen, und die Frage war noch vor dem Mittagessen geregelt. Wenig Holz, einige Felle, einen dicken Wollteppich am Boden, eine Feuerstelle, die mit großen Steinen eingefasst war, mehr hatte es nicht gebraucht, damit er die Behausung ordentlich fand. Das Bisonfell, mit dem Elie sein Bett zieren wollte, war für ihn genauso kostbar wie eine Erinnerung, die sich in ein Versprechen verwandelt. Er hatte lange mit Jeffrey gesprochen, der bei dieser Gelegenheit gemerkt hatte, dass er mit sentimentalen Käufern ein wenig zu kulant war. Aber er hatte es lieber Elie als irgendjemand anderem verkauft, der es auf Nimmerwiedersehen mitgenommen hätte. Auf diese Weise, hatte er sich gesagt, könne er es wenigstens ab und zu wieder sehen, falls das Paar ihn zum Tee einlud.

Gifford und die Chinesen hatten in kürzester Zeit hervorragende Arbeit geleistet. Die ganze Wolle war gewaschen, neben einem Feuer getrocknet und im Handumdrehen geglättet worden. Nils' Töchter hatten die ganze Mannschaft ihre Kunst, Decken zu weben, gelehrt und schon bald hatte Jeffrey die Decken im Sechserpack verkauft. Sie waren alle unvergleichlich weich und weiß, wie er sich bei jeder Lieferung überzeugen konnte.

Josh hatte ihm auf Wunsch eine Stangenschleife gebaut, die robust genug war, um über kleine Felshänge gezogen zu werden. An den Stangen hatte er Lederschlaufen angebracht, an denen Jeffrey Kochgeschirr und Kanister befestigte, die ihn auf mehrere Meilen Entfernung ankündigten. Im Tausch gegen zwei große Ledertaschen hatte Bird Boisverd ihm sein indianisches Pony geliehen, das alles hinter sich herziehen würde. Er war erfahren und kannte die Ebenen und die Wilden besser als irgendein anderer.

Bird betrat selten den Eisenwarenhandel McPherson, weil er wenig Geld hatte und ihn so viele Gegenstände auf engem Raum schwindelig machten. Aber wenn er es tat, nahm er sich viel Zeit, um die gemalten Vögel neben dem Hermelinpelz zu betrachten. Er richtete es so ein, dass er immer dann seine Einkäufe tätigte, wenn Gifford eine neue Zeichnung gebracht hatte. Er kaufte zehn Nägel, für die er keine Verwendung hatte, oder ein Lederriemchen, das er sich hätte selbst zurechtschneiden können, und blieb vor der Kasse stehen, den Blick blinzelnd auf die Bilder gerichtet. Irgendwann hatte Jeff ihm gesagt, dass er gern jederzeit vorbeikommen könne, um diese verflixten bemalten Blätter zu betrachten, die zu nichts nutze waren außer seinen Papiervorrat abzubauen, und er sich deswegen nicht zu ruinieren brauchte. Nachdem sie ein wenig verhandelt hatten, hatte er in eine seiner beiden Taschen einen großen weißen Reiher mit gelbem Schnabel gesteckt, ein prächtiges Tier.

Die Schafe waren kahlgeschoren und würden sich nun bis zum kommenden Frühjahr allein erheben können, ohne zu frieren, denn Nils hatte beschlossen, sie in diesem Jahr in einer Scheune unterzubringen, anstatt sie wie echte Wild-Shasta draußen zu lassen. Das hieß aber auch, dass Bird wieder arbeitslos war. Nils gewährte ihm noch Unterkunft für seine gelegentlichen Aushilfstätigkeiten, aber Bird Boisverd hatte ehrgeizige Pläne. Die Kutsche, die ohnehin nur selten vorbeikam, würde überhaupt nicht mehr kommen, sobald es begonnen hätte zu schneien. Man mochte zwar eine ganze Jahreszeit ohne Lieferung von Kurzwaren und Werkzeugen auskommen, es war jedoch schwieriger, auf die Kommunikation mit dem restlichen Kontinent zu verzichten. Bird Boisverd hatte nachgedacht und war zu dem Schluss gekommen, dass ein Postunternehmen in jeder Hinsicht seiner Vorstellung vom Reichwerden ohne vom Pferd steigen zu müssen entsprach. Also hatte er im Tausch gegen zwei mit Stoff ausgeschlagene und in Fächer unterteilte Taschen sein indianisches Pferd an Jeff verliehen. Dann hatte er mit dem Gold, das er auf Zebulons Rat hin im Vorzimmer vom Rudimentären Luxus beim Bingo gewonnen hatte, ein paar Kleinigkeiten gekauft, die ihm noch fehlten, darunter ein Posthorn, das er sich auf die rechte Schulter nähte. Und er hatte sich geschworen, dass jeder per Boisverd-Post verschickte Brief wohlbehalten ankäme und von seinem Empfänger, und zwar nur von seinem Empfänger, geöffnet würde.

Er war mit fast leeren Händen nach Osten zu den unwirtlichen Ebenen aufgebrochen, die er in einem neuen Licht sah, seitdem er einen Ort hatte, an den er zurückkehren konnte, und einen Grund, ihn zu verlassen. Er nahm eine von Zebulon verfasste Anzeige mit für die Suche nach einem qualifizierten Koch, dem alle nötigen Utensilien und ein vierflammiger Herd zur Verfügung gestellt würden. Er nahm auch zehn Dollar in einem Umschlag mit, die Josh ihm gegeben hatte, mit dem Auftrag, eine Goldkette zu finden, die so fein gearbeitet war, dass sie in den Augen einer Frau von einer tiefen Bindung zeugte, und leicht genug, um niemals als Last empfunden zu werden. Ganz unabsichtlich hatte er außerdem Giffords Reiher auf seinem knisternden Papier eingesteckt.

Josh McPherson, der ihm sein Herz und sein ganzes Vermögen anvertraut hatte, kam am Morgen seines Aufbruchs, um ihn zu verabschieden und ihm viel Glück zu wünschen. Als hätte jeder von ihnen gerade wieder einen Stiefel gewonnen, schüttelten sie sich herzlich die Hand. Dann trabte Bird mit einem Lied auf den Lippen davon, in die vor Kälte dampfende Luft.

Josh war eigens von der Farm herabgestiegen, wo er mit seinem Vater die vier für den Winter noch fehlenden Holzstapel hackte. Er kam, sooft er konnte und ihm ein Vorwand gegeben wurde, herunter. Jeff hatte ihn um die Überarbeitung seiner Stangenschleife gebeten, Elie hatte ihn eingeladen, mit ihm ein Glas zu trinken, Zebulon brauchte eine siebte Rohrleitung. Bis hin zu Pat war ihm alles gerade recht. Und Brad wusste sehr wohl, wohin sein Sohn lief, wie einst mit fünf Jahren, mit klopfendem Herzen in der Brust, und in wessen Arme. Er wusste es, seitdem er gesehen hatte, wie er, das Gewehr quer über der Brust, eine Gruppe bewaffneter Männer anführte, die nicht lange gezögert hätte, ihn aus dem Weg zu räumen, wenn die Dinge anders gekommen wären.

Wo auch immer sich Xiao Niù aufhielt, wenn er in die Stadt kam, wusste Josh, wohin er sich begeben musste. Meistens sahen sie sich in der Wäscherei, und Gifford richtete es nach einiger Zeit so ein, dass sie sich schweigend und ohne Zeugen in die Augen schauen konnten. Oder er übernahm Xiao Niús Arbeit und schwang das brennende Eisen, oder er ging hinaus, um die beiden in der Wärme zurückzulassen, umgeben vom duftenden Dampf der Wäsche.

Jeddi Chan und die Masseure hatten ein Auge auf die beiden. Josh und Xiao Niù wussten sehr wohl, dass sie auf dem besten Weg waren, etwas zu erleben, das niemandem recht gefallen würde. Aber es war zu spät.

Josh trug überall eine Zeichnung mit sich herum, die Xiao Niú für ihn angefertigt hatte. Darauf war ein Gebäude zu sehen, mit vier sehr hohen und sehr schrägen Dächern. Auf die Spitze der Giebel hatte sie Kugeln gemalt und erklärt, diese seien rot. Es war eine frühe Kindheitserinnerung.

Xiao Niù hatte die Pfeilspitze, die Josh in den Arm bekommen hatte, samt einem Bündel Kräuter in einen Lederbeutel gesteckt, den sie um das Handgelenk trug.

Während er die Stämme für das Brennholz fällte, baute Josh in Gedanken immer und immer wieder jenen erstaunlichen Dachstuhl, dessen Zeichnung er auf dem Herzen trug. Sie würden im Dachboden wohnen. Sie würden die Welt aus einer winzigen Luke ganz oben auf dem Dach betrachten. Auf dem Holzboden im Erdgeschoss lägen Schaffelle nebeneinander, und dort wäre ein kleiner gusseiserner Ofen, wie er ihn bei Pat gesehen hatte. Der würde ausreichen, um alles zu heizen, weil er für das Dach eine Holzverschalung plante, die er mit Stroh ausfüllen würde, ein wenig wie das Futter eines Kleidungsstücks.

Während er die Stämme zersägte, legte er jene Teile zur Seite, die sich für Zapfen eigneten. Am Abend bearbeitete er sie im Schein der Flammen. Er hatte schon drei Säcke voll, die er in der Eisenwarenhandlung abstellte, angeblich, um sie zu verkaufen, aber er wusste, dass niemand sie brauchen würde.

Jeff sah seinem Treiben achselzuckend zu. Er war sehr beschäftigt, sein Neffe konnte den Raum vollstopfen, es kümmerte ihn nicht, er hatte zwei Welten im Kopf. Er bereitete seine Ladungen mit fast manischer Sorgfalt vor. Sein tragbares Schild war nun Tag und Nacht gegen die Wand hinter der Kasse gelehnt. Man hatte den Eindruck, dass der Eisvogel unter dem schützenden Schirm über alle Vorgänge wachte.

Jeff weihte ihn an dem Tag ein, an dem Silas erstmals wieder den Fuß in seinen Barbierladen setzte. Majestätisch schritt er voran, das Schild auf der Schulter, einen Koffer unter dem Arm, und überreichte dem Genesenen im Tausch gegen einen kompletten Haarschnitt ein blitzendes Rasiermesser mit einem Griff aus Horn. Silas, der beide Augen endlich wieder öffnen konnte, öffnete sie sehr weit. Er holte das Rasiermesser aus seiner Schatulle und begann sofort, es auf dem Lederriemen zu schärfen. Er prüfte die Schneide. Dann legte er das Instrument auf neunzig Grad geöffnet zur Seite und begann mit dem Dachspinsel den Rasierschaum zu rühren. Erst als er die Klinge an Jeffreys Kehle legte, begann Silas wie Espenlaub zu zittern. Der wartete ohne ein Wort und blickte scheinheilig an die Decke – Silas stützte sich mit dem ganzen Gewicht auf die Sessellehne. Er bemühte sich, ruhig zu atmen. Als er die Klinge ein zweites Mal an die Kehle legte, begann Jeffrey zu reden:

»Weißt du, was man sich in der Stadt erzählt, Silas? Dass du im ganzen Leben noch nie ein Bad genommen hast, und nach allem, was dir an dem Tag widerfahren ist, als du es beinahe getan hättest, nie eins nehmen wirst.«

Die Klinge entfernte sich wieder zitternd, aber dieses Mal hörte Jeff, wie Silas hinter seinem Verband losprustete.

»Bring mich nicht zum Lachen, du Schweinehund. Es zieht. Und wenn du meine Verleumder triffst, sag ihnen, dass ich jeden ersten Dienstag im Monat Badetag haben werde, sobald mir der Arzt die Fäden gezogen hat.«

Die Rasierklinge glitt ohne länger zu zögern über Jeffreys Hals. Der Barbier hatte seinen alten Rhythmus wiedergefunden, als wäre er nie unterbrochen worden. Die Seife roch gut. Als er fertig war, trug Silas eine Spezialcreme auf, um das Brennen der Rasur zu lindern, und tätschelte Jeff die Wange.

»Wie aus dem Ei gepellt, McPherson, bereit zum Aufbruch. Wie viele Frauen willst du denn mitbringen?«

»So viele wie möglich, mein Lieber. Aber ich sag es dir gleich, ich behalte alle für mich.«

»Jaja, hab schon so was läuten hören.«

Silas lächelte wieder unter Schmerzen. Und da Jeffey mit leeren Händen hinausgehen wollte, rief er ihm zu, er solle seinen sagenhaften Regenschirm nicht vergessen.

»Mein Schild, Barbier!«

»Dein Schild, mein Freund!«

Als der Eisenwarenhändler wieder zur Tür hinausging, fügte Silas tonlos hinzu:

»Danke, Jeff!«

Und drehte sich um, damit er vor der Ankunft des nächsten Kunden ein wenig Ordnung machen konnte.

Am folgenden Tag brach Jeffrey auf in Richtung Berge, wo Grollendes-Gewitter ihn erwartete. Er durchquerte die Stadt mit großer Equipage. Glatt und rosig, mit stolzgeschwellter Brust, den Bauch vorgereckt, das Schild in der ausgestreckten Hand, hielt er ostentativ die Zügel des Ponys, das voll Gleichmut die beladenste und lauteste Stangenschleife der Welt hinter sich herzog. Die ganze Stadt hatte sich bereits auf der Straße versammelt, bevor er auch nur die ersten Meter hinter sich gebracht hatte. Und seinem Pferd, seinem Wanderladen, seinem Vogel und ihm schlug nun der ermunternde Jubel der Einwohner entgegen. Vor dem Saloon wurde laut gepfiffen, es flogen Hüte durch die Luft. Gloria nahm ihre Röcke in die Hand und schüttelte sie, Arcadia begleitete sein Topfklappern mit einer langen dissonanten Salve, und die Ventouse, die nicht ungern mit ihm aufs Zimmer ging, warf ihm eine imaginäre Blume aus ihrer Korsage zu. An der Tür zum Badehaus schoss Zebulon für ihn ein Barillet leer, das er gerade zur Hand hatte. Am Ende von Nils Antulles Feld standen drei Blondinen und eine Dunkle für ihn Spalier. Und etwas weiter hinten winkten das Mädchen und Josh ihm sanft zu. Ohne anzuhalten rief er, dass Josh, falls er nicht zurückkäme, sein Alleinerbe sei, nur damit er es wisse, und dass er ihnen im Übrigen schon jetzt in jeder Hinsicht gratulierte.

Dann verlor sich seine Spur allmählich auf dem Fahrweg. Arcadia schickte ihm noch drei Hornsignale hinterher, dann wandten sich die Leute wieder ihren Beschäftigungen zu.

Bald fand sich Jeff einsam in der Ebene wieder, einsamer, als er es je gewesen war. Ohne Mutter, ohne Bruder, ohne Neffen, ja, ohne die Rinder, die er gelenkt hatte. In der wiedergefundenen unermesslichen Weite spürte er, wie sich sein Herz zusammenballte wie eine Faust. Er wollte anhalten, um wieder Atem zu schöpfen, aber das Pferd trieb ihn voran. Es ging stur weiter und verscheuchte die Stille bei jedem Schritt. Jeff blieb nichts anderes übrig, als ihm zu folgen, wenn er den Zug der Zügel spürte.

Sie gingen westwärts, geradewegs auf die Berge zu. Am dritten Tag schneite es auf den Gipfeln. Jeffrey wachte mit steifen Knochen vor dem verloschenen Feuer auf, das nach nassem Hund roch. Er setzte Wasser für einen Kaffee auf, das ewig brauchte, bis es kochte, und sich anschließend weigerte, durchzulaufen. Jeff brach auf mit nur einem Whiskey im Bauch und verfluchte seine Vorstellungen vom Geschäftemachen. Doch als er sich beim Gehen entspannt hatte und die Sonne höher gestiegen war, erwärmte sich die Luft und füllte sich allmählich mit neuen Visionen. Er hatte von seidigen Bibern und von dem dunklen Pelz eines großen Tiers geträumt, das er nie zuvor gesehen hatte. Mit einer unglaublichen Detailfülle malte er sich die Tauschaktionen und Konstruktionen aus, deren Gegenstand und Ziel seine Träume wären.

Als er gegen Mittag in der Ferne einen Baum sah, dessen schwarze Krone in die Waagerechte wuchs, wusste er, dass er Grollendes-Gewitter darunter fände, bevor er den Geruch des brutzelnden Essens wahrnahm. Von seinem Magen angespornt, erreichte er ihn in zwei Stunden. Grollendes-Gewitter sah zu, wie er näher kam. Er saß auf einem Lederquadrat, das an allen vier Ecken bemalt war. Seine Waffen lehnten gegen den Stamm des dicken Baumes. In den niedrigen Zweigen war eine Plane gespannt, die ihm als Vordach diente. Um ihn herum standen allerlei Bündel, wenn auch in geringer Zahl, denn der Reichtum seine Stammes bestand aus Hunden und Pferden. Auf dem harten Boden sitzend sah Grollendes-Gewitter, wie Wächserne-Kugel mit eiligen, wenn auch gezügelten Schritten die letzten Meilen überwand, die sie voneinander trennten. Er musste hungrig sein. In der rechten Hand hielt er eine merkwürdige Lanze. Als der bleiche Mann nah genug war, konnte der Häuptling erkennen, dass es sich um ein beachtliches Amulett handelte. Er schloss daraus, dass Wächserne-Kugel große Hoffnung in das Treffen mit seinem Stamm setzte, und lächelte. Jeff lächelte zurück und begann mit den Begrüßungen. Dann band er sein Pferd an einen niedrigen Ast, holte eine kleine Kiste hervor, die an der Stangenschleife festgezurrt war, sowie einen Beutel schwarzen Tabak, den er als Geschenk mitbrachte, samt den Raucherutensilien.

Mit knurrendem Magen huldigte er dem Ritual, das dieses hellsichtige alte Stinktier mit einer gewissen Schadenfreude in die Länge zog. Als die Pfeifen erloschen waren, zeigte er ihm drei identische Baumwolltaschentücher für die drei Schönheiten, die der Häuptling ihm vorbehalten hatte. Grollendes-Gewitter nahm alle drei und klemmte sie sich kommentarlos unter den Gürtel. Er sprach ein paar Worte vor sich hin, ohne in eine bestimmte Richtung zu blicken, und fast im selben Augenblick brachte man ihnen dampfende Schalen mit Fleisch. Jeff konnte nicht mehr an sich halten und begann gleich zu essen, auch wenn er sich dabei die Finger verbrannte. Er aß schnell, denn er glaubte, sie würden unmittelbar danach aufbrechen. Was nicht der Fall war. Grollendes-Gewitter zog sich in das Tipi zurück, das die Frauen während der Mahlzeit aufgebaut hatten. Jeff ging bis zum Abend auf und ab, ohne zu wissen, ob er einen Unterschlupf bauen und sein Pferd von der Stangenschleife befreien sollte oder man wieder aufbrechen würde, sobald der Häuptling seinen Mittagsschlaf beendet hätte. Erst als er eine Gruppe Indianer laut rufend, wie es sich gehörte, im prächtigen Galopp die Berge hinunterreiten und die verbleibende Distanz bis zum großen Baum überwinden sah, begriff Jeff, dass er angekommen war. Ohne dass es ihm klar geworden wäre, hielt er sich seit mehreren Stunden im Herzen des großen Herbstmarktes der Dakota auf, zu dem er naiverweise selbst den Startschuss gegeben hatte, indem er mit dem Stammesältesten Tabak und Fleisch geteilt hatte.

Kerzengerade stand er neben seinem Schild, und die Neuankömmlinge musterten ihn neugierig. Junge robuste Männer in weißen, mit Muscheln verzierten Tunikas, die ihm zornige Blicke zuwarfen und dabei ihre Pferde um ihn kreisen ließen. Sie trugen kleine Perlen im Haar und Otternpelze um den Hals. Sie rollten in furchterregender Weise mit den Augen, da Jeff jedoch in strammer Haltung stehenblieb, das Schild mit ausgestrecktem Arm auf den Boden gepflanzt, wie ein Hellebarde der Königin Victoria, entfernten sie sich ebenso plötzlich wie sie gekommen waren und ließen sich auf der anderen Seite des Baumes nieder. Vierzig Schritte lagen zwischen ihnen und dem Tipi von Grollendes-Gewitter, es war ein wichtiger Platz.

Drei Tage lang folgte eine Ankunft auf die andere, und fast alle Neuankömmlinge begaben sich zuerst zum Zelt des alten Häuptlings. Unterwegs blieben sie vor den Ballen und eingerollten Decken stehen, die der Weiße, den sie bald kennenlernen würden, um seinen Regenstab verteilt hatte, ohne sie bislang zu öffnen. Innerhalb von drei Tagen entstand um den dicken Baum der größte Dorfplatz, den Jeff je gesehen hatte. Es waren mindestens dreihundert Zelte in allen Formen und Farben errichtet worden. Einige Indianer hatten sich richtige

Hütten gebaut und sie mit Birkenrinde bedeckt. Jeff, der eines regnerischen Tages in eine von ihnen eingeladen wurde, bekam keinen einzigen Tropfen ab.

Eine kleine Gruppe, die Kanus auf dem Kopf trug, kam näher. Sie waren verwandt mit den Indianern, die sich als Erste hier niedergelassen hatten, sprachen dieselbe Sprache und trugen eine spitze Muschel durch die Nase. Sie verkauften verschiedene Mehlsorten, darunter ein Wapatoo-Mehl, auf das Jeff, nachdem er es probiert hatte, genauso versessen war wie die Indianer. Gern hätte er die Tauschgeschäfte eine Weile beobachtet, bevor er seine Ballen auspackte und seine Ware anbot, um sich einen Eindruck von den Kursen, von nicht befriedigter Nachfrage und vom Überschuss zu verschaffen, aber Grollendes-Gewitter verlangte, dass er auf der Stelle die ersten Ballen auspackte und damit Handel trieb, da er gekommen war, um Handel zu treiben.

Darauf folgte ein so heftiger Ansturm auf seine Waren, dass er schon glaubte, seine Waffe zücken und einen oder zwei Kunden töten zu müssen, um der Flut Einhalt zu gebieten. Indianer von allen Horizonten hatten sich auf seinen Stand gestürzt und ließen die kleinen Bänder, Konservenbüchsen und Messerklingen so geschickt wie professionelle Hütchenspieler von Hand zu Hand gehen. Sie waren überall, dahinter, davor, daneben, einige hockten sogar auf den Ästen des großen Baums und fingen die Kuriositäten auf, die man ihnen zuwarf. Im Nu regneten sie von oben nach unten und von unten nach oben, ohne dass Jeff irgendetwas dagegen ausrichten konnte. Er beschloss, den Platzregen vorüberziehen zu lassen, und zog sich etwas abseits des Trubels unter sein Schild zurück. So blieb er einen Moment stehen, und als die Indianer begriffen, dass er keine Angst hatte, bestohlen oder niedergeschlagen zu werden, verschwanden sie, wie sie gekommen waren. Am Ende fehlten ihm nur eine Krawattennadel und eine gelbe Kupfermedaille. Dann strömten die ernsthaften Käufer herbei. Jeff führte mehrere Verhandlungen, die er mit einem kleinen Geschenk besiegelte, mit Faden, ein oder zwei Nadeln, ein paar unnützen Glasmurmeln, und so erlangte er den Ruf eines höflichen Händlers und eines Mannes mit Geschmack. Er suchte natürlich nach Fellen, nach den Fellen, von denen er geträumt hatte. Die der glänzenden Biber, der weißen Bisons und das jenes großen Tieres, das er noch nie gesehen hatte und dessen riesiges Geweih am Eingang eines Zeltes hing. Das Geweih eines Elches. Nachdem er Besitzer der Haut des Tieres geworden war, das diese majestätischen Kandelaber getragen hatte, kam er zu dem Schluss, dass seine Träume in Erfüllung gegangen waren, und sah sich nach einigen Gegenständen um. Weidenkörbe, die so fein geflochten waren, dass man darin Wasser tragen konnte, bemalte und verzierte Schilde aus Wapitileder, Satteltaschen, kleine verzierte Börsen, perlenbesetzte Mokassins, Tabakbeutel, Tomahawks aus Stein, deren Griffe mit Sehnen umflochten waren, und Federn der Dakotas, um Fährten zu markieren. Lauter Dinge, die ihm unbekannt waren und die er schön, wenn auch nicht nützlich fand. Lauter Dinge, die er für sich wollte, aus dem einzigen Grund, dass sie ihm gefielen. Er hatte nämlich beschlossen, dass ein echter Händler, sobald Essen und Unterkunft gesichert waren, sich bei der Auswahl einzig vom Begehren leiten lassen sollte. Es war unerklärlich, irrational, unreflektiert, aber mächtiger als alles andere. Davon abgesehen hielt Jeffrey sich für keine Ausnahme und vermutete, dass die Dinge, die er aus reinem Vergnügen erwarb, von den anderen aus genau demselben Motiv erworben werden würden. Die einzige Frage war, ob es ihm gelänge, sie für mehr Geld zu verkaufen als er sie kaufte. Aber ehrlich gesagt, bei drei Kerzen pro Mokassinpaar oder vier Pints Essig für das große Brustschild hatte er nichts zu befürchten.

Er holte Nils' Decken erst hervor, als er genau wusste, worauf es den Indianern wirklich ankam. Die erste der achtzehn weißen Wolldecken deckte mit einem Schlag die Kosten für den ganzen Packen. Was darauf folgte, grenzte an Wahnsinn. Die Bergindianer stürzten sich auf dieses Manna. Jede Decke war das Versprechen einer erfolgreichen Winterjagd. Wer sich mit einer solchen Decke ausstattete, würde sich dem Wild unauffällig nähern und sicher zielen können. Im Gegensatz zu den Decken, die von den Gesellschaften im Norden geliefert wurden, waren die von Jeff die besten auf dem Markt, weil sie keinerlei Muster hatten, weder rote Streifen noch elegante Karos, die ihre unsichtbare Pirsch verhinderten. Sie waren eine große Wohltat. Alle Männer wollten eine davon. Selbst der Handel mit Alkohol erfuhr einen erheblichen Einbruch, als es Decken zu tauschen gab. Und Jeff behielt, ohne zu wissen warum, die letzte für sich.

Sein Gewinn war so groß, dass er drei weitere Stangenschleifen kaufen musste. Er hatte fünfzehn Pferde, um sie zu ziehen, allesamt schön und bei bester Gesundheit. Er fragte sich nur, wie er es anstellen sollte, seine Gewinne in die Stadt zurückzubringen, wenn Grollendes-Gewitter ihn genauso allein ziehen ließe, wie er gekommen war. Denn es gab zwei Dinge, die Jeffrey mit dem alten Häuptling noch nicht hatte besprechen können, das mit Quibble, den er nicht auf dem Marktplatz gesehen hatte, und das mit den drei Frauen, die man ihm immer noch nicht vorgestellt hatte. Er hatte zwar bemerkt, dass mehrere Töchter von tapferen Männern ihn mit einem gewissen Interesse ansahen, aber er wusste nicht, ob die drei Schönheiten, unter denen er seine Wahl treffen sollte, darunter waren. Vielleicht war er ihnen noch nicht begegnet. Vielleicht waren sie nicht hier. Seine Zweifel wuchsen von Tag zu Tag, und er sah sehr wohl, dass sein Verhalten gegenüber dem Frauenvolk von einer stummen und ungelenken Frage geleitet war, die ihm die Dinge nur noch erschwerten. Als er überzeugt war, dass man ihn hinter seinem Rücken belächelte und das ganze Dorf über seine heikle Situation im Bilde war, nahm er sich ein Herz und bat um Audienz.

Grollendes-Gewitter empfing ihn in seinem Tipi. Er trug wieder die drei Taschentücher an seinem Gürtel, was Jeff als gutes Vorzeichen deutete. Er empfing ihn, indem er ihn als Sohn bezeichnete, was noch besser war, und indem er ihm versicherte, dass er wusste, was seine Schritte hierher führte. Jeffs Herz machte drei kleine Sprünge. Dann begannen sie zu rauchen. Die Pfeife war mit einer würzig-süßen Mischung gestopft, die er nie zuvor geraucht hatte. Als Grollendes-Gewitter das Wort ergriff, verkündete er, dass Wächserne-Kugel ein großer Händler war. Ein solider und reicher Mann, der sich eine Frau nehmen musste. Jeff hatte das Herz auf der Zunge, hielt sich aber zurück, um den alten Häuptling nicht zu unterbrechen. Grollendes-Gewitter war davon überzeugt, dass jede der drei jungen Frauen ihm gefallen und die Wahl ihm schwerfallen würde. Jeff lächelte und nickte noch immer mit dem Kopf. Grollendes-Gewitter konnte Wort halten, weil Wächserne-Kugel ein vertrauenswürdiger Mann war. Aber Grollendes-Gewitter konnte eine schöne gesunde Frau beim besten Willen nicht einem Mann übergeben, der am nächsten Tag tot wäre. Jeffs Kopf hielt inne. Er öffnete den Mund und schloss ihn wieder. Dann nahm er die Pfeife aus den Händen des alten Häuptlings und beschloss, in aller Ruhe weiterzurauchen und alles Weitere abzuwarten. Da erfuhr er, just in dem Moment, da er ihm schon wieder völlig entfallen war, von Quibble, und er hätte liebend gern die Hälfte seiner Decken hergegeben, um niemals seinen Weg gekreuzt zu haben. Es fand sich, dass Quibble ein ebenso großer Händler war. Kein Mann des Vertrauens, das konnte man nun nicht sagen, aber ein großer Händler.

Als Grollendes-Gewitter und seine Krieger ihn am Fuße der Berge aufgelesen hatten, die Hälfte ihrer gestohlenen Herde anführend, genau wie Wächserne-Kugel es gesagt hatte, hatten sie ihn sofort erkannt und Jagd auf ihn gemacht. Mehrere Monate zuvor, als die Dakota siegreich und mit reicher Beute von ihrem ehrenhaften Feldzug gegen das Dorf ihrer Feinde zurückgekehrt waren, hatten sie mit diesem Mann, der mit Schnaps handelte, Geschäfte gemacht. Sie hatten sich mit ihm über eine gewisse Menge geeinigt, die ihnen in mehreren Teilen ausgeliefert werden sollte, doch als noch drei Lieferungen ausstanden, hatten sie den Kontakt zu ihm verloren, und kurze Zeit später hatten die Pawnees einen Gegenangriff gestartet. Quibble hatte aufgebrüllt, als er in der Nacht die Kopfbedeckung des alten Häuptlings erkannte, aber sein Schrei war im Nu von dem der Krieger übertönt worden, die er übers Ohr gehauen hatte. Er war im vollen Galopp von einer menschlichen Kugel, die sich von ihrem Pferd auf ihn gestürzt hatte, zu Boden gestoßen worden. Er war an den Händen gefesselt und hinter seinem Pferd hergezogen worden. Später hatte man ihn mit Fußtritten geweckt. Man hatte ihm sein rechtes, von seinem Körper abgetrenntes Ohr gezeigt. Man hatte ihm das Messer gezeigt, das die Operation durchgeführt hatte, und man hatte ihm erklärt, warum auch das linke abgetrennt würde. Da hatte er ein drittes Mal vergeblich in die menschenleere Nacht geschrien. Danach hatte er tagelang nur noch Schatten und Dämonen um sich herum gesehen. Man hatte ihn nicht kaltgemacht, weil man annahm, er wisse, wo es weiteres Feuerwasser gab. Und in der Tat, nachdem Quibble aufgehört hatte, mit irren Augen um die Zelte zu streichen und dabei die Hände gegen die Phantomohren zu pressen, hatte Grollendes-Gewitter ihn so empfangen, wie er nun Wächserne-Kugel empfing, und er hatte ihn aufgefordert, das noch fehlende Feuerwasser zu liefern. Ohne-Ohren hatte zuerst geschworen, dass er das nicht mehr konnte, dass die Quelle versiegt sei. Grollendes-Gewitter hatte nichts hinzugefügt. Er hatte seine Pfeife hervorgeholt, sie gestopft, und als er sich daranmachte, sie mit einer dünnen Papierrolle anzustecken, die er an der Feuerstelle entzündet hatte, vor der sie sich aufhielten, war Ohne-Ohren aufgesprungen. Er hatte erklärt, dass dieses Papier hervorragend sei für Tabak, aber noch besser für Alkohol. Und, wenn man ihm diese schmutzigen Blätter, die er zum Zeitpunkt seiner Gefangennahme in den Taschen gehabt hatte, zurückgäbe, er sie gegen zahlreiche Flaschen eintauschen würde.

Und so war der große Händler Quibble unter strengem Geleitschutz zum Fort Bonneville geritten, die Taschen gefüllt mit Zebs Papierdollar, und war mit einer ganzen Kiste Kartoffelschnaps wieder herausgekommen, einem Schnaps, der mit Eichenrinde gefärbt war.

Im Inneren des Fort hatte er Gelegenheit gehabt, Beziehungen zu einer Gruppe Männer in dunklen, abgenutzten Uniformen zu knüpfen, die beim Anblick seiner Scheine wie von den Toten auferstanden waren. Ein alter Kerl mit tadellosem Hemd und schwarzem Hut mit breiter Krempe, der seinen Blick verdeckte, hatte ihn über seine Aktivitäten ausgefragt. Er wurde von zwei Männern umringt, die während ihres ersten Gesprächs nicht ein Wort verloren und ständig die Hände auf der Höhe ihres Koppels hielten. Quibble hatte erklärt, dass er das Geld ehrlich beim Kartenspiel gewonnen hatte, bevor er von Wilden in die Falle gelockt und dazu genötigt wurde, Alkohol zu schmuggeln. Der alte Kerl hatte wissen wollen, wo. Quibble hatte erwidert, in der Prärie, und hatte daraufhin von einem der beiden Leutnants den Lauf ihres Colts tief in den Mund gesteckt bekommen. Schließlich hatte Quibble erklärt, wie man die Stadt erreichte, in der er die verfluchte Partie Poker gespielt hatte, die er wohl besser verloren hätte. Woraufhin sie ihm seine restlichen Scheine abgeknöpft hatten und einer von ihnen schnurstracks aufgebrochen war. Offenbar den Hinweisen folgend, die Quibble ihm gerade gegeben hatte, und der alte Kerl hatte ihm gesagt, er hoffe für ihn, sie würden auch stimmen.

Seitdem diente Quibble als Mittelsmann zwischen dem Fort Bonneville und den Indianern, und zwar nicht nur für Alkohol.

Nun würde Quibble zum Herbsttreffen der Dakotas kommen, die Wachen hatten ihn drei Wegstunden vom Dorf entfernt gesehen. Und wenn er da wäre, würde er sich mit Wächserner-Kugel schlagen, aus einem einfachen Grund: Grollendes-Gewitter hatte ihm seine Reichtümer und seine Eheaussichten versprochen, wenn es ihm gelänge, ihn zu besiegen.

Jeff stockte der Atem. Er wusste nicht, ob es die Wirkung der Mischung in der Pfeife oder etwas anderes war, aber ihm wurde übel. Er hatte all seine Vorräte verkauft, sein neuer Reichtum bestand aus lauter Ballen, die nur noch darauf warteten, auf seine Stangenschleife geladen zu werden, er hatte fünfzehn Pferde, bald auch drei Frauen, und dieser alte Schweinehund schlug ihm allen Ernstes vor, sich zu schlagen, obwohl er sich alles erhandelt, ehrlich erhandelt hatte. Er begriff das nicht. Grollendes-Gewitter ließ ihm nicht die Gelegenheit, Fragen zu stellen. Er schlug in seine trockenen, harten Hände, und der Eingang zum Tipi öffnete sich. Das Tageslicht sog Jeffrey nach draußen. Er schwankte, als er sein Zelt betrachtete, vor dem noch ein kleines Feuer rauchte. Er betrachtete das Pferd, das Bird Boisverd ihm geliehen hatte, die vier Stangenschleifen, die davor standen, und die von den vielen Besuchern gestampfte Erde, die regelrecht glänzte. Er hob den Kopf und betrachtete das Dorf, das zu dieser Tageszeit vor Betriebsamkeit brummte. Er ging zurück in sein

Zelt, kam mit seinem Klapphocker wieder heraus und stellte sein Schild vor sich auf. Dann setzte er sich, legte den Kopf in die Hände und begann, vor aller Augen und doch verborgen zu weinen.

Zwei Stunden später zog er sich aus und rieb sich von Kopf bis Fuß mit Bisonfett ein. Dann begab er sich, nur mit einem Lederschurz bekleidet, an den Schauplatz des Kampfes, an dem Quibble mit blutunterlaufenen Augen auf ihn wartete. Er war größer und schwerer als Jeffrey und schlug mit der linken Faust in die rechte Hand. Die Indianer hatten einen Kreis auf den Boden gezeichnet, den sie nicht verlassen sollten. Quibble trug unter dem Hut eine Stoffbinde, die seine abgeschnittenen Ohren verdeckte, er lächelte, und seine Zähne waren gelb vom Saft des Kautabaks, der seine Wange ausbeulte. Jeff betrat den Kreis. Quibble spuckte aus, baute sich vor ihm auf und schnaubte verächtlich. Er redete. Jeff sah, wie er die Lippen bewegte, hörte aber nichts. Wie immer, wenn er bei einem Geschäft an eine Grenze stieß, hatte er sich Wachskugeln in die Ohren gesteckt. Quibble griff sofort an. Als Jeff sah, wie sich die Masse seines Gegners in Bewegung setzte, rannte er mit Schwung auf ihn zu. Sie trafen in der Mitte des Kreises aufeinander wie zwei Büffel. Der Zusammenprall war dumpf und strömte über ihre Füße in den Boden. Jeff spürte den Widerhall. Quibble versuchte, ihn zu umklammern, aber seine Hände glitten über das Bisonfett, und die Schnur des Lendenschurzes bot ihm nicht genügend Halt. Jeff war wie Wasser in den Armen seines Feindes, der sich vergeblich bemühte, ihn in den Schwitzkasten zu nehmen und zu zermalmen. Jeff versuchte sich ihm zu entziehen und verpasste Quibble überall, wo er nur konnte – an den Schläfen, an den Schultern, an der Brust, an den Flanken, am Hals, an den Armen – mit der flachen Hand Schläge. Quibble schüttelte sich wie von einem heftigen Regen gepeitscht. Entnervt warf er seine Beute weit von sich wie ein Paket. Jeff landete auf beiden Beinen und wich ein paar Schritte zurück, um das Gleichgewicht zu halten. Quibble sah, dass Jeff in Schwierigkeiten war, und griff erneut mit seinem ganzen Gewicht an. Diesmal ließ Jeff ihn kommen, beide Beine fest in den Boden gepflanzt. Als er schon seinen Atem auf der Haut spürte, glitt er mit einem Fuß nach hinten, und während Quibble von seinem Bauch in die Leere gezogen wurde, die Jeff eben geschaffen hatte, schlug ihm sein Gegner mit aller Kraft die flache Hand auf den ungeschützten Rücken. Quibble fiel der Länge nach hin, und Jeff sprang rittlings auf ihn. Er umklammerte seine Arme mit beiden Knien und schlug mit den Ellbogen auf seinen Nacken ein. Dann führte er die rechte Hand unter die Kehle des Mannes und griff nach seinem Adamsapfel. Mit der anderen Hand riss er ihm den Hut und das Stoffband ab, mit dem er seine fehlenden Ohren versteckte. Er fuhr ihm in die Haare, hob seine Stirn gen Himmel und schlug sie brutal wieder zu Boden. Einmal, zweimal, dreimal, so heftig er konnte, und als er spürte, wie der Körper zwischen seinen Beinen schlaff wurde, ließ er von der Kehle ab und packte Quibbles Schopf mit beiden Händen, um das Gesicht besser gegen den Boden hämmern zu können, das bereits unkenntlich geworden war. Er hörte keine Geräusche, er spürte sie durch den Stoff, den Knorpel und die Knochen hindurch, die er zerschlug, er spürte sie wie Wellen. Sie glitten über die Erdoberfläche, sie verschlangen das Licht, sie drangen weiter und tiefer als Wasser, als Blut, in den verborgenen Schlund der Hölle ein. Jeff hörte die Worte rings umher nicht, er spürte die Hände nicht, die sich auf seinen Rücken legten, er sah die Messer nicht, die ihn anflehten, den Skalp seines Feindes zu nehmen, ein Ende zu machen. Er sah den Stab von Grollendes-Gewitter erst, als er ihm vor Anstrengung das Blut in den Kopf stieg. Und als wollte er nicht zusehen, wie sich die Kammer des Schweigens über dem Körper schloss, sprang er in die Luft und fiel, sechs Schritte von dem Mann entfernt, den er eben getötet hatte, auf den Hintern, in den Schneidersitz. So erledigt, wie man es nur von einem Sieg sein kann.

Über-die-Ebene-fließendes-Wasser erwartete sie.

Sie hatte biegsame Zweige, Gräser, breite glänzende Blätter, Steine gesammelt. Sie hatte sie ihnen entgegengebracht, am Ufer des Flusses abgelegt und wartete nun auf sie. Im Schneidersitz gen Osten gerichtet, die Augen über ihre Vision geschlossen, mit entspannten Schultern. Es würde nicht mehr lange dauern. Sie verließ sich auf die Frauen des Stammes, die diesem Weg folgen würden. Sie verließ sich auch auf den Mann.

Sie schritten voran wie ein Dorf, nur dass Jeffrey sich hinten hielt, von Bird Boisverds kleinem Pferd hin und her geschaukelt, obwohl er die Gruppe hätte anführen müssen. Die Frauen führten den Tross an und achteten darauf, dass die Tiere sich nicht zu weit entfernten, besondere jene, die die vier Stangenschleifen zogen. Die Älteste ging vorn, sie hieß Kleines-Pemmikan. Über-die-Ebene-fließendes-Wasser war ihr schon ein- oder zweimal begegnet. Als Kleines-Pemmikan in der sitzenden Gestalt, die aus der Ferne zu ihr hinübersah, die Frau ohne Volk erkannte, stoppte sie den Konvoi, nahm die Zügel in die Hand und ließ die Stangenschleifen ablegen, als würden sie dort die Zelte aufschlagen. Jeffrey, der spürte, dass die Tiere anhielten, stieg von seinem Pferd, setzte sich auf den Klapphocker unter dem Schild und verharrte reglos in der Position.

Die drei Frauen gingen gemeinsam auf die große Schamanin zu, von der die beiden jüngeren schon oft gehört hatten, die sie aber zum ersten Mal sahen. Kleines-Pemmikan begrüßte sie und sprach die rituellen Worte des Friedens in der Begegnung, der Schönheit, die mit sich selbst geht. Sie dankte Über-die-Ebene-fließendes-Wasser, dass sie gekommen war. Sie sagte, dass die übliche Medizin keine Heilung gebracht hatte. Nachdem alle drei in seinem Schlaf gesungen hatten, hatte Wächserne-Kugel nichts Besseres zu tun gewusst, als einen Fuß vor den anderen zu setzen und ihnen zu folgen. Seitdem aß und atmete er wie ein lebendiger Mensch, aber sein Herz war zu Stein geworden. Nachts hielt er beim Schlafen die Augen offen.

Die Schamanin hatte sich erhoben und mit dem Bau der Schwitzhütte begonnen. Während sie die Hölzer miteinander verband, errichteten die Frauen eine Feuerstelle und legten Steine in die Glut. Bis die Steine die richtige Temperatur erreichten, wurde die Hütte mit großen glänzenden Blättern bedeckt. Über-die-Ebene-fließendes-Wasser bat die Frauen um ihre Zeltplane. Sie gaben sie ihr. Die Blätter, die das Gestänge bedeckten, wurden ihrerseits zugedeckt. Die Frauen trugen die Steine mit Stäben ins Innere der Hütte. Die Schamanin faltete einen ledernen Eimer auseinander und schöpfte Wasser. Dann bat sie um eine Strähne vom Skalp des Feindes und dass man ihr den Kranken brächte, so wie Gott ihn erschaffen hatte. Wortlos ließ Jeffrey sich ausziehen und folgte den Frauen, die ihn zur Schwitzhütte brachten. Als er Über-die-Ebene-fließendes-Wasser sah, huschte ein vages Leuchten durch seine Augen, die sich zugleich mit Wasser füllten. Die Schamanin nahm ihn bei der Hand und führte ihn hinein. Die Frauen hörten, wie das Wasser auf den Steinen zischte und ein langer Singsang angestimmt wurde, der sich über mehrere Stunden hinzog und von der Welt seit ihrem Anbeginn erzählte. Dann entfernten sie sich, denn der Weg wurde nicht für sie gesungen, er war nicht für ihre Ohren bestimmt. Und so begannen sie in Jeffreys Ballen nach etwas zu suchen, was der Schamanin gefallen könnte, wenn sie ihn geheilt hätte.

Die Sonne erreichte den Horizont, als der Gesang verstummte. In der Dämmerung, die vom Sirren zehntausender Lebewesen erfüllt war, die vor Einbruch der Nacht aktiv wurden, zischte ein letztes Mal das Wasser auf den Steinen, und die Schamanin trat, in Dampf gehüllt, aus der Hütte. Die Frauen reichten ihr eine Tasse heißen Kräutertee, den sie vorbereitet hatten, dann begleiteten sie sie bis zum Feuer, das etwas abseits brannte und auf dem ein Wurzeleintopf simmerte.

Jeffrey kam aus der Hütte, als das Mondlicht über die Tür leckte. Er entfaltete seinen dampfenden Körper in der durchlässigen Nachtluft, und bevor er trocken war, sprang er kopfüber in den Fluss. Zitternd stieg er wieder heraus, die Beine wie Watte, aber mit geweitetem Herzen. Hungrig. Nachdem er, in sein Elchfell gewickelt, einen ganzen Topf Gemüse geleert hatte, blickte er die drei Frauen an, die ihm beim Essen zugesehen hatten und nun, da sie merkten, dass er wieder ganz wach war, den Kopf abwandten. Er blickte die Schamanin an und erkannte sie wieder. Da stand er auf und ging auf das Pferd zu, das Bird Boisverd ihm geliehen hatte. Zwischen seinen Eisenwaren zog er die letzte makellose Decke hervor und legte sie der Frau zu Füßen, die ihn von jener Last befreit hatte, an der er fast zugrunde gegangen war. Über-die-Ebene-fließendes-Wasser legte die Hand auf das Geschenk, sagte, dass der Winter bald käme und dies eine gute Sache sei.

Jeff schlief wie ein Murmeltier und erwachte beim Anbruch des neuen Tages, allein in seinem Elchfell, allein wie jeder, aber von drei Frauen umringt, mit Schätzen beladen und mit Pferden ausgestattet. Reich. Wie ein Reicher ging er hinaus, um zu pinkeln. Er atmete die Morgenluft ein. Er sah, wie Kleines-Pemmikan vom Fluss hinaufstieg, wo sie frisches Wasser holen gegangen war. Otter-in-der-Sonne folgte ihr, einen Grashalm im Mundwinkel, und Mond-Knospe in einer Tunika, mit klatschnassem Haar. Dann öffnete er alle Fellballen, bedeckte damit den Boden des Tipi, legte Holz nach und lud die drei Frauen ein, sich zu ihm zu gesellen. Und wie ein Vermögender, voller Dankbarkeit, Verliebtheit und Zärtlichkeit liebte er sie alle drei und jede Einzelne.

Als sie wieder an die frische Luft gingen, hatte der erste Schnee die Prärie bedeckt. Sie hatten gehört, wie er seine Katzenpfoten auf den Mantel ihres Zeltes gesetzt hatte. Der Himmel hatte alle vier in seine weiße Hand genommen. Sie hatten Hunger.

Mond-Knospe ging die Rebhühner holen, die ihr bei Tagesanbruch in die Falle gegangen waren und die sie an die Zweige einer Tanne gehängt hatten. Während Jeff in seinen Ballen nach einem Päckchen getrockneten Pfirsichen suchte und nach den Pferden sah, waren die Vögel schon gerupft und lagen in einer Schüssel mit Stutenmilch. Kleines-Pemmikan zerdrückte die Wurzeln in dem Topf, der halb auf einem Stein stand. Die Kaffeekanne dampfte auf einem anderen Stein. Mond-Knospe knetete Maispfannkuchen in einer alten Pfanne. Otter hatte ein Auge auf einen großen Kochtopf, in dem sie drei Unzen Bisonfett ausließ. Als das Fett flüssig war, ließ sie die Rebhuhnstücke abtropfen und wendete sie in weißem Mehl. Als das Fett heiß war, warf sie sie hinein, und sie tauchten zischend unter, bevor sie goldbraun und knusprig wieder an die Oberfläche stiegen. Kleines-Pemmikan wendete sie mit einem langen Spatel. Sie holte sie heiß und golden heraus und legte sie auf einen Teller, den sie sofort auftrug. Jeff brachte Kaffee, das Püree und die Pfirsiche, Otter und Mond-Knospe folgten ihm mit den Pfannkuchen. Als seine Zähne durch die warme knusprige Haut hindurch auf das zarteste Stück

Fleisch trafen, in das er je gebissen hatte, spürte er, wie ihm das Herz überging. Das Glück war unleugbar von dieser Welt. Es war unleugbar nie von langer Dauer.

Sie warteten bis zum Ende der Mahlzeit und dem zufriedenen Seufzer des Körpers, bevor sie ihm die Wahrsagung oder die Vision erzählten, die ihnen die Frau ohne Volk anvertraut hatte. Jeff hatte sie schon einmal gehört, damals hatte er geglaubt sie zu verstehen und hatte sich geirrt. Er richtete seine ganze Aufmerksamkeit auf das, was Kleines-Pemmikan ihm noch einmal mit gesetzter Stimme sagte. Die nichtweißen Männer, die auf die Stadt zuritten, vielleicht schon dort waren, befanden sich nicht auf dem Friedenspfad.

Der Schnee hatte sich bis zum frühen Morgen gehalten. Er war überfroren und in den ersten Sonnenstrahlen zusammengesunken. Die Straße, die sich für die Nacht herausgeputzt hatte, trug nun wieder ihren Schlammmantel zur Schau. Zebulons Stiefel klebten am Boden, und jeder seiner Schritte führte ihn zurück. Zurück in die Wälder von Kentucky, wo seine Spuren und die des Wildes sich auf den Pfaden längst verloren hatten. Zurück in einen anderen Zustand der Welt, in der die gelben und roten Blätter sein Herz, um das sich keiner scherte, erfreuten. Zurück zu all den Hütten, die er errichtet hatte, um einen Ort der Sanftmut, einen Unterschlupf zu haben. Einen Bau, einen Platz für sich. Tief im Wald, den er wie einen Schatz verehrte. Verehrte. Er liebte wohl die Weiden und die lang gestreckten Hügel, die weitläufigen und ertragreichen Böden, auf denen sich die Mutter seines Vaters anfangs niedergelassen hatte, aber den Wald verehrte er. Er war für ihn eine Zuflucht, er nährte ihn, er tröstete ihn, wenn er Trost brauchte. Er konnte darin im Nu verschwinden. Er wandte sich ratsuchend an ihn. Wenn sein Vater ihm für zu lange Stunden Schweigen auferlegt hatte, wenn sein Vater von der Menschenjagd zurückkam, in einem Erregungszustand, den Zebulon allein am Geruch erkannte und den er aus ganzer Seele hasste, wenn auf dem Teller, den er vor den Augen hatte, nur eine einzige Kartoffel lag. An seinem zwölften

Geburtstag war ihm beim Fröschefangen aufgefallen, dass er länger im Wald als unter dem Dach seines Vaters gelebt hatte. Dass er stets besser geschlafen hatte, wenn er im Freien übernachtete. Dass er besser gegessen hatte. Dass er sich weniger einsam gefühlt hatte. Und da er zuvor noch nie an seine Einsamkeit gedacht hatte, überspülte ihn an diesem Tag ein Gefühl der Traurigkeit und Freiheit, das für sein Alter zu groß war. Er verdankte es nur dem Frosch, der in seiner Faust hektisch umherhüpfte, dass er nicht in den Teich fiel. Von dem Tag an hatte er jeden Schritt von diesem in den Wäldern verborgenen Ort aus gemacht. Und er hatte den Rest seiner Kindheit in dem geschärften Bewusstsein seiner unbedingten Souveränität gegenüber dem eigenen Leben verbracht. Ein Bewusstsein, auf das er nicht so bald verzichten würde.

Silas hatte sich nicht geirrt, als er vor Tagesanbruch in das Badehaus geschlüpft war, um ihn zu warnen, es standen tatsächlich zwei Milizionäre unter dem Vordach der Fleischerei. Ihre Mäntel verbargen ihre Uniformen nicht mehr. Sie lehnten an den Pfeilern und starrten auf die Straße, ohne sie zu sehen. Zebulon kannte diese Pose auswendig. Sie hätten sich lieber einen Finger abgeschnitten als den Kopf zu wenden, bevor er vor ihrer Nase stand. Sein Vater blickte die ganze Welt auf diese Weise an. Als gehörte er nicht dazu, bereit zu töten. So hatte er Zebulon angesehen, als sie sich das letzte Mal gegenübergestanden hatten. Von der Seite, auf eine falsche Bewegung lauernd, mit dem ganzen Körper auf diese mangelnde Kontrolle, diese Bresche konzentriert, die es ihm erlauben würde, das Gesetz anzuwenden. Aber Zebulon hatte keine unangemessene Bewegung gemacht, als er im Trab an seinem gegen den Zaun der Ranch gelehnten und reglos erstarrten Vater vorbeiritt. Ihm blieben nur noch sein Pferd, sein Colt, seine Satteltaschen und die Kleidung, die er trug, aber nicht einmal mehr genug Spucke im Mund für den Mann, der ihm eben alles genommen hatte. Im Einklang mit dem Gesetz. Mit dem Gesetz und seinen sechs Vertretern, die er als Zeugen und mögliche Verstärkung herbeigerufen hatte.

Wahrscheinlich aus diesem Grund und auch weil Zebulon nicht einen einzigen Einwand geltend gemacht hatte, nicht die geringste Wut auf seinem Gesicht gezeigt hatte, hatten sie ihn für vernichtet, resigniert, ungefährlich gehalten und nicht im Traum daran gedacht, ein oder zwei Männer nach Augusta zu schicken, um die Bank zu bewachen.

Zebulon hatte seine Ranch von Anfang an selbst geleitet, er wusste besser als jeder andere, was sie wert war. Er hatte seine Zucht als Vierzehnjähriger gestartet, mit zwei Stuten, die ihn je ein Jahr Ausmisten des Stalls bei einem Nachbarfarmer gekostet hatten. Sein Vater hatte ihn gewarnt, dass er von seiner Seite keinerlei Hilfe zu erwarten hatte, falls er von der Schule ging. Zebulon hatte nichts erwidert und seine beiden Stuten nach Hause geführt. Auch hatte er weiter gelernt. Er hatte sie nachts decken lassen, indem er sie heimlich auf die Koppel eines berühmten Züchters geführt hatte, der seine Deckhengste nicht einsperrte. Es war seine erste Reise gewesen. Vier Tage hin und vier weitere Tage zurück mit seinen beiden trächtigen Stuten. Da hatte er gewusst, dass dies ein Beruf für ihn wäre, der beste der Welt. Als er nach Hause kam, war sein Vater schon wieder unterwegs. Die Stuten hatten ihre Fohlen bekommen, und er hatte sich darum gekümmert. Eines der drei hatte er verkauft. Dann hatte er seine Hilfsdienste bei den Nachbarn fortgesetzt und so viele Informationen wie möglich über die Kunst der Viehzucht, die verschiedenen Pferderassen, die zu meidenden Kreuzungen, die zu beachtenden Mondphasen, die geeignete Nahrung zusammengetragen. Er hatte weiter gelernt. Sein Vater war die meiste Zeit abwesend. Sein Talent als Kopfgeldjäger führte ihn immer weiter fort. Er kehrte todmüde zurück, nach Fett und

Schießpulver stinkend, und räumte seinem Sohn nur die Zeit ein, die er brauchte, um ihm Rechenschaft abzulegen. Als Zebulon ihm mitgeteilt hatte, dass er sich gern ein oder zwei Jahre in einer großen Ranch anstellen lassen würde, um alle Kniffe des Berufs zu lernen, hatte er sich dagegen gesperrt. Nein, und er hatte eine halbe Stunde lang das Wort an ihn gerichtet, den längsten Monolog, der Zebulon je gehalten wurde, um ihm zu erklären, dass er die Karriere eines Richters oder wenigstens eines Anwalts für ihn vorgesehen hatte, weil er alle dafür nötigen Fähigkeiten besaß und er seinerseits bereit war, ihn nach New Haven, auf die dortige Hochschule zu schicken.

Am nächsten Morgen war Zebulon mit seinen fünf Pferden und seinem Sattel zu der Ranch aufgebrochen, die er sich ausgesucht hatte, und deren Chef ihn bereits erwartete. Vier Jahre war er dort geblieben, in denen er alles über Pferde gelernt hatte, was er wissen musste. In dieser Zeit hatte ihn keinerlei Nachricht seines Vaters erreicht, und er hatte kein Lebenszeichen von sich gegeben.

Als er mit drei Deckhengsten, fünfzehn Stuten und einer erweiterten und auch genaueren Vorstellung von seinem Traumberuf zurückgekehrt war, hatte sein Vater keinen Kommentar abgegeben. Zeb errichtete bald eine Hütte etwas abseits vom Elternhaus und alles Weitere, was er für die Pferde brauchte. Von Anfang an florierte seine Zucht. Er besaß eine große Koppel, mehrere Ställe, er hatte ein Gatter gebaut, Cowboys angestellt, die Märkte abgegrast und zahlreiche Tiertransporte angeführt. Er hatte verschiedene Rassen gekreuzt und gute Ergebnisse erzielt. Sein Vater war Sheriff geworden, er brach nicht mehr zu langen Menschenjagden auf. Er waltete in seinem Distrikt, die meiste Zeit allein, und nur wenn nötig mit seinen Milizionären. Beide waren in der ganzen Region bekannt. Beide wurden respektiert, aber nicht auf die gleiche Weise.

Als Zebulon zwei Stunden, nachdem er gezwungen worden war, die eigenhändig erbaute Ranch zu verlassen, den Mann am Bankschalter bat, den Inhalt des Safes in die beiden ihm hingehaltenen Taschen zu schütten und sie ihm zu überreichen, waren dem Mann, bei dem er über siebzehn Jahre sein Geld eingezahlt und abgehoben hatte, die Gesichtszüge entglitten. Er hatte sich entschuldigt und Zebulon, ohne ihm in die Augen zu sehen, gesagt, dass er das nicht tun könne.

»Dein Vater hat das Konto der Ranch gesperrt«, fing er an.

»Ich weiß sehr wohl, was mein Vater getan hat, und ich verlange nicht, dass du kooperierst«, hatte Zebulon erwidert und ihm den Lauf seines Colts unter die Nase gehalten. »Ich verlange von dir, dass du gehorchst. Du weißt, wie und durch wen ich aufgezogen wurde, du weißt sehr wohl, dass ich nicht zögern würde zu schießen. Ich will den ganzen Safe. Füll die Taschen. Du bist nicht der Hüter des Gesetzes, du musst nicht dafür sterben. Das ist Sache meines Vater, nicht deine. Beeil dich!«

Was er dann auch tat, mit kleinen fahrigen Handbewegungen, die voller Ehrerbietung und Scham waren. Und nachdem Zebulon die Taschen in der Hand hatte, bat er ihn näherzukommen und den Kopf durch das Gitter zu stecken, das sie voneinander trennte, und versetzte ihm aus reiner Güte mit dem Kolben einen heftigen Schlag auf den Kopf.

Während der Mann am Schalter knurrend zu Boden sank, war Zebulon auf sein Pferd gesprungen und machte sich ohne einen Blick zurück aus dem Staub. Kaum hatte er die Stadt verlassen, ritt er im dreifachen Galopp in Richtung Owensboro, vierzig Meilen westlich von Augusta. Es war das schnellste Pferd der Region, das wusste er wohl, er brauchte sich keine Sorgen zu machen. Und er wusste, dass sein Vater nicht den Telegrafen benutzen, sondern das Problem selbst regeln würde. Ohne Wenn und Aber. Er war zu Sue geeilt. Zuvor hatte er sich ausgerechnet, dass ihm ungefähr zwei Stunden blieben, um sie davon zu überzeugen, ihm zu folgen und woanders ein neues Leben zu beginnen.

Zuerst hatte sie gelacht, weil es nicht das erste Mal war, dass er ihr anbot, ihr Geschäft einfach stehen und liegen zu lassen und mit ihm zu kommen, aufzubrechen zu Abenteuern, die ihres Temperaments würdiger waren. Sie hatte gelacht, als sie die Hände in das Geld getaucht hatte, das er als Versprechen für das zukünftige Leben mit sich trug, aber als sie die ganze Geschichte begriff, war ihr das Lachen im Halse steckengeblieben. Schweigend, mit Tränen in den Augen, die kurz davor waren, hinunterzukullern, hatte sie ihn betrachtet. Und ihm gesagt, dass sie niemals einem Mann folgen würde, der auf der Flucht war. Dass sie seinen Vater kannte und Zebulon wissen musste, dass er ihn bis zum bitteren Ende jagen würde. Dass die Milizionäre unter seinem Kommando weder weiß noch schwarz waren, sondern bloße Killer.

»Man blickt den Hunden ins Gesicht, man läuft nicht vor ihnen davon«, hatte sie hinzugefügt, bevor sie ihm geraten hatte zu verschwinden, auf der Stelle zu verschwinden.

Zebulon hatte den Saloon in dem Moment verlassen, in dem Sue die erste Träne über ihre Wange gerollt war, allein.

Und dann war er geflohen. Atemlos, sein Pferd zu Schanden reitend. Immer vorwärts, ohne zu wissen wohin, egal wohin. Tagelang, mit leerem Kopf, der nur von den Hufen seines Pferdes in der menschenleeren Welt widerhallte, damit beschäftigt, den Verlust zu verkraften. Den Verlust. Von Sue und ihren stets aufgeschobenen Träumen, die nun schlagartig ihr Ende gefunden hatten. Der Ranch, seiner Hütte, seiner dreihundert Pferde, seiner Ställe, der Ländereien, die er als seine angesehen hatte, seiner Hütten im Wald. Seiner zwanzig Jahre, die nicht zurückkehren würden. Von allem, was er sich aufgebaut hatte und was durch ein einziges wahres Wort vernichtet worden war. Ein Wort, das er sich seinem Vater gegenüber herausgenommen hatte, den er auf die eine oder andere Weise auch noch verlieren würde, denn er wollte seine Haut retten.

Nach drei Wochen war sein Pferd vor Erschöpfung gestorben. Er hatte es wie einen Menschen begraben. Aus Respekt und um keine Spuren zu hinterlassen. Er hatte zwei weitere gestohlen, die er hatte den Geiern überlassen müssen. Dann hatte er plötzlich begriffen, dass Sue die Lösung bereits erwähnt hatte. Er hörte auf davonzulaufen und wartete auf sie. Er hatte sich sein Wissen über die Wälder zunutze gemacht, um ihnen aus der Deckung aufzulauern, unsichtbar, wie es vielleicht nur ein Mann zu Fuß sein kann, und vom Erfolg seines Plans überzeugt. Er hatte sie aus der Ferne gehört, aus solcher Ferne, dass er sogar die Zeit fand, unter einem Salbeibusch einen Mittagsschlaf zu halten, bevor er sah, wie sie im Galopp den Wald hinter sich ließen, den Fluss unter ihren Hufen zum Bersten brachten, den Hang hinaufrasten und, dem Hügel Steine entreißend, den Grat überquerten. Sie hatten das Tempo von Leuten, die meinen, endlich an ihr Ziel zu gelangen, und sie hatten damit nicht ganz Unrecht. Hätte Zebulon sein Tempo beibehalten, hätte er die Stadt, in die sie einfallen würden, bereits erreicht und vielleicht hätte er sich, so fern von Augusta, ausreichend in Sicherheit geglaubt, um sich dort niederzulassen. Er hatte ihre Eile begriffen. Genauso wie er die Nonchalance der beiden Kerle begriff, die an den Pfeilern der Fleischerei lehnten und ihm einen scheinbar völlig desinteressierten Blick zuwarfen, als er gemessenen Schrittes an ihnen vorbeiging, seine Sohlen eine nach der anderen aus dem Matsch lösend, damit sie das kleine schmatzende Geräusch, das sie erzeugten, wenn sie sich vom Boden losrissen, genau hörten, so genau, wie er es selbst hörte.

Genauso wie er die Zunge des Richters sich vom Gaumen lösen hörte, als er das Wort ergriff, um die Urkunde zu verlesen, die ihn von seiner Ranch verjagte. Eine Urkunde, die am Tag ihrer Verkündung dem Eigentümer alle Güter, Möbel und Immobilien, die sich dort befanden, zurückerstattete. Ein Rechtsakt. Ein Akt, den sein Vater gefordert hatte und der durch das Gesetz besiegelt wurde.

Die Sonne funkelte auf dem Lauf eines Gewehrs am Balkon der Eisenwarenhandlung McPherson. Zebulon sah den Mann, der hinter dem Geländer kauerte, nicht, aber auch ohne Lichtreflex hätte er gewusst, dass er an genau dieser Stelle postiert war, so unvermeidlich war es. Genauso, wie es unvermeidlich war, dass bald ein vierter Milizionär bei Silas auftauchte, um sich rasieren zu lassen. Dass zwei weitere damit beschäftigt waren, vor Nils Zelten ihre Paletots zu bürsten und sein Vater in diesem Moment höchstpersönlich bei Sally am mittleren Tisch mit dem Ellbogen aufgestützt saß, umringt von seinen beiden Gehilfen. Er kannte diesen Mann und seine ebenso unerbittlichen wie grobschlächtigen Strategien besser, als die wenige Zeit, die sie gemeinsam verbracht hatten, es ihm erlaubt hätte. Er kannte ihn gut, denn er hatte am Abend der großen Gala von Lexington den ganzen Abgrund seines Charakters kennengelernt, als sie beide an den Tisch des Gouverneurs geladen worden waren. Sein Vater, weil er ein vorbildlicher Vertreter des Gesetzes war, und er, der größte Züchter der Region.

Der Gouverneur hatte eine hervorragende Rede gehalten über die unerschlossenen Ressourcen und Reichtümer der Gegend, über die strahlende Zukunft, die sie alle erwartete, über die Industrien und Transportmittel, die hier Fuß fassen und sich weiterentwickeln würden, über die Bildung, die Moral sowie die großen Anforderungen, die er allseits wahrnahm. Er hatte Mittel für die Errichtung von Kommunikationsnetzen und die Erweiterung des Bahnhofs versprochen, dann hatte er mit einem Trinkspruch das Glas erhoben; die ganze Versammlung hatte geantwortet und sich hingesetzt, bevor er einen nicht wieder gutzumachenden Fehler machte, bevor er sich nochmals erhob und aus einem unbezwingbaren Impuls heraus das Beispiel des Vaters und des Sohnes zitierte, die bei ihm am Tisch saßen. Das Gesetz und das Unternehmen, die im Gleichschritt marschierten. Das herrliche, unbeugsame Gesetz, das es dem Unternehmen ermöglicht hatte, zu entstehen, zu gedeihen, zu florieren und den Gipfel des gesellschaftlichen Erfolgs zu erklimmen. Als sich der Gouverneur an dieser Stelle der Rede angesichts der Hurrarufe seiner zukünftigen Wähler mit glänzenden Blicken ein zweites Mal setzte, hatte Zebulon gespürt, wie ihm das Blut aus Gesicht und Herz wich. Er hatte den hagelnden Beifall abgewartet und dann gesprochen, nicht etwa flüsternd, sondern in normaler Lautstärke, wobei er zuerst auf seine Hände auf der weißen Tischdecke und dann auf den Tisch vor sich geblickt hatte. Und er hatte nein gesagt, nein, dieser Mann hat mich nicht erschaffen. Ich habe mir die Nase und den Hintern in den Wäldern selbst gewischt. Ich habe mich selbst ernährt. Ich habe seine verschwitzten Hemden gewaschen, die voll Menschenblut waren. Ich habe seinen Schmerz erduldet, wie eine verhängte Strafe, der ich mich weder entziehen durfte noch konnte, ohne die Erinnerung an eine Mutter zu verraten, die ich nie kennengelernt habe. Dieser Mann hat mir nichts beigebracht. Weder über Menschen noch über Pferde. Er hat mir nichts erlaubt, ich habe mir alles genommen und mit den eigenen Händen aufgebaut. Ich sage dies, ohne zu urteilen. Wenn man seine Frau mit offenem Bauch findet, ausgeweidet, die Gedärme über den Hof verteilt, wird man verrückt oder unerbittlich. Er ist unerbittlich geworden, er hat sein Leben gerettet. Nicht das meine. Dann war Zeb verstummt.

Da hatte sein Vater, der sich keinen Millimeter bewegt hatte und den niemand mehr anzusehen wagte, gesagt:

»Ich habe dich in Rechtschaffenheit aufgezogen.«

»Nein«, hatte Zebulon leise erwidert. »Im Elend. Im Elend des Herzens, des Geistes und des Fleisches.«

Dann hatte er seine Serviette auf das weiße Tischtuch gelegt, sich erhoben, den Gästen und dem bestürzten Gouverneur zum Abschied zugenickt und den Tisch verlassen.

Er hatte kein einziges Geräusch mehr gehört, bis er dorthin zurückgekehrt war, wo sich noch für einige Tage seine Pferde und seine Ranch befanden.

Und auch in der Straße, die er hinaufging, hörte er nichts mehr, außer dem Geräusch seiner Stiefel im Matsch.

Als er an der offenen Tür der Eisenwarenhandlung McPherson vorbeikam, sah er Josh an der Kasse sitzen, das Gewehr auf dem Oberschenkel und zur Decke gerichtet.

Der Milizionär, der unter dem Vorwand, sich rasieren zu lassen, auf seinen Posten zurückkehrte, begegnete Zebulon, ohne den Kopf zu wenden. Die Schöße seines weit geöffneten Mantels flatterten. Er spuckte aus, als er auf seiner Höhe war.

Xiao Niù und Nils' Töchter hatten sich im Badehaus unter den Schutz Giffords und der Chinesen begeben. Elie befand sich auf der Koppel und Nils saß unter seinem Schild als Anbieter von Übernachtungen und Schafhüter. Sie betrachteten den Mann, dem Zebulon auf Höhe der Eisenwarenhandlung McPherson begegnete, sowie die beiden Milizionäre vor ihnen, die gemächlich in ihre sorgfältig gebürsteten Paletots schlüpften.

Zebulon schritt weiter vor.

Er hörte Silas' Glöckchen nicht klingeln, als der Mann, der ihm vor die Füße gespuckt hatte, den Laden betrat. Der Barbier hatte es abgehängt.

Auch aus dem Saloon, dessen Türen sich nicht bewegten, drang kein Geräusch. Sie gaben nicht das leiseste Knarren von sich, als er sie mit beiden Händen aufdrückte. Sein Vater saß tatsächlich am Mitteltisch, eingerahmt von seinen beiden Gehilfen. Sally hatte auf ihrem Hocker hinter der Bar gerade eine Tabakwolke ausgeblasen, deren Form sich langsam verlor.

Zebulon betrat den Saloon und ließ die Türen hinter sich zuschwingen.

Der Milizionär hatte auf dem Barbiersessel Platz genommen, sein Gesicht war zum Teil mit Schaum bedeckt.

Am anderen Ende der Stadt setzten sich die beiden Männer, die gerade in ihre Mäntel geschlüpft waren, in Bewegung.

Elie bestieg ein Pferd.

Josh nahm die knarrende Decke ins Visier.

Zebulon ging am Tresen entlang, unter dem aufmerksamen Blick der beiden Gehilfen, und merkte erst da, dass er seine Stiefel nicht mehr aus dem Matsch ziehen musste. Er ging an dem mittleren Tisch vorbei, ohne dass sein Vater die Nase unter seinem Hut hob. Und er trat auf die ersten Stufen der Treppe.

Im oberen Stockwerk stützte sich Arcadia gegen die Balustrade.

Sally ließ Zebulons Vater nicht aus den Augen. Der schien zu schlafen und zeigte nicht den Schimmer einer Reaktion, als er seinen Sohn die Treppen hinaufgehen und ihn dann nach weniger als einer Minute wieder mit zwei Taschen über der Schulter mitherunterkommen hörte. Es waren die beiden vollen Taschen, mit denen er Augusta verlassen hatte, um nicht im völligen Ruin zu enden. Die beiden mit Dollarnoten vollgestopften Taschen, die es ihm erlaubt hatten, mit einem Räuber Karten zu spielen und sich Badewannen zu kaufen. Und um die schönste, die wichtigste Wette seines Lebens zu gewinnen. Die beiden Taschen, die er nie brauchen würde, das war ihm jetzt klar.

Im Sessel des Barbiers war das Gesicht des Milizionärs nun

komplett mit Schaum bedeckt, er spürte, wie sich das Rasiermesser seiner Kehle näherte. Sein Colt war auf Silas' Bauch gerichtet. Durch das Fenster hatte er gerade seine beiden Kollegen vorbeigehen sehen.

Elies Pferd verließ im Trab die Koppel, deren Gatter weit geöffnet war. Nils lud sein Gewehr. Josh hatte noch immer den Schatten im Visier. Zebulon setzte den Fuß auf den Boden des Saloons und ging im reglosen Raum, in dem sich die Tabakwolke aufgelöst hatte, erneut am Tresen entlang. Als er den mittleren Tisch erreicht hatte, war sein Vater fast unmerklich zusammengezuckt. Als er an die Tür kam, hob sein Vater den Kopf und drückte den Hut in die Stirn. Als er die Tür durchschreiten wollte, machte einer seiner Gehilfen eine Handbewegung zu viel. Während Silas mit dem Fuß den Drehsessel anschob und ihm den nötigen Schwung gab, damit die Rasierklinge längs über die ganze Kehle wanderte, gab Arcadia einen Schuss ab und stieß einen Warnschrei aus, der den Saloon zerriss und wie ein Pfeil die ganze Stadt durchzog. Bis er die Ohren von Elies Pferd erreichte, der auf den Ruf mit Kriegsgeschrei antwortete, fiel einer der Gehilfen zu Boden und Sally schoss durch den Tresen, um den anderen niederzustrecken, der keine Zeit mehr hatte, eine unangemessene Handbewegung zu machen. Josh schoss derweil durch die Decke auf den lauernden Mann, der sich in Sicherheit gewähnt hatte.

Die beiden Männer, die in ihren sorgfältig gebürsteten Mänteln wie Hasen zum Saloon rannten, sollten keine Gelegenheit mehr bekommen, ihn zu erreichen. Zebulon, der durch die Tür trat, knallte einen nach dem anderen ab, bevor Nils in der Ferne die Zeit gehabt hatte, auch nur sein Gewehr zu schultern. Elie kam im Galopp hinterher.

Zebulon stand in dem vom Rauch des Schießpulvers erfüllten Saloon und wandte den Kopf. Er sah seinen Vater an, der während des Schusswechsels das reglose Auge des Sturms gewesen war und nicht einmal mit der Wimper gezuckt hatte. Er lud sich die Taschen auf die Schulter, ging hinaus und sprang rittlings auf Elies Pferd, das er kehrtmachen ließ.

Im Trab erreichte er das Ende der Straße. Vor der Fleischerei sah er, wie die beiden letzten Männer des Sheriffs, die sich eine Viertelstunde zuvor noch lässig an die Pfeiler gelehnt hatten, nun entwaffnet und mit erhobenen Händen dastanden. Pats Gewehr ragte in ihrem Rücken aus einem Fenster.

Zebulon sprang von Elies Pferd und schickte es mit einem Klaps zurück. Er öffnete seine Taschen und schüttete ihren Inhalt auf den Boden. Die Geldscheine rieselten mit einem kleinen weichen Geräusch auf die Straße. Er warf die leeren Taschen unter das Vordach der Fleischerei. Er entzündete ein Streichholz am Absatz seines Stiefels und setzte das Geld in Brand. Das Feuer umfing das Papier mit erstaunlicher Geschwindigkeit.

Als er sicher war, dass alles verbrennen würde, stand er wieder auf, kehrte der Glut den Rücken zu, machte zwanzig Schritte und drehte sich um.

Durch die Flammen hindurch sah er, wie sein Vater aus dem Saloon kam und auf ihn zulief. Zwanzig Meter vom Feuer entfernt blieb er stehen. Auch seine Hände waren leicht vom Körper abgespreizt, die von den Flammen aufsteigende Hitze ließ die Luft zwischen ihnen zittern. So standen sie einander gegenüber, während das Geld verbrannte. Als die Rauchsäule so schmal wurde, dass sie fast erstarb, wandte sich Zebulons Vater plötzlich ab. Er ging zurück zum Saloon, vor dem sein Pferd stand. Er band es los und schwang sich in den Sattel. Als er wieder auf dem Rücken des Pferdes saß, gab er ihm die Sporen und raste auf die Asche und seinen Sohn zu, in Richtung der unendlichen Ebene, deren Zugang er ihm versperrte.

Zebulon sah die massige Gestalt seines Vaters und seines Pferdes im Galopp auf ihn zukommen, er sah, wie er die Asche niedertrampelte und mit immer höherer Geschwindigkeit näherkam. Als er den Atem des Pferdes spürte, sprang er zur Seite und merkte, wie der Wind dieses Rittes nicht nur den Geruch von Verbranntem mit sich riss, sondern auch das letzte verbliebene Band zwischen Vater und Sohn. In einen Tunnel der Leere.

Und als das Geräusch der Hufe sich in der Ebene verlor, war er erneut wie betäubt vom Schweigen der Welt.

Dann fiel etwas von der Decke der Eisenwarenhandlung McPherson. Es war eine Lampe, bestimmt Kupfer. Nils überquerte die Straße, gefolgt von Elie, und rief nach seinen Töchtern. Silas erschien in der Tür seines Ladens und hob die Arme zum Himmel. Er hängte sein Glöckchen wieder auf, bevor er sich in Richtung Saloon aufmachte. Josh lehnte sein Gewehr gegen die Kasse und wollte sich zu Xiao Niù begeben, die die Straße hinunterging und sich zwang, nicht zu rennen. Ein Pferd scharrte ungeduldig mit den Hufen vor einer Hütte, in der Whiskey ausschenkt wurde. Und Zeb spürte in seiner Ernüchterung das bebende Spinnennetz der Stadt, deren Teil er war.

Als er Sallys Blick unter dem Vordach des Saloons begegnete, öffneten sich seine Ohren, und sein Herz schlug ihm bis in den Hals. Sie sah ihn an. Und er setzte sich in Bewegung, er durchschritt eine neue Welt, dessen war er sich bewusst. Als er an die Schwingtür kam, reichte sie ihm die Hand, um ihm zu helfen, die Stufe zu überwinden. Er ergriff sie mit einer kleinen Verbeugung und sprang auf den Holzboden.

Als sie die Schwingtür zum Saloon durchschritten, wurden sie von drei Klängen empfangen. Arcadia, die auf der Straße stand, in ihrem Kleid, das von dem abgefeuerten Schuss ganz ruiniert war, stimmte ein mächtiges Oratorium an. Die letzte Kutsche der Saison eilte heran, beinahe Giffords Haus streifend, auf dem Dach eine riesige Doppelbadewanne. Und von der anderen Seite betrat Jeff die Stadt, majestätisch und mit donnernden Hufen, begleitet von seinem Schild, seinen fünfzehn Pferden, seinen vier Stangenschleifen und seinen drei Frauen, die das beste Restaurant des Wilden Westens eröffnen würden.

Als er die beiden Kerle in dunkler Uniform sah, die an den Pfeiler der Fleischerei gebunden waren, erkannte er die nichtweißen Männer, von denen ihm die Indianerin erzählt hatte. Er sah, dass sie den Krieg verloren hatten, und lächelte, als er die Hände ausstreckte, um die Stadt zu umarmen.

Er hatte einen perlenbestickten Tabakbeutel mit einer speziellen Mischung für Sally dabei. Einen Seehund aus Onyx und einen kleinen zinnoberroten Topf für Gloria und Josie. Und schillernde Armband-Anhänger für die anderen Mädels.

Die Bar war brechend voll.

Brad kam kurz nach der Ankunft seines Bruders von der Farm heruntergeritten mit einem acht Kilo schweren Käse. Keen's Cheddar.

Die Flaschen schlitterten über den Tresen.

Am späten Abend stieß Bird Boisverd als Letzter zur Gruppe. Er brachte das dünne Goldkettchen, um das Josh ihn gebeten hatte; was den Koch anbelangte, hatte er keine Neuigkeiten, aber er brachte zehn Exemplare des Daily Advertiser aus Philadelphia mit, auf dessen Titelseite Giffords großer Reiher mit seinen schwarzen Beinen und seinem gelben Schnabel prangte. Und in der überfüllten Bar erzählte er, wie, den Rotationsmaschinen entsprungen, Tausende weiße Vögel, o künftige Kraft, sich ausbreiten würden über den gesamten Kontinent.

Erste Auflage, Berlin 2014

Göhrener Str. 7 | 10437 Berlin
info@matthes-seitz-berlin.de

Umschlaggestaltung: Dirk Lebahn, Berlin
Typografie, Satz, Herstellung: Hermann Zanier, Berlin
Druck und Bindung: Pustet, Regensburg

ISBN 978-3-95757-100-7
www.matthes-seitz-berlin.de